NADA ESCAPA A
Lady
WHISTLEDOWN

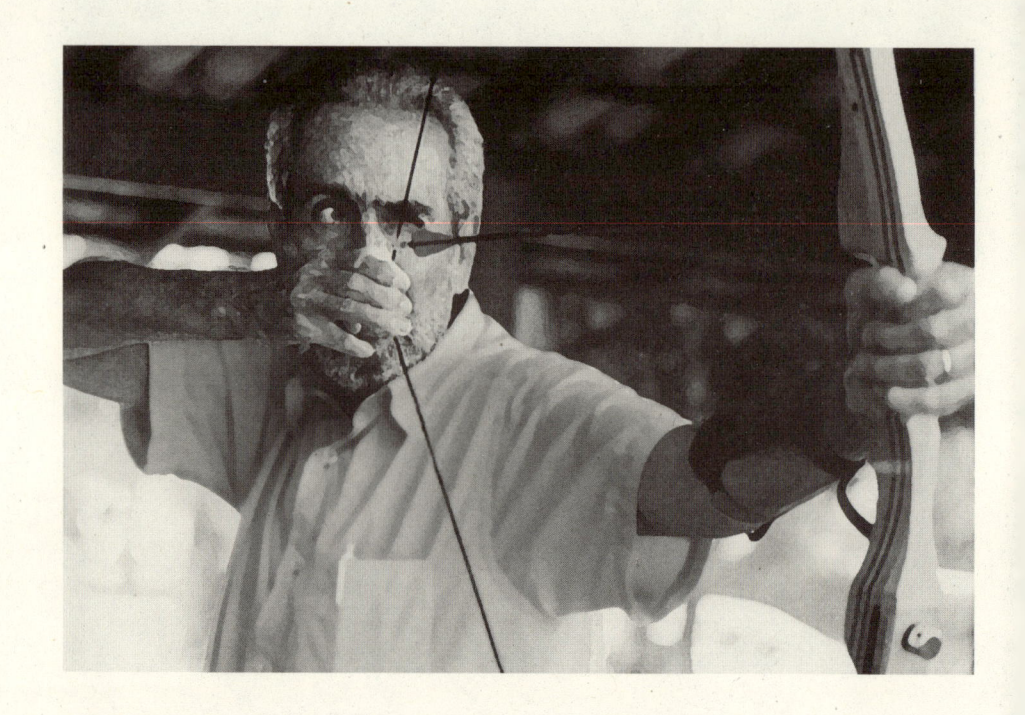

O Arqueiro

GERALDO JORDÃO PEREIRA (1938-2008) começou sua carreira aos 17 anos, quando foi trabalhar com seu pai, o célebre editor José Olympio, publicando obras marcantes como O menino do dedo verde, de Maurice Druon, e *Minha vida*, de Charles Chaplin.

Em 1976, fundou a Editora Salamandra com o propósito de formar uma nova geração de leitores e acabou criando um dos catálogos infantis mais premiados do Brasil. Em 1992, fugindo de sua linha editorial, lançou *Muitas vidas, muitos mestres*, de Brian Weiss, livro que deu origem à Editora Sextante.

Fã de histórias de suspense, Geraldo descobriu *O Código Da Vinci* antes mesmo de ele ser lançado nos Estados Unidos. A aposta em ficção, que não era o foco da Sextante, foi certeira: o título se transformou em um dos maiores fenômenos editoriais de todos os tempos.

Mas não foi só aos livros que se dedicou. Com seu desejo de ajudar o próximo, Geraldo desenvolveu diversos projetos sociais que se tornaram sua grande paixão.

Com a missão de publicar histórias empolgantes, tornar os livros cada vez mais acessíveis e despertar o amor pela leitura, a Editora Arqueiro é uma homenagem a esta figura extraordinária, capaz de enxergar mais além, mirar nas coisas verdadeiramente importantes e não perder o idealismo e a esperança diante dos desafios e contratempos da vida.

Julia Quinn
Suzanne Enoch ✤ Karen Hawkins ✤ Mia Ryan

NADA ESCAPA A
Lady
WHISTLEDOWN

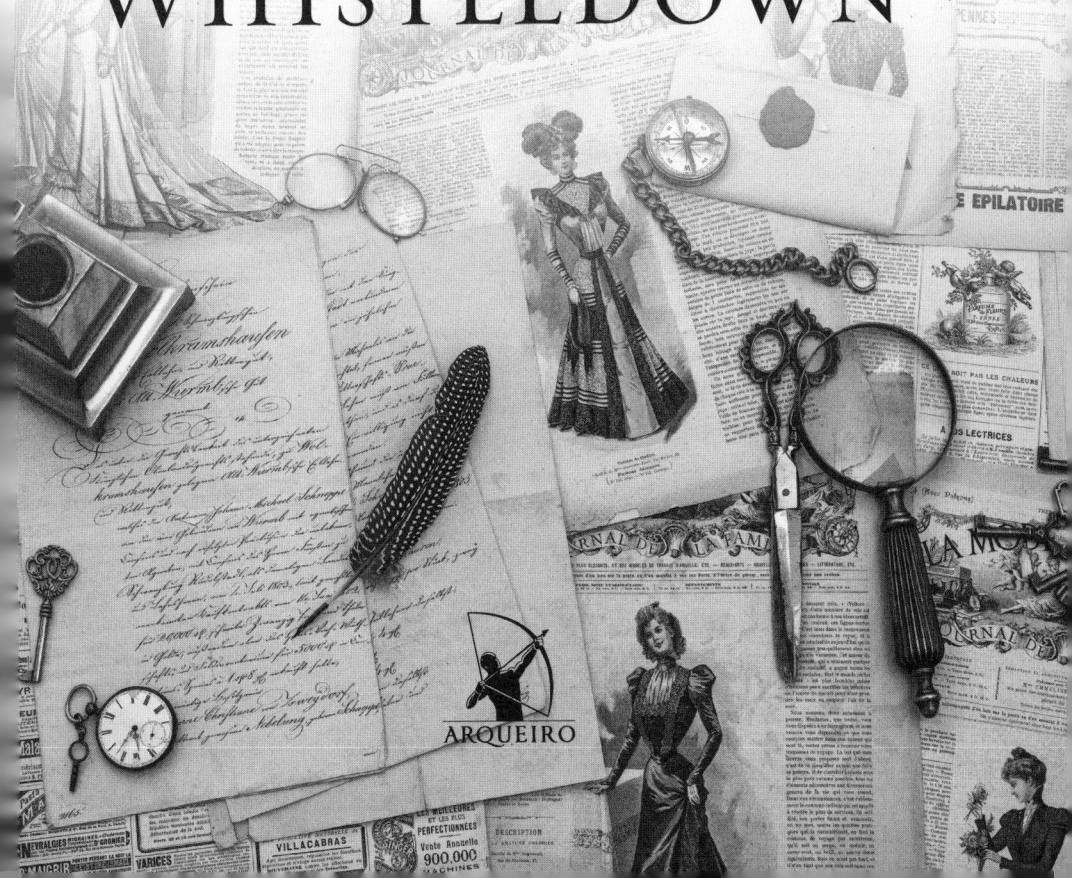

ARQUEIRO

Título original: *The Further Observations of Lady Whistledown*

Um amor verdadeiro: copyright © 2003 por Suzanne Enoch
Dois corações: copyright © 2003 por Karen Hawkins
Uma dúzia de beijos: copyright © 2003 por Mia Ryan
Trinta e seis dias de São Valentim: copyright © 2003 por Julie Cotler Pottinger
Todas as colunas de lady Whistledown
foram escritas por Julia Quinn, copyright © 2003 por Julie Cotler Pottinger
Copyright da tradução © 2018 por Editora Arqueiro Ltda.

Todos os direitos reservados. Nenhuma parte deste livro pode ser utilizada ou reproduzida sob quaisquer meios existentes sem autorização por escrito dos editores.

Publicado em acordo com a Harper Collins Publishers.

tradução: Ana Beatriz Rodrigues
preparo de originais: Fernanda Pantoja
revisão: Cristhiane Ruiz e Milena Vargas
diagramação: Aron Balmas
capa: Miriam Lerner
imagens de capa: LiliGraphie/ iStock/ Getty Images
impressão e acabamento: Associação Religiosa Imprensa da Fé

CIP-BRASIL. CATALOGAÇÃO NA PUBLICAÇÃO
SINDICATO NACIONAL DOS EDITORES DE LIVROS, RJ

N126

    Nada escapa a lady Whistledown/ Julia Quinn ... [et. al.]; tradução de Ana Beatriz Rodrigues. São Paulo: Arqueiro, 2018.
    320 p.; 16 x 23 cm.

    Tradução de: The further observations of lady Whistledown
    Sequência de: Lady Whistledown contra-ataca
    ISBN 978-85-8041-826-2

    1. Ficção americana. I. Quinn, Julia. II. Rodrigues, Ana Beatriz. III. Título.

18-47746
CDD: 813
CDU: 821.111(73)-3

Todos os direitos reservados, no Brasil, por
Editora Arqueiro Ltda.
Rua Funchal, 538 – conjuntos 52 e 54 – Vila Olímpia
04551-060 – São Paulo – SP
Tel.: (11) 3868-4492 – Fax: (11) 3862-5818
E-mail: atendimento@editoraarqueiro.com.br
www.editoraarqueiro.com.br

SUMÁRIO

UM AMOR VERDADEIRO
Suzanne Enoch
9

DOIS CORAÇÕES
Karen Hawkins
85

UMA DÚZIA DE BEIJOS
Mia Ryan
181

TRINTA E SEIS CARTÕES DE AMOR
Julia Quinn
233

Querida leitora,

Há vários anos, quando comecei a escrever o livro que viria a se tornar *O duque e eu*, criei uma colunista de fofocas fictícia chamada lady Whistledown, cujos trechos das colunas abriam cada capítulo. Posso afirmar, com toda a franqueza, que me colocar no papel de lady W. era algo que me proporcionava um prazer inigualável. Ela era uma personagem sarcástica, irônica, perspicaz e, quando necessário, compassiva. Então, quando ela "se aposentou", em *Os segredos de Colin Bridgerton*, depois de agraciar as páginas de quatro dos meus romances, senti muito sua falta.

Entretanto, como a cada porta fechada uma janela se abre, surgiu a oportunidade de ter lady Whistledown de volta como "narradora" de uma antologia. Evidentemente, agarrei a oportunidade, embora deva confessar que na época não sabia bem no que estava me metendo. Os quatro contos aqui apresentados têm uma pequena ligação entre si: a heroína de Suzanne Enoch derruba a minha em uma festa de patinação no gelo, e, quando o herói e a heroína de Mia Ryan discutem em público, o fazem em um baile oferecido pelos personagens de Karen Hawkins. Eu, como autora das colunas de lady W., tive que acompanhar cada detalhe, inclusive a cor dos olhos e dos cabelos dos personagens! Não foi fácil, mas com certeza me diverti muito.

E assim, eu, Suzanne Enoch, Karen Hawkins e Mia Ryan temos o prazer de lhe apresentar *Nada escapa a lady Whistledown*. Histórias não faltam na Londres de 1813, e lady W. continua eloquente como sempre.

Divirta-se!

Julia Q.

Suzanne Enoch

Um amor verdadeiro

*À memória de meus bisavós, Vivian H. e Zelma Whitlock.
O romance improvável entre esse caubói do oeste do Texas e essa filha
de um criador de ovelhas durou mais de meio século.*

CAPÍTULO 1

Lady Anne Bishop está de volta à cidade, bem como o restante da alta sociedade, ansiosa para desfrutar do tempo gélido e dos céus encobertos. Londres sofre com uma onda de frio jamais vista em sua história; até mesmo o imponente Tâmisa congelou. Esta autora não pode deixar de se perguntar se isso significa que maridos de toda a cidade terão agora que realizar as promessas que vinham adiando, com alegações como: "No dia em que o Tâmisa congelar, vou me desfazer daquela cabeça de javali horrorosa pendurada na parede da sala", ou "admitir que sofro de gota", ou "prestar atenção às sábias palavras da minha esposa" – você, querida leitora, pode incluir aqui o que quiser.

No entanto, apesar da tendência que o frio tem de conferir ao nariz um tom avermelhado pouco atraente, a alta sociedade parece estar, de fato, adorando a nova temperatura, nem que seja pelo caráter inusitado. Lady Anne Bishop foi vista fazendo anjinhos na neve na companhia de sir Royce Pemberley, que, não podemos deixar de observar, não é seu prometido.

Há de se perguntar se o incidente levará o marquês de Halfurst, a quem lady Anne foi prometida em casamento desde que nasceu, a deixar seu lar em Yorkshire e vir para Londres finalmente conhecer a mulher com quem vai se casar.

Ou talvez, quem sabe, ele esteja satisfeito com a situação. Afinal, nem todo cavalheiro deseja uma esposa.

CRÔNICAS DA SOCIEDADE DE LADY WHISTLEDOWN,
24 de janeiro de 1814

Lady Anne Bishop pousou as cartas na mesa.

— Pronto — disse, sorrindo —, já lemos as três. Suas opiniões, senhoritas?

— O convite do Sr. Spengle me parece o mais fervoroso — comentou Theresa DePris com um risinho, passando os dedos de leve na carta. — Usou quatro vezes a palavra "coração".

— E "ardente", duas.

Anne riu.

— Além disso, é o que tem a melhor caligrafia. Pauline, o que acha?

— Como se você se importasse com caligrafia, Anne — respondeu a Srta.

Pauline Hamilton, rindo com desdém. – Todas sabemos que vai ao teatro com lorde Howard, então pare de ostentar suas cartas de amor diante de nós, pobres almas desafortunadas.

– Não são cartas de amor, por Deus.

Sem achar graça da situação, Anne pegou a carta de lorde Desmond Howard. Ele era o mais espirituoso de seu círculo de jovens conhecidos, com toda a certeza. Mas amor? Que absurdo.

– Então o que diria que significam essas cartas? Todas no estilo "gosto-muito-da-senhorita"?

Franzindo levemente a sobrancelha, Anne colocou a carta de volta à posição original.

– É tudo brincadeira. Ninguém leva nada disso a sério.

– Por quê? Porque você foi prometida em casamento quando tinha 3 dias de idade? – continuou Pauline, com um sorriso afetado. – Acho que você leva o acordo ainda menos a sério do que seus pretendentes.

– Pauline, você de repente está se revelando uma moralista e tanto... Não tenho pretendentes e também não fiz nada de errado.

– Além disso – acrescentou Theresa, voltando ao debate –, quando foi mesmo que Annie recebeu uma carta de lorde Halfurst?

– Nunca! – concluíram em uníssono as duas amigas, rindo.

Annie também riu, embora não tivesse achado tanta graça assim. Para começo de conversa, nas histórias românticas, o prometido combatia bruxas e derrotava dragões. Não devia ser tão difícil escrever uma carta, mesmo na desolada Yorkshire.

– Exatamente – respondeu, enfim. – Nem uma palavra, que dirá uma frase, em dezenove anos. Por isso mesmo não quero ouvir mais nenhuma tolice sobre meu prometido criador de ovelhas – continuou, inclinando-se para a frente. – Ele sabe exatamente onde moro. Se escolhe viver o mais longe possível de Londres, não há nada que eu possa fazer.

Theresa suspirou.

– Então nunca vai se casar?

Anne afagou a mão da amiga.

– Recebo uma renda mensal, passo a maior parte do ano em Londres por causa do cargo que meu pai ocupa no gabinete, tenho os melhores amigos do mundo e recebo convite para todos os eventos, mesmo no meio do inverno. Se isso não é uma vida perfeita, o que mais seria?

Pauline balançou a cabeça.

– E quanto ao seu marquês criador de ovelhas? Acredita que permanecerá em Yorkshire até ficar velho e morrer? Se resolver se casar, não terá que ser com você?

Anne estremeceu. A Srta. Hamilton sempre sentira prazer em encontrar obstáculos no caminho das pessoas.

– Não dou a mínima para o que ele fizer.

– Talvez morra em um acidente enquanto tosa uma ovelha – sugeriu Theresa.

– Ora, não desejo que nada de ruim lhe aconteça! – retrucou Anne na mesma hora.

Deus, se ele morresse, cairia a única barreira que a protegia da mãe, iniciando-se assim uma eterna chateação: teria que encontrar um marido. Como as coisas estavam, podia colocar a culpa pela falta de um companheiro na ausência do marquês. E seria errado casar-se com outra pessoa sem o consentimento dele.

– Gosto dele exatamente onde está... bem longe daqui.

– Hum – murmurou Theresa, pensativa. – Você diz isso agora, mas...

A porta da sala de estar abriu-se com um ruído.

– Anne, venha aqui agora! – ordenou a mãe.

Lady Daven estava com o rosto pálido. Por um momento, Anne imaginou que podia ter acontecido alguma coisa com o pai.

– Mamãe, o que houve? – perguntou, pondo-se de pé.

– É ele! – exclamou a condessa, sem um olhar sequer às outras duas damas presentes. – Ora, por que você está usando isto? O que aconteceu com seu vestido azul novo?

– Como assim, mamãe? Do que está falando? – insistiu Anne, lançando às amigas um olhar de desculpas ao se aproximar da porta. – Ele quem? Papai?

– Não, *ele*. Halfurst.

Anne ficou sem ar, o nervosismo silencioso ecoado em voz alta por Theresa e Pauline:

– *Como assim?*

– Chega de demora – replicou a mãe, o tom áspero, pegando-a pelo cotovelo e conduzindo-a pelo corredor.

– Mas... o que ele está fazendo aqui?

Mil perguntas surgiram em sua mente, mas conseguira formular apenas aquela.

A mãe lançou-lhe um olhar irritado.

– Podemos imaginar. Perguntou por você. O pobre Lambert não sabia o que fazer com ele, mas graças a Deus o infeliz teve o bom senso de levá-lo até a sala principal.

Seu prometido estava na sala principal. O criador de ovelhas. O gordo, careca, descuidado, baixinho e malcheiroso criador a quem os pais a haviam prometido em casamento, um homem que, em seus 19 anos, nunca vira.

– Acho que vou desmaiar – murmurou.

– Não, você não vai desmaiar. Além do mais, a culpa é sua, se comportando dessa maneira. Ele provavelmente veio até aqui para insistir que você rompa de uma vez por todas o acordo de casamento.

Anne animou-se um pouco.

– A senhora acha?

Agora que o idiota do marquês havia invadido Londres, a perspectiva de a mãe importuná-la para que se casasse com outro não lhe parecia tão terrível assim.

As duas pararam diante da porta fechada da sala.

– Não duvido nada – sussurrou a mãe, irritada.

Ela abriu a porta e fez a filha entrar.

– Seja...

Mas, antes mesmo de terminar a frase, a porta se fechou atrás dela.

Lá estava ele, de pé, aquecendo as mãos diante da lareira. Durante um breve momento, Anne fitou seu perfil. Não era careca nem baixo, e sem dúvida não parecia gordo no paletó rente ao corpo. Aristocrático, no sentido antigo e elegante da palavra, pensou ela abruptamente.

– O senhor é o marquês de Halfurst? – deixou escapar, sentindo o sangue lhe subir às faces.

Ele se virou para ela devagar. Olhos cinza-escuros, um deles obscurecido por uma mecha de cabelo úmido e negro como carvão, a examinaram com tamanho rigor que a deixaram sem ar.

– Eu mesmo.

Sua resposta, em tom baixo, saiu ligeiramente entrecortada no final, embora ela não soubesse se era porque estava irritado ou se divertindo.

– Lady Anne, imagino.

Nem feio, percebeu ela com um leve suspiro. Então despertou de seus devaneios e fez uma reverência, ainda que tardia.

– O que... o que o traz a Londres, senhor?

– Anjinhos na neve – respondeu ele, no mesmo tom de voz.

– Anjinhos... não entendi.

O marquês levou a mão ao bolso e pegou um papel dobrado várias vezes. Encarando-a com olhos penetrantes, caminhou em sua direção e estendeu-lhe um papel.

– Anjinhos na neve – repetiu.

Anne pegou o papel com todo o cuidado para não tocar nas mãos dele. Era tolice, mas tocar nele tornaria sua presença inequivocamente... real. O enorme anel de rubi no dedo indicador da mão direita dele brilhou à luz da lareira, conferindo à cena uma atmosfera ainda mais sombria, surreal. Olhando para seu rosto esguio e impassível, ela desdobrou o papel surrado. E empalideceu.

– Ah, eu... ah... Ora, lady Whistledown é mestra em exagerar.

– Entendo – murmurou ele.

A voz dele, por mais calma que estivesse, reverberou por sua coluna.

– Quer dizer que a senhorita não estava rolando na neve com sir Royce Pemberley?

A surpresa por sua inesperada chegada começou a diminuir. Tinha que admitir: ele era alto e musculoso, com um rosto esguio e gracioso que poderia inspirar qualquer poeta, mas ela tinha outras preocupações além da aparência dele. Em primeiro lugar, era um homem rude. Ela piscou, forçando-se a desviar o olhar de seu semblante de deus grego.

Os trajes do marquês certamente não estavam à altura dos padrões londrinos com os quais estava acostumada. O terno era bem cortado, mas o estilo, com certeza de uns seis anos antes. As calças de camurça pareciam já ter visto dias bem melhores, embora a qualidade de suas botas fosse indistinguível sob a lama e a neve que as cobriam.

– Eu não estava rolando com ninguém, lorde Halfurst. Sir Royce tropeçou na neve e, ao tentar ajudá-lo a se levantar, também perdi o equilíbrio.

Ele ergueu uma sobrancelha.

– E os anjinhos na neve?

Anne resistiu ao impulso de limpar a garganta. Deus do céu, nem sua mãe fazia tantas perguntas, e certamente não nesse tom.

– Pareceu-me o que devia ser feito, milorde.

Seus lábios contraíram-se.

– Imagino que não aconteça com frequência, estou certo?

Anne franziu a testa. *Agora ele estava zombando dela?*

– O senhor poderia ter ao menos me cumprimentado antes de começar a me repreender, lorde Halfurst.

– Considerando que passei os últimos três dias cavalgando na neve, no gelo e na lama para descobrir por que diabo minha prometida anda por aí na companhia de... – Ele tirou o papel das mãos dela. – De alguém que "não é seu prometido", acredito que fui até bastante cortês.

Maximilian Trent, o marquês de Halfurst, estreitou os olhos. Esperava que ela fosse ficar surpresa com sua chegada, mas não que fosse ser tão ofensiva. A jovem esguia à sua frente, com as mãos fechadas em punho e cabelos escuros espessos enrolados no alto da cabeça, não parecia se importar com o que ele esperava. E ele achou aquilo interessante.

Por menos que gostasse de sair de Yorkshire, tinha que admitir: já era hora. A coluna de lady Whistledown havia deixado duas coisas bem claras: primeiro, teria que ir a Londres buscar a noiva, uma vez que ela obviamente não iria ao seu encontro; segundo, se seus pares, em fofocas anônimas ou não, tinham começado a duvidar de sua masculinidade, isso queria dizer que ficara afastado de Londres por tempo demais. E quando pousou os olhos na mulher que lhe fora prometida em casamento há dezenove de seus 26 anos, seu primeiro pensamento foi que deveria ter vindo a Londres antes.

– Eu não estava "andando por aí" com sir Royce. Ele é um amigo.

– Ex-amigo – corrigiu Maximilian.

Tendo em vista que era a primeira vez que se falavam, a convicção que sentiu na própria voz o surpreendeu.

Ela agora o encarava sem resquício da curiosidade anterior nos olhos verde-musgo.

– O senhor não tem o direito de...

– Seja como for – interrompeu-a –, aqui estou. – Ele deu um passo lento na direção dela. – Onde está seu pai?

Ela franziu a testa.

– Com o príncipe regente. Por quê?

– Quanto antes acertarmos os detalhes, melhor. Assim poderemos partir antes que tenha mais alguma aventura com anjinhos na neve.

Ela deu um passo para trás, também lentamente.

– Partir? Para onde?

– Para Halfurst. Nesta época do ano não posso me dar ao luxo de ficar fora por muito tempo.

Lady Anne ficou parada, as mãos alisando o pesado vestido cor de lavanda.

– Assim, de repente? O senhor aparece depois de dezenove anos e... do nada... vamos nos casar e ir morar no meio do mato?

– Yorkshire não fica no meio do mato – replicou ele, tirando o relógio do bolso.

Se partissem antes do meio-dia, poderiam estar em Halfurst até o fim da semana, mesmo no ritmo mais lento imposto pelo mau tempo e pelo fato de estar acompanhado da noiva. Franziu os lábios, examinando-a mais uma vez. Com a dama a sua frente como noiva, talvez fosse necessário – e agradável – fazer várias paradas ao longo do caminho.

– Não – disse ela, de forma enfática.

Maximilian tirou os olhos do relógio.

– O quê?

Notou nela certa hesitação, embora os ombros se mantivessem firmes e o queixo elevado.

– Eu disse não.

Ele fechou o relógio de bolso com um estalo.

– Isso eu ouvi. Gostaria de saber o que quis dizer.

– Acredito ter deixado bem claro, lorde Halfurst. Quero dizer que não sairei de Londres para acompanhá-lo até Yorkshire e que...

– Gostaria de casar-se aqui? Talvez seja possível conseguir uma licença especial sem muita dificuldade.

Fazia sentido. Ela crescera em Londres, e ele não tinha objeção alguma a casar-se ali.

– Deixe-me terminar – continuou ela, com um tremor na bela voz. – Simplesmente não vou para Yorkshire, e prefiro cair morta a casar-me com o senhor.

Maximilian contraiu os lábios, sem acreditar no que ouvia.

– A senhorita não pode dizer não. É uma decisão que não lhe cabe, lady Anne – protestou ele, a raiva começando a dominá-lo. – Seus pais...

– Tenho certeza de que meus pais simplesmente deixaram de lhe informar que não gostariam de me ver infeliz por me casar com um homem que nunca vi antes e que, permita-me acrescentar, em dezenove anos, jamais se deu ao trabalho de me enviar uma carta, um bilhete ou um pedaço de papel amassado sequer.

Ele levantou uma sobrancelha, perguntando-se a quem ela estava tentando convencer, a ele ou a si própria.

– A senhorita...

– Nada sei sobre seu caráter, milorde – afirmou –, e em hipótese alguma me permitirei ser arrastada de Londres por um estranho.

– Talvez devesse ter considerado me informar disso antes.

Essa mulher, sete anos mais jovem que ele, não ditaria os termos de seu casamento. Essa bela mulher não escaparia simplesmente porque ele não lhe escrevera durante todo esse tempo.

– Se tivesse se dado ao trabalho de se apresentar antes, talvez eu não recusasse sua corte.

Ela tinha pouco a seu favor: os pais enfrentariam o ridículo e o constrangimento se lhe permitissem dissolver um acordo tão antigo; além disso, ele *ti-*

nha, sim, se correspondido com o pai dela, e sabia perfeitamente que tanto lorde quanto lady Daven apoiavam o acordo. Maximilian abriu a boca, mas logo voltou a fechá-la. Já havia vencido, embora ela ainda não tivesse percebido. O que quer que desejasse dizer em seguida, não seria agradável, tampouco útil, tendo em vista que estava cansado, com frio e molhado. E de nada adiantaria dificultar ainda mais as circunstâncias de sua união.

Olhou-a atentamente por um momento. O colorido de seu rosto, o leve arfar de seu peito, a forma como seus dedos apertavam o tecido pesado do vestido – ele não faria progresso algum se gritasse com ela. Entretanto, pretendia fazer progressos. Não seria nada divertido vencer porque ela não tinha opção. Com um último pensamento de pesar sobre os prováveis estragos que o tempo ruim estaria fazendo na North Road, ele fez que sim com a cabeça.

– Talvez a senhorita tenha razão.

– Tal... vez? Ora, claro que *tenho* – replicou Anne, uma óbvia expressão de alívio suavizando os traços do rosto.

Meu Deus, como ela era adorável. Por essa não podia esperar. Na verdade, não esperava alguém como *ela*, de jeito nenhum.

– Deixe-me então reparar meu erro.

Anne franziu a testa, mas em seguida suavizou a expressão.

– Não será necessário.

– Então acha que devo voltar imediatamente para Yorkshire? – perguntou o marquês, um toque de ironia voltando ao tom de voz.

Por mais inesperada que a aparência dela fosse para ele, lady Anne estava ainda mais atordoada pela chegada repentina *dele*.

– Bem, o senhor deixou claro que não gostaria de ficar muito tempo longe de Yorkshire.

– Sim, eu sei. Antes, porém, ficaria honrado se a senhorita fosse comigo ao... – disse, virando o papel amassado – Theatre Royal, hoje à noite, para assistirmos a *O mercador de Veneza*. – Ele voltou a encará-la. – Se não me engano, Edmund Kean faz o papel de Shylock.

– Sim, ele mesmo – respondeu ela, um sorriso iluminando os olhos e transformando-os em esmeraldas. – Dizem que sua atuação está impecável. Na verdade...

Ela se interrompeu, corando.

– Na verdade o quê? – indagou ele.

– Nada.

– Ótimo. Passo para buscá-la hoje às sete.

Sentindo a necessidade de tocá-la, Maximilian deu mais um passo à frente. Levou as mãos ao pulso de Anne e a fez soltar os dedos do vestido.

Ela engoliu em seco quando ele levou sua mão aos lábios. Uma lenta onda de calor lhe subiu pelas veias quando o encarou com seus cílios longos e curvados.

– Até mais tarde – murmurou ele, soltando sua mão enquanto a mente evocava tudo o que preferiria estar fazendo com ela.

Sem esperar resposta, dirigiu-se ao corredor e, depois, ao vestíbulo, para pegar o chapéu e o sobretudo. Tinha outros assuntos a tratar. E não precisou ver a expressão de surpresa do mordomo ao notar seus trajes antiquados para saber qual deles era o mais urgente.

Ao chegar à cidade, havia algumas horas, ele praticamente não pensara em mais nada além de buscar lady Anne e voltar logo para Yorkshire. Depois de vê-la, entretanto, a ideia de cortejá-la um pouco não lhe pareceu mais tão repugnante assim, no fim das contas.

CAPÍTULO 2

Esta autora não costuma gabar-se da própria importância, mas há rumores de que sua coluna, datada da semana anterior, tenha sido diretamente responsável pela recente chegada à cidade de ninguém mais, ninguém menos, que Maximilian Trent, marquês de Halfurst. Aparentemente, o bom lorde opôs-se às escapadas de sua prometida com sir Royce Pemberley.

E, como se não bastasse, diz-se que ele vem perseguindo lady Anne (no bom sentido da palavra). Considere, querida leitora, os acontecimentos que se desenrolaram na noite de sábado no Theatre Royal...

CRÔNICAS DA SOCIEDADE DE LADY WHISTLEDOWN,
31 de janeiro de 1814

– **V**ocê o rejeitou.

Anne continuou a andar de um lado para outro, ignorando os lastimáveis suspiros da criada, Daisy, que tentava dar os retoques finais em seu penteado.

– A senhora devia tê-lo ouvido, mamãe. "Chega de se divertir e acompanhe-me imediatamente ao meio do nada."

– Ele não disse isso.

– Mas poderia muito bem ter dito.

Lady Daven, sentada na cama observando Anne andar de um lado para outro, balançou a cabeça.

– Não importa. Você não pode recusá-lo. Seu pai e o antigo marquês de Halfurst fizeram...

– Então ele que se case com o marquês! Não pedi para ser exilada em Yorkshire!

– Ontem você estava feliz por ter sido prometida a Halfurst.

Ontem ela jamais teria imaginado que ele fosse realmente aparecer. Franzindo a testa, Anne acabou cedendo e sentou-se, permitindo que Daisy finalizasse o penteado.

– Não gosto dele. Isso não basta?

– Você acabou de conhecê-lo. E com certeza não pode se queixar da aparência dele.

Aquela fora a parte mais inquietante do encontro. Ele era, de fato, bonito – muito mais do que poderia imaginar.

– Sim, as feições são bastante agradáveis – admitiu. – Mas a senhora notou os trajes? Deus do céu, com certeza antiquados! E ele foi cruel. Como esperava que eu reagisse?

A mãe suspirou.

– Talvez estivesse ansioso por conhecê-la.

– Não acho que estava ansioso com nada – murmurou Anne.

– Quaisquer que sejam seus receios iniciais, você voltará a encontrá-lo, Anne. A não ser que venhamos a descobrir nele algum tipo de desequilíbrio mental, o acordo está mantido. A honra de seu pai depende disso.

– Ele se ofereceu para me levar ao teatro hoje – disse Anne, franzindo a testa. – Na verdade, praticamente ordenou que eu o acompanhasse.

– Que bom. Seu pai e eu aguardaremos que nos relate o que acontecer esta noite.

Com as saias do vestido farfalhando, lady Daven pôs-se de pé e deixou o quarto.

– Isso não é *nada* bom – disse Anne depois que a porta se fechou. – Não gosto de receber ordens, muito menos de um criador de ovelhas com roupas antiquadas.

Mas que olhos. Balançou a cabeça, tentando se livrar dos pensamentos.

– E eu realmente não gostaria de ser vista na companhia dele. Todos zombarão de mim.

– Milady?

– Daisy, diga a Lambert que me avise, e só a mim, quando lorde Howard chegar.

– Mas...

– Sem discussão, por favor. Não vou passar o resto da vida aprisionada em Yorkshire.

Enquanto a criada se apressava a descer as escadas, Anne recostou-se e começou a mexer distraidamente nos brincos. Sua mãe ficaria lívida se soubesse que lorde Howard ainda alimentava a expectativa de levá-la ao teatro. Anne não sabia ao certo por que decidira ser tão rebelde... exceto pelo fato de o marquês de Halfurst ter chegado sabendo que já vencera, e não ter sido nem um pouco humilde com relação a isso. Nem se dera ao trabalho de considerar os sentimentos e a situação dela.

Alguém bateu freneticamente à porta do quarto.

– Entre – disse ela, pondo-se de pé em um salto.

– Milady, lorde Howard chegou, e ouvi a condessa, sua mãe, na sala de estar! – informou Daisy.

Anne reprimiu um suspiro nervoso.

– Muito bem. Pegue seu xale, vamos sair.

Com uma expressão de desalento, a criada assentiu.

– Como quiser, milady.

– Não se preocupe, Daisy. Não deixarei que qualquer ira caia sobre seus ombros.

– Assim espero.

– Quer dizer então que ele apareceu do nada, em uma carroça, na expectativa de que você fosse imediatamente para Yorkshire com ele?

Desmond Howard acenou para os lacaios enquanto ele e Anne passavam pela porta principal do Theatre Royal e subiam as escadas que levavam ao camarote, onde só os mais abastados podiam entrar.

Agora que tinham chegado ao teatro sem ser descobertos ou detidos por lorde Halfurst ou qualquer membro da família, Anne relaxou um pouco.

– Sim, sem sequer pedir licença ou dar bom dia.

– Parece mesmo algo que ele faria.

Anne olhou de forma incisiva para a expressão severa do visconde.

– Conhece lorde Halfurst?

Estava com a mão apoiada em seu braço, e sentiu quando ele deu de ombros.

— De passagem. Frequentamos Oxford na mesma época. Não o vejo desde a última vez que esteve em Londres.

Até aquele momento, ela não sabia que ele já estivera em Londres.

— Quando foi isso?

— Há uns sete ou oito anos, acredito.

— Hum. E na ocasião ele também não se deu ao trabalho de me procurar.

Evidentemente, na época ela tinha apenas 12 ou 13 anos, mas eles já eram comprometidos.

— Ele ficou por pouco tempo. Foi quando o marquês, pai dele, faleceu, se não me engano. — O visconde soltou uma risada. — Imagino que não estava muito ansioso para permanecer na cidade, pois seus credores deixaram escapar que ele estava quase falido.

Que maravilha. Além de arrogante, Halfurst era pobre. Seus pais com certeza não lhe contaram esse detalhe e estavam loucos se acreditavam que ela estaria disposta a ir viver numa cabana, por mais bonito que ele fosse.

— Que agradável — murmurou.

Se o marquês precisava de seu dinheiro, seria ainda mais difícil fugir dele.

Lorde Howard riu de novo.

— Não se preocupe, Anne — continuou. — Hoje a senhorita está comigo. E saiba que, na posição dele, eu jamais afastaria uma flor tão adorável quanto a senhorita do solo fértil de Londres.

— Obrigada — replicou ela, comovida, sorrindo quando ele abriu a cortina de seu camarote para que ela passasse.

— O prazer é todo meu, acredite — murmurou ele, sentando-se ao seu lado.

À medida que os espectadores enchiam o teatro, uma agitação na plateia chamou sua atenção. Lá embaixo, em meio a uma multidão que parecia estar se divertindo com a farsa representada no palco, via-se um cavalheiro muito belo e bem-vestido, na companhia de uma dama igualmente bonita e bem-vestida, a Srta. Amelia Rellton.

— Quem é aquele que acompanha a Srta. Rellton? — perguntou ela, tentando não os encarar, embora, a julgar pela direção do binóculo de outros camarotes, ninguém mais tivesse reservas em fazê-lo.

— Hum. O marquês de Darington, acredito — respondeu Howard, voltando a se recostar. — Obviamente, perdeu o juízo. Levar uma dama à plateia. — Ele ajeitou-se na poltrona, aproximando-se mais um pouco, e lançou um olhar a Daisy, que se sentara no canto em silêncio. — Aparentemente, todos os jovens estão na cidade para a temporada de inverno... e atrás das mulheres.

Anne ficou repentinamente grata pela presença da criada.

– Talvez seja o frio – respondeu ela.

– Sem dúvida – afirmou ele, aproximando-se ainda mais. – Diga-me, minha querida, já pediu aos seus pais para dissolverem formalmente o acordo com Halfurst?

O brilho em seus olhos azuis parecia intenso demais para uma pergunta tão inocente, e Anne lembrou-se da advertência de Pauline de que ela tinha pretendentes, concordasse ou não.

– Expressei minhas reservas – respondeu Anne, com cuidado, ao mesmo tempo que se perguntava por que estava sendo tão cautelosa.

Assim que convencesse os pais a desfazerem o acordo com Halfurst, a mãe certamente a faria se casar com outro.

– "Reservas" não condiz com suas observações anteriores – replicou ele, cumprimentando com um aceno de cabeça um conhecido no camarote vizinho.

No palco, as cortinas se abriram.

– Shh! Vai começar – sussurrou ela, acomodando-se na poltrona e sentindo-se mais grata do que nunca por assistir à atuação de Edmund Kean.

Hipnotizada, ficou em silêncio até o intervalo. Nunca vira alguém representar Shylock daquela maneira, com tanta maestria. Não era de admirar que a atuação de Edmund Kean estivesse causando tanto alvoroço em Londres.

Quando as cortinas se fecharam, Anne se juntou aos aplausos.

– Meu Deus! – exclamou, sorrindo. – Edmund Kean é...

– ...absolutamente envolvente – interrompeu uma voz calma vinda da entrada do camarote. – Uma atuação impecável, até agora.

Anne e lorde Howard viraram-se juntos, e o lorde levantou-se abruptamente.

– Halfurst.

O marquês não se mexeu, permaneceu relaxado, encostado na parede ao lado da entrada do camarote. A julgar pela expressão de surpresa da criada, ela também não o vira entrar. Sua silhueta esguia estava oculta na sombra, mas Anne podia sentir seu olhar sobre ela.

– Lorde Howard – continuou Halfurst com a mesma tranquilidade na voz. – Recordo-me que tinha certo gosto por apostas... e pela esposa dos outros, ao que parece.

– Não sou sua esposa – sussurrou Anne.

Ele endireitou os ombros.

– No entanto, *deveria* estar em minha companhia esta noite, não?

– Eu...

– Lady Anne tomou a sábia decisão de me acompanhar, em vez de acompanhá-lo – intrometeu-se lorde Howard. – E eu lhe agradeceria se não insultasse meu caráter, Halfurst.

O marquês deu um passo adiante, em direção à pálida luz dos candelabros. Anne prendeu a respiração. Ele já não usava mais o traje obsoleto de antes. Estava de paletó e calça cinza-escuros que pareciam ter sido feitos sob medida para seu corpo musculoso – não havia possibilidade de serem um empréstimo. Sua mente, entretanto, recusava-se a discorrer mais sobre a origem daqueles trajes. Em vez disso, ela olhou-o de cima a baixo: dos olhos acinzentados e brilhantes ao colete preto, camisa de linho e gravata branca.

– O senhor... mudou – conseguiu dizer, enrubescendo.

– De roupa, apenas – replicou o marquês, sem tirar os olhos dela. – A senhorita pareceu não aprovar meus trajes hoje de manhã.

– É melhor o senhor sair daqui – interveio lorde Howard.

Anne sobressaltou-se. Quase se esquecera de sua presença. Lorde Howard tinha a atitude confiante que via com muita frequência em seu rosto anguloso e bonito, a aparência de quem sabia que estava em posição de vantagem e pretendia usá-la. Sem dúvida, estava prestes a escorraçar Halfurst dali. Era quase uma pena. Não teria se importado em passar a noite admirando o marquês naqueles trajes esplêndidos.

– Não tenho intenção de ficar – replicou lorde Halfurst, esboçando um leve sorriso sem humor. – A vista do seu camarote é sofrível. Só estou aqui para levar minha noiva a um ponto de observação mais vantajoso, ou seja, ao *meu* camarote.

– Ela está comigo. O senhor deveria colocar isso nesta sua cabeça dura de Yorkshire.

– Desmond – protestou Anne.

O visconde a ignorou, dando mais um passo à frente e aproximando-se do marquês.

– Será que o senhor esteve longe de Londres tanto tempo assim a ponto de esquecer completamente o que é ter boas maneiras? Saia daqui.

Halfurst apenas deu de ombros.

– Se tivesse esquecido minhas boas maneiras, neste exato momento estaria arrastando-o escada abaixo e o espancando até deixá-lo à beira da morte por ousar interpor-se entre mim e lady Anne. No entanto, vou apenas pedir à minha prometida que me acompanhe até meu camarote. Acredito ser uma atitude bastante polida de minha parte. – Ele voltou a olhar para Anne. – A senhorita não acha?

Lorde Howard enrubesceu.

– O senhor... Eu... Como ousa...

– Não gagueje, Howard – continuou o marquês. – Se tiver algo a dizer, diga agora. Caso contrário, ficará parecendo apenas um fanfarrão.

Estendeu em seguida a mão para Anne.

– Milady? Prometo-lhe uma vista totalmente livre pelo restante da peça.

Anne estava aturdida. Ninguém levava a melhor sobre lorde Howard em uma batalha verbal, e certamente nunca em um só golpe. Além disso, a forma como o marquês a olhava, como se fosse a única pessoa no teatro inteiro...

– E se eu me recusar a acompanhá-lo? – perguntou enfim, forçando o cérebro a voltar a funcionar.

Ela não era nenhuma noiva roubada, pelo amor de Deus. Ou era?

– Eu acabo com lorde Howard – respondeu o marquês, em um tom tão rude que ela não teve dúvida de que falava sério.

Ela se pôs de pé.

– Melhor então acompanhá-lo – disse, no tom mais controlado possível.

– Anne – protestou lorde Howard, tentando interceptá-la.

A mão de Halfurst o impediu, empurrando-o de volta a seu assento.

– Boa noite, Howard – disse, afastando-se para abrir as cortinas do camarote.

Maximilian pegou a mão enluvada de Anne e a colocou sobre o braço. Manteve os olhos afastados dela enquanto caminhavam pelo corredor de camarotes, a criada atrás dos dois. Quaisquer reservas que ela tivesse quanto a casar-se com ele eram obviamente mais sérias do que ele havia imaginado. Ao mesmo tempo, vendo-a naquele vestido decotado violeta--claro, a curva de seu colo chamando sua atenção, um cordão de pérolas pálidas adornando seu pescoço, não havia como permitir que outro homem se aproximasse dela.

Já esperava que fosse bela, mas não contara com o calor que o percorria quando olhava para ela, ainda mais intenso agora do que naquela manhã. Ele a decifraria e a faria desejá-lo da mesma maneira que a desejava... porque não sairia de Londres sem ela.

– Os ingressos para todas as apresentações de Edmund Kean estão esgotados. Como conseguiu entrar?

Maximilian abriu a cortina para que ela entrasse no camarote.

– Simplesmente pedi.

Enquanto tomava seu lugar, olhou-a de relance. Deduziu, por sua expressão, que ela não estava muito animada com esse arremedo de sequestro. Ele tampouco. Os pais obviamente não tinham controle sobre ela, mas mesmo eles ficaram surpresos ao descobrir que ela não estava em casa quando ele chegou para buscá-la e acompanhá-lo ao teatro.

– Não o acompanhei porque a vista de seu camarote é melhor, o senhor sabe.

– Claro que sei. A senhorita estava tentando preservar a integridade de lorde Howard. Nobre de sua parte, suponho, mas eu teria preferido que tivesse me acompanhado desde o início, como havia prometido.

– Não, *o senhor* prometeu por mim.

– E a senhorita não me contradisse. Manter sua palavra não é tão difícil, é?

Anne estreitou os olhos.

– Fique zangado quanto quiser, mas ninguém me consultou a respeito de nada disso. Não espere que eu simplesmente... me renda.

Aparentemente ele havia subestimado tanto a noção de dever de lady Anne quanto o esforço que teria que fazer se a quisesse como noiva – e em sua cama.

– Espero que se renda – disse ele, com tranquilidade, estendendo a mão para pegar a dela.

Sua mão estava fechada e, ainda que por um momento tenha imaginado que ela poderia tentar socá-lo, ele inclinou-se para passar os lábios nos nós de seus dedos. A mão e a luva cheiravam a sabonete. O perfume, tão comum até então, o invadiu.

Ela o observou endireitar o corpo.

– Se espera que eu me renda – disse ela, a voz ligeiramente trêmula –, caberá ao senhor convencer-me.

Maximilian sorriu.

– Que comece a batalha.

CAPÍTULO 3

Curiosamente, lorde Howard foi visto deixando o Theatre Royal antes do final da peça. Estava visivelmente contrariado, bebendo de um frasco de maneira compulsiva.

Porém não se notavam nele hematomas, o que afastava qualquer rumor de que ele e lorde Halfurst haviam chegado às vias de fato por causa da adorável lady Anne. Realmente, ouviram-se palavras ásperas, levando esta autora a se perguntar como, exatamente, a briga foi evitada.

Esta autora com certeza não é do tipo sanguinário, mas não concorda, querida leitora, que um ou dois hematomas acrescentariam um pouco de caráter ao aspecto tão agradavelmente belo de lorde Howard?

CRÔNICAS DA SOCIEDADE DE LADY WHISTLEDOWN,
31 de janeiro de 1814

Maximilian acordou cedo. Tentar dormir foi uma total perda de tempo, considerando que rolara na cama a noite toda. Visões da mulher que deveria ser sua esposa e que dormia em outra casa invadiam seus pensamentos.

Parte da casa dos Trents permanecera fechada, e os móveis, cobertos por lençóis para que o frio não penetrasse nos cômodos principais. Mesmo depois de uma ausência de seis anos, os criados haviam reagido com entusiasmo à sua chegada.

Ao que tudo indicava, entretanto, sua futura noiva não apareceria. Esperara ser cortejada, quando ele esperara que ela lhe tivesse sido entregue em Halfurst, conforme prometido.

– Chá, milorde? – perguntou o mordomo ao vê-lo chegar à sala de jantar.

– Café. Forte – respondeu Maximilian, servindo-se de uma porção generosa de ovos e presunto que estavam no aparador e concentrando-se no prato.

Demorou um pouco para notar a pequena pilha de cartas em cima da edição do *London Times* daquele dia, bem ao seu lado.

– Que cartas são essas?

– Acredito que sejam convites, milorde – respondeu Simms, servindo-lhe uma xícara grande de café.

– Convites? Para quê?

– Não saberia dizer, milorde... ainda que Mayfair pareça incomumente... ativa para essa época do ano.

Maximilian soltou um resmungo.

– Os rios de Yorkshire congelam todo ano. Não vejo por que metade da população do sul da Inglaterra teria que vir a Londres para ver um rio congelado.

– É uma novidade aqui... como o senhor também o é, se não se importa que lhe diga, milorde.

Ao examinar os convites, Maximilian assentiu.

– É o que parece. Mas são convites principalmente de famílias com filhas solteiras, se me recordo corretamente das colunas de lady Whistledown. Não percebem que não estou disponível?

– Eu...

– Foi uma pergunta retórica, Simms. Por favor, peça a Thompson para selar meu cavalo.

– Seu cavalo – repetiu o mordomo, hesitante.

– Sim, meu cavalo.

– Se importa que eu lhe diga que está nevando, milorde?

– É praticamente primavera se comparado a Yorkshire. Acredito que Kraken e eu sobreviveremos.

27

– Sim, milorde.

Enquanto comia, Maximilian abriu várias missivas. Aparentemente, mesmo com os rumores que havia muitos anos circulavam em Londres de que o marquês estava falido, as mães queriam lhe oferecer suas filhas. Em certo sentido, era divertido. Mulheres em abundância pareciam estar disponíveis para aliviar sua condição de solteiro – todas, menos aquela que lhe havia sido prometida. E, especialmente depois da noite anterior, nenhuma delas substituiria lady Anne Bishop.

Embora a negligência anterior com sua prometida pudesse ter sido fruto de complacência e da opção de se concentrar nos problemas e na confusão referentes às posses que o pai havia lhe deixado, ele não voltaria a cometer o mesmo erro. Anne havia lhe imposto um desafio, um desafio que provavelmente merecia, e ele responderia à altura.

– Simms, conhece algum estabelecimento comercial onde eu possa comprar flores? Rosas, de preferência.

– Ah, acredito que a Martensen's tenha acesso a uma estufa. Gostaria que eu enviasse alguém...

Max se levantou da mesa.

– Não, eu mesmo cuidarei disso.

A maioria dos londrinos parecia ainda estar dormindo quando ele foi à Martensen's e depois seguiu rumo à casa dos Bishops. Tendo em vista que todos alegavam estar em Londres para desfrutar da onda de frio, as carruagens fechadas e os casacões pesados daqueles que se aventuravam ao ar livre na manhã gélida os faziam soar um tanto quanto hipócritas. No entanto, já estava acostumado à hipocrisia de seus pares.

O mordomo pareceu surpreso em vê-lo.

– Acredito que lady Anne ainda não esteja acordada, milorde – afirmou, suavizando a expressão.

– Posso esperar.

Quando o mordomo lhe indicou o caminho até a sala principal, fria e fechada, ele lançou um olhar para a mesa do vestíbulo. Sobre ela, havia uma bandeja com cartões de visita de três outros cavalheiros. Pelo visto lorde Howard e o companheiro de anjinhos na neve de Anne, sir Royce Pemberley, não eram seus únicos concorrentes.

– Eles entregaram os cartões pessoalmente? – perguntou, diminuindo o passo.

– Está nevando, senhor – respondeu o mordomo, aparentemente considerando a resposta suficiente. – Enviarei alguém para acender a lareira.

– Não é necessário. Eu mesmo acendo.

– S... sim, milorde. Informarei a lady Anne de sua chegada.

༺❦༻

– Não é possível – resmungou Anne, despindo a camisola e beliscando o rosto para parecer corada. Não que ela precisasse se dar ao trabalho de fazê-lo. Na presença de lorde Halfurst, seu rosto parecia ficar perpetuamente quente. – Ainda são nove da manhã, pelo amor de Deus.

– Prefere o azul, de merino, ou o de veludo cor de ameixa? – perguntou Daisy, praticamente enterrada no imenso guarda-roupas.

– O de veludo, acho. – Anne escovou rapidamente os cachos indomados de seus longos cabelos negros. – Mas o de veludo é de sair. Está nevando?

– Sim, milady.

– Talvez o de merino, então.

Entretanto, isso significava que teria que ficar em casa e conversar com ele. Ele estava tão... intrigante na noite anterior, e se havia uma coisa que não desejava era, de fato, gostar dele. Ele só queria arrastá-la para Yorkshire, afastá-la de seus amigos e familiares em Londres.

– Não, vou usar o de veludo.

Ao terminar de se vestir e descer as escadas, estava sem fôlego e não sabia se as mãos tremiam por causa do frio, da irritação pela presunção dele ou da emoção de vê-lo mais uma vez. O mais provável é que fosse por causa da irritação. Afinal, tinham se separado havia apenas nove horas.

– Mi... lorde – cumprimentou, parando à porta da sala.

O marquês estava curvado, tentando acender a lareira recém-abastecida. A julgar pela fuligem no dorso de uma das mãos, ele também havia empilhado a lenha. Ele olhou para trás.

– Só um minuto.

– Mas...

– Seus criados estavam ocupados – disse, dando de ombros ao se levantar.

O calor atingia os cantos da sala à medida que o fogo pegava.

– Eu mesmo me ofereci.

Quer dizer então que seu criador de ovelhas sabia acender uma lareira... e sabia fazê-lo bem, diga-se de passagem. Anne afastou os pensamentos. Ele não era *nada* dela.

– O que o traz à casa dos Bishops tão cedo?

Ele se aproximou, limpando a fuligem da mão com um lenço.

– Esqueci-me de uma coisa ontem.

– Acredito que não. Tive uma ótima noite – respondeu Anne, com sinceridade.

A não ser pela quase briga entre ele e lorde Howard, mas a maneira como ele dispensara o visconde fora... interessante.

Um leve sorriso delineou-se na boca dele.

– Que bom. Mas não é a isso que me refiro.

Lorde Halfurst parou na sua frente, dedicou um instante correndo os olhos por seu vestido de veludo cor de ameixa e depois voltou a fitá-la. Muito lentamente, estendeu a mão e levantou o queixo dela.

– Esqueci de dar um beijo de boa-noite – murmurou, o olhar preso aos seus lábios.

– O senhor...

A voz fugiu-lhe quando ele se inclinou e roçou os lábios nos dela. Ela fechou os olhos, praticamente contra a vontade. Breve, suave, macio e, no entanto, cheio de promessas, ou de algo que a fez desejar envolver-lhe o pescoço com os braços e pedir mais. Com a respiração ofegante, Anne abriu os olhos.

– O senhor toma liberdades demais – conseguiu dizer.

Ele balançou a cabeça.

– Estamos comprometidos, afinal.

Halfurst a puxou para si e a beijou novamente.

Quando a soltou pela segunda vez, era ela que estava se inclinando sobre ele. Praguejando em silêncio, Anne se recompôs.

– O que... O senhor já me deu um beijo de boa-noite.

– Esse foi de bom-dia.

– Ah.

O marquês voltou para a lareira, pegando do mantel um esplêndido buquê de flores.

– Rosas de inverno – disse, estendendo-as a ela.

O vermelho das rosas parecia ser suficiente para aquecer a sala. Com seu pesado vestido de veludo, Anne começava a sentir calor.

– Obrigada – disse ela, respirando o intenso perfume. – São lindas. Mas desnecessárias.

– Evidentemente são necessárias – opôs-se ele. – Tenho algumas coisas a compensar. Isto é apenas o começo.

– O começo? – repetiu ela, observando a suave curva de seus lábios.

Era aristocrático e belo, tão diferente do que imaginara que ela poderia considerá-lo um impostor. Quando sorria, porém, os olhos se iluminavam e, em resposta, seu tolo coração se acelerava.

– Da minha corte.

A revelação, feita de maneira tão calma e trivial, a deixou atordoada.

– Pensei que o senhor pretendia apenas me arrastar para Yorkshire.

Halfurst inclinou um pouco a cabeça, como se estivesse tentando ler os pensamentos dela.

– Eu poderia fazer isso – admitiu, em voz baixa –, mas não poderia forçá-la a querer estar lá, e certamente não poderia fazê-la querer estar lá *comigo*.

Anne estreitou os olhos.

– Perdoe meu cinismo, mas o que aconteceu para que de uma hora para a outra o senhor resolvesse ser sensato?

– A senhorita. Mas não se trata de sensatez, e sim de paciência. A senhorita nasceu para ser minha. Pretendo tê-la.

Meu Deus, ele parecia tão seguro de si.

– Ora, porque sou bonita e minha família tem dinheiro?

O sorriso voltou aos lábios dele.

– Porque a senhorita me disse que preferia cair morta a casar-se comigo.

– Porque... Que absurdo.

– E porque a senhorita me interessa, me intriga, e porque depois de dezenove anos sem uma palavra de minha parte e sendo tão popular quanto é, me recusou, mas não escolheu outro para o meu lugar.

Anne sentiu-se tonta. Não era apenas sua lógica absurda, mas a maneira como ele mantinha o olhar fixo no seu ao falar, a maneira como parecia saber o que ela desejava ouvir.

– Pois então o senhor pretende me fazer a corte?

– Pretendo.

– E se eu recusar?

– Não vai recusar.

Ele tinha a arrogância típica dos homens.

– Mas e se eu recusar?

Ele se calou por um momento.

– Nesse caso, voltarei para Yorkshire.

– Sozinho – apressou-se ela em declarar.

– Sem a senhorita – respondeu ele, os olhos brilhando, como se soubesse que ela não gostaria da resposta.

Deus do céu, ele não acreditava que a deixaria com ciúmes, acreditava? Ela sempre *soube* de sua existência, mas só o conhecia havia um dia, afinal. Ele continuou a encará-la, então ela fez uma careta, enrugando o nariz.

– Muito bem.

– Muito bem – repetiu ele com suavidade. – E agora a senhorita gostaria de sair para dar uma caminhada em minha companhia?

– Está nevando!

– Muito pouco. Estamos ambos adequadamente vestidos para a neve.

O marquês apertou os lábios, olhando-a novamente de cima a baixo. Um lampejo de algo semelhante a humor, porém mais sombrio, transpareceu em seus olhos acinzentados.

– A não ser que prefira ficar aqui sentada ao meu lado.

Anne pigarreou.

– Vou buscar meu casaco.

– Foi o que pensei.

– Isso não significa que tenho medo do senhor, lorde Halfurst – acrescentou ela enquanto se preparava para deixar a sala.

– Maximilian – corrigiu ele.

– Não.

O marquês se virou, sem tirar os olhos dela.

– Por que não?

Por Deus, ela deveria simplesmente concordar. Era tão mais agradável e confiante na presença de seus outros amigos do sexo masculino. Eles, porém, não questionavam cada palavra sua. Provavelmente só ouviam metade do que dizia.

– Chamar um cavalheiro pelo primeiro nome implica certa... intimidade – continuou Anne, franzindo as sobrancelhas ao perceber que parecia a mãe falando.

Bastaram duas passadas largas para que ele se interpusesse entre ela e a porta.

– Ouvi a senhorita chamar sir Royce e lorde Howard pelo primeiro nome – disse ele, em tom grave, encontrando seu olhar. – Que tipo de "intimidade" tem com eles?

Anne forçou uma risada curta.

– Está com ciúme, milorde?

– Sim. E terei mais ciúme a cada minuto que passar em sua companhia.

A declaração interrompeu de súbito a resposta tímida e ensaiada que ela estava prestes a dar. Os homens fingiam ter ciúme para obter favores e ela normalmente considerava a prática cansativa. Eles não admitiam ciúme de verdade... pelo menos nenhum homem que tivesse conhecido até então.

– Eu... Eu não tenho a intenção de provocar ciúme – replicou, o calor no olhar dele deixando-a ao mesmo tempo nervosa e agitada.

– Sei disso. Mais um motivo pelo qual a senhorita me intriga, Anne. – Ele levantou a mão e ajeitou uma mecha do cabelo dela que havia se soltado do penteado. – Pode me chamar de Maximilian.

Um criador de ovelhas. Ele é um criador de ovelhas, fez questão de lembrar a si mesma. E ainda por cima vive em Yorkshire.

– Muito bem, Maximilian – concordou ela.

Sua determinação em permanecer impassível não impediu que um leve calor lhe percorresse a espinha.

A luz nos olhos dele se intensificou e escureceu. Mas tudo o que ele respondeu foi:

– Vá buscar seu casaco, Anne.

Para seu crescente deleite, lady Anne Bishop, ele começava a perceber, era muito mais complexa do que imaginara. A cada momento, os planos que desenvolvia para conquistá-la precisavam ser modificados e adaptados, pois aprendia algo novo a respeito dela.

O mordomo retirou do cabide um casaco cinza pesado forrado com pele de arminho, e Max se adiantou:

– Permita-me – disse, tirando o casaco das mãos dela.

Ele colocou o casaco sobre os ombros dela e inspirou o aroma de lavanda de seu cabelo. Contornando-a, ajustou o fecho prateado sob seu queixo. O cheiro dela, ao tocar sua pele nua, o inebriou. Imaginava encontrar uma mulher que lhe desse um herdeiro, pouco além disso. A possibilidade de que fosse realmente desejá-la jamais passara por sua cabeça.

– Anne – chamou uma voz que vinha da sacada. – Aonde pensa que vai?

Lady Daven desceu apressadamente as escadas, seguida por um lacaio e duas criadas. Ao se aproximar, queixando-se das intenções da filha, exatamente como fizera na noite anterior ao descobrir que ela não estava em casa, Maximilian adiantou-se.

– Bom dia, lady Daven – disse ele, fazendo uma mesura.

Ela se deteve, a face pálida enrubescendo.

– Minha nossa! Lorde Halfurst. Eu… perdoe minha intrusão. Não sabia que o senhor estava aqui.

– Ora, não precisa se desculpar. Simplesmente decidi chegar antes dos meus concorrentes. Convidei lady Anne para me acompanhar em uma caminhada.

– Seus concorr… – começou Anne, franzindo a testa.

– Posso lhe assegurar, milorde, de que não existem concorrentes. Lorde Daven e eu sempre fizemos questão de deixar o compromisso de Anne perfeitamente claro para ela.

– Mãe, por favor, não...

– Apesar disso – respondeu ele –, ultimamente passei a acreditar que vencer por desistência do adversário não é exatamente vencer.

Anne abriu a porta da frente e adiantou-se. Franzindo a testa, Maximilian despediu-se da mãe dela com um meneio de cabeça e saiu. Independentemente de seus pais terem ou não deixado claro o seu compromisso, convencê-la a ser fiel aos desejos deles era, evidentemente, algo muito diferente.

– Anne – disse ele, tomando sua mão e levando-a ao seu braço –, eu não tinha percebido que estava tão ansiosa pelo ar matinal.

Ela soltou o braço dele, acelerando o passo.

– Se o senhor só estiver sendo gentil para "ganhar" algum tipo de competição pelo meu afeto, posso lhe assegurar que não tem qualquer chance, pois por mim poderia retornar a Yorkshire imediatamente.

Seu bom humor começava a desaparecer.

– Não seja ridícula.

– Ridíc...

– Claro que estou aqui para conquistar seu afeto – interrompeu ele, pegando-a novamente pelo braço. – Caso contrário, não estaria aqui.

Com isso, ele se inclinou, roçando os lábios nos dela.

– Lembre-se, porém, de que estava fazendo anjinhos na neve. Se tivesse se comportado, poderia ter evitado me conhecer.

Não era bem a verdade. Pretendia vir a Londres na primavera para levá-la a Yorkshire, de qualquer forma. Seria tolice, porém, não aproveitar a vantagem que a indiscrição de Anne lhe proporcionara.

Ela o fitou de esguelha.

– Quer dizer que se eu não tivesse aparecido na coluna de lady Whistledown, o senhor nunca teria se dado ao trabalho de sair de Halfurst? Quem está sendo ridículo agora?

Seu instinto inicial foi responder mencionando a falta de respeito para com o acordo realizado por seus pais. No entanto, já haviam falado sobre o assunto e ele pretendia seguir em frente... sem revisitar o passado.

– Talvez devêssemos apenas concordar que não encaramos como deveríamos nossos deveres um para com o outro.

– É exatamente essa a questão – insistiu ela. – Não lhe devo nada.

– Então por que estamos caminhando juntos na neve, minha cara? A senhorita de fato deu a entender que seria uma experiência horrorosa – disse ele, soprando um floco de neve do nariz dela. – E, no entanto, parece lhe cair muito bem.

Anne lançou um olhar para trás, na direção da criada, mas não antes que ele captasse seu repentino sorriso.

– Humpf. O cansaço e a fome são provavelmente os culpados por essa minha insensata cruzada.

Ele riu. E antes achava que encontraria uma mocinha maleável, mimada até.

– Vou lembrar que a senhorita prefere dormir até tarde, então – murmurou, notando o rubor no rosto dela.

Não acreditava que fosse causado pelo frio, o que o agradou.

– Esta manhã, porém, achei que a senhorita talvez fosse apreciar um pão fresquinho com manteiga na padaria Hamond's.

Ela estava nitidamente faminta, pois não fez objeção quando ele a levou à padaria e pediu o café da manhã.

– Como o senhor conhecia este lugar? – perguntou, entre uma mordida e outra do delicioso pão.

– Não sou um estranho em Londres – respondeu Maximilian, repousando o queixo sobre a mão para observá-la comer.

Ela olhou para ele sob os cílios espessos e curvados.

– Então por que não visita a cidade mais vezes?

– Não gosto daqui.

– Por que não? Amigos, festas, o teatro, lojas, boa comida... como não gostar daqui?

Ela deixou de fora o maior atrativo de Londres... ela própria. Geralmente, a essa hora da manhã ele já estaria no campo, inspecionando suas ovelhas. De vez em quando, Londres tinha seus méritos. Por um momento, não sentiu vontade de responder, mas parecia estar desenvolvendo uma curiosa fraqueza por perguntas sinceras e olhos verde-musgo.

– Sua experiência é muito diferente da minha... Eu... fui julgado por boatos, não por meu caráter.

– Talvez porque não tivéssemos nada mais pelo que julgá-lo – replicou ela, com o olhar ficando sombrio. – Por isso presumo que o senhor está aqui tanto por minha fortuna quanto por mim.

Ele sorriu.

– Fomos prometidos em casamento quando eu tinha 7 anos, Anne. Na época, eu só pensava em cavalos e soldadinhos de chumbo. Sinto lhe dizer, mas a senhorita não era uma coisa nem outra. Uma decepção e tanto.

Ela franziu as sobrancelhas, o pão a meio caminho de seus lábios sedutores.

– Quer dizer que já nos encontramos antes?

Assentindo, Max passou o dedo pelas costas da mão dela.

– Segurei-a no colo quando a senhorita tinha 3 meses.

– É sério?

– Sim. A senhorita espirrou em mim e enfiou o dedo no meu olho.

Ela riu, um delicioso som musical que fez seu pulso se acelerar.

– E o senhor sem dúvida carrega ressentimentos em relação à minha pessoa há dezenove anos por causa disso.

– Certamente não.

Max apertou os lábios. Nunca havia sido tão difícil encontrar as palavras a serem ditas. Antes, porém, ele não se importava com a impressão que causasse. Talvez esse fosse outro motivo pelo qual não se saía bem em Londres. A franqueza não parecia impressionar a muitos por ali. Mas Anne parecia gostar.

– Aos 14 anos, parecia ridículo escrever cartas a uma menina de 7 anos. Quando completei 20, a senhorita ainda era uma garota de 13. Depois meu pai faleceu e... outras preocupações ganharam prioridade.

– E o senhor esqueceu-se de mim.

Ele balançou a cabeça.

– Eu apenas... presumi, acho, que esse aspecto da minha vida já estivesse resolvido. – Maximilian olhou para os olhos dela novamente. – Foi um erro pensar assim. Estou tentando me redimir.

– E acredita que sou mimada e egocêntrica a ponto de fazê-lo saltar obstáculos para me provar algo? Eu lhe garanto, Maximilian, que não sou...

– Sim, realmente pensei que a senhorita fosse mimada... mas desfiz minha impressão dez minutos depois de conhecê-la. Ou conhecê-la de novo, por assim dizer.

Com um sorriso largo, ele limpou com o polegar a manteiga que ficara no lábio inferior dela, pois parecia não resistir ao desejo, à necessidade de tocá-la.

– E que coisa tão espantosa assim eu disse para que o senhor mudasse de opinião a meu respeito?

– A senhorita viu meus trajes, ouviu minhas declarações e depois me rejeitou por desconhecer o meu caráter.

Para sua surpresa, ela deixou de lado o restante da refeição e colocou-se de pé.

– Então quer dizer que passei no teste! – exclamou, limpando as mãos e calçando as luvas. – Mas o senhor não passou no meu. E infelizmente não conseguirá passar. Não enquanto Halfurst estiver em Yorkshire.

Isso de novo? Maximilian respirou fundo ao levantar-se.

– Sempre faz questão de se lembrar disso, Anne Elizabeth – murmurou ele, puxando-a para mais perto ao saírem da padaria. Fosse pelo frio ou porque gostava de ser tocada por ele, ela não fez objeção. – Faça deste o seu grito de guerra. Sempre que me vir, quando sentir o gosto da minha boca na sua, quando sentir minhas mãos em sua pele, Anne, lembre-se de que Halfurst está em Yorkshire, e eu também.

– Vou me lembrar – respondeu ela, a voz hesitante. – É argumento suficiente.

Ao chegarem aos degraus da casa dos Bishops, Lambert abriu a porta. Anne teria puxado seu braço, mas Maximilian não permitiu, trazendo-a para junto de si.

– Não pretendo abrir mão da vantagem que estar noivo da senhorita me proporciona, Anne – disse com ternura, para em seguida lhe beijar a mão.

Ao levantar a cabeça, os olhos de Anne estavam fechados, os lábios ligeiramente abertos, em um doce convite. Meu bom Deus, em que ele estava se metendo? Um casamento arranjado não deveria ser tão... provocante.

– Amanhã faremos um passeio de carruagem – forçou-se a dizer, ajeitando o casaco dela e controlando-se para não puxá-la de volta para seus braços.

– Eu... eu tenho planos para amanhã.

– Cancele. E amanhã lhe darei novamente um beijo de bom-dia.

A cor intensa de suas faces o excitou ainda mais. Graças a Deus existiam casacos longos e pesados. Ele ajeitou o seu.

– O senhor tem muitas certezas, Maximilian.

– Não, milady, só tenho certeza em relação à senhorita.

CAPÍTULO 4

No domingo, lorde Halfurst foi visto com lady Anne Bishop.
Na segunda-feira, lorde Halfurst foi visto com lady Anne Bishop.
Na terça-feira, lorde Halfurst foi visto com lady Anne Bishop.
Esta autora precisa entregar a coluna para impressão antes da manhã de quarta-feira, mas, de verdade, alguém acreditaria que lhe falta integridade jornalística se o trecho a seguir fosse escrito na noite de terça?
Na quarta-feira, lorde Halfurst foi visto com lady Anne Bishop.
Não? Esta autora acredita que não.

CRÔNICAS DA SOCIEDADE DE LADY WHISTLEDOWN,
2 de fevereiro de 1814

— Não existe casamento iminente.

Lorde Daven abriu a boca e em seguida a fechou.

— Como assim?

— Falei que o senhor não me obrigaria a me casar com ele.

Anne respirou fundo, olhando fixamente o rosto impassível do pai. Era melhor acabar logo com isso.

— Eu disse ao senhor que não queria morar em Yorkshire.

— Vamos com calma, Annie. Se você... o recusou... o que não acredito que tenha feito sem antes me consultar... por que então Halfurst continua a visitando?

Ela olhou para os pés.

— Ele está me fazendo a corte — murmurou Anne.

— Já não sou mais tão jovem, filha, repita em voz alta, por favor!

— Ele está me cortejando — repetiu ela, mais alto, voltando a levantar a cabeça. — Pelo menos é o que ele diz.

O conde contraiu os lábios.

— Está rindo de mim, papai?

— No momento, sim, estou.

Ele recostou-se na cadeira, um raro sorriso suavizando suas feições.

— Saiba, porém, que Maximilian Trent não é igual ao pai.

Ao ouvir isso, ela voltou a se sentar.

— O que quer dizer?

— Ah, não, não me venha com perguntas. Você me deixou fora disso tudo e é bom que continue assim. No que me diz respeito, quis dizer apenas que não deve achar que ele faz qualquer coisa de forma frívola, minha querida. Não foi por acaso que chegou aonde chegou.

Franzindo a testa, Anne inclinou-se para a frente.

— Papai, aonde ele chegou e como o senhor sabe? O senhor ficou um ano sem mencionar o nome dele.

O conde deu uma risada.

— Digamos apenas que segui os passos dele mais de perto do que você, Anne. Escrevi-lhe cartas e ele as respondeu. — Ele abriu o livro contábil sobre a mesa. — Agora, se não se importa, preciso trabalhar.

— O senhor não está ajudando muito.

— Hum. Nem você. Poderia ter pedido meu conselho antes de dizer a ele o que eu iria ou não fazer.

Ainda franzindo a sobrancelha, Anne saiu do escritório e dirigiu-se a um ambiente mais agradável, a sala principal. Já esperava que o pai estivesse zangado quando finalmente a chamou para conversar sobre lorde Halfurst. Maximilian. O criador de ovelhas, que aparentemente tinha seus segredos.

Mal havia retomado seu bordado quando Lambert bateu à porta.

– Entre – disse ela, ajeitando a saia e tentando fingir que seu coração não estava acelerado.

Ele a visitava diariamente, e hoje era a tarde de patinação no gelo de lorde e lady Moreland no Tâmisa.

O mordomo entrou.

– Milady, lorde Howard está aqui, perguntando se a senhorita está em casa.

– Lorde Howard? Sim, claro.

Havia quase uma semana que praticamente não pensava em Desmond, exceto para cancelar o passeio ao museu.

O visconde entrou, ainda tentando se livrar dos flocos de neve em seus cabelos castanho-claros.

– Anne! – exclamou com um sorriso, aproximando-se para pegar sua mão. – Que bom encontrá-la em casa.

– Sim, tenho estado mesmo muito ocupada ultimamente.

– Monopolizada, eu diria – respondeu Desmond. – Posso me sentar?

– Claro.

Ele acomodou-se em uma das poltronas estofadas, e ela diante dele, no sofá. Anne o conhecia desde seu baile de debutantes em Londres e, ao pensar sobre o assunto, ele sempre estivera disponível para dançar com ela, acompanhá-la às mais variadas reuniões sociais e queimas de fogos e também à maior parte das outras diversões que a cidade tinha a oferecer.

– Vai à tarde de patinação dos Morelands? – perguntou ele.

– Fui convidada. Ainda não decidi se...

– A senhorita quer dizer que Halfurst ainda não pediu para acompanhá-la.

– Desmond, sou obrigada a passar uma determinada quantidade de tempo na companhia dele.

O visconde pôs-se de pé, caminhou até a janela e voltou.

– Não vejo por que deva sentir-se obrigada a estar com ele. Já disse diversas vezes que ele a ignorou a vida inteira. – Ele sentou-se abruptamente ao seu lado, pegando a mão dela. – O que me faz pensar... por que ele está aqui em Londres?

Constrangida com a explosão repentina de lorde Howard, ela franziu as sobrancelhas.

– Ele leu na coluna de lady Whistledown que eu estive fazendo anjinhos na neve com sir Royce Pemberly.

Ele apertou um pouco mais a mão dela.

– Isso explica tudo! Ele percebeu que outro homem se interessava pela senhorita e se apressou a vir a Londres para deixar claro que ainda tem direito a reivindicá-la, assim como o seu dinheiro.

Qualquer que fosse sua situação financeira, Maximilian obviamente tivera dinheiro suficiente para adquirir um guarda-roupa totalmente novo e reabrir sua casa na High Street. Por outro lado, conhecia algumas famílias absolutamente falidas que continuaram mantendo as aparências durante anos até a verdade vir à tona.

– Com toda a sinceridade, milorde, o senhor foi o único a mencionar os problemas financeiros de lorde Halfurst.

– Ah, a senhorita não espera que ele lhe conte, espera? E se não está atrás de dinheiro, por que não acatou seus desejos, dissolveu o acordo com seus pais e casou-se com uma das outras garotas que vêm se insinuando para ele desde que retornou a Londres?

Outras mulheres insinuando-se para Maximilian? Ela não fazia a menor ideia. Quando estavam juntos, toda a sua atenção parecia estar tão… centrada nela.

– O que sugere que eu faça então, Desmond?

Ele se aproximou dela, e ficou perto o suficiente para que seu rosto tocasse o cabelo de Anne.

– Quaisquer que sejam os motivos de Halfurst, Anne, nós dois sabemos que seu lugar não é em Yorkshire. E ele não seria o único homem a receber com alegria o seu afeto.

Em seguida, deu-lhe um beijo no rosto. E quando Anne olhou para ele, perplexa, ele repetiu o movimento, dessa vez beijando-a nos lábios.

Além da absoluta surpresa, o primeiro pensamento que lhe ocorreu foi que com lorde Howard não precisara se controlar para não se pendurar em seu pescoço. Não sentia a menor vontade de intensificar o abraço ou mesmo repeti-lo.

– Por favor, pare com isso – disse, puxando a mão da dele e pondo-se de pé.

Ele levantou-se ao mesmo tempo que ela.

– Perdoe-me, Anne. Deixei-me levar por meus sentimentos. – O visconde pegou a mão dela mais uma vez. – Por favor, perdoe-me.

– Claro – retrucou ela, aliviada pelo fim daquela situação constrangedora. – Somos amigos.

Ele sorriu, um nítido alívio nos olhos azuis da cor do céu.

– Sim, somos amigos. E, como seu amigo, permita-me acompanhá-la à festa dos Morelands. O que quer que decida a respeito de Halfurst, não há motivo algum para não poder passar uma tarde simplesmente se divertindo.

Bem, nisso ele tinha toda a razão. Por mais curiosa e tentadora que considerasse a companhia de Maximilian, não poderia se esquecer de que o objetivo dele era arrastá-la para Yorkshire. E, se ele seguisse o padrão adotado anteriormente, ela só voltaria a pôr os pés em Londres em seis anos. Como poderia suportar?

– Sim – afirmou. – Será um prazer ir à tarde de patinação no Tâmisa em sua companhia.

– Obrigado, Anne. Virei buscá-la ao meio-dia.

Assim que ele saiu, Anne virou-se para Daisy, que, sentada em um canto, concentrava-se em remendar uma meia.

– Mais cavalheiros parecem estar me beijando ultimamente?

– Sim, milady. Mas nenhum tão bem quanto lorde Halfurst.

– Como?

– A senhorita mesma disse, milady, que ele beija bem.

Ela suspirou.

– É verdade, eu disse, não?

Não tinham se passado nem dez minutos e Lambert voltou a abrir a porta, anunciando:

– Lorde Halfurst está aqui para vê-la, senhorita.

Ela sentiu uma onda de calor sob a pele.

– Mande-o entrar, por favor, Lambert.

Maximilian ficou parado à porta quando o mordomo se afastou para lhe dar passagem. Muito em breve, ele não teria que pedir a maldita permissão de ninguém para entrar na sala e vê-la. Muito em breve, não teria que se interromper no meio do beijo e não teria que imaginar o que havia por debaixo das hipnotizantes curvas do vestido dela.

– Bom dia – disse ele, atravessando a sala enquanto ela se levantava.

– Bom dia.

O olhar de Maximilian já estava focado nos lábios dela. Precisou reprimir com todas as forças o abrupto desejo de deitá-la no sofá e possuí-la de outras maneiras que não fossem através de um velho acordo assinado em papel. Acariciando-lhe o rosto com o dorso do dedo, ele se inclinou e encostou os lábios nos dela. Bastante ciente da criada sentada no canto da sala, afastou-se, concluindo o beijo muito antes do que desejava.

Ela havia fechado os dedos em sua lapela e aproximado o corpo do dele, de modo que pôde sentir o peito dela expandindo quando respirou fundo. Por Deus, por menos que gostasse da cidade e de seus habitantes, devia ter vindo para Londres assim que ela completara 18 anos. Não devia ter ficado longe, por mais que desgostasse da cidade, pois assim perdera a oportunidade de passar aquele tempo com Anne Bishop.

A criada pigarreou. Anne tomou a iniciativa e se afastou dele, dando um passo para trás.

– Bom dia.

Ele sorriu.

– A senhorita já disse isso.

– Já? Tinha me esquecido.

– Então talvez eu também tenha me esquecido de beijá-la, e esta é a hora de lembrar.

Ela fechou os olhos por um breve instante.

– Acho que não seria sensato – sussurrou, olhando para ele.

– Amém – murmurou a criada.

Maximilian lançou um olhar em sua direção. Daisy tinha razão, e Anne também. Ele precisava ser comedido; já havia percebido que pressionar sua prometida só a afastaria dele. E não tinha a menor intenção de deixá-la escapar.

– Pois bem – disse ele, soltando um suspiro relutante. – Posso então pedir-lhe para me acompanhar hoje? Fui convidado para uma tarde de patinação no Tâmisa.

Ela empalideceu.

– Ah...

A desconfiança o fez retesar os músculos dos ombros.

– O que houve?

– Eu... lorde Howard esteve aqui mais cedo. Aceitei ir com ele à patinação.

Maldito.

– A senhorita me beija e faz planos com ele?

– Ela o beijou também – deixou escapar a criada, esquivando-se logo em seguida.

– Daisy!

– *O quê?*

Daisy deu vários outros passos para trás.

– Não o beijei. Ele me beijou.

Maximilian cerrou os punhos.

– Ele já a havia beijado antes?

– Não! Claro que não.

Ele acreditou nela, mas a raiva percorreu todo o seu corpo. Desmond Howard tocara em Anne e ela concordara em ir patinar com o idiota.

– Isto não é um jogo, Anne – disse ele, friamente. – E eu agradeceria muito se a senhorita não fizesse joguinhos comigo.

– Eu não estava...

– Aproveite a patinação.

Irritado ou frustrado demais para continuar conversando em um tom minimamente polido, Maximilian virou-se, seguiu para o corredor, pegou o casaco e o chapéu das mãos do atônito mordomo e saiu porta afora.

Praguejando, montou em Kraken e trotou de volta à casa dos Trents. De uma coisa tinha certeza, iria à tarde de patinação no Tâmisa de qualquer jeito. No momento, lorde Howard podia estar levando uma ligeira vantagem, mas Anne Bishop pertencia a ele.

Anne sentou-se entre Theresa e Pauline no banco reservado às damas. Ao que parecia, os Morelands tinham convidado quase cem pessoas, e ela esperava fervorosamente que o recém-congelado Tâmisa suportasse todo aquele peso.

– Estou contando o número de homens e mulheres – sussurrou Pauline, enquanto a criada a ajudava a afivelar os patins para gelo.

– O que esperava? – comentou Anne, no mesmo tom de voz, pois lorde e lady Moreland encontravam-se próximos dali, na extremidade do Swan Lane Pier.

A orquestra que haviam contratado para a ocasião parecia um exagero, mas pelo menos estava no píer, e não aumentando a pressão sobre o gelo.

– Como assim? – perguntou Theresa, tentando ficar de pé nos últimos centímetros de neve antes de o rio congelado começar.

– Cem convidados, entre os quais 75 são mulheres – disse Pauline asperamente. – O que acha que isso significa?

– Ah, Donald de novo.

Nos últimos quatro anos, o visconde e lady Moreland vinham oferecendo festas fora da estação, possivelmente porque a maior parte dos outros rapazes estaria fora, na esperança de convencer alguma jovem dama de que o filho do casal, Donald Spence, era um bom partido. Todos conheciam a armadilha e, obviamente, ninguém caíra nela. A cada ano, a proporção de mulheres para homens aumentava, mas ninguém havia caído de amores pelo apagado Donald. Anne passara dez minutos conversando com ele, tendo sido abordada praticamente no momento em que descia da carruagem de Desmond. Aparentemente, era o preço a ser pago pela tarde de patinação, mas ele estava ainda mais enfadonho do que da última vez que o vira.

– Lá vem lorde Howard – murmurou Pauline. – Vou indo. Desejem-me sorte.

– Cuidado para não se machucar! – exclamou Anne depois que ela saiu.

A advertência era desnecessária. Pauline deslizou pelo gelo com desenvoltura, como se fizesse isso diariamente havia anos.

Assim que Anne se levantou, lorde Howard saiu do banco reservado aos homens e seguiu com dificuldade em sua direção. Anne não patinava havia muito tempo, mas bastava olhar os outros convidados para constatar que não era a única a se sentir insegura.

– Vamos? – perguntou ele, oferecendo-lhe a mão.

Com o *manchon* de arminho preso por uma fita ao pescoço e a mão direita segurando com força o braço de Desmond, Anne assentiu. Os dois pisaram juntos no gelo, e felizmente ela não caiu enquanto avançaram de maneira bastante habilidosa.

– Ah, como é divertido! – exclamou ela, o alívio fazendo-a rir.

– E o melhor de tudo é que as damas de companhia não precisam nos acompanhar – comentou ele. Em seguida soltou o braço da mão dela e, lentamente, fez um círculo ao seu redor. – O veludo verde lhe cai bem – afirmou, continuando a girar. – E o frio faz suas maçãs do rosto ficarem rosadas. Sua beleza é estonteante, Anne.

Ela voltou a experimentar aquela sensação estranha. Amigos não falavam dessa forma.

– O senhor também está muito elegante, lorde Howard – replicou ela, mantendo um sorriso no rosto. – E acho que andou praticando patinação no gelo. Está em muito melhor forma do que eu.

– Nada a ofuscaria.

Tentando organizar os pensamentos, Anne olhou adiante, para o lado oposto do lago congelado. Aproximadamente cinquenta convidados já estavam sobre a superfície do rio. Enquanto isso, os criados dos Morelands apareceram empurrando carrinhos com sanduíches e vinho enquanto a orquestra tocava uma canção regional.

– A senhorita não me respondeu – disse o visconde, por trás dela.

Ela se endireitou.

– Como? Responder o quê?

Quando ele passou na frente dela, seus olhos azuis se estreitaram por um breve instante, mas logo se abriram.

– Tenho que retirar minhas desculpas de hoje cedo, Anne. Eu *tive* a intenção de beijá-la.

Ah, não.

– Por favor, pare de dar voltas – disse ela, irritada. – Está me deixando tonta.

Ele voltou imediatamente para o seu lado, pegando mais uma vez em sua mão ao se aproximarem da margem mais distante e das elevações de neve mais altas.

– Talvez sejam seus sentimentos que a estejam deixando tonta. Sei que parece inesperado, mas já somos amigos há bastante tempo. Certamente percebeu a admiração e estima que tenho pela senhorita.

Anne engoliu em seco. De uma hora para outra, as recentes declarações dele de que jamais a afastaria de Londres e de que temia por sua felicidade ao lado de Maximilian de repente começaram a fazer sentido. Não era amizade o que ele buscava.

– Desmond...

– Maldito! – interrompeu o visconde. – Como conseguiu ser convidado? Os Morelands obviamente não tinham a menor ideia do que estavam fazendo!

Ela se virou. Com uma dama pendurada em cada braço, lorde Halfurst deslizava pelo gelo de um lado para outro. Algo que uma delas disse o fez rir, sua alegre risada ecoando até o outro lado do rio. O coração de Anne deu um pulo. Ele devia estar de mau humor em algum lugar ou programando o passeio seguinte dos dois, *não* se divertindo na festa à qual ela se recusara a acompanhá-lo.

– Imagino que *qualquer* dama de posses sirva para ele – murmurou Desmond em seu ouvido. – Nesse ritmo, até o Dia de São Valentim ele será um homem casado, e a senhorita não terá mais que se preocupar em ser arrastada para Yorkshire.

– Mas ele parecia tão...

– Sincero? – concluiu o visconde. – É, eu imagino.

Anne desejava ficar sozinha para pensar, sem a voz de Desmond Howard ecoando suas próprias dúvidas. Enquanto ela observava a cena sem conseguir desviar o olhar, Halfurst voltou ao banco de neve à margem do rio, soltou as damas que estavam em sua companhia e, em meio a muitas risadas, puxou mais duas. A julgar pelas risadinhas e cochichos afetados, todas as damas ali reunidas estavam extremamente gratas tanto por sua atenção quanto por suas nítidas habilidades em patinação.

– Venha, minha querida – continuou Desmond. – Vejo que está chateada. É natural, a senhorita não fazia ideia de que ele estava cortejando outras damas.

– Não acredita – disse ela, tentando se livrar dos sussurros de Desmond – que ele esteja simplesmente sendo gentil? Não há muitos cavalheiros na festa.

– Ah, querida Anne. Sempre determinada a pensar o melhor das pessoas, não?

– Na verd...

– Tenho uma ideia para tirar seus pensamentos dessa situação odiosa. Em

Queenhithe, os plebeus montaram barracas de comida e jogos ao longo do rio. Deram-lhe o nome de Freezeland Street ou algo que o valha. Fica bem perto daqui. Por que nós não…

– Por favor, Desmond, vá buscar-me uma taça de vinho – interrompeu ela, incapaz de ouvir mais uma frase sem se irritar, por melhores que fossem as intenções dele.

– Claro. Não tente sair por aí sozinha. Volto logo.

Maximilian estava no terceiro ou quarto par de damas, fazendo-as deslizar facilmente sobre o gelo apesar da óbvia falta de habilidade e equilíbrio delas. Aquilo tudo era um erro, concluiu Anne; não deveria ter vindo e, certamente, não com Desmond. O beijo de lorde Howard deveria ter lhe servido de aviso tanto das intenções dele quanto de seus próprios sentimentos com relação a ele. Talvez, sem querer, *estivesse* de fato fazendo uma espécie de jogo com Halfurst.

Com uma expressão irritada, Anne deu um impulso para a frente e lançou-se sobre o gelo, patinando na direção do píer, e de Maximilian. Embora o tivesse rejeitado, sua intenção não fora ser desrespeitosa. Certamente não pretendia comportar-se de forma leviana naquela manhã.

Ele levantou o rosto e a viu se aproximar; por um breve instante, seus olhos se cruzaram. Em seguida, ele lhe virou as costas e continuou deslizando pelo gelo com suas damas, em direção à margem.

– Anne, o que está acontecendo? – perguntou Pauline, freando de forma abrupta e quase levando as duas ao chão.

– Não está acontecendo nada. Só preciso de um tempo para pensar.

Uma lágrima rolou pelo seu rosto, mas, antes que alguém percebesse, Anne a enxugou.

– Este não é um bom lugar para refletir – replicou a amiga. – Venha, vou ajudá-la a chegar à margem antes que você se esborrache.

Naquele exato momento, lorde Halfurst, tendo se livrado de suas companhias, voltou a encará-la, os braços cruzados sobre o peito. Rá. Então ele pretendia que ela fosse até ele e pedisse desculpas por ousar ir a uma festa na companhia de outra pessoa. E depois esperava que ela fosse com ele para Yorkshire e nunca mais voltasse a ver as amigas queridas, como Pauline.

– Pode ir, Pauline – afirmou ela, dando as costas para ele. – Ele que interprete as coisas como desejar.

– Mas Anne….

– Estou bem. Não preciso de sua ajuda.

Pauline *não* a entregaria aos braços de seu algoz, por mais belo, gentil e amoroso que parecesse ser. Não fora cortejada e não fora conquistada – não com apenas alguns passeios divertidos e beijos provocantes. O sofrimento estava bem ali na esquina, e ela sabia disso.

Respirando fundo, ela lançou-se na direção oposta, ignorando o conselho de Pauline para diminuir a velocidade. Sir Royce Pemberly apareceu à sua frente, a expressão surpresa.

– Lady Anne...

Com um arquejo, ela se esquivou, tentando não esbarrar nele. Agitando os braços, começou a rodopiar de uma maneira que esperava ser interpretada como ousadia, não desespero. A lâmina dos patins do pé esquerdo cortou o gelo e ela de repente se viu esquiando em alta velocidade.

Um lindo xale azul passou a toda a velocidade à sua frente e ela esbarrou em alguém. Logo depois, ouviu um baque surdo.

– Ah, não, ah, não! – exclamou, com a voz trêmula, olhando para trás.

Susannah Ballister, que Anne conhecia muito bem desde a última estação, caíra esparramada sobre um banco de neve, o vestido e o xale embolados, o cabelo esvoaçado no rosto. Enquanto Anne observava a cena, ainda em alta velocidade e sem conseguir parar, Susannah sentou-se e começou a tirar a neve do vestido.

– Anne!

O grito de Maximilian a fez encolher-se, e ela voltou a olhar para a frente. Sentia o rosto corado e definitivamente não iria parar; não deixaria que gritassem com ela, muito menos ele, na frente de todos. Em pouco tempo, havia feito a curva e estava fora do alcance de visão da festa idiota dos Morelands.

Finalmente, respirou fundo, conseguindo diminuir a velocidade o bastante para chegar até a margem sem cair. Não havia ninguém à vista, mas um pouco mais à frente pôde ouvir os sons da feira que Desmond havia mencionado.

– Graças a Deus – disse ela, ofegante e enxugando as lágrimas do rosto mais uma vez.

Queria um lugar para pensar, e uma feira na qual ninguém a conhecesse parecia perfeito. Cruzando os dedos para dar sorte, voltou para o gelo e patinou em um ritmo muito mais cauteloso rumo aos sons da música e das risadas.

CAPÍTULO 5

Lady Anne Bishop demonstrou ser a pior patinadora no gelo, com a possível exceção de lorde Middlethorpe, que, não podemos deixar de observar, tem quase quatro vezes a sua idade.

CRÔNICAS DA SOCIEDADE DE LADY WHISTLEDOWN,
4 de fevereiro de 1814

Ela estava patinando em sua direção. Tudo estava indo muito bem, pensou Maximilian. Apesar da tortura que era ver Howard praticamente pendurado nela, estava esperançoso. O que quer que o visconde tivesse dito, ela não havia gostado, e quando ela foi em direção à margem, ele devolveu ao banco as damas que o acompanhavam.

E de repente tudo saiu do controle. Pior do que derrubar a amiga, Anne havia desaparecido ao virar a curva do rio... sozinha.

– Maldição – murmurou ele, afastando-se dos outros convidados e indo atrás dela. – Anne!

Ela havia desaparecido. Com o peito cada vez mais apertado, Maximilian examinava os bancos de neve nos dois lados do Tâmisa. Ao virar mais uma curva, freou de repente.

Londres era um lugar muito estranho. De repente ele estava diante de uma fileira de barraquinhas de madeira, que ia de um lado ao outro do rio congelado. Centenas de pessoas deslizavam, caminhavam e patinavam entre as barracas improvisadas. Ao fundo, o som do violino e gritos dos vendedores enchiam o ar.

De alguma forma, ele ficara aliviado ao perceber que Anne patinava pessimamente. Ela não era perfeita. Por outro lado, uma jovem, sozinha na multidão, poderia se encontrar em sérios apuros. Murmurando mais um xingamento, patinou sobre a rua de gelo entre as fileiras de barracas e carrinhos de mão.

Praticamente não conseguia avançar um metro sem que algum vendedor de biscoito de gengibre ou torta de carne esbarrasse nele. Jogadores bêbados escorregavam e caíam sobre o gelo. Uma crescente ansiedade tomava conta dele. Por mais aflita ou irritada ou seja lá como Anne estivesse se sentindo para deixar a festa, ali era um lugar perigoso para uma dama sozinha. Maldito Howard por ter saído de seu lado.

– Pare! Ladrão!

Ao som de uma voz feminina, Maximilian virou-se. Anne agarrava o braço de um homem grande e expressão severa, que segurava sua bolsinha verde em uma das mãos.

O homem a empurrou e ela caiu de costas ao lado de uma das barracas. Com um olhar de soslaio, o ladrão pôs-se em fuga, deslizando pela rua.

Maximilian patinou a toda a velocidade e freou ao lado de Anne.

– Ele a machucou? – perguntou ele, agachando-se para tirar o cabelo do rosto dela. – A senhorita está bem?

– Estou bem – respondeu Anne, ofegante, as mãos tremendo nas dele quando a ajudou a se levantar. – Mas meu broche estava dentro da bolsa. Estou me sentindo tão i...

– Espere aqui – ordenou ele, empurrando-a na direção de um guarda que se aproximava e afastando-se rapidamente.

Um brutamontes qualquer havia ousado jogar sua Anne no chão. Dessa vez, não precisava ser sutil, civilizado nem esperar outra jogada do adversário para avançar. Quando avistou o indivíduo fugindo em meio à multidão, deu um sorriso cruel. Não permitiria que *ninguém* machucasse sua Anne.

Anne observou Maximilian desaparecer em busca do ladrão de bolsas.

– Está tudo bem, senhorita, tudo bem – disse o guarda, segurando seu braço. – Ninguém se machucou.

Ela não estava tão certa disso. Sentia o corpo inteiro tremer, e não era de frio. Acreditava estar completamente sozinha, mas então Maximilian aparecera do nada. E agora desaparecera de novo... atrás de um homem que poderia ser muito perigoso. E tudo isso porque fora uma idiota e mencionara um broche ridículo.

– Solte-me, por favor – disse ela, trêmula.

– O cavalheiro pediu que a senhorita esperasse aqui.

– Lorde Halfurst pode estar em perigo – disse ela, em alto e bom som.

– Lorde... Minha nossa senhora – murmurou o guarda. – Certo. Não saia daqui, senhorita.

Ele deslizou pelo gelo, a vontade de ajudar um nobre obviamente maior do que a preocupação com uma mulher que, muito provavelmente, era apenas uma senhorita qualquer. Anne não tinha a menor intenção de corrigir o equívoco, desde que isso o convencesse a ajudar Maximilian.

Outro guarda surgiu e exigiu saber o que tinha acontecido. Antes mesmo que alguém pudesse apontar em sua direção, Anne saiu patinando na mesma direção em que Maximilian tinha desaparecido. Ele fora atrás dela quando ninguém mais o fizera, e não deixaria que ele se machucasse por sua culpa.

Maximilian alcançou o ladrão pouco antes de a fileira de barracas terminar. Rosnando, lançou-se sobre o homem. Carrinhos de mão, canecas de cerveja e doces saíram voando quando os dois foram ao chão em meio a um festival de socos, pés e patins.

Engalfinharam-se no canto de uma das barracas, fazendo a frágil estrutura cair sobre os dois. Maximilian soltou um grunhido quando uma bota o atingiu entre as pernas. Graças a Deus o ladrão não estava usando patins, caso contrário, seus planos de produzir um herdeiro com Anne Bishop teriam ido por água abaixo. Com vantagem sobre o ladrão, foi o primeiro a levantar-se.

– Maldito... – começou o homem, parando quando o punho de Maximilian atingiu seu maxilar.

Inclinando-se sobre ele, Maximilian puxou a bolsa de Anne que estava sob uma pilha de canecas de cerveja e ostras.

– Muito obrigado! – exclamou, arfando, guardando-a no bolso do casaco.

– Lorde Halfurst! O senhor está bem?

Maximilian virou-se e viu o guarda tentando alcançá-lo no meio da confusão.

– Não era para o senhor estar cuidando de alguém? – perguntou asperamente, tentando recobrar o fôlego.

Céus, agora Anne estava sozinha de novo.

– Ela... ela me pediu para ajudá-lo, senhor – protestou o guarda. – Eu...

– Maximilian!

Ele virou-se bem a tempo de envolver Anne em seus braços quando ela se chocou contra ele. Praguejando de novo, caiu sobre cerveja, lascas de madeira e ostras mais uma vez, com Anne sobre ele.

– O senhor está bem? – perguntou ela, afastanto o rosto do peito dele para olhá-lo.

– Estou um pouco sem fôlego – conseguiu dizer. *Basicamente por causa das barracas e das pessoas caindo em cima de mim.* – E a senhorita?

– Péssima. Primeiro, derrubei Susannah, depois fugi como uma idiota e, depois, o fiz perseguir um assaltante. Meu Deus, ele poderia estar com uma faca!

– Mas a senhorita não se machucou – repetiu ele, desejando que ela parasse de se retorcer sobre ele.

Era uma distração e, com todo aquele tumulto, alguns curiosos haviam se reunido ao redor deles.

– Não, não me machuquei – repetiu ela.

– Ótimo. Agora se importaria de tirar seus patins do meu joelho? Devagar, por favor.

– Minha nossa! – disse ela, ofegante, deslizando para o gelo com um cuidado exagerado e pouco gracioso. – Eu o machuquei!

Ele sentou-se.

– Foi só um arranhão. Temo, porém, que meus trajes tenham chegado ao fim de sua vida útil.

– Sinto muito!

Agora ela parecia estar prestes a chorar.

– Não se preocupe – disse ele em uma voz mais calma, sorrindo. – Já passei por coisa muito pior.

Ao primeiro guarda já havia se juntado o segundo e, juntos, os dois tinham conseguido deter o ladrão em fuga.

– O que o senhor deseja que façamos com ele, milorde? – perguntou um deles.

Max tirou a bolsa de Anne do bolso, e devolveu-lhe.

– Nada. Ninguém se machucou. Basta levá-lo para longe daqui.

– Ah, sim, milorde.

Sussurrando sobre o fato de os nobres serem todos loucos, eles arrastaram o ladrão dali, presumivelmente para ter com ele uma dura conversa. Desde que estivesse tudo bem com Anne, Maximilian não se importava muito com o que acontecesse ao homem. Reprimindo um gemido, ele se pôs de pé e, em seguida, ajudou Anne.

– Sugiro que voltemos à festa – disse ele, envolvendo a mão enluvada no braço dela para que não causasse mais nenhuma confusão.

– Não, não posso – deixou escapar Anne, o rosto ficando corado. – Eu me comportei como uma tola. – Ela olhou para ele. – Além disso, o senhor está machucado, molhado e cheirando a peixe e cerveja.

– Não era isso que a senhorita esperava de um criador de ovelhas? – respondeu ele calmamente. – Ou quem sabe esperasse mais carne de carneiro e lã molhada...

– O senhor está apenas bravo porque fui patinar com lorde Howard. E é, de fato, um criador de ovelhas.

Cerrando os dentes, Maximilian assentiu.

– Sim, sou. Por que a senhorita fugiu da festa?

– Porque eu quis.

Ela já o tinha convencido de que não era a menina mimada que esperava ao vê-la pela primeira vez.

– Sem pensar no perigo em que estava se colocando? Em algumas partes, o gelo é fino demais para suportar o peso de um rato. Sem falar que a senhorita se enfiou no meio de uma feira de rua. Teve sorte de nosso amigo querer apenas a sua bolsa.

– Eu estava lidando muito bem com a situação antes de sua chegada.

Esse era o limite. Ele soltou seu braço. Com um grito agudo, Anne quase perdeu o equilíbrio. Para que não caísse, Max segurou-a pelos braços, puxando-a para si.

– Gostaria de rever o que acaba de dizer? – sugeriu ele em seu ouvido.

Como ela permaneceu em silêncio, ele cedeu um pouco, e voltaram a patinar na direção de Queenhithe Dock.

– Certo. Então me diga por que decidiu vir com lorde Howard.

– Ele me convidou.

– A senhorita sabia que eu a convidaria.

– Ele me convidou primeiro.

– Eu a pedi em casamento primeiro.

Ela olhou para ele por cima do ombro e ele ficou surpreso ao notar lágrimas em seus olhos verdes.

– O senhor nunca me pediu em casamento. Ninguém nunca pediu.

Anne esperava que ele desse uma resposta cínica, como dizer que nunca o haviam pedido em casamento também, mas ele ficou em silêncio. Na verdade, ao refletir sobre o assunto, ele jamais dissera uma só palavra lamentando seu papel em tudo aquilo.

Chegaram a Queenhithe Dock e, sem esforço visível, lorde Halfurst a levantou e colocou-a na beira do píer. Enquanto Anne observava, fascinada, ele desamarrou os patins dela. O toque de suas mãos na bainha da saia e no seu tornozelo a fizeram se sentir estranha... quente por dentro, apesar do frio que cortava sua pele por fora. Nunca teria imaginado que um criador de ovelhas pudesse patinar tão bem.

Ele parecia saber executar muito bem várias coisas – coisas que o faziam encaixar-se em Londres melhor do que ela teria desconfiado. Entretanto, em alguns aspectos, ele simplesmente não se encaixava.

– Eu deveria ter recusado o convite de Desmond – disse ela, lentamente.

Max a encarou. Enquanto amarrava o par de patins um no outro e os pendurava no ombro, perguntou:

– Por quê?

Ele queria uma resposta franca; ela via isso em seus calorosos olhos cinzentos.

– Porque eu sabia que o senhor me convidaria.

Com um único movimento, ele sentou-se ao lado dela e inclinou-se para tirar os próprios patins das belas botas Hessian.

– Ele não possui seu coração, possui, Anne?

Ela o encarou.

– Ninguém é dono do meu coração.

Ele se endireitou.

– Já aceitei esse desafio.

– Não sei por quê. Já disse centenas de vezes que não me casarei com o senhor.

–Ah. – Um leve sorriso curvou sua boca sensual, então ele se inclinou novamente, o cabelo negro, um pouco longo demais, cobrindo metade de seu rosto. – A senhorita gosta de discutir, ou é só comigo?

– Acredito que agora seja minha vez de lhe fazer uma pergunta – revidou ela, perguntando-se de repente se por acaso não havia uma amante esperando por ele em Yorkshire. Criadores de ovelhas com toda a certeza eram muito populares em suas regiões e ele era, de longe, o fazendeiro mais lindo que ela já tinha visto.

– Pergunte.

– O senhor *precisa* mesmo passar o ano inteiro em Yorkshire? Ou simplesmente gosta de ficar por lá o tempo todo?

Ele pendurou os patins no outro ombro e ficou de pé.

– Sou proprietário de terras. O magistrado local, o almanaque dos agricultores e tudo o mais de que Halfurst precisa. Trata-se de responsabilidade, não de escolha.

Inclinando-se, ele ajudou-a a se levantar.

Por um momento, Anne esperou que ele fosse tomar seu braço novamente, como fez quando estavam patinando. Em vez disso, ele a ajudou a colocar as mãos dentro do *manchon* de arminho.

– E eu, sou uma responsabilidade ou uma escolha, Maximilian?

– Um enigma, é isso que a senhorita é. Devo pedir uma carruagem ou prefere caminhar?

– Caminhar? É muito longe!

– A carruagem, então.

Ele a levou de volta à rua. Anne gostou do fato de ser considerada um enigma; parecia muito mais interessante do que simplesmente ouvir que era teimosa ou caprichosa. Na verdade, nos últimos tempos o sentimento que a dominava era basicamente confusão – interrompido por momentos de inesperado desejo pelo homem com quem jurara jamais se casar. No entanto, mesmo coberto de cerveja e ostras, ele a atraía.

Ele a ajudou a subir na carruagem e deu instruções para que o cocheiro os levasse à casa dos Bishops antes de juntar-se a ela e fechar a porta. Mesmo na carruagem fechada, podia enxergar o ar denso que soltava ao respirar. Por

Deus, se Halfurst congelasse de frio, ela não poderia mais discutir com ele, e ele não lhe daria outro beijo de bom-dia.

– Está muito molhado? – perguntou ela, puxando-o para perto e começando a desabotoar os primeiros botões do sobretudo dele.

Maximilian ergueu uma sobrancelha.

– Perdão?

– O senhor está completamente encharcado – continuou ela, colocando a mão dentro do sobretudo e sentindo seu paletó. – Por que não disse antes?

Quando puxou o tecido escuro do paletó, sentiu que mesmo a fina camisa que lhe cobria o peito estava fria e molhada.

– Anne, sugiro que a senhorita se sente no banco oposto imediatamente – disse ele em voz baixa.

– Mas...

– Agora.

Ela se levantou. Maximilian tinha o olhar fixo nas mãos dela, que agora estavam dentro de seu paletó. De maxilar cerrado, ele segurou a maçaneta da porta com uma das mãos e a parte posterior do assento desgastado com a outra.

Enrubescendo, ela puxou as mãos, pousando-as sobre o colo.

– Eu... Só estava preocupada que o senhor pegasse um resfriado. – Foi o que conseguiu dizer.

Por Deus, nem cortesãs enfiavam as mãos assim dentro do paletó de um homem.

– Estou bem aquecido, obrigado – resmungou ele, o olhar ainda fixo nas mãos dela e a respiração entrecortada.

– O senhor está...

– Anne?

– Sim?

– Pare de falar.

– Ah.

Ele murmurou algo que ela não conseguiu decifrar, mas parecia pouco sábio lhe pedir que repetisse. Em vez disso, observou-o fechar os olhos, cerrando o maxilar de tal maneira que praticamente podia ouvir seus dentes rangendo.

– Está tudo bem? – sussurrou ela.

Maximilian ficou de pé, abrindo a frágil porta no mesmo movimento.

– Vou andando.

Anne o segurou pela mão.

– Não faça isso!

Ele virou o rosto para encará-la.

– Está me pedindo para ficar?

– Não seja ridículo – respondeu ela, em seu tom mais trivial. Ela também estava sendo ridícula em insistir que ele ficasse com ela, sem acompanhante, dentro de uma carruagem fechada. – Se sair agora, pegará uma gripe que poderá ser fatal.

Soltando o braço dele, mudou-se para o banco oposto e colocou as mãos sobre o colo.

– Prometo não atacar sua virtude.

Ele estreitou os olhos.

– Não é com a *minha* virtude que estou preocupado.

– Sente-se, por favor.

Respirando fundo, ele obedeceu.

– A senhorita se deu conta de que, se eu pegasse uma gripe fatal, não teria mais que se preocupar em ser arrastada para Yorkshire?

Pelo menos ele parecia disposto a voltar a conversar.

– Independentemente disso, não serei arrastada a lugar algum.

– Estou começando a perceber isso.

Isso significava que ele estava desistindo? Seu olhar, entretanto, permaneceu nitidamente lascivo, então acreditava que a resposta era não. E, independentemente do que estivesse pensando, quando a carruagem parou, Max tremia dos pés à cabeça, fazendo um enorme esforço para fingir o contrário.

Ele saiu da carruagem e lhe deu a mão, ajudando-a a descer.

– Para manter minha virtude intacta – falou, lançando um olhar ao cocheiro –, vou privar-me do beijo de despedida, somente hoje.

Ele ia subir na carruagem para ir embora. E sua casa em High Street ficava a uns vinte minutos dali. Franzindo a testa, Anne pegou seu braço mais uma vez.

– Não, não vai.

– Estou começando a acreditar que a senhorita gosta de mim – murmurou ele.

Sem saber ao certo se estava preocupada com sua saúde ou com a proximidade dos lábios dele, ela decidiu fingir que era a primeira opção.

– Não foi o que eu quis dizer – declarou ela com firmeza, empurrando-o em direção à porta da frente. Teria sido mais fácil mover uma montanha, mas, de qualquer forma, ele a acompanhou. – Meu pai com certeza terá roupas secas que poderá usar. Se pegar uma pneumonia e morrer, não quero que ninguém coloque a culpa em mim.

– Está bem.

Ele tremia tanto que não conseguiu sequer tirar uma moeda do bolso do casaco para dar ao cocheiro, e certamente aquilo não era fingimento.

Ao chegarem à porta, Lambert não apareceu para abri-la, e Anne percebeu, tardiamente, que era uma quinta-feira, tarde de folga dos criados da casa.

– Céus! – resmungou, procurando a chave na bolsa, duplamente grata por Halfurst tê-la recuperado.

– O que houve?

– Nada. Não tem ninguém em casa.

– Ah.

Um tremor, que nada tinha a ver com o frio, percorreu a coluna de Anne. Ela jamais havia passado tanto tempo assim ao lado de um homem, e ter um homem grande e musculoso em sua casa era, no mínimo, uma imprudência. No entanto, o cocheiro já havia partido e, como já dissera, não permitiria que ele fosse para casa a pé em meio à neve.

– Sejam quais forem as circunstâncias – afirmou ela, tanto para seu próprio benefício quanto para o dele –, o senhor está molhado e com frio, e a culpa é minha.

– Não estou protestando – respondeu ele, com a fala arrastada, seguindo-a até o vestíbulo. – Só quero ter certeza de que nenhum de nós dois está delirando.

Aquilo explicaria a atitude dela, de todo modo.

– Os aposentos do meu pai são por aqui – disse ela, dirigindo-se para a escada.

A mão dele deslizou do braço para os dedos dela, e apertou-os.

– Não tem ninguém em casa? – perguntou ele, puxando-a para si. – Tem certeza?

Lentamente, ele a trouxe mais para perto. Nas pontas dos pés, ela encontrou seus lábios em um beijo intenso e ardente. Comparados com este, os beijos de bom-dia haviam sido inocentes. Anne fechou os dedos na lapela dele e a realidade caiu sobre ela em forma de cheiro de cerveja.

– Argh.

Maximilian lançou-lhe um olhar afetuoso, a expressão divertida.

– Não é essa a reação que costumo provocar.

– Precisa trocar de roupa. Não sei como consegue ficar molhado e com frio assim.

– Mal percebi.

Ele a teria tomado nos braços novamente, mas ela se esquivou.

– Este é o quarto de hóspedes. Vou buscar roupas que lhe sirvam.

Por um momento, ela preocupou-se com o fato de que a lareira do quarto não seria acesa. Seu criador de ovelhas, entretanto, saberia como resolver aquilo.

Anne fez uma pausa. *Seu* criador de ovelhas? De onde viera aquilo?

– Bem, alguém precisa cuidar dele aqui em Londres – murmurou ela, sem acreditar que estava dizendo aquilo.

Apesar de sua preferência por Yorkshire – ou talvez por causa dela –, Maximilian Trent provavelmente era o homem mais hábil que já conhecera.

Ela pegou camisa, calça, colete, paletó e uma gravata do pai. Não eram os melhores trajes dele, afinal, era uma emergência. Esperava que Maximilian não precisasse de mais nada.

– Aqui estão – disse ela, escancarando a porta entreaberta.

Não esperava encontrá-lo nu, é claro, mas nunca se sabia.

Para sua total decepção, ele ainda estava totalmente vestido – não havia sequer tirado o casaco – e estava agachado diante da lareira, as mãos estendidas.

– Tire esse casaco, pelo amor de Deus! – ordenou ela, largando as roupas secas sobre uma cadeira.

Ele se aprumou, apoiando-se na lareira.

– Tentei – respondeu ele, com a expressão quase envergonhada –, mas minhas mãos estavam tremendo muito.

Parecia um truque óbvio, mas quando esfregou uma mão na outra, todo o seu corpo tremeu.

– O senhor está mesmo com frio, não?

– Morrendo – respondeu ele. – Só percebi quando quase me queimei tentando acender a lareira e nem notei. – Ele encarou-a por vários segundos, em seguida pigarreou. – Consegui acender a lareira – falou. – Dê-me alguns minutos, ficarei bem.

– Eu ajudo – decidiu ela, aproximando-se.

Ele precisava de ajuda. Além disso, Anne queria muito tocar nele. Não apenas no paletó ou na camisa, mas na pele macia sob as roupas.

– Isso não será necessár...

– Não se mexa – ordenou ela, estendendo os braços dele e se aproximando para terminar de abrir o casaco que havia começado a desabotoar na carruagem.

As mãos dela também não estavam muito firmes, e Anne encontrava-se bem ao alcance do abraço de Max. Ainda assim, conseguiu finalizar a tarefa e empurrar a roupa ombros abaixo.

Depois, o paletó. Anne podia sentir os olhos dele em seu rosto, mas não se atrevia a olhar para ele. Se o fizesse, não conseguiria mais fingir que aquilo era unicamente para o próprio bem dele.

Quando ela começou a desabotoar os botões do colete dele, Maximilian ergueu a mão e, com um leve movimento dos dedos, o pesado casaco de Anne foi ao chão. Ela estremeceu.

– Pensei que estivesse bem aquecida – murmurou ele.

Embora tenha ocorrido a ela mencionar que a destreza dos dedos dele parecia ter retornado, Anne não fez qualquer comentário a respeito. Ela abriu o colete, e sentiu a necessidade de tocar a camisa fria e úmida. Músculos rijos saltaram sob seus dedos, e uma onda de calor percorreu suas pernas.

Anne inclinou-se na direção dele, empurrando o colete pelos braços até que caísse no chão. Cheiro de cerveja e ostras jamais fora tão excitante. Com o corpo apoiado no dele, ela notou que algo proeminente e duro encostava nela por sob as calças de Max. Olhou para baixo.

– Ah, céus!

Finalmente, ela levantou o rosto para encontrar os olhos de Maximilian. Expirando profundamente, como se a estátua que ele se tornara ganhasse vida, ele baixou o rosto e tomou os lábios dela em um beijo ardente.

– Anne – sussurrou, abraçando-a pela cintura e puxando-a para mais perto.

Ela fechou os olhos, permitindo que aquela sensação a absorvesse. Retribuiu o beijo, e a carícia dos lábios dele a guiou. Para onde, ela não sabia, mas desejava desesperadamente ir a esse lugar... com ele.

Os fechos das costas do vestido abriam-se sob os dedos dele. O calor a percorria, sufocando a fraca voz racional que ainda lhe restava e que lhe dizia para correr dali o mais rápido que suas pernas permitissem.

De todo modo, suas pernas não a teriam levado para muito longe, pois começava a sentir-se muito instável sobre elas. O sabor dele em sua boca a deixava quente e estranhamente leve.

Com uma só mão, Maximilian arrancou a gravata, resmungando em voz baixa. Ele puxou-a para si e, em instantes, os dois estavam no chão atapetado, em meio à pilha cada vez maior de roupas.

As mãos dele a acariciavam em todos os lugares, roubando seu fôlego e deixando-a ávida por mais. Ele tirou a camisa e deslizou seu corpo torneado e musculoso pelas pernas dela. Com os lábios e a língua acariciando cada centímetro de sua pele nua, ele lentamente puxou sua combinação para cima.

Anne ergueu o quadril para ajudá-lo, e a mão dele deslizou para o meio de suas coxas.

– Maximilian – gemeu ela, em um tom suplicante que a surpreendeu.

Ela estava perto do que desejava, do que necessitava, e se essa demora torturante continuasse, enlouqueceria.

A combinação subiu pela cintura e depois pelos seus seios; seguindo-a, vinham os beijos ardentes de Maximilian. A língua dele acariciou o bico dos seios dela, primeiro um, depois o outro, depois o primeiro novamente. Ela mal conseguia falar. Em vez disso, entrelaçou os dedos trêmulos no cabelo negro dele e o puxou para si.

Sem deixar de acariciar e lamber os seios dela, Maximilian arrancou as botas e atirou-as para o lado.

Voltou a percorrer o corpo dela com os lábios até chegar à boca em um beijo ardente e intenso. Anne estava ciente do membro rígido que a pressionava. Uma forte mistura de excitação e terror a percorreu. Detê-lo agora, entretanto, estava fora de cogitação. Se Maximilian não terminasse o que havia começado, ela morreria. Sentia uma profunda necessidade de fazer parte dele, mais forte do que qualquer desejo que já sentira na vida.

Passando a mão pelos seios, pela barriga e depois pelas coxas dela, Max afastou as pernas de Anne. Ele encaixou-se nela, pele com pele, coxa sobre coxa.

– Anne – sussurrou, levantando a cabeça para encará-la.

Foi então que os quadris dela se ergueram de novo e, devagar, aproximaram-se ainda mais, e ele a penetrou com movimentos lentos, unindo-os profundamente, como jamais teria imaginado.

Uma dor repentina a fez soltar um grito sufocado. Na mesma hora, Maximilian parou, equilibrando o peso sobre um dos braços enquanto acariciava o bico do seio esquerdo com a mão livre.

– Relaxe – disse ele, com a voz rouca, beijando-a no pescoço e na base da orelha. – Vai passar. A dor significa apenas que sou o primeiro, não acontecerá novamente. Apenas sinta, Anne.

– Está melhor – conseguiu responder ela, arfando.

Nunca antes tivera tanta consciência do próprio corpo; nunca sentira tamanha expectativa e... satisfação em um só momento.

– Não pare.

Os olhos dele voltaram a encontrar os dela, em concordância.

– Mesmo que quisesse, não conseguiria parar.

Com movimentos lentos, cada vez mais profundos, ele se enterrou dentro dela.

Anne agarrou-se aos seus ombros quando ele iniciou uma série de movimentos ritmados. Sua respiração, as batidas de seu coração pareciam acompanhar suas investidas. Era aquilo que desejava. Nada poderia ser melhor, ou provocar sensações tão maravilhosas, do que aquilo. Jamais.

Então o ritmo das investidas começou a se acelerar, e uma profunda tensão a percorreu. Não tinha como haver mais. Aquilo já era o limite.

– Maximilian? – balbuciou.

– O melhor ainda está por vir – replicou ele, sem fôlego, adivinhando a pergunta que viria a seguir.

– Como?

– Pare de pensar, Anne. Apenas sinta.

Como se a mente dela pudesse funcionar com aquele corpo esbelto pressionando o seu contra o tapete, os braços aninhando-a e seus implacáveis movimentos de entrar e sair entre suas pernas.

– Ai, meu Deus – murmurou, abraçando-o com mais força.

Ela espatifou-se, ofegante, quebrando-se em mil pedaços de prazer. Um instante depois, ele estremeceu dentro dela e ela soube, então, que ele havia se juntado a ela naquele paraíso indescritível.

Por um momento, os dois permaneceram ali, ambos sem fôlego, braços e pernas entrelaçados. Quando começou a sentir que seu corpo pesava sobre o dela, Maximilian deslizou a mão por baixo de Anne, e os dois rolaram no chão, de modo que agora era ela que estava sobre ele.

– Como está se sentindo? – perguntou ele em um murmúrio, afastando com delicadeza os longos cabelos castanhos dela do rosto.

Fora o mais cuidadoso possível, mas, considerando a intensidade de seu desejo, não estava certo se tinha agido com a devida delicadeza.

– Desgrenhada – respondeu ela, passando a mão sobre o peito dele. – E muito...

– Relaxada? – sugeriu ele, permitindo-se um sorriso de canto de boca.

– Sim. Muito.

– Meu frio passou.

Ele suspirou. Assim que estivessem em Halfurst, faria amor com ela diante da lareira com a maior frequência possível. Ao respirar fundo, o cheiro de cerveja e ostra lhe subiu novamente às narinas, e ele franziu a testa. Agora, até a própria Anne estava com o cheiro do infortúnio pelo qual passaram, e certamente não seria adequado serem descobertos nus, juntos, fedendo a taberna barata.

– Você está cheirando a cerveja – disse ela, repousando o rosto em seu peito.

Suas mãos tépidas deslizaram pela cintura dele.

– Digo o mesmo da senhorita – replicou ele. – Há um lavatório por aqui? Não podemos estar com esse cheiro quando encontrarmos seu pai.

Ela se sentou, a combinação embolada na altura da cintura.

– O quê?

– Eu já estarei com as roupas dele – disse Maximilian, sentando-se também e aninhando-a em seu peito. Já a desejava de novo. – Deveríamos pelo menos não estar cheirando a cerveja e ostra quando nos encontrarmos para discutir os termos.

Embora para ele os termos não importassem. Desejava Anne, e todo o resto era supérfluo.

A fisionomia dela mudou.

– Que termos?

– Do nosso casamento.

Anne o afastou, levantando-se.

– O senhor me enganou.

– Não enganei – disse ele, categoricamente. – Você quis isso tanto quanto eu.

– Sim, *isso* – retrucou ela, fazendo um gesto com as mãos entre os dois, o olhar pausando um momento abaixo da cintura dele. – Mas não significa que eu tenha... concordado com nada.

Ele também pôs-se de pé, sentindo um misto de raiva, frustração e desejo.

– Você é minha – afirmou, impassível. – Pode até mesmo estar carregando um filho meu. Além disso, já lhe disse que isso não é um jogo, Anne. Vim para Londres por sua causa. E agora...

No andar de baixo, ouviu-se o barulho de uma porta se abrindo e fechando.

– Lady Anne? Ah, meu Deus. Lady Anne? A senhorita está em casa?

A cor desapareceu do rosto de Anne.

– É Daisy.

Ela correu até a poltrona onde estavam as roupas secas que pegara no armário do pai.

– Vista-se – disse ela, jogando as roupas para ele.

– Não.

Por um milésimo de segundo, ela hesitou.

– Ótimo. Então fique aqui, nu – respondeu ela, pegando as próprias roupas. – Estarei em outro cômodo.

Maximilian correu para interceptá-la à porta, mas ela escapou antes que ele conseguisse alcançá-la. Maldita fosse. Não planejara seduzi-la naquele dia, e lidara mal com o desejo de torná-la sua. *Idiota*.

Praguejando, jogou as roupas de volta na poltrona e pegou as calças. Certamente poderia se aproveitar do que tinham acabado de fazer para torná-la sua esposa, e ninguém em Londres o culparia por isso – exceto Anne. No entanto, queria, acima de tudo, o que haviam sentido hoje juntos – desejo, até amizade. Arrastá-la para Yorkshire lhes traria apenas decepção e infelicidade.

Ele fechou as calças. Eram curtas demais. Graças a Deus estava de botas, ou acabaria parecendo o criador de ovelhas que ela tanto ridicularizara. E, obviamente, quanto menos parecesse um, maiores seriam suas chances.

CAPÍTULO 6

Londres está alvoroçada com o anúncio do baile do Dia de São Valentim de lady Shelbourne. Os convites, esta autora soube, devem chegar hoje.

Esta autora não tem certeza, porém, se aos convidados será exigido o uso das cores de São Valentim: vermelho, rosa e branco.

Vermelho, rosa e branco. Esta autora treme só de pensar.

CRÔNICAS DA SOCIEDADE DE LADY WHISTLEDOWN,
7 de fevereiro de 1814

A melhor chance que descobriria ter chegou pelo correio quatro dias depois. Um baile em comemoração ao Dia de São Valentim, oferecido por Margaret, lady Shelbourne.

Maximilian girou o convite entre os dedos. Se havia recebido um, Anne certamente também já estaria com o dela. E considerando-se suas mais recentes táticas, o baile poderia ser sua última chance de conquistá-la.

Ele a tinha visitado ontem e no dia anterior, e em ambas as ocasiões, ela havia saído com lorde Howard. Poderia supor que não tinham ido patinar na neve novamente, mas isso não lhe proporcionava informações suficientes para que fosse atrás deles.

Ela havia adorado a manhã de amor que tiveram, pôde sentir na linguagem do seu corpo sob o dele e nas batidas de seu coração. Fora seu primeiro homem e, até mais do que antes, queria ter toda certeza do mundo de que seria o último.

Não importava o que ela dissesse, eles pertenciam um ao outro, e não apenas porque estava escrito em um velho pedaço de papel. A ideia de que ela estava saindo com Howard para evitá-lo o aborrecia; o mero pensamento de que ela pudesse aceitar uma proposta do maldito visconde para não ser levada de Londres o deixava furioso.

– Quer dizer então que não tem ideia de onde ela foi? – perguntou ao mordomo dos Bishops.

– Nenhuma, milorde. Sei apenas que lady Anne afirmou que estaria de volta para o jantar.

O mordomo provavelmente estava mentindo, mas fazia parte de seu trabalho. Bem, o alvo principal desaparecera, mas ainda havia outras partes do quebra-cabeça que poderiam ser colocadas no lugar.

– Por acaso lorde Daven está em casa?

Lambert piscou.

– Ah, se o senhor puder esperar na sala principal, vou me informar se ele se encontra.

Aquilo significava que tinha alguém em casa. A pergunta era se estavam ou não dispostos a recebê-lo. A explicação que Anne dera para sua presença naquele dia havia soado bastante inocente aos seus ouvidos, mas ele não era seu pai, graças a Deus.

– Lorde Halfurst – disse uma suave voz masculina vinda do vão da porta. – Que surpresa, ainda que não seja tão inesperada assim.

Maximilian cumprimentou-o.

– Lorde Daven, obrigado por me receber. Sei que o senhor é um homem muito ocupado.

– Não precisa se desculpar. Devo assumir que Anne recuperou o juízo? Não tinha certeza de que o veria novamente depois que ela fugiu para o teatro sem o senhor.

– Sou persistente.

– Foi o que descobri.

Com um gesto, o conde o convidou para sentar-se em uma das confortáveis poltronas da sala.

– Gostaria de lhe fazer uma pergunta.

O conde limpou a garganta quando um lacaio entrou na sala portando uma bandeja de chá.

– Evitarei todos os pressupostos.

– Não se trata do dote.

Max inclinou-se para a frente, esfregando uma mão na outra. Era exatamente aquilo que mais detestava em Londres... os artifícios, os fingimentos, a aparência de polidez que significava que ninguém dizia o que realmente pensava de você, só pelas costas. Ele preferia ser direto, e parecia importante que a família de Anne soubesse disso.

– O senhor gostaria que sua filha se casasse comigo?

O conde franziu as sobrancelhas.

– Bem, claro que sim. Um acordo entre duas famílias é...

– Não. Estou perguntando se *o senhor* gostaria que Anne se casasse comigo.

– Ah! – exclamou o conde, tomando um gole de chá. – Está falando isso por causa dos boatos de que seu pai o deixou falido.

Aparentemente, alguns habitantes de Londres sabiam ser diretos. Era um alívio, de certa forma.

– Sim.

– Bem, para ser sincero, e imagino que busque sinceridade, se isso fosse tudo que soubesse sobre o senhor, então não, não gostaria que se casasse com minha filha. Halfurst é um título antigo e respeitável, mas, sinceramente, isso em si não é garantia de felicidade.

Por um momento, Maximilian permaneceu em silêncio.

– Mas o senhor conhece a verdade por trás dos boatos. Quando lhe escrevi, deixei os fatos tão claros quanto... minha posição como cavalheiro permitiria.

– Sim, eu sei disso. – O conde colocou de lado a xícara de chá. – O que *me* leva a perguntar: deseja casar-se com a minha filha?

– Desejo e pretendo fazê-lo, lorde Daven. No momento, porém, parece que ainda estou me redimindo pelos dezenove anos durante os quais não me correspondi com ela.

Daven riu.

– Anne praticamente nunca saiu de Londres. Está convencida de que o mundo começa e termina aqui.

– Já percebi isso – respondeu Maximilian friamente. – Na verdade, não é o fato de não ter lhe escrito que ela desaprova; é o local onde moro.

– Há soluções para isso, meu rapaz.

Assentindo, Maximilian pôs-se de pé.

– É verdade, existem.

Mas antes queria saber de uma coisa. Por mais tolo e insignificante que pudesse parecer, queria ter certeza de que ela o escolhera em detrimento de todos os outros nobres de fala mansa que a cortejavam.

Com lorde Howard no meio, seria uma tarefa bem difícil, a não ser que decidisse jogar o mesmo jogo do visconde. Algo que definitivamente preferia evitar, se possível. No que dizia respeito a Anne, porém, estava disposto a fazer praticamente qualquer coisa. Se ela desse um passo em sua direção, ele caminharia mil quilômetros por ela.

❦

– Por que não para de olhar para trás? – perguntou Desmond, sem tirar os olhos da calçada coberta de neve. – Espera que Halfurst venha atrás de nós em Covent Garden?

– É possível – respondeu Anne, enfiando ainda mais as mãos no *manchon*.

Nem a si mesma admitiria que sentia falta de Maximilian, que seu corpo estava impaciente por seus beijos e que ansiava por seu toque. Chegara a pensar em pedir que lorde Howard a beijasse novamente, para provar a si mesma que aquele sentimento tolo era apenas um desejo genérico por algo de que seu corpo gostara muito. No entanto, sabia que não era verdade; gostava de Halfurst, apenas dele. Pedir um beijo de outra pessoa só provaria algo que ela não fazia questão de provar.

– Eu deveria dar uma surra nele por desaparecer com a senhorita durante a patinação – continuou o visconde, nitidamente aborrecido. – E por assustá-la a ponto de fazê-la colidir com a Srta. Ballister.

– Ele não me assustou nem provocou nada – retorquiu Anne, enrubescendo. – Vamos mudar de assunto, por favor?

– Não entendo os motivos de sua objeção. Trata-se apenas de outro sinal dos modos esquisitos aos quais está habituado em Yorkshire – disse Desmond, bufando. – Sem dúvida nenhuma o chão de sua casa deve ser coberto de palha para acomodar os porcos com quem divide o lugar.

– Vamos, Desmond, pare com isso. Sabe que nada disso é verdade.

– Bem, sim, mas só porque Halfurst mora na terra das ovelhas. – Dessa vez, ele riu. – Foi com as ovelhas que provavelmente adquiriu suas habilidades em fazer amor. A senhorita sabe...

– *Lorde Howard!* Pare imediatamente esta carruagem! Não farei parte dessa cruel...

Ele fez com que a carruagem parasse.

– Anne, acalme-se, por favor. Peço desculpas pelo meu comportamento grosseiro. Fui longe demais.

– Obviamente.

Tentando ocultar a culpa e a mortificação que a haviam atingido, Anne enfiou ainda mais as mãos no *manchon* e olhou para a frente. Tinha certeza de que, se olhasse para Desmond, ele teria descoberto o que ela havia feito – e o quanto apreciara as habilidades de Maximilian. *Ovelhas, hum.*

– Ora, Anne, buscar uma maneira de poupar os sentimentos dele é admirável, mas já se passou mais de uma semana. A senhorita corre o risco de ser acusada de o estar enganando se não fizer com que seus pais anunciem logo o rompimento do acordo com Halfurst.

Anne respirou fundo e voltou a encará-lo.

– Somos amigos, não somos?

Ele a segurou pelo cotovelo.

– Claro que sim. E estamos muito perto de nos tornarmos mais do que isso, espero.

De novo, não. Ainda assim, não desejava ferir seus sentimentos nem os de Maximilian.

– Deixando de lado os boatos, as especulações e insinuações, o que sabe de lorde Halfurst?

Com um breve movimento dos pulsos, Desmond colocou a carruagem em movimento.

– Não muito, na realidade. Antes de o jovem visconde Trent chegar à cidade, o pai dele passou o ano inteiro gabando-se a quem quer que fosse sobre o sucesso que o filho teria. De fato, por um tempo, pareceu verdade, até que o velho Halfurst faleceu durante o próprio baile e sua esposa entrou correndo no salão declarando que estavam todos falidos.

– Deus meu. Meus pais nunca mencionaram isso.

– Bem, não fariam isso, considerando que a senhorita estava prometida a ele. Depois disso, correram histórias da falência da família por toda parte. Chegaram a negar sua afiliação ao White's, pelo que me lembro. Foi então que, praticamente sem uma só palavra, ele pegou a mãe e o que sobrou dos pertences da família e partiu para Yorkshire.

Fiel como Maximilian parecia ser em relação à verdade, podia entender por que não inventara uma mentira qualquer sobre sua situação. Tampouco conseguia imaginá-lo fugindo de alguma coisa, mas ele tinha apenas 18 anos na época. Um ano mais novo do que ela era agora.

– Portanto, como disse antes, a senhorita sabe por que ele está aqui – continuou Desmond. – Ele temia que a senhorita e seu dinheiro lhe escapassem e correu para a cidade com a intenção de pegar os dois e voltar rapidamente para Yorkshire.

Yorkshire. Nunca estivera lá, e aquela era, sem sombra de dúvida, a palavra mais odiada de todo o seu vocabulário.

– Imagino que sim.

O visconde a encarou.

– Como assim "imagina"? Não me diga que ele a encantou com sua peculiar sinceridade?

– Não é isso – esquivou-se Anne. – Se está tão desesperado assim por dinheiro, e se todos sabem disso, como consegue se dar ao luxo de comprar um novo guarda-roupa e lugares em um camarote para uma apresentação no Theatre Royal cujos ingressos já estavam esgotados?

– Imagino que pelos últimos sete anos tenha vivido como um indigente para agora poder causar uma boa impressão. Afinal, se seus pais o rejeitarem, não lhe restará mais ninguém.

– Ele ainda nem se encontrou com meus pais – murmurou ela, bem baixinho, para que Desmond não ouvisse.

Obviamente, o visconde havia se esquecido de sua alegação de que qualquer mulher serviria para Maximilian. Mas ela não concordava. Sempre teve a nítida sensação de que o marquês de Halfurst poderia ter a mulher que desejasse, mas que a escolhera. Sua paixão certamente fora bastante eficaz e inequívoca.

– Eu a fiz corar. Vamos mudar de assunto.

– Sim, por favor – respondeu ela, com veemência.

Acima de tudo, não queria que Desmond soubesse que não fora a causa de seu rubor. Bastava pensar em Maximilian para seu coração acelerar e uma onda de calor e desejo percorrer seu corpo.

– Annie!

Sobressaltando-se, Anne lançou um olhar à rua. Lá estavam Theresa e Pauline, ao lado da carruagem da família de Pauline, acenando para ela. *Graças a Deus. Rostos familiares.*

– Vamos parar – pediu ela, acenando de volta e sorrindo com alívio.

Conversas com homens nunca haviam sido tão problemáticas antes da chegada de Halfurst a Londres.

– Mas eu gostaria de passar algum tempo a sós com a senhorita – protestou o visconde.

– Durante todo o passeio, o senhor não falou de outra coisa senão de Halfurst – retorquiu ela. – Realmente não quero mais falar nesse assunto.

– Então pare de fazer perguntas sobre ele, minha querida. Caso contrário, é de se imaginar que esteja tolamente apaixonada pelo criador de ovelhas.

Se não fizesse perguntas, de que outra forma poderia obter informações?

– Pare a carruagem, Desmond. Daisy e eu iremos a pé.

– Anne, não se zangue comigo por gostar de sua companhia – disse ele, em tom apaziguador. – Conversaremos sobre o que desejar.

Apesar da oferta de paz, só o que desejava agora era fugir da companhia dele. No entanto, para não ser rude, concordou em acompanhá-lo às compras em Covent Garden.

– Talvez pudesse acompanhar nós todas – sugeriu ela. – Faz dias que não vejo Theresa nem Pauline.

Com um ligeiro franzir de testa, ele guiou a carruagem à margem da rua movimentada.

– Como desejar, minha querida.

Quer dizer então que ele agora acreditava que ela estava sendo difícil e tinha que ceder. Tudo era tão mais fácil quando os amigos aceitavam que ela estava prometida e tudo o que tinha a oferecer era sua amizade. Ultimamente, porém, Desmond parecia interessar-se apenas em tentar beijá-la e lhe dizer que Maximilian tinha um péssimo caráter.

E aquela era a parte mais estranha. Deveria ter ficado feliz ao ouvir que o mais sábio a fazer seria rejeitar o marquês. No entanto, parecia estar determinada a encontrar uma razão para descartar cada comentário maldoso sobre Maximilian que o visconde apresentava. Por que estava sendo tão tola? E por que havia se rendido aos abraços de Halfurst, seu toque, seu corpo?

– Anne – disse Pauline, segurando-a pelo tornozelo à medida que a carruagem encostava no meio-fio repleto de neve. – Que bom que a encontramos.

– Também fico feliz – respondeu, um pouco surpresa com a veemência na voz da amiga.

– Estávamos à sua procura – disse Theresa, tomando a palavra. – Fomos à sua casa hoje de manhã para ver se queria ir às compras conosco e adivinha quem vimos por lá?

Ela já imaginava.

– Halfurst?

– Sim! Já sabia?

– Como eu poderia saber? Aceitei um convite para ir às compras com lorde Howard hoje de manhã.

Em consideração ao visconde, ela lhe lançou um sorriso quando ele se aproximou e ajudou-a a descer da carruagem.

– Bem, ele está lá na sua casa, na sala principal. Aparentemente, há mais de uma hora. E sua mãe nos disse que acha que ele vai esperar você voltar!

Anne fechou os olhos por um momento, a familiar agitação provocada pela ideia de sua presença confundindo-se com um nítido nervosismo. Se ele estava na casa dos Bishops e ela não estava, sem dúvida ele finalmente conversara com seu pai. E, a julgar pelos comentários enigmáticos do conde sobre ficar de olho na carreira de Halfurst, o pai parecia a favor da união. Deus do céu, talvez pudesse até estar casada!

Ao seu lado, Desmond mal conseguia disfarçar o desgosto ao ouvir esse último comentário; sem dúvida sabia o que ela lhe pediria em seguida.

– Desmond, por favor...

– Se posso levá-la para casa? – interrompeu ele. – Dê-me uma boa razão.

Aborrecida, ela respirou fundo.

– Lorde Howard, se o senhor continuar sendo agradável por mais alguns minutos, poderíamos continuar sendo amigos.

– E o que ganho com isso? – perguntou ele. – Uma carta de Yorkshire a cada seis meses, descrevendo sua infelicidade e arrependimento por não ter ouvido os conselhos do seu "amigo"?

– Isso não parece amizade – disse ela abruptamente, pegando a mão de

Theresa e esperando que a amiga interpretasse o tremor de suas mãos como frio. – Parece ciúmes. Sempre deixei bem claro que era comprometida e, independentemente de eu planejar ou não me casar com lorde Halfurst, esse fato não muda.

– Só quando lhe é conveniente, isso sim – disse Desmond com desprezo.

– Annie, Pauline e eu acompanhamos você até em casa – disse Theresa, com a voz tensa, puxando-a na direção da carruagem de Pauline.

– Sim, faça isso – falou Howard, asperamente. – Estarei disponível quando a senhorita voltar a si e cansar-se do seu criador de ovelhas.

Antes que ela pudesse elaborar uma resposta à altura, ele subiu na carruagem e retornou à rua movimentada.

– Minha nossa senhora – sussurrou Pauline, pegando a outra mão de Anne. – Nunca o vi assim.

– Nem eu – respondeu Anne, com a voz tão trêmula quanto suas mãos. – Podem me levar para casa?

– Claro, Annie. Venha.

Ao sentar-se na carruagem de Pauline, surpreendeu-se ao perceber que não estava pensando tanto na crise de ciúmes de Desmond, e sim na vontade de reencontrar seu criador de ovelhas. Quatro dias pareciam uma vida inteira quando só o que conseguia pensar era em como foi bom estar com ele.

⁂

Graças a Deus, a mãe de Anne finalmente acreditou nele quando Maximilian lhe disse que ela não precisava lhe fazer companhia, que ele ficaria feliz em ler um livro enquanto esperava por sua prometida. Suas ininterruptas desculpas o irritaram, e as descrições da filha eram lamentavelmente imprecisas e inadequadas. Anne Bishop desafiava descrições, não importava quem a definisse.

Em primeiro lugar, era praticamente a única londrina sem afetações que conhecia; era ela mesma e parecia estar bastante satisfeita com isso. Longe de ser tímida e recatada, como a mãe insistia em descrevê-la, Anne era curiosa, sincera e absolutamente imperfeita.

Tinha a intenção de lhe dar uma amostra de como seria a vida de casada com ele, apresentar suas habilidades na cama para convencê-la a deixar de lado seus argumentos a favor da permanência em Londres. Embora acreditasse ter tido sucesso na primeira missão, sua contínua insistência em desfilar pelas ruas da cidade com lorde Howard era prova suficiente de que estava longe da segunda. Nem estava propensa a fazê-lo, se conseguisse continuar evitando-o.

Em algum momento, ela teria que voltar para casa, então todo esse absurdo terminaria. Max a convenceria a casar-se com ele, e somente quando sua determinação e seu tempo se esgotassem, ele se renderia a Londres. Depois de estar dentro dela, sua determinação tornara-se ilimitada. E pela primeira vez desde que herdara Halfurst, não se importava se ela caísse em ruínas enquanto esperava por ela. Não sairia de Londres sem Anne Bishop.

Isso não significava, porém, que pretendia ceder a seus caprichos. Ela estava acostumada a ter os homens aos seus pés, fosse por sua beleza ou por sua fortuna.

Ouviu-a entrar em casa, antes do esperado, mas continuou sentado, lendo o livro que escolhera da biblioteca da casa dos Bishops. De repente, ela entrou na sala.

– Lorde Halfurst?

Ele levantou o olhar.

– Anne.

Ao vê-la, uma onda de calor lhe percorreu o corpo e ele teve que lutar consigo mesmo para permanecer sentado e para que outras partes de seu corpo também não ficassem imediatamente eretas.

– O que está fazendo aqui? Lambert não lhe disse que eu havia saído?

Sua voz estava hesitante, e a ideia de que a presença dele talvez fosse a razão por trás disso tornou ainda mais difícil manter uma postura relaxada.

– Sim, fui informado. Mas resolvi esperar.

Ela entrou lentamente na sala, e ele precisou de todo o seu autocontrole para não correr até ela e beijar cada centímetro do seu corpo. A criada vinha entrando atrás dela, mas a uma ordem feminina vinda de fora, Daisy desapareceu enquanto a porta se fechava. Lady Daven tinha algum bom senso, afinal.

Ela inclinou a cabeça, lançando um olhar para o livro que ele tinha em mãos.

– *Sonhos de uma noite de verão*? Não sabia que o senhor lia Shakespeare.

Anne estava nervosa, e isso era bom.

– Não sabia? O que acha que leio? Ou talvez achasse que não sei ler.

– Não seja ridículo. Simplesmente não o imaginava dedicando tempo à leitura de Shakespeare, só isso. Yorkshire parece consumir todo o seu tempo.

Mesmo? O mais provável é que ela estivesse obcecada com isso. Ultimamente, a obsessão dele havia adquirido uma forma mais feminina, com cabelos escuros longos e cacheados.

– Posso lhe citar alguma passagem, se desejar – disse ele, colocando o livro de lado e levantando-se –, mas isso só provaria minha capacidade de tomar emprestadas as belas palavras de alguém.

Ao vê-lo levantar-se, Anne deu um pequeno passo para trás.

– O senhor... não respondeu minha pergunta. O que faz aqui?

– Você tem me evitado.

– Não, não tenho – replicou Anne, soltando um risinho nervoso. – Não pense o senhor que fico aqui sentada o dia inteiro, esperando sua visita. Tenho amigos, tenho atividades. Esta é a minha casa, o senhor sabe.

– Sei disso.

Com o olhar fixo nos lábios macios de Anne, ele deu um passo à frente, lentamente.

– No entanto, devo-lhe um beijo de bom-dia. Na verdade, quatro.

– Eu...

Se ele a deixasse argumentar, não conseguiria tocá-la hoje. Maximilian eliminou a distância entre os dois com um único passo apressado. Segurando os ombros de Anne com as mãos, inclinou-se e cobriu sua boca com a dele. Ela reagiu instantaneamente, apoiando-se em seu peito e fechando os dedos no paletó. Ele intensificou o beijo e sentiu o calor que emanava dela quando pressionou o corpo contra o seu.

Quando ele a abraçou, segurando-a pela cintura, ela gemeu e se afastou.

– Pare!

– Por quê? – murmurou ele, os lábios ainda nos dela. – Você me deseja novamente e sabe que a desejo também, não sabe?

Seus quadris moveram-se na direção dele, e ele precisou lutar por controle.

– Sei.

– Então não me peça para parar.

Ele a beijou novamente, e sentiu que ela cedia – mas apenas por um instante.

– Não! – disse ela novamente, empurrando-o com força.

Nem se quisesse realmente fazê-lo se mover teria conseguido, mas ele a soltou. Persuasão apenas, lembrou a si mesmo, tentando não deixar seu desconforto transparecer. De nada adiantaria forçá-la.

– Se concordar em se casar comigo, farei-a se sentir assim todos os dias.

– Não é justo! – gritou ela, como se volume e convicção fossem sinônimos.

Se seu olhar não tivesse se voltado para a altura de sua cintura e depois para ele de novo, os lábios entreabertos ainda o seduzindo, ele teria acreditado nela.

– Por que não é justo? É a verdade. Isso é casamento, Anne. Estar comigo, pele com pele. Sei que gostou. Pude senti-la, lembra?

– Ótimo. Recorde-me da minha fraqueza – retorquiu ela, uma lágrima correndo-lhe pelo rosto. – Você é igual a lorde Howard.

Aquela lágrima solitária o incomodou e, de repente, parecia mais importante fazê-la parar de chorar do que vencê-la pelo cansaço e convencê-la a se casar com ele.

– Não foi fraqueza, Anne – murmurou, enxugando com o polegar a lágrima que escorria no rosto dela. – Foi desejo. Não há nada de errado com desejo. Não entre nós.

A atitude lhe rendeu um olhar penetrante, algo que poderia ser considerado um avanço. Com um suspiro de frustração, ele voltou a se sentar. Se ia fazê-la fugir, era melhor ter ficado em casa. Sabia exatamente qual era sua objeção a ele; o que ele precisava fazer era encontrar uma maneira de convencê-la dos méritos de Yorkshire. O que, no auge do inverno, não era tarefa fácil.

– Anne – disse ele. – Sente-se aqui.

– Só se me disser por que está aqui.

– Vim vê-la. Não basta?

– Está aqui para tentar me seduzir para se casar – respondeu ela, em tom de acusação.

Mesmo assim, sentou-se – na poltrona do outro lado da sala.

Maximilian riu.

– Eu já a seduzi e nós ainda não nos casamos. Não tenho a intenção de me desculpar por continuar a considerá-la desejável.

– Se sabe que sedução não vai funcionar, como pretende me convencer de alguma coisa?

Por um momento, lhe pareceu que ela gostaria de ser convencida. Seu coração deu um salto.

– Já ouviu falar de Farndale?

Ela franziu a testa.

– Farndale? Não.

– Fica a uns 5 quilômetros a oeste de Halfurst. Um pequeno vale aos pés das montanhas Pennine. No início da primavera, os narcisos silvestres forram o chão como um tapete.

– Deve ser lindo, imagino.

– Não precisa imaginar. Posso lhe mostrar.

Ele olhava fixamente para a expressão impassível de Anne.

– Anne, você nunca foi a Yorkshire. Como sabe que odeia tanto?

– Por que odeia tanto Londres?

– Eu... por uma diferença de opinião, acho.

– Porque todos o trataram mal quando descobriram que tinha perdido tudo?

Ele estreitou os olhos, incapaz de deter a abrupta raiva que se sobrepôs a seu maldito desejo por aquela beldade sincera.

– Lorde Howard, suponho?
– Sim, ele me contou tudo, mas apenas porque lhe perguntei. Não o culpe.
– Duvido que ele tenha lhe contado tudo, Anne.
Maldito Howard. Ele odiava aquilo. As fofocas, as insinuações, o exibicionismo. Por Anne, entretanto, ele diria a verdade. Toda a verdade.
– Por que não *me* perguntou?
Ela cruzou as mãos sobre o colo.
– Por que eu deveria? Não importa, porque no final você acabaria me arrastando para Yorkshire de qualquer forma. Com ou sem narcisos, não passarei o resto da minha vida no exílio.
Ele praguejou.
– Passaria com Desmond Howard, então? Por que não lhe pergunta como andam as finanças *dele*? Por quanto tempo acredita que ele conseguiria mantê-la em sua preciosa Londres depois de ter gastado todo o seu dote?
– Mentira sua.
Maximilian pôs-se de pé.
– Não minto – respondeu ele, ríspido, caminhando ao seu encontro.
Apoiando as mãos nos braços da poltrona, ele se inclinou, forçando-a a olhá-lo nos olhos.
– Pergunte a ele, Anne. E se quiser saber alguma coisa – *qualquer coisa* – sobre mim, é só me perguntar.
Endireitando os ombros, ele caminhou até a porta e abriu-a com força. Não fora sua intenção ir embora sem garantir a mão dela em casamento. Não fora sua intenção ir embora sem fazer amor com ela novamente. Não fora sua intenção denegrir a imagem de outra pessoa. Ele não queria nada daquilo. Não era certo, e sabia como ninguém o quanto doía.
– Você está falido? – perguntou ela, trêmula. – Veio atrás do meu dinheiro?
Maximilian parou.
– Não. E não. São minhas respostas às duas perguntas. E não vou deixar as coisas serem assim tão fáceis para você. Ainda temos o que conversar. – Respirando fundo, ele a encarou. – Acho que a conheço. Acredito que seja uma pessoa honesta e honrada. E aposto que não deixará as coisas como estão, sem descobrir tudo. Sabe onde me encontrar.
– Quer dizer então que vai voltar para a casa dos Trents e ficar ruminando nossa conversa? Eu não...
– O que quis dizer foi que pretendo visitá-la todos os dias entre hoje e 14 de fevereiro. E irei ao baile de São Valentim oferecido pelos Shelbournes. No dia 15 de fevereiro, no entanto, irei embora de Londres.

– Então irá embora sozinho.

– Veremos. Como disse antes, acho que a conheço, Anne.

Ele abaixou a voz para que nenhum dos criados pudesse ouvi-lo.

– E sei que deseja estar comigo novamente. Pense nisso.

CAPÍTULO 7

Ah, o Dia de São Valentim. Esta autora, pessoalmente, detesta a data. O valor de uma jovem é medido pelo número de cartões e buquês de flores que recebe, e os jovens cavalheiros são forçados a vomitar poesia, como se alguém realmente falasse em rimas.

É de se admirar que a data ainda não tenha sido banida da capital. Ou até mesmo do país.

Mas esta autora supõe que há pessoas mais sentimentais, pois o primeiro baile (anual? Esta autora espera que não) organizado por lady Shelbourne em comemoração à data com certeza será um sucesso estrondoso, se o número de confirmações for um indício.

E, como estamos falando do Dia de São Valentim, esta autora seria negligente caso a pergunta não fosse feita – jovens casais sairão do baile comprometidos? Certamente lady Shelbourne não poderá considerar sua festa um sucesso caso a pergunta "Quer casar comigo?" não seja pronunciada pelo menos uma vez.

Ou talvez só o pedido não seja suficiente. Afinal, de que serve um pedido de casamento sem a resposta adequada, "sim"?

CRÔNICAS DA SOCIEDADE DE LADY WHISTLEDOWN,
14 de fevereiro de 1814

Anne fechou o *Atlas da Grã-Bretanha* assim que o pai entrou na biblioteca.

– Bom dia, papai – disse ela, tentando parecer casual, mas espantou-se com o tom agudo da própria voz.

O conde levantou uma sobrancelha.

– Bom dia. O que faz aqui?

– Estou lendo – respondeu ela, forçando um sorriso. – O que mais eu estaria fazendo na biblioteca?

– Filha, alguém já lhe disse que você é uma péssima mentirosa?
Um homem já... não que isso a tivesse conquistado.
– O senhor não tem uma reunião hoje?
Ele atravessou a sala, sentando-se no sofá ao seu lado.
– Um atlas – disse o pai, inclinando a cabeça para ver a capa do livro. – Da Grã-Bretanha. Está interessada em alguma região específica?
Anne deu um sorriso afetado.
– O senhor sabe o que eu estava procurando. Céus, eu estava só um pouco curiosa.
Há uma semana, Maximilian vinha lhe falando sobre o Oeste de Yorkshire, um pouco de cada vez, obviamente com a intenção de despertar seu interesse. Há uma semana também não a beijava. Ao considerar sua estratégia, ela ficou sem saber se o desejo que queria despertar era nele ou no seu maldito condado. Lorde Halfurst tinha suas artimanhas, mesmo sendo um homem honesto, sincero e viril. Um homem extremamente viril.
– Não há nada de errado em ter curiosidade – comentou o pai, que felizmente não podia ler seus pensamentos. Ele fez uma pausa e acrescentou: – Halfurst me informou que partirá amanhã.
O coração de Anne acelerou.
– Sim, ele mencionou que partiria.
– Imagino que esteja feliz com sua partida.
– O que quer que eu diga, papai? – perguntou abruptamente, pondo-se de pé para colocar o livro de volta na estante. – Eu... gosto dele, mas ele mora em Yorkshire.
– Acredite se quiser, Annie, estou tentando não me envolver. Eu poderia forçá-la a se casar, mas não tenho a menor vontade de vê-la infeliz.
– Então por que fez esse acordo tolo? – desabafou Anne, surpresa ao se descobrir mais exasperada do que zangada.
O conde deu de ombros.
– Robert Trent era um amigo querido. Quando teve um filho, e em seguida eu tive uma filha, pareceu-me algo natural. Além disso, eu gostava – e ainda gosto – do jovem Maximilian.
Ao falar, sua voz adquiriu um tom mais afetuoso, algo que sua carreira política muitas vezes o impedia de demonstrar. Anne sentiu-se péssima e constrangida. Era tão óbvio que o conde desejava o casamento, e ela desejava tão arduamente estar nos braços de Maximilian de novo que mal conseguia pensar direito.
– Ele é tão teimoso! – exclamou ela.

– Você também, minha querida – retorquiu, ficando de pé. – Se não quiser casar-se com ele, deixe-o partir. Tenho certeza de que sua mãe ficará feliz em encontrar alguém que seja mais do seu gosto.

Ela franziu a testa.

– Mais do gosto *dela*, o senhor quer dizer.

– Sim, bem, de todo modo, alguém que more mais perto de Londres. Já que isso parece satisfazer suas exigências.

– Papai.

– Feliz Dia de São Valentim – disse o pai, com um breve sorriso, e saiu da sala.

Assim que se foi, Anne tirou novamente o atlas da estante. Graças à vivida descrição de Maximilian, sabia exatamente onde ficava Halfurst. Imaginava-a cheia de gerânios, colinas cobertas de verde, riachos e cachoeiras pitorescas. Ele considerava o local o verdadeiro paraíso. Até mesmo os rebanhos de ovelha pastando assumiam uma beleza pastoral, aninhados entre as colinas e ruínas romanas e vikings.

Parte dela queria ver tudo aquilo pessoalmente, Maximilian levando-a aos lugares que tanto amava. A outra aterrorizava-se diante da ideia de que, se perdesse Londres de vista, jamais voltaria a ver a cidade.

E o pior de tudo é que ela não via solução. Yorkshire ou Londres, Maximilian ou… alguém que não era ele. "Maximilian", murmurou, o coração acelerando ao mero som de seu nome. Sentiu um frio na barriga.

Alguém bateu à porta da biblioteca. Anne sobressaltou-se e colocou o livro de volta no lugar.

– Sim?

Lambert entrou no cômodo com um buquê de narcisos amarelos na mão.

– Estas flores acabaram de chegar para a senhorita, lady Anne. Devo colocá-las na sala principal, junto com as outras?

Narcisos.

– Não, obrigada. Deixe-as na mesa, por favor.

Espiou a carta aninhada entre as flores e precisou controlar-se para não saltar e pegá-la imediatamente.

– Tudo bem, lady Anne.

O mordomo colocou as flores na mesa e saiu.

Desde sua apresentação à sociedade, Dia de São Valentim era sinônimo de flores; no ano passado, a mãe contou 37 buquês, a maioria acompanhada de chocolates e poemas e, em um exemplo memorável, um bom pedaço de carne de veado. Francis Henning evidentemente a achava muito magra. O aroma das rosas preenchia todos os cômodos da casa dos Bishops. Ninguém, porém, jamais lhe havia enviado narcisos.

Suas mãos começaram a transpirar repentinamente, e Anne as esfregou na saia antes de pegar a missiva dobrada entre os botões amarelos vibrantes. Abriu o papel pesado, e um segundo cartão, mais pesado, caiu ao chão.

Na parte de trás, em grafia firme e escura, o cartão dizia: "Como eu me recordo do lugar." Quando pegou o segundo cartão no chão, viu que na parte da frente havia o desenho colorido, de uns 10 centímetros, de um pasto verde emoldurado por carvalhos e pedras, acarpetado de um lado ao outro por flores amarelas. No canto, as iniciais "MRT" atraíram tanto seu olhar quanto o belo desenho.

– Além de tudo, um artista –, murmurou, deslizando cuidadosamente o dedo sobre a superfície do papel.

Ela sentou-se e colocou o desenho sobre a mesa. Em seguida, voltou a atenção para o primeiro cartão. Todos os outros bilhetes e cartões que havia recebido naquele dia traziam corações, querubins e declarações de sincera admiração.

Aquele, é claro, era diferente.

"'Anne', leu em voz baixa, 'dezenove narcisos pelos dezenove anos em que estivemos prometidos um ao outro. Gostaria de um dia poder lhe mostrar o campo em que crescem livremente na natureza.'"

– Um erudito, um artista e, ainda por cima, romântico – sussurrou para si mesma, os dedos trêmulos. – Eu nunca teria adivinhado.

Piscando com força, ela continuou: "'Estou pensando na senhorita e espero que esteja pensando em mim com os mesmos intensos desejo e expectativa. À noite, nos vemos. Maximilian.'"

À noite. No baile do Dia de São Valentim oferecido pelos Shelbournes. Se tivesse coragem ou convicção, concluiu Anne, não compareceria. Ele iria embora e ela provavelmente nunca mais voltaria a vê-lo.

Soltando um suspiro, levantou-se e foi examinar o guarda-roupa. Já sabia que iria de amarelo.

Maximilian estava ao lado da mesa de sobremesas, esforçando-se ao máximo para não andar de um lado para o outro. Sabia que ela fora convidada, pois perguntara a seu pai. Ela viria, ele precisava que ela viesse.

– Maldição – murmurou.

Outros também pareciam estar esperando sua chegada, o que só serviu para piorar seu humor. Lorde Howard, é claro, circulava pelo salão como um abutre, provando os vários doces disponíveis enquanto esperava o prato principal. Sir Royce Pemberley também estava presente, embora sua atenção parecesse estar voltada para uma dama um tanto excêntrica, em um vestido rosa igualmente peculiar que parecia em perfeita harmonia com as faixas de seda rosa, vermelha e branca penduradas no teto do salão de baile.

Bem, não havia nada de errado em uma completa mudança de planos. Lançando mais um olhar aos seus concorrentes, caminhou na direção de Margaret, lady Shelbourne, e da dama de vestido cor-de-rosa que conversava com ela.

– Posso ter o prazer de ser apresentado? – perguntou, parando diante das damas.

– Claro que sim, milorde – respondeu lady Shelbourne, um leve ar de decepção no rosto, que logo desapareceu.

– Liza, lorde Halfurst. Lorde Halfurst...

A dama de vestido rosa deu um sorriso forçado e estendeu a mão.

– Srta. Elizabeth Pritchard. Liza. Prazer em conhecê-lo.

Ele pegou sua mão, cumprimentando-a.

– O prazer é todo meu.

Seus cabelos castanho-claros pareciam estar saindo de um sofisticado coque, as extremidades apontando em ângulos inusitados, mas havia uma inteligência em seu olhar que Maximilian não pôde deixar de notar. E pelo menos daquela vez uma senhora casada parecia relutante em vê-lo ao lado de uma dama solteira, o que, em si, tornava a Srta. Liza Pritchard a parte mais interessante da noite até então.

– Pode me conceder esta dança, Srta. Liza? – perguntou. – Se já não a tiver concedido a outro cavalheiro, é claro.

A não ser que estivesse errado, ela lançou um olhar na direção de Pemberley. *Bom.*

– Com prazer, milorde.

Ela era vários centímetros mais alta do que Anne e, ao rodopiarem no salão, observou que usava sapatos vermelhos. E então um deles pisou em seu pé esquerdo.

– Sinto muito.

Ela engoliu em seco, enrubescendo.

– Não precisa se desculpar – respondeu ele, sorrindo e esperando que seus olhos não tivessem lacrimejado.

Ela não parecia ser assim tão forte, mas...

Mais uma vez, a Srta. Liza pisou em seu pé.

– Ah, não!

– Não se preocupe, Srta. Liza – murmurou ele.

Deus do céu, por mais única que fosse sua aparência, ela dançava com a leveza de um elefante.

– Eu deveria tê-lo avisado de que dançar não é meu forte – murmurou ela. Talvez se contássemos os passos em voz alta?

Seu pé esquerdo estava ficando dormente, mas ele não pôde deixar de se divertir.

– O risco torna a aventura mais empolgante – replicou.

Para sua surpresa, ela riu e, em seguida, mas para a óbvia diversão dos casais mais próximos, e nem tanto para a dele, ela começou a contar.

– Um, dois, três. Um, dois, três... ah, droga!

Ele conseguiu manter o equilíbrio quando ela tropeçou no próprio vestido, e notou o olhar de sir Royce Pemberley sobre os dois. Um instante depois, sir Royce se aproximou, bloqueando seu caminho.

– Permitam-me? – perguntou ele, sério.

Maximilian olhou para ele. Esperava encontrar raiva, ou pelo menos o desdém com o qual costumava ser tratado pelos londrinos, mas viu-se concordando e afastando-se, de modo a permitir que sir Royce assumisse seu lugar. Nada mais foi dito, no entanto, quando a Srta. Elizabeth pegou a mão de sir Royce e seus olhos se encontraram, Maximilian na mesma hora percebeu que Anne lhe dissera a verdade sobre os anjinhos na neve – não passara de um momento de diversão. Royce Pemberley não estava no baile oferecido pelos Shelbournes por causa de lady Anne Bishop. Ele já havia encontrado sua amada.

Mancando ligeiramente, voltou à mesa de doces. Quanto mais lorde Howard circulava, maior era o número de olhares nefastos lançados em sua direção. Max perguntou-se se Desmond Howard se dera ao trabalho de contar a Anne sobre a jovem criada que ele deflorara quando ambos estavam em Oxford, e o quanto o visconde havia se ressentido pela intervenção de Maximilian ao buscar um emprego para a jovem junto à mãe dele, onde ela pudesse ficar em segurança.

Houve uma agitação no ar. Não precisou se virar para saber que ela havia entrado no salão. Anne. Sua Anne. Por mais incisivo que tivesse sido ao afirmar que iria embora com ou sem ela, ele não tinha tanta certeza de que poderia passar um dia, muito menos o resto da vida, sem sua companhia.

Ele conseguiu interceptá-la antes de Howard.

– Veio de amarelo – murmurou, pegando sua mão e levando-a aos seus lábios.

Os olhos verdes dela brilharam à luz dos candelabros, e não somente pela animação do baile, pensou ele. Será que sentia a mesma atração que ele sentia por ela? Deus permitisse que sim.

– Algo me fez pensar em narcisos hoje – respondeu ela, a voz suave ainda que um pouco trêmula.

– A senhorita ofusca todos eles. Concede-me uma dança?

– Maximilian...

– Apenas dance comigo – insistiu ele, guiando-a até o salão de baile.

Nenhum protesto que começasse com seu nome poderia ser coisa boa, e se ele não a tomasse nos braços imediatamente, tinha a nítida sensação de que morreria.

Ela deve ter sentido o mesmo, pois, respirando fundo, relaxou e concordou.

– Somente uma dança, depois precisamos conversar.

– Duas danças – opôs-se ele. – Afinal, a primeira já começou.

– Não posso dançar duas vezes seguidas com o senhor.

– Quem vai notar? Além disso, somos prometidos um ao outro.

Aquilo era a perfeição. Tomando-a para si e mantendo a distância que ela e a etiqueta permitiam, ele nem sequer se importou com a manobra adicional necessária para não esbarrar na Srta. Elizabeth e em sir Royce. Diferentemente da patinação no gelo, no salão de baile Anne era incomparável. Com ela rodopiando em seus braços, conseguiu até esquecer que estava em Londres, esquecer que mil outros convidados tagarelavam e fofocavam ao seu redor, esquecer que lorde Howard estava à espreita, aguardando seu retorno a Yorkshire.

– Vai mesmo partir amanhã? – perguntou Anne, os longos cílios ocultando seus olhos.

– Não posso ficar aqui para sempre – respondeu ele, desejando ter ouvido certo arrependimento na voz dela.

– Por que não? – perguntou Anne, levantando os olhos para ele. – Por que não pode simplesmente ficar aqui, em Londres?

Por um segundo, a pergunta foi tentadora.

– Halfurst é meu lar, é minha responsabilidade. Não posso abandonar a propriedade, nem mesmo por você.

– Quer dizer então que seria tudo a seu modo. Isso não é justo, Maximilian.

Não era justo, e ele se deteve por um instante antes de responder.

– Esperava que seu desejo por mim fosse maior do que seu apreço por Londres, Anne. Afinal, é apenas uma cidade com prédios e algumas pessoas bastante desagradáveis.

– Para mim, não são desagradáveis. Se tivesse ficado aqui, em vez de fugir, saberia.

Ela andou conversando com Howard novamente.

– Eu não fugi. Halfurst precisava...

– Você deixou que as pessoas dissessem o que queriam sobre você e não fez nada.

– Não me importei com o que elas disseram.
– Rá!
Max ergueu uma sobrancelha.
– Rá? – repetiu ele.
– Sim, rá. Importou-se, e ainda se importa, *sim*, com essas fofocas tolas. Por isso não gosta de Londres.
– Eu....
– E a culpa é toda sua – continuou ela.
No calor da discussão, ela nem percebeu que ele a trouxera para ainda mais perto de seus braços. Que se danassem os 15 centímetros de espaço que tinha de haver entre eles. Anne o inebriava como nenhuma outra mulher fizera ou talvez viesse a fazer algum dia.
– Como minha culpa? Por favor, me explique.
– Bastava ter dito alguma coisa, seu idiota. Falido ou não, poderia ter defendido a reputação de seu pai... e a sua própria, Maximilian.
– Acabou de me chamar de idiota?
Ela lhe deu um leve soco no ombro.
– Preste atenção. É importante.
O fato de ela estar lutando para mantê-lo em Londres parecia ser mais importante, mas ele ainda não queria mencionar isso.
– Se eu estivesse prestando mais atenção, você estaria nua – murmurou ele.
– Pare com isso. E não basta prestar atenção... Faça alguma coisa!
– Quer dizer então que eu deveria subir em uma cadeira e gritar para meio mundo que estava sofrendo muito com a morte do meu pai e que não me importava nem um pouco com o que as pessoas dissessem sobre nós? Ou simplesmente deveria declarar que Halfurst nunca foi à falência e que minha renda anual é algo na faixa de 40 mil libras esterlinas?
Ela o encarou, piscando os olhos verde-musgo.
– Quarenta mil libras?
– Aproximadamente.
– Então conte a todo mundo... alguém... que todos os boatos eram infundados, e eles vão...
– Voltar a gostar de mim? – concluiu ele. – Já disse à única pessoa cuja opinião me importa.
– E quem... – disse Anne, corando. – Ah.
A valsa terminou e, relutante, ele afastou a mão da cintura dela.
– Ah, maravilha – murmurou uma voz conhecida atrás dele. – Agora é minha vez.

Anne apertou o braço de Max.

– Desmond, prometi a lorde Halfurst que também dançaria a quadrilha com ele. Terei o maior prazer em....

– Acha que um criador de ovelhas sabe dançar a quadrilha? – perguntou o visconde, sorrindo com desprezo para Max. – Estou surpreso que tenha conseguido dançar uma valsa. Como pagou as aulas de dança, Halfurst? Com carne de carneiro?

Maximilian encarou Howard no mesmo nível. Os convidados ficaram em silêncio para ouvir melhor o que os dois estavam dizendo. Sua maior preocupação era com Anne, que praticamente tremia de raiva e indignação ao seu lado.

Naquele momento, percebeu que não a perderia, não poderia, independentemente do que fosse preciso. Ela tinha razão em alguns de seus argumentos. Ele poderia não se importar com a própria reputação, mas ela se importava e, se os dois se casassem, seus nomes estariam unidos.

– Respeitei a amizade da minha noiva com você, Howard – afirmou, calmo, em voz baixa. – Mas agora você a deixou constrangida. Saia daqui.

– 'Sair?' Não tenho a menor intenção de ir a qualquer lugar. O estranho aqui é o senhor, marquês.

– Lorde Howard, por favor, pare – sibilou Anne. – O senhor já causou danos o suficiente.

– Ah, mas eu ainda nem comecei. Por favor, vamos ouvir um pouco mais de suas espirituosas respostas, criador de ovelhas.

Era o limite. Anne o havia estimulado a agir.

– Que tal isso? – reagiu Max.

Com a mão direita fechada em punho, desferiu-lhe um soco bem no queixo. Com um grunhido, o visconde caiu no chão lustrado.

– Agora sim.

Maximilian virou-se para Anne, ignorando a explosão de suspiros e risinhos abafados ao redor deles.

– Venha comigo.

– Céus! – sussurrou Anne, observando Howard encolhido no chão. – Um soco só.

Diante de sua expressão de espanto, Max não conseguiu conter um sorriso torto.

– A senhorita deveria ter me dito antes que preferia um homem de ação.

Anne estava aturdida demais para falar quando o marquês a guiou até a saída mais próxima e por uma escada estreita. O que quis dizer foi que ele deveria defender verbalmente sua reputação – deixar Desmond inconsciente não estava em seus planos, por mais satisfatória que a visão tivesse sido.

– Ele vai ficar muito zangado.

– Por isso a estou tirando de cena – retrucou Maximilian, detendo-se ao chegarem ao pé da escada. – Onde diabo estamos?

– Essa é a escada dos criados, acho.

Naquele momento, um lacaio carregando uma bandeja de doces saiu pela porta de vaivém, quase colidindo com Halfurst.

– Mil perdões, milorde – gaguejou ele, tentando fazer uma mesura e equilibrar-se ao mesmo tempo.

– O que tem ali atrás? – perguntou Maximilian, apontando para a porta.

– A cozinha, milorde.

– E tem uma saída do outro lado?

– Sim, milorde. Para os jardins.

– Ótimo.

O lacaio continuou olhando embasbacado para os dois, até o marquês mandá-lo subir as escadas.

– Pode ir.

Assim que o lacaio desapareceu, Maximilian puxou Anne para si e abaixou a cabeça para beijá-la com tal ferocidade que a deixou sem fôlego e cheia de desejo.

– Alguém pode nos ver – conseguiu dizer, entrelaçando os dedos em seus cabelos negros.

– Não me importo.

– Mas eu me importo.

Ele voltou a levantar a cabeça, encarando-a com seus olhos cinza, brilhantes.

– Porque não quer ser forçada a se casar? – sussurrou ele.

– Max...

Segurando-a pela mão, ele arrastou-a pela porta da cozinha. Criados em várias fases da preparação das refeições paralisaram.

– Ignorem-nos – ordenou ele.

No mesmo momento, voltaram às suas tarefas.

– Maximilian – repetiu ela, quase desejando ter ficado quieta para que ele não parasse de beijá-la no corredor –, e agora?

– Espere aqui um segundo.

Para sua surpresa, ele se afastou e começou a explorar a cozinha, aparentemente em busca de algo para comer. Na parte dos fundos, pareceu ter encontrado o que buscava, pois, após murmurar uma palavra ao cozinheiro, embrulhou algo grande em um guardanapo e voltou para o lado de Anne.

– Você conhece bem mitologia grega, imagino? – perguntou, estendendo a mão.

– Conheço – respondeu ela, dividindo a atenção entre sua expressão resoluta e o objeto na palma de sua mão –, embora não veja a relevância de uma maçã... cortada ao meio... na atual situação.

Um leve sorriso iluminou seu rosto.

– Mito errado. Abra.

Com o coração inesperadamente acelerado, Anne abriu o guardanapo.

– Uma romã – disse ela.

Uma *romã*.

Maximilian limpou a garganta.

– Como você deve se lembrar, a adorável Perséfone estava dividida entre Hades, seu amante, no mundo inferior, e a mãe, Deméter, no mundo de cima, até eles encontrarem um meio-termo para que ela tivesse os dois.

De repente sem ar, Anne perguntou, a voz trêmula:

– Você abriria mão de Yorkshire?

– Isso, meu amor, depende de você.

Uma lágrima lhe escorreu pelo rosto.

– Você me chamou de amor – ela conseguiu dizer.

– Porque eu amo você.

– Ai, meu Deus! – exclamou, suspirando.

Agora poderia ter tudo. Poderia ter Maximilian Robert Trent. Ele seria seu para sempre. Com a mão trêmula, ela tirou da romã seis sementes, uma depois da outra.

– Seis meses em Yorkshire e seis meses em Londres – disse ela.

– E você ao meu lado, Anne. Diga que sim, que se casará comigo.

Ela pegou a fruta da mão dele e a colocou de lado, depois colocou os braços em seus ombros.

– Sim, sim, eu aceito – respondeu ela, rindo e chorando ao mesmo tempo.

– Eu amo tanto você.

Ele a beijou, levantando-a nos braços e girando-a no ar.

– Graças a Deus – murmurou ele, várias vezes.

Anne não conseguia parar de beijá-lo. Há três semanas, jamais poderia imaginar que concordaria em se casar com um criador de ovelhas. Agora ele teria que ficar na cidade por mais alguns dias, pois não suportaria deixá-lo partir sem ela. E, se ele conseguisse obter rapidamente a licença especial, estariam em Yorkshire já na primavera, e ela poderia ver os narcisos em flor.

– Feliz Dia de São Valentim – sussurrou ela, abraçando-o com força.

Ela o sentiu sorrir.

– Feliz Dia de São Valentim.

Karen Hawkins

Dois corações

*Para a minha gata, Scat, que bondosamente me permite
sentar em sua cadeira preferida enquanto trabalho no computador.*

CAPÍTULO 1

Como se os dias gélidos já não estivessem proporcionando à alta sociedade assunto suficiente sobre o que falar (e, de fato, para uma população tão apaixonada por discutir o clima, o inverno extraordinariamente frio deste ano está se revelando uma dádiva para aqueles que não se destacam na arte das conversas refinadas), há sempre a Srta. Elizabeth Pritchard, que parece estar decidida a, pasmem, ganhar o coração de lorde Durham.

Esta autora não os considera um casal improvável – afinal, a Srta. Pritchard tem a reputação de ter grande fortuna, e certamente sua personalidade não carece de atrativos (apesar de suas óbvias excentricidades). Mas não se pode negar que já é um pouco mais velha que a média das debutantes; na verdade, é mais velha do que lorde Durham.

Será que a Srta. Pritchard trocará de nome, tornando-se lady Durham? Talvez, quando o Tâmisa congelar... Ah, espere, o Tâmisa ESTÁ congelado.

Aparentemente, nada é impossível nos dias atuais.

CRÔNICAS DA SOCIEDADE DE LADY WHISTLEDOWN,
26 de janeiro de 1814

Lady Margaret Shelbourne encaminhou-se à lareira que ornamentava uma das paredes da sala de jantar.

– Pronto! – anunciou com eloquência, lançando o jornal às chamas. – É isso que lady Whistledown e seu jornaleco escandaloso merecem!

Sentado à cabeceira da mesa, o marido, lorde James Shelbourne, sequer tirou os olhos da edição mais recente do *Morning Post*. Depois de dez anos de um casamento feliz, estava demasiadamente acostumado aos modos dramáticos da esposa para lhes dar muita atenção. Assim, coube ao irmão de Meg, sir Royce Pemberley, responder.

Ele levantou o copo e observou as cinzas daquilo que havia sido a mais recente tentativa de lady Whistledown de distrair a alta sociedade.

– Achei que você gostasse de lady W. Certamente parecia ansiosa para ler seus comentários; tirou o jornal da bandeja de Burton antes que ele anunciasse sua chegada e quase derrubou minha cadeira.

– Não mesmo. Simplesmente me inclinei à sua frente para...

Seus olhos se estreitaram quando notou o sorriso surgindo no canto dos lábios de Royce.

– Ah! – exclamou ela. – Você está implicando comigo. Esse é seu problema, você *nunca* fala sério.

– Nunca – concordou ele. – O que lady Whistledown disse que tanto a irritou?

– Não foi sobre mim, foi sobre Liza.

Liza, conhecida entre a alta sociedade como Srta. Elizabeth Pritchard, era, desde a infância, a melhor amiga de Margaret. Eram praticamente inseparáveis, embora fosse difícil encontrar duas pessoas mais diferentes. Meg era pequenina, loura, com o penteado sempre perfeito, e vivia alvoroçada; Liza era alta, tinha cabelos castanho-claros, olhos verdes travessos e péssimo gosto para moda. Era também uma das mulheres mais racionais que Royce conhecia.

– O que lady W. disse sobre Liza?

– Que ela está gostando de alguém, embora eu não faça ideia de como lady W. sabe disso... Royce, por isso pedi que viesse aqui hoje. – A irmã fez uma pausa dramática, e então: – Temo que Liza tenha decidido se casar.

As palavras pairaram no ar, como a fumaça de uma vela recém-acesa. Embora soubesse que não deveria sentir nada além de irritação com o melodrama de Meg, a declaração o chocou. Liza? Casar-se?

– Você deve estar enganada.

Ninguém que conhecesse Liza e entendesse o mais íntimo de sua natureza pragmática acreditaria numa besteira dessas. Os pais de Liza morreram quando ela tinha apenas 3 anos, e a tia materna morrera no ano em que Liza fora apresentada à sociedade. Ela ficara sozinha muito nova, sem ninguém a não ser um velho advogado que acreditava que seus deveres como tutor terminavam à porta de seu escritório.

Qualquer outra mulher teria ficado perturbada, mas Liza havia seguido calmamente o seu caminho, comprado uma casa, convidado uma prima idosa e pobre para morar com ela, e aprendera o que podia com seu tutor. Ao completar 25 anos, àquela altura uma solteirona aos olhos da alta sociedade, não surpreendera ninguém ao aposentar a prima e assumir total controle de sua fortuna.

– Não estou nem um pouco enganada – respondeu Meg, nitidamente ofendida ao constatar que Royce não acreditara nela. – O nome dele é Durham.

– Nunca ouvi falar.

– É novo na cidade. Um parente distante de lady Sefton, creio.

Mais ou menos a cada dois anos, um vento desfavorável levava alguns caça-dotes aos salões de baile londrinos, e um ou outro deles escolhia Liza como alvo. Com a ajuda de Meg, Royce havia contido todas as possíveis ameaças.

Liza, evidentemente, nunca notara. Não percebia seus predicativos e a atração exercida por sua substancial fortuna, que crescia ano a ano sob sua cuidadosa supervisão. Ademais, parecia estar plenamente satisfeita em permanecer como estava – solteira e livre das obrigações do matrimônio, assim como Royce. Ou ao menos era o que ele supunha.

– Não acredito que Liza tenha tomado uma atitude tão desmiolada.

– Eu também não dei muita atenção ao relacionamento, mas... – replicou Meg, hesitante. – Desde seu aniversário, no mês passado, ela anda diferente. Temo que esteja um pouco vulnerável.

Ao ouvir o comentário da irmã, Royce franziu a testa. Tinha encontrado Liza dois dias antes. Ela *de fato* parecia um pouco distraída, só isso. Certamente não apresentara nenhum sintoma que pudesse indicar ter desenvolvido uma paixão por um aventureiro misterioso.

– Liza não é o tipo de mulher que se comprometeria com algo tão sério quanto um casamento sem antes refletir muito.

– Ela *refletiu* muito. Ora, chegou a me apresentar uma lista de motivos pelos quais acreditava que lorde Durham e ela formavam um belo par.

– Liza e suas listas infernais! O que ela acha que está fazendo? Comprando um cavalo?

– Ela já está com 31 anos. Nessa idade, a maioria das mulheres já está casada, com filhos.

– Liza não é como a maioria das mulheres. Você jura, Meg, que não vem enchendo os ouvidos dela com essa história de casamento de novo? Porque, se estiver, vou....

– Claro que não – respondeu Meg, corando. – Não lhe disse uma só palavra a respeito do assunto.

Na mesa de café, James mexeu no jornal de forma reveladora.

Meg enrubesceu ainda mais e se apressou em dizer:

– É natural que Liza encontre alguém e se apaixone. Eu só gostaria que ela tivesse escolhido alguém que conhecêssemos.

Liza, apaixonada? Por que Meg dissera *aquilo*? Uma coisa era decidir se casar; outra era estar realmente apaixonada. O pensamento passou a atormentá-lo, provocando uma nítida inquietude. Royce pôs-se de pé. A sala lhe pareceu escura e opressiva, embora a forte luz que irradiava da rua coberta de neve oferecesse uma fuga. Fuga de quê, ele não sabia, mas sentia uma enorme necessidade de respirar o ar gélido que pairava do lado de fora da janela coberta de geada.

– Meg, preciso mesmo ir. Obrigado pelo café da manhã.

Ele virou-se em direção à porta, mas um peso repentino apertou seu peito. Por fim, disse com uma voz grave:

– Meg? Você... realmente acredita que ela esteja apaixonada por esse tal de Durham?

A pergunta surpreendeu Royce. Ele não tinha a menor intenção de fazê--la... pelo menos não em voz alta.

Na mesma hora, o semblante suave de Meg demonstrou preocupação.

– Não – disse ela, lentamente. – Ainda não. Mas ela acredita lhe faltar alguma coisa. E você conhece Liza. Quando ela coloca algo na cabeça... – Havia em sua voz uma preocupação genuína. – Royce, o que vamos fazer? E se esse Durham não for um homem distinto?

Royce considerou a pergunta por um longo instante, um estranho peso no peito. Finalmente, disse com pesar:

– Não estou seguro de que possamos fazer alguma coisa.

– Como assim? Você permitiria que Liza cometesse o maior erro de sua vida sem lhe dizer uma só palavra?

– Ela já é adulta. E se realmente gostar desse homem...

Ele se interrompeu, quase engasgando com as palavras. Droga, o que havia de errado com ele? Estavam falando de Liza, pelo amor de Deus. A única mulher que tinha certeza de que agiria com sanidade e lógica. A mulher que respeitava acima de todas as outras. Ele não *queria* que ela fosse feliz? Claro que sim. Ela era como uma...

Ele olhou para Meg e franziu a testa. Bem, não uma irmã. Ele certamente não confiava em Meg da mesma maneira que confiava em Liza. Tampouco tinha longas conversas com Meg sobre... sobre praticamente tudo. Afinal, Meg não o entendia. Não mesmo. E quando estava se sentindo deprimido, com certeza não procurava a irmã, pois sabia que ela não o faria se sentir melhor. Só procurava Liza.

Na verdade, pensando bem, sempre fora Liza. Ao longo dos anos, ela se tornara sua confidente, exatamente como era de Meg. E agora tudo aquilo estava sendo ameaçado por um tolo que provavelmente estava de olho na fortuna da pobre Liza e acabaria partindo seu terno coração. O pensamento o encheu de raiva, um sentimento que não lhe era comum. Na verdade, foi inundado por sentimentos incomuns, nenhum dos quais reconhecia.

– Royce, estou decepcionado com você por não oferecer ajuda.

Meg cruzou os braços, o olhar fulminante.

– Acho que você anda ocupado demais flertando com alguma garota para se importar com a pobre Liza.

– Nunca flerto.

– Que mentira! O que diz da semana passada, quando andou fazendo anjinhos na neve com lady Anne Bishop? Lady W. publicou em sua coluna e todos começaram a comentar. Nunca me senti tão humilhada.

– Humilhada? Por causa de um anjo na neve?

Meg endireitou os ombros.

– Royce, *alguém* precisa descobrir quais são as verdadeiras intenções de lorde Durham. Esse homem pode ser um caça-dotes ou coisa *pior*.

Shelbourne espiou por cima do jornal, olhou para Royce e articulou com lábios silenciosos a palavra "corra" antes de voltar a se esconder atrás de seu escudo de papel.

Se a cabeça de Royce não estivesse latejando, ele teria sorrido.

– O que mais Durham poderia desejar de Liza, além de sua fortuna?

– Sua virtude.

O sangue lhe subiu à cabeça. Maldição, jamais permitiria que se aproveitassem de Liza! Por mais que odiasse admitir, Meg tinha razão. Alguém precisava investigar quem era esse tal de lorde Durham.

E esse alguém seria Royce. Se não fizesse isso, Meg o faria, e só Deus sabia a confusão que isso poderia gerar.

– Muito bem. Verei o que consigo descobrir.

E com certeza o faria. Descobriria todos os detalhes sórdidos que dissessem respeito ao passado misterioso desse homem e mostraria tudo a Liza.

Sim, isso bastaria. Para seu alívio, Royce percebeu que estava quase sorrindo de novo.

– Não se preocupe, Meggie. De um jeito ou de outro, vou fazer esse sujeito desaparecer daqui.

Ela ficou radiante.

– Excelente! Embora você não ache Liza atraente, há quem...

– É claro que acho Liza atraente.

Meg olhou para ele, curiosa.

– Ninguém poderia imaginar isso se visse vocês dois juntos. Na verdade, sempre achei que você age mais como se ela fosse sua irmã do que eu. Você a trata de maneira abominável.

Royce já havia sido acusado de muitas coisas na vida, mas nunca de tratar uma mulher como irmã.

– Liza também é minha amiga, então posso dizer que de fato converso com ela mais abertamente do que com outras mulheres. Mas é só isso.

– Bem, na verdade isso não importa. Ela também não deve achá-lo atraente. Ao longo dos anos, tornou-se bastante imune a você.

Aquilo feriu seu orgulho, então endireitou os ombros e disse, altivo:

– Espero que meu relacionamento com Liza transcenda toda essa tolice.

Pronto. Isso soou estranho, mesmo para ele. Entretanto, continuava se sentindo inexplicavelmente incomodado.

– Como diabo Liza conheceu esse homem?

– Lady Birlington os apresentou.

– Só podia ser – comentou Royce.

Lady Birlington era madrinha de Liza. Uma mulher impetuosa, sem cerimônias e rude... mas amada pela alta sociedade.

Ninguém poderia criticar o senso de dever de lady Birlington. Desde que Liza pusera os pés em Londres, a madrinha conseguira fazer com que fosse convidada para os eventos mais exclusivos da estação, inclusive o cobiçadíssimo convite para o Almack. E quando ficou evidente que Liza não se encaixava no padrão de beleza definido pela sociedade, lady Birlington colocou a afilhada sob suas asas e lhe disse que, se não era estonteante, que pelo menos fosse interessante. Liza levou a sério o conselho.

Sua tendência a vestir-se na contramão da moda aumentou, e ela se tornou conhecida pelo discurso surpreendentemente franco. Também comprou uma carruagem escandalosamente alta e aberta com a qual ia para todo canto. As pessoas comentaram, é claro, mas ela as ignorou com prazer, e não tardou para que todos passassem a esperar o inesperado da Srta. Liza Pritchard.

E mais, algumas atitudes espirituosas de Liza viraram moda. No verão anterior, ela aparecera com um mico preso a uma coleira. Todos, inclusive o príncipe, ficaram encantados com as dóceis habilidades do animal. Em uma semana, ansiosas por seguir o modismo, todas as mulheres de Londres adquiriram macacos, mas logo descobriram que ter um mico e cuidar de um mico eram duas coisas totalmente diferentes.

O caos se instalou. A criatura malcriada de lady Rushmount mordeu o dedão de lorde Casterland, que ficou acamado por uma semana. O mico da Srta. Sanderson-Little vivia se soltando da coleira e enfiando-se por baixo das saias de qualquer mulher nervosa que visse pela frente. E o bichinho da viscondessa Rundell demonstrou uma desagradável tendência a engolir objetos brilhantes, fazendo com que lady Bristol exigisse a devolução de um anel desaparecido, relíquia de família. Depois de uma elaborada busca, durante a qual o anel não foi encontrado, concluiu-se que deveria estar no intestino do animal. Seguiram-se alguns momentos constrangedores, levando a viscondessa a concluir que talvez não estivesse à altura da tarefa de cuidar de um macaco de verdade.

Royce suspirou.

– Espero que esse tal de Durham não seja um caça-dotes. Eu odiaria ter que...

Ouviu-se uma leve batida à porta. Burton entrou e anunciou, em tom grandioso:

– Srta. Elizabeth Pritchard.

Uma mulher vestida de vermelho e verde entrou na sala. *Não, não era uma mulher*, pensou Royce. *Estava mais para um espetáculo*. Liza não tinha a menor noção de como se vestir. Fosse de manhã, tarde ou noite, sempre se enfeitava com as cores mais esquisitas. Naquela manhã, o vestido vermelho-carmim e a peliça da mesma cor eram extremamente simples, mas as botinas amarelas e o turbante verde eram a prova cabal de que precisava com urgência dos conselhos de alguém que entendesse de moda.

Royce a examinou cuidadosamente, tentando enxergá-la como se já não conhecesse todos os seus traços e expressões. E o que viu o surpreendeu: Liza era uma mulher notável. Tinha olhos verdes e cabelos castanho-claros encaracolados que pareciam ter vida própria. Ainda que fosse mais alta do que a maioria das mulheres, sua altura lhe assentava bem, complementando sua excepcional figura. Seus membros eram longos, tinha a cintura fina e as formas curvilíneas. Em algum momento desde que se conheceram, seus traços tinham se suavizado, e o humor maduro que espreitava em seus olhos verdes combinava com sua vivacidade natural, tornando-a uma mulher notavelmente atraente.

Ou seria atraente, caso se vestisse melhor.

– Liza! – exclamou Meg – O que é isso na sua cabeça?

Liza levou a mão ao turbante, de cujo topo saía uma pena branca, fazendo-a parecer ainda mais alta.

– Droga! Caiu de novo? – perguntou ela, empurrando o turbante de um lado para o outro e fazendo com que a pena agora apontasse para trás.

– De onde tirou essa aberração? – perguntou Royce, impressionado.

Ela arrumou de novo o turbante, dessa vez na lateral, entortando-o mais ainda.

– Comprei na Madame Bouviette, na Bond Street. Gostou?

– É o chapéu mais ridículo que já vi – respondeu Meg. – Só as viúvas usam turbante.

– É mesmo? Que pena, porque eu adoro turbantes.

Ela ficou mexendo na pena, quase quebrando-a ao meio acidentalmente.

– O preço estava ótimo, paguei apenas dez xelins. Não sei o que Madame Bouviette estava pensando.

– Eu sei – disse Royce, sem fazer pausa. – Estava pensando, "Aposto que não há uma única pessoa em Londres inteira tola o suficiente para dar nem sequer dez xelins por este turbante horroroso; vou acabar tendo que o dar de graça." Era exatamente isso que sua preciosa Madame Bouviette estava pensando.

Liza esforçou-se para não sorrir, mas não conseguiu. Como podia deixar de sorrir quando Royce a provocava? Ela amava suas implicâncias tanto quanto *o* amava.

– Que alegria, obrigada. Ainda é muito cedo e não tomei meu chocolate. Além disso, vim ver Meg, não você – respondeu, voltando o olhar para a amiga. – Precisa de ajuda com os convites para o baile do Dia de São Valentim? Tenho a tarde toda livre.

James suspirou alto, a respiração agitando a folha do jornal.

– Ah, sim – disse Royce. – O baile de São Valentim da Meg. Tinha me esquecido.

– Como assim, esquecido? – perguntou Meg, horrorizada. – Estou planejando esse baile desde que lady Prudhomme tentou roubar a estação com seu sarau horroroso!

Lady Prudhomme era a arquirrival de Meg. As duas haviam se conhecido na escola e desenvolvido aversão uma pela outra, que só se agravou ao longo dos anos pelo fato de ambas terem se casado com homens de posição semelhante, terem exatamente o mesmo número de filhos e serem ambas consideradas extremamente belas. Se de alguma maneira uma conseguisse superar a outra, a rivalidade poderia ter abrandado. No entanto, só aumentava ao longo dos anos, a ponto de as duas mal se cumprimentarem em ocasiões sociais.

– Não tema – declarou Liza, animada. – Assim que o mundo conhecer as maravilhas do baile de São Valentim oferecido pelos Shelbournes, ninguém mais se lembrará dos eventos insignificantes dos Prudhommes.

Meg sorriu, a expressão animada.

– Liza, será espetacular! Encomendei mais de duas mil velas vermelhas. E Monsieur DeTourney concordou em fazer seis de suas famosas esculturas de gelo para colocarmos na entrada. Royce, você virá, não?

– Claro – respondeu ele prontamente. – E dançarei com todas as damas do salão, mesmo as que forem vesgas.

Liza duvidava disso. Royce só dançava com as mais belas. Era um péssimo hábito dele, e ela desejava que ele tentasse ampliar um pouco os horizontes.

Meg lançou um olhar triunfante ao jornal do marido.

– Que bom que posso contar pelo menos com meu irmão.

– Você pode contar com todos nós! – exclamou Liza, um pouco angustiada, ao observar o terno olhar de lorde Shelbourne à esposa por sobre o jornal.

Ainda que não fosse de demonstrar seus sentimentos, Shelbourne definitivamente não conseguia dizer não à animada esposa. Meg e o marido eram profunda e irrevogavelmente apaixonados um pelo outro. *Seria tão bom sentir-me assim, saber que pertenço a alguém e que esse alguém me pertence.*

Como que por vontade própria, seus olhos foram atraídos para Royce. Para sua surpresa, constatou que ele também a olhava atentamente, um ponto de interrogação nos olhos azuis profundos. Um súbito arrepio lhe percorreu a coluna, sensação que ela reprimiu impiedosamente. Por Deus, aquilo não era jeito de reagir a um mero olhar, muito menos vindo de sir Royce Pemberley, que lançava olhares sedutores a não menos do que quarenta mulheres por dia. Liza sabia muito bem, o via fazer isso havia anos.

Ah, sim, a Srta. Liza Pritchard sabia tudo sobre sir Royce Pemberley. Muito mais do que deveria saber e, certamente, o bastante para impedir que seu coração acelerasse sempre que ele lançava um bem treinado olhar em sua direção. Era um galanteador incorrigível; notoriamente volúvel, suas paixões raramente duravam mais do que um mês; mostrava-se contido apenas quando estava em público e tinha o cuidado de nunca cruzar o limite das convenções sociais de maneira que colocasse em risco sua tão prezada liberdade.

Liza acreditava que ela e Royce eram tão bons amigos por essa razão – ela o conhecia e o aceitava sem reservas. E acreditava que ele sentia o mesmo por ela.

É claro, isso não significava que não tivesse consciência de seu charme. Ele era extremamente belo, o cabelo castanho-escuro que caía sobre as sobrancelhas em pronunciado contraste com os olhos azuis. Olhos que riam por trás de cílios grossos e curvados capazes de deixar sem ar as mulheres desavisadas.

E o pior: era alto, tinha ombros largos e uma maravilhosa covinha no queixo que fascinava Liza, apesar de sua determinação em não se deixar fascinar. Preferia que ele não tivesse nascido com aquela covinha no queixo e que seus olhos fossem menos azuis. E seria bom se, ao longo dos anos, ele tivesse conseguido perder um pouco de seu farto cabelo. Não a ponto de ficar calvo, veja bem, apenas o suficiente para torná-lo um pouco menos atraente.

Infelizmente, Deus não tinha noção de justiça e, aos 39 anos, Royce continuava tão belo quanto fora aos 18, talvez até um pouco mais. Liza concluiu que o fato de continuar sendo amiga de um dos mais bem-sucedidos conquistadores da cidade e de tê-lo feito de uma maneira que protegia tanto a dignidade pessoal dela quanto o senso de valor próprio de Royce era prova da força de seu caráter.

Apenas para reforçar seus pensamentos, Liza lançou-lhe um sorriso firme, amistoso, e em seguida voltou-se para Meg:

– Quantos convites precisa que eu prepare?

— Centenas. Milhares, talvez. Estou convidando praticamente a cidade toda.

Meg dirigiu-se ao pequeno escritório que ocupava um canto da sala onde faziam as refeições do dia a dia. Pegou uma pilha de pesados convites de pergaminho e uma longa lista de convidados.

— Liza, obrigada! Eu levaria um dia inteiro para fazer tudo isso!

Liza pegou os convites, organizou-os em uma pilha e os colocou debaixo do braço.

— Podemos enviá-los amanhã.

Depois colocou a lista na bolsa, fechando-a.

— Bem, preciso ir. Tenho muitos afazeres.

— Acompanho-a até a carruagem – disse Royce, prontamente.

Ele abriu a porta e afastou-se para o lado.

Liza calçou as luvas, lançando-lhe um olhar furtivo. Algo incomodava Royce – podia perceber pelo seu olhar, sempre nela, como se estivesse buscando alguma coisa. Será que Meg o aborrecera? Fosse o que fosse, Liza estava determinada a descobrir. Afinal, eles eram amigos, e para que serviam os amigos se não para arrancar segredos um do outro?

— Claro que pode me acompanhar até a carruagem. Será um prazer. – Ela se despediu de Meg com um aceno de mão. – Amanhã de manhã trago os convites de volta.

Com isso, retirou-se para o saguão, onde esperou por Royce.

Já fora da casa, o ar estava gélido, fazendo sua respiração se transformar em um sopro de renda branca. Ela lançou um olhar invejoso para o pesado casaco de Royce. Embora usasse sua melhor peliça, forrada e com acabamento de pena de ganso, a peça não afastava o frio tão bem quanto camadas espessas de lã penteada.

— Queria poder usar um casaco assim.

Quando a carruagem parou na frente dos degraus da casa, Royce olhou para ela com um leve sorriso nos lábios.

— Devo emprestar-lhe meu casaco? Ficará enorme, mas certamente a aquecerá.

— E você usaria o quê? Minha peliça? Não, acho que não. Nem seu bom nome sobreviveria a uma tolice dessas.

— Acredite, se sua reputação sobrevive apesar desse turbante abominável, certamente não terei problemas com a minha, mesmo usando uma peliça.

Liza deu um sorriso torto.

— Estou começando a perceber que você não gosta do meu chapéu.

— Odeio – respondeu ele prontamente. – Não que você se importe com isso.

– Claro que me importo – respondeu ela, animada, enquanto o lacaio ajeitava os degraus da carruagem para que ela subisse. – Vai a algum lugar? Posso lhe oferecer uma carona?

– Não quero tirá-la de seu caminho.

– Imagine! Seria ótimo ter companhia. Além disso, as ruas estão quase desertas, a viagem será rápida. – E, como incentivo adicional, acrescentou em tom confiante: – Às vezes a carruagem escorrega um pouco nas curvas, e é uma delícia.

Ele deu um largo sorriso.

– Você é terrível! Imagino que deva aceitar o convite apenas para mantê-la longe dos problemas. – Ele olhou para a carruagem, e ergueu as sobrancelhas. – Acho que nunca vi essa carruagem antes.

– É nova e tão confortável que você nem sente o trajeto.

– Como posso recusar oferta tão tentadora?

Ele pediu que o lacaio dispensasse a própria carruagem, tomou-a pelo cotovelo e ajudou-a a subir, inclinando-se o suficiente para que seus olhos ficassem no mesmo nível que os dela.

– Vamos. Com um frio desses, você pode pegar uma pneumonia.

Era um gesto simples, e Liza tinha certeza de que Royce o havia repetido com inúmeras outras mulheres sem ter noção de que as fazia se sentirem especiais. Protegidas. Acariciadas, até. Felizmente, embora Royce pudesse não estar ciente dos efeitos de um gesto tão treinado em mulheres que não estavam acostumadas, Liza estava. Tirou cuidadosamente o cotovelo da mão dele assim que entrou na carruagem, e ocupou-se em colocar um pesado cobertor de lã sobre as pernas.

Royce sentou-se de frente para ela, e o lacaio fechou a porta. Em instantes, a carruagem ganhou vida e logo estavam em movimento, confortavelmente acomodados, sacolejando levemente sobre as ruas cobertas de gelo.

– Muito luxuosa! – exclamou Royce ao examinar o interior da carruagem, passando a mão nos bancos de veludo e nos acabamentos de couro e bronze.
– Aprovada.

– Fiz um bom dinheiro em meu último negócio e achei que poderia me dar ao luxo de algo assim.

Ele lançou-lhe um olhar curioso.

– O duque de Wexford a elogiou faz alguns dias. Disse que nunca conheceu uma mulher com tamanho tino para os negócios.

– Ele disse isso apenas porque o orientei em um negócio de mineração altamente lucrativo. Ele é apaixonado por pedras preciosas.

– Mesmo assim, ele a elogiou muito. E olhe que não é de distribuir elogios.
– Tampouco sou mulher de levar a sério uma tolice dessas.
Ela acomodou os pés sobre uma pequena caixa de metal que repousava no chão.
– Venha. Coloque os pés aqui. É quentinho, uma delícia.
Royce atendeu ao pedido, os pés enormes fazendo com que os dela parecessem pequenos.
– Que cor maravilhosa – disse ele, parecendo impressionado com as botas amarelas que apareciam sob a bainha do vestido vermelho. – Tão brilhantes. Ainda não tinha visto.
– São novas. Paguei uma fortuna – explicou ela, lançando um olhar afetuoso às botas. – Adoro sapatos. Tenho muitos, é verdade, mas nunca me parecem suficientes.
Ele abriu um sorriso tão largo que fez o coração de Liza dar cambalhotas.
– Se você tem sapatos demais, então tenho coletes demais, e me recuso a admitir tal disparate.
Ela se pegou retribuindo o sorriso. Um dos motivos pelos quais Royce conquistava o coração de tantas mulheres era o fato de não se deixar perturbar com coisas que perturbavam a maioria dos homens. Aceitava o fato de mulheres adorarem roupas, moda, conversas e chá. Aceitava seu fascínio por fofocas e o fato de muitas considerarem risadinhas uma forma de comunicação. Royce não as julgava – as entendia, estimulava e ouvia. Coisas simples, mas que, juntas, faziam uma mulher se sentir amada e à vontade.
Liza pigarreou.
– Gostou dos blocos aquecidos?
Ele olhou para baixo, onde seus pés pousavam lado a lado.
– Adorei. – Ele hesitou por um momento. – Liza, preciso lhe perguntar uma coisa... – falou, parecendo tão inseguro que ela começou a ficar alarmada.
Alguma coisa o estava incomodando. Ela sabia.
– O que houve?
Ele deu um sorriso sem graça.
– Você me conhece bem demais. Liza... você sabe que sempre valorizei sua opinião.
O coração dela deu um salto.
– De qual mulher você está falando agora?
– Mulher? – O sorriso desapareceu do rosto dele. – Por que acha que estou falando de alguma mulher?
– Porque é sobre elas que você geralmente pede minha opinião.
Ele piscou, como se estivesse em choque.

– Eu?

– Você não pediu minha opinião sobre a jovem Pellham, aquela de cabelo louro e o volumoso...? – replicou ela, fazendo com as mãos um gesto à altura dos seios.

As orelhas de Royce ficaram vermelhas.

– Eu não imaginei que...

– Sim, mas pediu.

E não era uma lembrança boa, agora que refletia sobre o assunto. A moça havia sido um pesadelo; cheia de sorrisos falsos e maquiagem pesada, mas Royce estava encantado demais para enxergar. Obviamente, Liza sabia que a paixão não passaria da segunda semana, como de praxe. Mesmo assim, ficara um tanto alarmada, pois todos sabiam que os Pellhams buscavam desesperadamente um marido rico para a única filha e tinham muito poucos conhecidos. Era perfeitamente possível que aquela jovem repugnante tivesse sido pressionada a armar uma cilada para Royce.

Felizmente, a paixão de Royce esmaeceu antes de isso acontecer.

– E então, quem é a mulher da vez? Não é lady Anne Bishop, é?

– Não, não é lady Anne Bishop.

– Não precisa ficar com raiva.

– Não estou com raiva – respondeu ele, com firmeza. – Eu... eu não percebia que conversava com você sobre assuntos tão inapropriados.

– Claro que percebia! Chegou a me perguntar se devia comprar um colar ou brincos de rubi para uma atriz por quem estava interessado. Teve o bom senso de me mostrar quem era quando fomos ao teatro certa noite, o que foi ótimo, pois eu iria opinar que um granada seria perfeito, até constatar que ela era apenas uma loura sem sal!

Royce abriu a boca para em seguida fechá-la, como se não conseguisse decidir se iria ou não responder.

Liza acreditou que talvez ele não se lembrasse da mulher. Afinal, *já haviam se passado* quatro meses.

– Você com certeza se lembra dela. Loura, olhos azuis, um traseiro avantajado. Ah, e acho que tinha o péssimo hábito de usar adesivos para disfarçar imperfeições do rosto, o que hoje está totalmente fora de moda.

Royce reclinou-se em seu assento, atordoado demais para falar. Meg tinha razão – ele tratava Liza muito mal. Olhou para ela, notando como o frio havia tingido de rosa seu rosto e seu nariz. Ela afastou com a mão enluvada um cacho de cabelo que lhe caía sobre o rosto, a ponta dos dedos acompanhando a curva da face. O olhar de Royce acompanhou cada movimento.

– Liza, desculpe-me.

– Desculpá-lo? Pelo quê?

– Por tê-la submetido a confidências tão inadequadas. É tão fácil conversar com você...

Seu sorriso se desfez por um breve instante, apenas para retornar em seguida.

– Já me disseram. Mas isso não vem ao caso. Gostaria de me pedir um conselho? Sobre o quê?

– Ah. Isso. Não é sobre mulher. Pelo menos, não sobre outra mulher além de...

As palavras não saíam, e Royce amaldiçoou-se por prevaricar. Aparentemente, ele era capaz de contar a Liza sobre sua paixão passageira por uma atriz inadequada, mas não conseguia encontrar palavras para questioná-la sobre os boatos a respeito de um homem de quem ela supostamente gostava.

Royce coçou o pescoço, perguntando-se desde quando era tão difícil conversar com Liza. Aquela era *Liza*, pelo amor de Deus. Liza, que o conhecia melhor do que ninguém. Liza, que ria de seus defeitos e o provocava quando ele estava desanimado e sempre, sempre, o entendia.

No entanto, aqui estava ele, gaguejando como um garoto medroso de 6 anos de idade. Desdobrando-se para pensar em uma maneira sutil de levar a conversa até o desconhecido lorde Durham.

Tornava-se cada vez mais imperativo descobrir que tipo de atração, se é que existia, Liza sentia pelo misterioso homem. Royce endireitou-se no banco.

– Meg e eu tivemos uma conversa interessante hoje pela manhã.

– Tiveram?

– Tivemos e... bem... Ela mencionou você. Você e mais alguém.

Houve uma reação instantânea nos olhos verdes de Liza. Mas ela logo deu de ombros, como se quisesse rejeitar um pensamento indesejado.

– Parece que Meg está de novo querendo me arrumar um marido – disse, com calma. – Não consigo entender por que insiste nisso.

Royce considerou muito promissor o fato de Liza não ter alegado ou negado imediatamente conhecer lorde Durham. Talvez fosse tudo imaginação de Meg, afinal. Sim, claro que aquilo tudo era coisa de Meg – sempre era. Aliviado, abriu um sorriso largo.

– Você conhece minha irmã! Ela adora deixar todo mundo louco.

– Já notei. Sua face casamenteira a torna perigosa. Talvez devêssemos fugir de Londres para nos protegermos. Temo, porém, que seria mais fácil para mim do que para você. Posso mudar de nome e trabalhar como governanta, mas, você, o que faria? Trabalharia como preceptor?

– Imagino que ninguém que já ouviu meu latim acreditaria nisso.

– Nunca. Além do mais, você precisaria de algo mais aventureiro. Talvez possa ir para as Índias de navio. Ouvi dizer que necessitam urgentemente de camareiros.

– Camareiro? Que tal capitão?

– Imagino que tenha que passar por outras etapas antes de conquistar o título de capitão. Deve levar uns sete ou oito anos.

– Você não está sendo nada agradável.

– Sim, mas infelizmente é a verdade. Você jamais passou um só dia da vida no mar, e atrevo-me a dizer que não saberia diferenciar estibordo de porto.

– Conheço muito bem o meu porto, obrigado. Tomo uma taça toda noite antes de dormir.

– Retiro o que disse, então. Obviamente você daria um excelente capitão.

O sarcasmo na voz dela era evidente.

Royce sorriu torto.

– Sempre pronta para me colocar no meu devido lugar, não?

– Só quando necessário – respondeu ela, com um leve sorriso.

– Se isso for verdade, então nunca teremos uma conversa civilizada.

– Acho que nunca tivemos uma conversa civilizada, mas isso é uma das coisas de que mais gosto em nosso relacionamento. – O olhar de Liza voltou-se para a pilha de convites que tinha em mãos. – Sei que Meg tem a melhor das intenções, mas é uma pena que tenhamos que ir para o mar para fugir de seus esforços. Ela deveria nos deixar viver as nossas próprias vidas como bem entendemos.

– Ela se preocupa com você. Você é como uma irmã para ela.

O sorriso de Liza pareceu um pouco forçado.

– Meg também é como uma irmã para mim. Não sei o que seria de mim sem a amizade dela. Ou a sua.

– Não posso falar por Meg, mas sempre estarei aqui para você. Sempre estive.

Seu olhar encontrou o dele. O silêncio se aprofundou, intensificando-se. Liza mordeu o lábio e, em seguida, levantou o canto da cortina de couro para olhar pela janela. A pluma torta de seu turbante caiu sobre o ombro.

– Andam dizendo que o Tâmisa virou um sólido bloco de gelo.

Royce hesitou por um instante, então aceitou a mudança de assunto. Quanto mais rápido as coisas voltassem ao normal entre os dois, melhor. Maldita Meg por trazer tudo aquilo à tona. Era óbvio que não existia nada com esse tal de Durham, ou Liza já teria lhe contado – afinal, eram amigos. Ela lhe contava tudo.

Mas Meg estava certa em uma coisa: Liza parecia de alguma forma vulnerável. Por trás da habitual alegria havia um poço de tristeza. Podia ver em seus olhos, principalmente quando tentava sorrir. Ele a observou por um momento, desejando poder pensar em algo a dizer.

Ela soltou a cortina e virou-se para ele, ajeitando-se no banco. Ele não pôde deixar de notar a mulher elegante em que ela se transformou. Em algum momento entre 17 e 25 anos, ela havia desenvolvido uma espécie peculiar de beleza que nada tinha a ver com seus traços, e sim com sua altivez e com seu gestual.

Royce se perguntou se outros homens notavam em Liza as mesmas coisas que ele. O pensamento o inquietou e fez com que mudasse de posição no banco da carruagem. Droga, odiava imaginar que alguém pudesse fazer mal a Liza. Ela era especial, diferente de qualquer outra mulher e, a seu próprio jeito, muito mais delicada. Ele a olhou com determinação. Talvez fosse melhor encarar a questão de uma vez e fazer a pergunta que estivera prestes a sair de sua boca durante a última meia hora.

– Liza, fale-me sobre esse tal de Durham.

Liza enrubesceu e o coração de Royce disparou. Céus, quer dizer então que Meg *estava* certa. Havia alguma coisa. O que quer que fosse, Royce sabia que não ia gostar.

– Maldição! – exclamou Liza, esfregando a mão enluvada na testa, como se para afastar uma ruga de preocupação. – Imagino que tenha lido a coluna de lady Whistledown de hoje. Fiquei mortificada quando ela mencionou que eu era mais velha do que lorde Durham, como se isso importasse...

– *Mais velha?*

Ela piscou.

– Você não leu o jornal?

– Meg o queimou, então não tive a oportunidade.

– Deus do céu! Nem eu fiquei assim tão irritada. Sim, sou um pouco mais velha que lorde Durham. Quatro anos, apenas, o que nem é tanto assim. Não sei por que lady Whistledown fez tanto estardalhaço.

Aquilo tornava lorde Durham mais de dez anos mais novo que Royce. Os alarmes em sua mente intensificaram-se. *Sujeitinho insolente.*

– Afinal, quem é esse maldito Durham?

Ela abriu a boca, como se fosse responder, e na mesma hora voltou a fechá-la.

– Por que você quer saber?

– Por quê? Como assim por quê? Meg é como uma irmã para você. Portanto, tenho todo o direito de lhe fazer essas perguntas.

– Royce, nos nossos quase quinze anos de amizade...

– Vinte e um.

Ela franziu a testa.

– Não pode ser!

– Bem, é a verdade. Nós nos conhecemos em agosto na festa dos Chathams. Você tinha 10 anos e eu, 18. Meg e eu chegamos no mesmo instante que você e sua tia.

Ela pareceu impressionada.

– Você se lembra de tudo isso?

– Você não?

– Sinceramente, não.

Um resmungo de insatisfação indicou que Royce poderia perder o controle.

– Não importa. Fale-me sobre esse tal de Durham.

Ele não pretendia ser deselegante, mas as palavras saíram de sua boca de maneira ríspida e impetuosa.

Ela endureceu, o comportamento afável desaparecendo de uma hora para a outra.

– Prefiro não falar nada. Especialmente se você insistir em ser desagradável.

A carruagem parou. Deviam ter chegado à casa de Royce, mas ele estava irritado demais para prestar atenção. Não era típico de Liza ser reticente.

– Por que não quer me contar nada sobre Durham? O que há de errado com ele? O que você está escondendo?

– Não há nada de errado com ele. Só não é da sua conta.

– Como pode dizer isso? – perguntou Royce, estendendo os braços e pegando as mãos dela com firmeza. – Liza, sou seu melhor amigo há 21 anos. É natural que eu lhe pergunte sobre seu pretendente.

Ela olhou para suas mãos nas dele, uma expressão estranha atravessando seu rosto.

– Royce, não sou nenhuma criança. Nem lorde Durham, nem ninguém, poderá me fazer mal. Além disso, lady Birlington fala muito bem dele.

– Sua madrinha também fala muito bem de lorde Dosslewhithe, mas ele fala de boca cheia e teve catorze filhos ilegítimos.

Os lábios de Liza contorceram-se. Delicadamente, puxou as mãos das dele.

– Lady Birlington diz que Durham é tedioso, sem grandes atrativos, o que significa que tem um caráter exemplar.

A porta se abriu e um vento gélido entrou na carruagem. O lacaio esforçou-se para manter a porta aberta enquanto esperava Royce descer as escadas.

Royce tentou encontrar algo para dizer; algo significativo, que pudesse proteger Liza de... de quê? Talvez lady Birlington estivesse certa e lorde Durham fosse puro e inocente. Mas Royce sabia, sem precisar de qualquer prova, que Durham não era o homem certo para ela.

– Prometa-me apenas que não tomará nenhuma decisão impensada.

Um lampejo passou por trás do verde de seus olhos, apenas para ser logo ocultado por um sorriso glorioso.

– É melhor entrar, ou você vai congelar.

– Ainda não terminamos a nossa conversa.

– Sim – afirmou ela, com firmeza. – Terminamos, sim. Além disso, George está me esperando, o pobrezinho. Pegou uma gripe, você sabe, e não deixa mais ninguém lhe dar o remédio.

Não havia mais nada a ser dito. Ele estava sendo dispensado de maneira tranquila e amigável, e odiando cada minuto. Mas o que poderia fazer? Desceu do veículo e acenou com a cabeça para o lacaio, que prontamente fechou a porta.

Quase imediatamente, a cortina se levantou e Liza debruçou-se na janela, no vento frio. Uma brisa especialmente forte surgiu da lateral da carruagem, soprando contra seu rosto vermelho de frio mechas de cabelo que escapavam do turbante verde. Ela parecia saudável e bem-disposta, satisfeita consigo e com o mundo.

– Royce, se quiser conhecer Durham, venha ao teatro comigo e com Meg amanhã à noite. O ator é novo, Edmund Kean. Dizem que sua interpretação é espetacular.

– Adoraria – respondeu ele prontamente. Qualquer coisa para ter acesso a esse tal de Durham. – Adoro uma boa peça.

Liza riu, os olhos se enrugando.

–Ah, sei muito bem o quanto você gosta de teatro. Vi quando dormiu ao assistirmos *Sonhos de uma noite de verão* no mês passado. E quando roncou o tempo todo durante *O último pedido de lorde Kipperton*, e olhe que essa última era um mistério de assassinato, com um maravilhoso final. Tente ficar acordado dessa vez, está bem?

Ele conseguiu dar um sorriso mecânico, que Liza retribuiu com um olhar tão vivaz e glorioso que ele, involuntariamente, deu um passo para a frente. Mas ela acenou com a mão e, em seguida, deixou a cortina cair. A carruagem entrou em movimento e seguiu rua abaixo antes que Royce pudesse organizar os pensamentos para falar alguma coisa.

De toda forma, o que havia a ser dito? Sem conhecer esse tal de Durham, Royce tinha apenas uma sensação de inquietude para usar como advertência para Liza. E ela era pragmática demais para prestar atenção a uma argumentação tão frágil.

Royce permaneceu na calçada de sua casa durante um bom tempo, digerindo tudo aquilo. O vento soprava contra as venezianas das belas casas enfileiradas atrás dele, fazendo curvar os galhos das árvores que pontilhavam a avenida e dispersavam a neve sobre as pedras congeladas. Muitas coisas o incomodavam a respeito do tal de Durham. Uma delas era o direito de reclamar Liza para si se os dois se casassem. Era muito provável que não aceitasse de bom grado a amizade da esposa com Royce.

Royce deu de ombros contra o vento. Droga, o que seria de sua vida sem Liza? Era como se ela sempre estivesse ao seu lado para conversar, contar seus segredos, implicar, rir... Depois de casada, tudo aquilo acabaria. Assim como a camaradagem que havia entre os dois.

Ou talvez pudessem continuar conhecidos, e ter uma conversa séria de vez em quando, mas a liberdade que cercava sua atual amizade se perderia para sempre. Era estranho, mas sua vida inteira já parecia mais insípida, menos prazerosa.

Por quanto tempo permaneceu ali, com o olhar fixo na rua onde vira a carruagem de Liza pela última vez, ele não sabia. Mas seus pés e seu rosto estavam dormentes quando entrou em casa. A governanta espantou-se ao vê-lo quase congelado, encaminhando-o para a sala de visitas, de onde pediu chá e chamou um lacaio para retirar as botas novas de Royce. Em pouquíssimo tempo, se viu sentado diante da lareira acesa, os pés calçados em chinelos e, na mão, uma xícara de chá bem quente incrementada com conhaque.

Sua mente descongelou, junto com os dedos do pé. Tinha que procurar lady Birlington e ver o que ela sabia sobre esse lorde que aparecera do nada e que ameaçava a ordem da vida de Royce. Depois, armado com o que descobrisse, iria ao Theatre Royal e confrontaria Liza. Ah, sim. O dia do acerto de contas para o misterioso lorde Durham estava próximo, e Royce estaria lá para testemunhar a queda do homem.

CAPÍTULO 2

Falando na Srta. Pritchard, esta autora seria omissa se não mencionasse que usou as seguintes cores na semana passada, todas ao mesmo tempo:
Vermelho
Azul

Verde
Amarelo
Lavanda
Rosa (bem clarinho, não podemos deixar de observar)
Esta autora tentou encontrar um tom de laranja, mas não conseguiu.

CRÔNICAS DA SOCIEDADE DE LADY WHISTLEDOWN,
26 de janeiro de 1814

Liza entrou na sala de estar e sorriu para o mico de estimação. George pulava para cima e para baixo do poleiro, expressando sua alegria ao vê-la.

– Feliz em me ver, não? – perguntou Liza, tirando as luvas e colocando-as sobre a mesinha lateral. – Como está hoje? Ainda espirrando?

O pobre George pegara um resfriado terrível, resultado, sem dúvida, do tempo gélido e da triste tendência de tirar o chapéu em toda e qualquer oportunidade. Ele emitiu seus ruídos de praxe, com uma expressão tão cômica que Liza não pôde deixar de abrir um sorriso. Era bem pequenino, praticamente do tamanho de sua mão. Desconfiava que George era o menorzinho da família, pois nunca tinha visto um mico menor e, nos dias que se seguiram ao surgimento de George na alta sociedade, apareceram várias cópias.

– Mas nenhum deles tão inteligente ou bem-comportado quanto você, não é mesmo?

George pulou, como se concordasse. Liza abriu a pequena gaveta da mesa onde ficava seu poleiro e tirou lá de dentro um pacote de figos secos. Ele pegou o figo, voltou para seu lugar e dedicou-se a mordiscar a guloseima, olhos indagadores fixos nela.

– Péssima manhã. Está frio demais, e eu arranhei minhas botas novas na escadaria da entrada.

Ela ergueu a bota para que George pudesse ver. Ele a encarou com polido interesse, ainda ocupado em mastigar sua guloseima.

Liza o acariciou sob o queixo, tirou os alfinetes que prendiam o turbante e colocou-o sobre o braço da poltrona. Bocejando, deixou-se cair na grande poltrona, e aninhou-se no espaldar acolchoado. Era sua poltrona favorita; comprara-a em um leilão, no impulso. Era assim que comprava praticamente toda a sua mobília, uma peça aqui, outra ali, motivo pelo qual seus móveis praticamente não combinavam entre si. No entanto, cada cadeira e cada poltrona eram únicas e extremamente confortáveis. E isso era o que importava.

Passou a mão pelo cabelo, certa de que o turbante lhe havia lamentavelmente alisado os cachos, e perguntou-se o que tanto incomodava Royce. Muito provável que fosse alguma mulher, sempre era. Royce era uma ameaça, com todas aquelas mulheres atrás dele. Era de se admirar que alguém ainda não tivesse acabado com ele e dado um fim ao sofrimento delas.

Ela tirou as botas e apoiou os pés no banquinho amarelo e laranja. A casa estava agradável e aquecida, mesmo com o tempo gélido; a lareira crepitava alegremente, sua poltrona era aconchegante e confortável, e havia o doce e pequenino George, encarando-a com uma expressão de contentamento. Liza olhou ao redor e constatou que embora tivesse todas as razões do mundo para ser feliz, não o era. De algumas semanas para cá, conscientizara-se de que faltava algo na sua vida – e algo importante.

George terminou o figo e se aproximou da beirada de seu poleiro, de onde podia ver Liza. Inclinou a cabeça para um lado e pareceu balbuciar uma pergunta.

– Não, não. Só um desânimo típico dos dias de inverno, mas... – Ela suspirou. – Não sei. Só me sinto... perdida. E hoje, conversando com Royce... Não sei, fiquei ainda mais desanimada do que antes.

Ele parecia estar, *de fato*, preocupado com Durham, o que fez com que ela se sentisse... protegida. A sensação não durara muito, é claro. Ele havia dito que Meg a considerava uma irmã e, por um instante, ficou tentada a lhe perguntar se *ele* também a considerava uma irmã. Mas decidira não perguntar. Já estava triste o suficiente, obrigada. Não havia necessidade de se torturar ainda mais.

O mais triste era que, por mais especial que Royce a tivesse feito se sentir ao acompanhá-la até a carruagem e questionar a respeito de Durham, tinha certeza de que aquilo não era nada comparado às atenções que Royce dava às mulheres por quem se interessava. Evidentemente, tinha o cuidado de não prestar atenção demais a uma mulher, pelo menos não em público. Mas em particular... Suspirou, inquieta, mexendo os dedos do pé já aquecidos.

O que esperava, afinal? Já estava velha demais para acreditar em contos de fada.

– Amor – disse com escárnio, dirigindo-se a George, que parecia particularmente entediado com o assunto.

Liza nunca se apaixonara. Na verdade, nem sabia se era capaz de sentir tal emoção.

O coração ficou apertado e lágrimas lhe brotaram nos olhos. Era *por isso* que estava deprimida; havia esperado anos para viver uma "grande paixão", mas nunca acontecera. O que era uma pena, pois tinha certeza de que se apaixonar era a sensação mais maravilhosa da face da terra. Sabia como seria – a animação, o frio na barriga, a enorme emoção. Sabia porque vira Meg apaixonar-se por Shelbourne. Apaixonar-se e *continuar* apaixonada, o que era ainda melhor.

Porém, de algum modo, embora esperasse ano após ano, aquele sentimento, o mais ilusório de todos, lhe havia escapado. Até agora, não pensara muito a respeito, pois estava sempre muito ocupada, cuidando da própria vida. No entanto, em seu último aniversário, de uma hora para a outra percebera que talvez não fosse se apaixonar louca ou perdidamente. Nunca.

A triste verdade era que era pragmática demais para tais sentimentos. Por isso, reviu seus pensamentos. Encontraria o homem ideal, casaria com ele e, *então*, se apaixonaria. Bem, talvez não fosse o tipo de amor com o qual sonhara originalmente – ardente e estarrecedor. Seria uma espécie de amor mais estável – que duraria para o resto da vida.

Até agora, lorde Durham parecia o candidato mais provável. Era o homem mais sério, honesto, capaz, correto e franco que já havia conhecido. E não era feio, desde que não o colocassem lado a lado com Royce. Ninguém, nem os belíssimos homens de St. John ou os fascinantes irmãos Bridgertons, comparavam-se a sir Royce Pemberley. Pelo menos não aos olhos de Liza.

Mas lorde Durham tinha uma vantagem que Royce nunca teria – estava genuinamente interessado nela. Tudo que tinha a fazer era ter certeza de que ele se daria bem com os Shelbournes, e pronto. Afinal, Meg e Royce eram sua família, e ela valorizava a opinião deles acima de tudo.

Exatamente por isso pedira que Meg convidasse lorde Durham para o teatro no dia seguinte. As coisas estavam indo bem, pensou Liza, tentando injetar ao menos um pouco de ânimo no relutante coração.

Uma leve batida soou na porta e Poole, o mordomo, surgiu, anunciando:

– Lorde Durham, senhorita.

Liza aguardou, mas seu coração não disparou. Talvez simplesmente precisasse de um pouco mais de tempo. Endireitou-se na cadeira e procurou as botas.

– Mande-o entrar.

– Sim, senhorita.

O mordomo hesitou. Seguiu-se um longo silêncio e Liza finalmente concluiu que ele não estava a caminho da porta.

Parou de olhar para os sapatos.

– Sim?

– Desculpe-me, senhorita, mas... talvez fosse bom olhar-se no espelho. Seu cabelo... – respondeu o mordomo, tossindo discretamente.

– Totalmente desgrenhado, não? Foi o maldito turbante.

– Devo pedir a lorde Durham que espere alguns minutos antes de entrar?

– De forma alguma. Seria grosseiro deixá-lo esperando na saleta. Pode trazê-lo até aqui. Darei um jeito no meu cabelo em um instante.

– Muito bem, senhorita.

Poole fez uma mesura e retirou-se.

Liza pegou as botas sob o banquinho e calçou-as novamente. Feito isso, alisou o vestido e aproximou-se do espelho que decorava a parede sobre o mantel. Deu uma gargalhada ao ver sua imagem refletida. Havia cachos parecendo chifres saltando por toda a sua cabeça. Parecia uma mistura de Medusa com o diabo. O espanto de Poole era justificado.

Ainda rindo, ela passou os dedos pelos cabelos, desfazendo os chifres.

– Pronto – disse, virando-se para George. – O que acha?

George inclinou a cabeça e contorceu o rosto.

– Sei que não deve estar nada bom. Mas pelo menos admita que está melhor do que antes.

Antes mesmo de George responder, a porta se abriu e Poole anunciou, em voz contida:

– Lorde Durham.

Em seguida, fez uma mesura e retirou-se, fechando a porta.

George mostrou os dentes ao recém-chegado. Depois, saltou do poleiro e sentou-se um pouco abaixo, o traseiro totalmente à vista. Durham, que atravessava ansiosamente a sala, parou e franziu a testa:

– Essa criatura não gosta de mim.

– Ele é um pouco temperamental. Como vai, lorde Durham?

Relutante, o homem desviou a atenção do macaco, o rosto arredondado esboçando um sorriso.

– Melhor agora, depois de vê-la. – Seu sorriso congelou assim que seu olhar recaiu sobre os cabelos de Liza. – Eu... vejo que a senhorita estava dormindo.

Constrangida, Liza levou as mãos aos cachos desalinhados.

– Sinto muito. Estava usando um turbante.

– Turbante? A senhorita é jovem demais para isso – respondeu ele, com seriedade. – E também bela demais.

Liza gostou de ser elogiada. Os elogios lhe davam uma sensação de bem-estar não muito diferente daquela proporcionada por uma xícara de chocolate quente.

– Obrigada.

Sentou-se e, com um gesto, indicou-lhe a poltrona vazia diante dela.

Ele sentou-se com certa solenidade.

– Alegra-me tê-la encontrado em casa hoje. Temia que estivesse fora, em seus afazeres.

– Acabei de voltar.

Liza o observou de forma especulativa. De altura e constituição medianas, ele era um homem bastante atraente. Tinha cabelo castanho e olhos castanho-escuros, e um certo ar de autoridade ao caminhar que ela admirava. Gostava de homens que sabiam quem eram e o que queriam. Infelizmente, a confiança de Durham vinha acompanhada de uma ligeira arrogância e às vezes era um pouco enfadonho, características que Liza garantiria que fossem eliminadas assim que se casassem.

Se decidisse se casar com ele, disse a si mesma. E apenas *se*. Não estava, de modo algum, desesperada, e não desejava cometer um erro.

Ele lhe ofereceu um sorriso desanimado.

– Minha mãe envia seus cumprimentos.

– Que gentil da parte dela. Por favor, não deixe de lhe dizer que espero ter oportunidade de conhecê-la em breve. – Liza sabia bastante sobre a mãe de Durham. Ele a mencionava com frequência. – Como *vai* sua mãe? Ousaria dizer que ela sente muito a sua falta.

– Ah, sim. Desde a morte do meu pai, ela recorre a mim para tudo. Não que eu me queixe, ao contrário. Acredito que a senhorita a considerará muito agradável.

Durham lançou a Liza um olhar repleto de significado.

– Prometi que não tardaria a voltar. E que talvez tivesse uma surpresa para ela.

Por um instante, Liza ficou paralisada. Era como se sua mente, ao entender a intenção pouco sutil das palavras de lorde Durham, tivesse se retirado para bem longe, recusando-se a voltar.

Mas Durham não precisava de estímulo. Sorriu e disse, astutamente:

– Não pretendo parecer atrevido, Srta. Pritchard, mas tenho sido bastante franco a respeito das minhas intenções. Espero que a senhorita não me considere demasiadamente ansioso se eu der à minha pobre mãe uma pista do motivo que prende seu filho a Londres depois de tantas semanas. Importa-se?

Liza sentiu o rubor subir-lhe pelo pescoço. Sim, ela se importava. Embora não devesse. Afinal, aquele era o homem com quem poderia se casar. *Poderia*, enfatizou mentalmente.

Deus do céu, o que havia de errado com ela? Era isso que queria, não? Durham era um homem honrado, respeitável, estabelecido. Estava longe de ser pobre, tinha grandes propriedades, à maioria das quais ele se dedicava. Além disso, era agradável, cortês, educado. O que mais poderia querer?

Uma imagem de Royce lhe veio a mente sem ser convidada; ele a olhava com aquele inconfundível sorriso iluminado que sempre a fazia sorrir de volta. Liza franziu a testa. Com que frequência os dois se veriam caso ela se casasse? Por Deus, será que continuariam se vendo?

De repente, Liza constatou que Durham esperava uma resposta sua. Sem conseguir pensar em uma resposta, falou abruptamente:

– Estou ansiosa para a peça de amanhã. *O mercador de Veneza* é uma das minhas preferidas.

– Foi muita gentileza de lady Shelbourne convidar-me. Normalmente, não sou muito dessas atividades frívolas, mas em Roma..." – Ele sorriu. – A senhorita gosta muito de teatro? Receio que Somesby não seja uma cidade muito grande. Até recentemente, não tínhamos oportunidade de assistir a muitas peças, mas espero que um dia... – continuou ele, sem notar que Liza já não o ouvia mais.

Ela estava ocupada demais tentando imaginar-se vivendo em uma cidade pequena sem as comodidades de Londres. Seria bem diferente. Olhou ao redor, para seu confortável lar, seus adoráveis objetos, suas botas novas, e perguntou-se o que faria para passar o tempo.

– Srta. Pritchard, o que pensa a respeito de vacas?

Ela piscou. Vacas. O que ela pensava a respeito de vacas.

– Bem – respondeu, cautelosa. – Gosto de cavalos.

– Sim, são criaturas necessárias. Mas as vacas... – Lorde Durham começou a se empolgar. – Tenho mais de mil vacas. São o melhor investimento que existe.

Meu Deus, além de ter mais de mil vacas, ele *se orgulhava* de tê-las.

– Crio vacas. As vacas Durhams são famosas por sua qualidade.

Ah, sim, mas e quanto ao *touro* Durham? Ela sufocou um risinho. Se estivesse com Royce, teria rido abertamente sem se preocupar com sua reação, pois sabia que ele também teria caído na gargalhada. Eles tinham o mesmo senso de humor irreverente. Entretanto, com lorde Durham, não se sentia tão à vontade. É claro, não o conhecia há tanto tempo. Aos poucos, tinha certeza de que conseguiria compartilhar de sua maneira de pensar.

– A senhorita vai gostar de ver minhas fazendas – disse Durham. – São propriedades singulares. Srta. Pritchard... Liza... posso chamá-la assim?

Ela respirou fundo. A relação estava progredindo. Exatamente como deveria. Então por que a situação a deixava tão... inquieta? *Liza, você está com medo, uma reação normal para uma jovem prestes a embarcar em um namoro que pode se transformar em algo mais sério.* Ela passou a mão na saia e respondeu, com firmeza:

– Claro que pode me chamar de Liza.

– Então me chame de Dunlop.

Ela engasgou. George deve ter imaginado que ela estava morrendo, pois, de onde estava, começou a pular para cima e para baixo.

Durham levantou-se de um salto.

– Sr... Liza! Está passando bem?

– Pelo de macaco – conseguiu responder, fazendo um gesto para que ele voltasse a se sentar.

Deus do céu, jamais ouvira um nome tão esquisito. Talvez fosse melhor continuar chamando-o de Durham, para seu próprio sossego. Ela franziu a testa para o macaco histérico.

– George, agora chega.

O mico abriu um enorme sorriso, mostrando os dentes, e voltou para seu poleiro, acomodando-se como que para apreciar as festividades.

Durham olhou para ele com desconfiança.

– Ele entende tudo que a senhorita diz?

– A maior parte. Quando não entende as palavras, entende o tom de voz. Mas não é sobre George que estamos falando. Suas vacas, o senhor faz carinho nelas?

– Não, não faço, mas, se desejar, a senhorita pode.

– Que maravilha. Pretende viver no campo o ano inteiro?

– Ah, não – respondeu ele com um sorriso afetado. – Gosto das coisas boas da vida. Pretendo vir à cidade com certa frequência. Ouso afirmar que passarei várias semanas por ano aqui.

– Semanas? Não permanecerá a estação inteira?

– Não, tenho minhas vacas para cuidar. Veja bem, muitos dizem que basta deixar seus cuidados nas mãos de empregados. Mas eu acredito que, com mais atenção, é possível dobrar, até mesmo triplicar, seu valor. Imagine isso, Liza.

Maravilhado, balançou a cabeça.

– Isso é... impressionante.

E ela tinha certeza de que era. Para outra pessoa. Alguém que se interessasse mais por vacas do que ela.

Ele deu um sorriso pesaroso.

– Tenho certeza de que tem coisas mais importantes para discutir do que minhas vacas. Fale-me sobre o baile dos Shelbournes. Imagino que seja um evento e tanto.

Ela lhe contou os planos de Meg, evitando os tópicos mais mundanos, como decoração e cardápio. Assim que terminou, ele se inclinou para a frente e pegou sua mão. Meia hora antes, Royce havia segurado aquela mesma mão.

Na verdade, havia segurado suas *duas* mãos. E embora no momento estivesse de luvas, o toque casual havia lhe causado um estranho formigamento pelos braços. O toque de lorde Durham, por mais agradável que fosse, nada fez além de lhe aquecer os dedos frios. Ela olhou para a mão dele.

Não estava pronta para aquilo. Não agora. Precisava de pelo menos mais uma semana para tomar sua decisão. Sim, uma semana seria suficiente. A dor nos joelhos aumentou.

– Foi uma visita adorável! – exclamou, colocando-se de pé. Um pouco surpreso, Durham também se pôs de pé. Liza não o culpou. – Mas só agora me dei conta de que tenho um compromisso muito importante... – Ela tentou inventar alguma coisa, embora seu cérebro parecesse não estar funcionando. Deus do céu, ela só tinha 31 anos, não havia motivo para que sucumbisse à senilidade tão rapidamente. – Tenho um compromisso, ah... – Seu olhar recaiu sobre o turbante, que agora estava no braço da poltrona, parecendo um retalho de tecido verde. – Chapeleiro. Isso, tenho hora marcada no chapeleiro e já estou atrasada.

– Seria um prazer acompanhá-la, mas fiquei de ir com lorde Sefton ao White's. Ele se ofereceu para me apadrinhar – desculpou-se Durham, com o semblante irônico. – Temo estar me tornando um perdulário. Espero não acabar perdendo os bens da família.

Ele era agradável. Liza perguntou-se se não estava sendo apressada demais em seu julgamento. Já não era mais uma garota, e há muito tempo desistira do sonho de encontrar seu príncipe encantado. Príncipes encantados não existiam.

Durham pegou sua mão novamente, e dessa vez fez uma mesura.

– Tenha um bom dia, Liza. Voltarei amanhã para acompanhá-la ao teatro. Às sete?

Ela assentiu, sentindo-se pior a cada minuto que se passava.

– Às sete, então.

Ele apertou os dedos de Liza de forma significativa e partiu.

Assim que a porta se fechou, George pulou de seu poleiro e pôs-se a tagarelar, parecendo um alarme bravo e impetuoso, agora que Durham já não se encontrava mais na sala.

– Cale-se! – exclamou Liza.

Era tudo tão confuso. A cabeça e o coração estavam em desacordo. Tinha a cabeça em um lugar, o coração em outro.

– Maldito lorde Durham! – exclamou em voz alta.

Aquilo a fez sentir-se melhor. Um pouco. Mas não o bastante. Por isso acrescentou, em alto e bom som, "E dane-se sir Royce Pemberly e sua maldita covinha no queixo." De algum modo, essas palavras foram infinitamente mais satisfatórias, mas ainda assim sentia-se sozinha. Suspirando, pegou os convites de Meg e pôs-se a trabalhar, na esperança de ocupar a mente com pensamentos mais produtivos.

CAPÍTULO 3

Esta autora tem uma confissão a fazer.
Quando vê lady Birlington caminhando em sua direção, esta autora corre (rapidamente) na direção oposta.

CRÔNICAS DA SOCIEDADE DE LADY WHISTLEDOWN,
26 de janeiro de 1814

No dia seguinte, bem cedo, Royce saiu em busca de lady Birlington. Levou a maior parte do dia para encontrar a velha senhora, mas finalmente conseguiu localizá-la. Ela e o sobrinho-neto, Edmund Valmont, estavam entrando em uma biblioteca. Lady Birlington vestia uma aterradora peliça marrom-avermelhada que definitivamente não combinava com seu vestido rubi e o horrível *manchon* roxo.

Royce desceu apressadamente da carruagem e os seguiu biblioteca adentro, caminhando sobre a neve. Ao fechar a porta, limpou a neve do casaco.

– Lady Birlington, importa-se de me dar um minuto de seu tempo?

Edmund virou-se, animando-se ao avistar Royce.

– Sir Royce! Eu estava justamente falando sobre o senhor alguns dias atrás! Bem, não precisamente sobre o senhor, mas sobre seu cavalo – aquele cinza que o senhor vendeu no Tattersall's há dois anos. Está lembrado? Tinha uma mancha no ombro que muito se assemelhava ao mapa da Itália. A coisa mais estranha que já vi. Sabe se aquele cavalo já esteve alguma vez na Itália? Imaginei que talvez tivesse nascido lá, ou simplesmente viajado pelo país e a experiência foi tão impressionante que marcou...

– Pelo amor de Deus! – exclamou lady Birlington, batendo com a bengala no pé do sobrinho. – Pare de tagarelar e ajude-me a tirar essa peliça úmida. Morrerei de inflamação antes de você concluir seu pensamento, se é que algum dia o fará.

Assim que o sobrinho começou a ajudá-la a tirar o casaco, ela lançou um olhar ansioso a Royce.

– Muito bem, o que deseja? Não lhe devo dinheiro, devo?

Royce ergueu a sobrancelha.

– Não que eu saiba.

– Ótimo. Estive jogando nos Markhams na noite passada e me recordo de ter perdido uma boa quantia, mas não me lembro para quem.

Edmund dobrou a peliça de lady Birlington sobre o braço e disse a Royce, em tom de confidência:

– É a idade, sabe. Meu tio Tippensworth era assim. Às vezes não se recordava nem do próprio nome, mas costumava lembrar de coisas de que todos haviam se esquecido. Deve ter contado a todos que conhecia sobre uma vez em que, aos 3 anos, eu tirei a roupa na frente da esposa do vigário. Ai!

– Eu não precisaria bater em sua canela se você parasse de falar e desse a vez para os outros – afirmou lady Birlington. – Não estou perdendo a memória por causa da idade, seu tolo. Bebi além da conta. – Ela lançou um olhar acanhado para Royce. – Champanhe. Uma delícia, mas sempre me deixa confusa.

– Claro. Lady Birlington, gostaria de saber sua opinião a respeito de lorde Durham.

– Durham. Hum. Soa familiar. Não é um desses novos oradores metodistas, é? Ouvi um deles falar no outro dia. Se quer minha opinião, toda aquela conversa deprimente sobre o inferno só servirá para incitar a população a fornicar ainda mais. Sei porque *me* fez querer fornicar, aliás.

– Forni... Tia Maddie! – protestou Edmund.

– Edmund! É forni-*car*. Tente prestar atenção, sim? E pare de perder tempo e vá logo devolver meus livros. Não tenho o dia inteiro, você sabe.

Edmond lançou a Royce um olhar atormentado, mas obedientemente levou os livros ao balcão mais próximo.

Assim que ele se afastou o suficiente para não ouvir a conversa, lady Birlington estreitou o olhar, elevando sutilmente um dos cantos dos finos lábios.

– Quanto ao senhor, não imagino que tenha me procurado para falar sobre um metodista. Com certeza se trata de outro Durham.

Royce teve a nítida sensação de que ela o estava provocando.

– Estou falando sobre o lorde Durham que a senhora recomendou como possível pretendente da sua afilhada.

– Ah, *esse* Durham. Por que não disse antes? Conheço-o bem. Mas o senhor entendeu errado: não o recomendei como *pretendente*.

Royce quase sorriu. Mal podia esperar para contar a Liza que ela estava totalmente equivocada. Abriu a boca para agradecer a lady Birlington pelo tempo dispensado quando ela acrescentou:

– Recomendei-o, sim, como possível *marido*.

Marido. A palavra o atingiu como um vento cortante.

A velha senhora fungou.

– Não olhe assim para mim! Não há razão para Liza ficar indecisa, como se fosse uma garota de colégio. É uma mulher inteligente e o tempo está passando. É ajuizada demais para desperdiçar essa chance por causa de flertes pouco convincentes. Isso é coisa para os jovens inocentes.

– Liza pode não estar no auge da juventude, mas é belíssima e incrivelmente rica.

Os olhos azuis de lady Birlington cintilaram como ágatas.

– Sei que Liza tem atributos para atrair um homem, com ou sem fortuna, se é aí que o senhor quer chegar.

As orelhas de Royce queimaram.

– Não tenho a intenção de sugerir que a senhora não valorize seus méritos – respondeu, resoluto. – Só gostaria de ter certeza de que o homem que escolher, seja quem for, seja digno de sua devoção.

– Lorde Durham é um homem sensato, respeitável e entediante como todos. Pessoalmente, não o suporto, mas achei que poderia ser o homem certo para Liza. Com vocês dois, você e sua irmã, Liza nunca conhecerá um homem interessante.

– Como?

– Não banque o inocente comigo! Já o vi afastar dela diversos homens ao longo dos anos.

– Apenas os inelegíveis.

– Inelegíveis para quem? O senhor já foi egoísta com Liza por tempo suficiente. É hora de deixar que ela viva a própria vida.

– Estou disposto a permitir que ela viva como desejar, desde que não se machuque.

– Humpf! Sei que tem boas intenções, mas talvez Liza *goste* de caça-dotes. Ela parece ter uma queda por homens bonitos e fanfarrões.

Fanfarrões? Como Durham poderia ser respeitável *e* fanfarrão? Os músculos da face de Royce se contraíram, e uma forte frustração apertou-lhe o peito. Liza já estava escapando de sua vida; ele não tinha tempo para sermões enfadonhos.

– Só desejo o melhor para Liza.

O olhar de lady Birlington suavizou-se um pouco.

– Liza está sujeita a cometer erros. Como todos nós. Mas isso não lhe dá o direito de tirar a decisão dela.

– E se ela se deixar seduzir pelas bajulações de um canalha?

– Liza é inteligente demais para isso, e o senhor sabe. Deixe-a em paz. Ela é mais do que capaz de lidar com Durham. Agora, se me dá licença, preciso ir ao encontro de Edmund. Da última vez que o deixei sozinho na biblioteca, ele encontrou uma seção de livros totalmente inadequados que o chocaram tanto que ficou sem dormir por uma semana. Tenha um bom dia.

Royce forçou um sorriso e fez uma mesura, despedindo-se. Assim que lady Birlington se afastou, ele deu meia-volta e saiu ao encontro do ar gélido. O vento estava tão forte que fez a porta bater com força e penetrou pelos botões de seu casaco e pelo colarinho. Estava mais frio do que no dia anterior, mas Royce fervia por dentro, a raiva borbulhando até a sola dos pés.

Como lady Birlington se atrevia a acusá-lo de ser um obstáculo à felicidade de Liza? A ideia era ridícula. Tudo que havia feito por Liza fora para seu bem. Felizmente, em algumas horas, teria respostas a respeito de Durham. Ele o conheceria pessoalmente e tiraria sua própria conclusão quanto ao curso de ação mais apropriado. Pela primeira vez na vida, Royce viu-se realmente ansioso para ir ao teatro.

– Esperando sua carruagem? – perguntou uma calorosa voz feminina.

Ele se virou para encontrar o objeto de seus pensamentos bem diante dele, resplandecente, em uma peliça vermelha sobre um vestido alaranjado. O lacaio de Liza estava discretamente atrás dela, carregando caixas de chapéu.

Royce abriu um sorriso largo diante das compras tão precariamente empilhadas nos braços do lacaio. *Aquela* era a Liza que ele conhecia.

– Foi às compras?

– Claro. O que mais há para se fazer nesse tempo gélido?

O vento soprou ainda mais forte e Liza estremeceu, puxando mais o capuz contra o rosto.

– Minha nossa senhora! – exclamou. – Um frio desses seria capaz de congelar até uma lareira.

– Verdade. Eu estava procurando a minha carruagem, mas meu cocheiro deve ter levado os cavalos para darem uma volta e se aquecerem.

Liza para, mechas de cabelo soltas agitando-se ao lado do rosto.

– Por que não vem comigo enquanto espera? Vou só até aquela loja ali na esquina. Meg jura que eles têm a melhor seleção de fitas de Londres, ainda que eu tenha minhas dúvidas.

– Vamos. Estará mais aquecido na loja do que aqui na rua.

Ele caminhou ao lado dela, o lacaio logo atrás. Entraram em um lugar agradável, e ele ficou contente por ter saído do vento gelado.

Royce esperou pacientemente Liza examinar todas as mercadorias que estavam nas mesas. Ela apontou para um conjunto de fitas.

– George destruiu todas as minhas fitas vermelhas. Ele adora essa cor.

Royce pegou uma fita lilás.

– Que tal esta? Combina bem com a cor do seu cabelo.

– Clara demais – respondeu ela.

Pegou a fita e a colocou de volta na mesa.

– Estou em busca de algo mais vibrante – continuou, pegando uma fita cor de cereja e examinando-a contra a luz. – Vai ao teatro hoje à noite, não vai?

– Não deixaria de ir por nada nesse mundo.

Ela continuou encarando-o por um instante, um brilho de impaciência nas profundezas verdes de seus olhos.

– Talvez tenha sido bom tê-lo encontrado. Royce, por favor não faça muitas perguntas a Durham. Ele é um pouco inocente.

Royce franziu a testa.

– Não tenho qualquer intenção de lhe fazer mal. Você certamente sabe disso.

– Eu sei. É justamente isso… Bem, eu e você tendemos a dizer o que pensamos. E isso pode ser bastante perturbador para pessoas que não estão acostumadas.

– Vou tentar me conter.

Royce encontrou uma fita verde que combinava com os olhos dela. Colocou-a no ombro dela. A fita ficou ali, pendurada, contra o cacho de cabelo castanho-claro que havia escapado do capuz. Meg o acusara de não enxergar a verdadeira Liza, mas estava errada. Royce enxergava Liza. Conhecia a curva de suas maçãs do rosto, a cor exata de seus olhos, a maneira na qual o lábio inferior se alargava um pouco mais do que o superior quando sorria. Ao fixar os olhos naqueles lábios, sentiu um calor que lhe causou arrepios. Suculentos e convidativos, os lábios de Liza tinham o formato perfeito para um bei…

– Você parece estar congelando. Até seu nariz está vermelho. – Liza tirou a fita do ombro e colocou-a de volta na mesa. – Será que está ficando doente?

Que maravilha. Ele pensando em sua adorável boca e ela perguntando-se se seu nariz vermelho significava que estava pegando um resfriado. Irritado, encolheu os ombros.

– Estou perfeitamente bem, muito obrigado. Estava apenas pensando em algo que Meg disse.

– É? O que Meg disse?

Havia algo particularmente encantador na maneira como Liza falava. Simples e direta. As mulheres em geral atormentavam os homens até a morte com frases mal formuladas e pensamentos pouco desenvolvidos. Mas tratava-se de Liza, e ela era muito superior a qualquer mulher que ele havia conhecido.

Superior? Desde quando ele começara a pensar em Liza como uma mulher superior a todas as outras? Ele piscou.

– Para onde vai depois de comprar fitas suficientes para se enrolar nelas?

Ela riu.

– Para casa, me arrumar para a peça. Sabe, surpreendi-me ao encontrá-lo nesta parte da cidade. Você não costumava fazer compras. Alguma encomenda de Meg?

– Não, não. Isso é seu departamento como melhor amiga dela. Contento-me apenas em comparecer às suas festas e dançar com todas as mulheres à vista.

– Você só dança com mulheres bonitas, todas pedras preciosas.

– Que injustiça! Dancei com Sara Haughton-Smythe na semana passada.

– Ela realmente é um pouco estrábica. – Liza pegou o punhado de fitas que havia selecionado e as entregou ao balconista; em seguida, abriu a bolsa para pegar uma moeda.

– Mas é uma moça adorável. Espero que dance com ela novamente.

– Vou dançar – respondeu Royce, prontamente.

E foi recompensado com um sorriso de gratidão que fez com que se sentisse como se tivesse acabado de salvar um bebê da morte certa.

Liza entregou as fitas, agora caprichosamente embaladas, ao lacaio, e o esperou apoiar os outros embrulhos e as enfiar no bolso.

– Pronto! – exclamou alegremente. – Acabei. Agora só precisamos esperar a carruagem. Pode ser que a avistemos daqui.

Royce seguiu-a até a janela. O vento chacoalhava o fino vidro da janela e, pelas laterais, entravam lufadas de ar frio.

Liza apertou a bolsa contra o corpo.

– Para onde vai agora?

– Vou ao Tattersall's. Quero ver o que sobrou de Milford. Ele teve que vender os cavalos para pagar as dívidas de jogo e ouvi dizer que estão sendo vendidos por uma ninharia.

– E eu ouvi dizer que têm o quadril curto e péssimo fôlego. Pensei em adquirir alguns, mas não tenho a menor intenção de ser passada para trás duas vezes no mesmo ano.

– Quando alguém a passou para trás?

– Quando comprei o par cinza de Halmontford. Não se lembra?

– Ah, sim. O da frente dava um coice estranho ao galopar.

– E quase me derrubou da primeira vez em que colocamos os arreios.

Royce observou-a afastar com a mão enluvada uma mecha de cabelo que lhe caíra sobre o rosto. Seu cabelo sempre tivera tendência a escapar de toda e qualquer tentativa de prendê-lo. Royce perguntou-se como ficariam soltos, caindo pelas costas. Para seu choque, sua imaginação ingovernável deu um passo além e tirou suas roupas. Ela era longilínea, tinha as formas proporcionalmente distribuídas, a pele lisa e sedosa, os seios firmes e – *não*. Era melhor não ter esses pensamentos.

Inquieto, afastou a imagem e tentou se lembrar do que estavam falando.

– O que fez com aquele cavalo? Mandou para o curtume?

– Continua lá, no meu estábulo, comendo muito e engordando absurdamente. Não sei *o que* fazer com ele. É um belo animal, e, embora o cavalariço o leve para dar uma volta todos os dias, a quantidade de exercício não é suficiente para um cavalo tão irritado.

– Venda-o.

– Um cavalo manco? Prefiro cortar meu braço fora. Não sou como você, capaz de ignorar minha consciência de uma hora para a outra.

– Quando eu ignorei minha consciência?

– No verão passado, quando jogou cartas com a Contessa d'Aviant. Contou as rainhas e sabia que ela jamais conseguiria tirar a carta de que precisava para vencer.

– Contar cartas não é o mesmo que trapacear.

– Não, mas você sabia que ela não poderia arcar com suas dívidas e, mesmo assim, deixou que apostasse uma soma altíssima e depois ofereceu-se para resolver o problema da dívida com...

Cor subiu ao rosto de Liza.

– Ouvi os boatos e sei o que aconteceu.

Deus do céu, quem lhe contara sobre o ocorrido? Royce viu-se incapaz de olhar para ela.

– Você não deveria dar ouvidos a fofocas – disse ele, para em seguida estremecer ao constatar que soou como um *velho* falando.

E, de alguma forma, Liza considerá-lo velho era pior do que a morte.

– Royce, você me conhece – continuou ela, com um sorriso metade tímido, metade malicioso. – Adoro uma boa fofoca. Ouve-se cada coisa...

Royce perguntou-se como nunca havia notado como ela ficava adorável quando enrubescia. Naquele exato momento, decidiu-se que a faria corar sempre que possível.

— Sim, bem, quem quer que tenha enchido sua cabeça com uma história ridícula dessas merecia levar um tiro.

— Percebe que você não está negando? Tem que admitir que foi um sem-vergonha com a pobre condessa.

Fora um sem-vergonha. Não que Regina não tivesse gostado. Na verdade, a aposta dera um toque picante aos seus encontros. Continuaram se vendo mesmo depois de a condessa quitar a dívida.

Liza olhou pela janela, em busca da carruagem.

— Não foi a última vez que ignorou sua consciência. Houve também aquela em que você pediu uma atriz para...

— Não era de mim que estávamos falando — apressou-se Royce —, e sim do seu cavalo. O gordo que come demais nos seus estábulos. Está lembrada?

Sua expressão suavizou-se.

— Prinny é um bom cavalo.

— Prinny? Por acaso deu-lhe este nome em homenagem ao príncipe?

— Eu precisava lhe dar um nome. Halmontford lhe dera um nome absolutamente inapropriado.

— Qual?

Para o deleite de Royce, as maçãs do rosto de Liza voltaram a ficar coradas, dessa vez mais intensamente.

— Não vou dizer — respondeu com firmeza. — Basta dizer que Prinny é um nome *muito* melhor. — Seus olhos encontraram os de Royce e ela deu um sorriso torto. — Pelo menos até que o príncipe saiba, o que não acontecerá, a não ser que ele vá ao meu estábulo e pergunte.

Royce gostaria de saber o que tornava Liza única. Não era apenas seu jeito de se vestir, embora fosse bastante incomum. Era algo mais. Talvez a inteligência em seus olhos verdes ou a forma com que seu rosto se iluminava quando ela ria, mas, o que quer que fosse, despertava nele o desejo de rir e nunca mais parar.

No entanto, Liza não estava rindo. Ao contrário, a testa estava franzida.

— Eu deveria adquirir um pedaço de campo em algum lugar, aonde poderia enviar Prinny para pastar. Seria muito melhor do que deixá-lo trancado num estábulo deploravelmente pequeno.

— Você não pode comprar uma propriedade só para ter onde colocar um cavalo gordo.

— Não? — respondeu ela, que obviamente não estava convencida. — É que...

pobre Prinny. – Então seu rosto se iluminou. – Talvez eu possa pedir ao meu amigo lorde Durham para cuidar dele. Ele tem grandes propriedades e certamente estará disposto a...

– Eu fico com ele.

Royce piscou. Meu Deus, aquilo realmente saíra de sua boca? De onde saíra a ideia de oferecer-se para cuidar de um cavalo gordo, manco e desmazelado? No entanto, foi o que fez. Qualquer coisa para impedir que Liza ficasse em dívida com Durham.

Era para Liza ter ficado feliz – agradecida, até. No entanto, ela olhou para ele com descrença.

– *Você* ficaria com meu cavalo?

– Claro que sim. Tenho pasto de sobra em Rotherwood. Diria até que meu cavalariço acolheria mais um cavalo nos estábulos. Tenho apenas alguns cavalos Hunter.

Ela pareceu estarrecida.

– Isso é... é a coisa mais gentil que você já fez. Está passando bem?

Ele emitiu um ruído exasperado.

– Claro que estou passando bem! Que pergunta! Quanto a ser a coisa mais gentil que eu já fiz, e aquela vez em que a levei a Brighton para visitar aquela tal de Terrance? Que eu me lembre, você estava morrendo de vontade de ir e ninguém queria levá-la.

– O nome dela é Lillith Terrance; seu marido é almirante. E, se me recordo corretamente, a única razão pela qual você se ofereceu para me levar foi o fato de precisar de uma desculpa para ir até lá. Alguma coisa relacionada a uma mulher chamada... ah, qual era mesmo o nome? Olivia, talvez?

Royce abriu a boca para contestar as alegações de Liza, mas uma vaga lembrança lhe invadiu a consciência. Ah, sim. A bela Olivia. Proporcionara-lhe uma semana de diversão, agora que pensara no assunto. Nada além disso.

De repente, começou a se ver pelos olhos de Liza. Sua vida inteira pareceu cheia de diversões de curta duração. Umas morenas, outras louras, outras ruivas. Todas perfeitamente exuberantes e dispostas a flertar, fazer o tempo passar ou se divertir na cama, dependendo das circunstâncias. Todas muito bonitas, alegres e, por uma ou outra razão, absolutamente inadequadas.

Royce percebeu o olhar astuto de Liza. No entanto, em vez de condenação, ela sorria com os olhos, os lábios apertados como se estivesse tentando não cair na gargalhada.

– Não diga nada – disse ele. – Sua memória é boa demais para minha paz de espírito.

– Coitado – disse ela, rindo mesmo assim.

O lacaio apareceu.

– A carruagem chegou.

– Graças a Deus! – exclamou ela.

Ela saiu da loja, Royce logo atrás. Ele ajudou-a a subir na carruagem, dispensando o lacaio.

Liza inclinou-se e sorriu para ele, ignorando o vento gélido que lhe arrancou o capuz da cabeça.

– Obrigada por me acompanhar. Odeio fazer compras sozinha.

– O prazer foi todo meu, embora eu esteja começando a acreditar que lhe devo desculpas por envolvê-la em meus contratempos ao longo dos anos.

– Desculpas por quê? Adorei cada um deles.

Ela lançou-lhe um olhar franco, depois hesitou. Por fim, disse:

– Sempre fomos próximos, não?

Ele pegou a mão dela e tirou sua luva, expondo os dedos. Longos e elegantes, não levavam nenhum adorno, mais uma característica que era só dela. Ele levantou a mão e roçou os lábios nos nós dos dedos dela, saboreando o calor da pele contra a sua boca.

Por um instante, o desejo pulsou dentro dele, quente e disposto, pegando-o totalmente de surpresa. Assustado, encarou-a e constatou, surpreso, que ela sentia o mesmo.

Ela puxou a mão.

– Eu... Eu... Isso não é necessário. – Se antes ela corara, agora parecia estar em chamas, o rosto tão vermelho que parecia ter sido esbofeteado. – Obrigada por oferecer ficar com Prinny.

– Não foi apenas uma oferta – respondeu ele, com uma leveza forçada, afastando-se da carruagem. Parecia primordial colocar uma distância entre eles. – Enviarei um cavalariço no próximo fim de semana para levá-lo a Rotherwood.

– Obrigada, Royce.

– Obrigado a você pela tarde adorável.

Sem lhe dar tempo para responder, ele fechou a porta da carruagem e acenou com a cabeça para que o cocheiro seguisse em frente.

Por mais estranho que pudesse parecer, Royce começava a acreditar que havia um espírito ruim em ação, fazendo com que ele pensasse e sentisse coisas que não deveria pensar nem sentir. E agora ele era o orgulhoso cuidador de um cavalo gordo e manco. Teve sorte por Liza não ter mencionado querer se livrar de George, ou ele teria acabado com um macaco brigão.

Balançando a cabeça ao constatar a própria tolice, Royce puxou o colarinho até as orelhas e caminhou pela rua, tentando não observar a carruagem de Liza que se afastava a perder de vista.

CAPÍTULO 4

Sir Royce Pemberley. Eis um homem sobre o qual esta autora poderia escrever durante semanas sem repetir uma só palavra.

Não, não, esta afirmação não é muito precisa. Libertino, galanteador, tratante, perverso e diabólico certamente garantiriam seu lugar nas colunas repetidas vezes.

Entretanto, embora as palavras pudessem se repetir, as histórias, em si, não seriam as mesmas. As proezas de sir Royce são legendárias; contudo, devido ao seu charme quase letal, sempre consegue sair ileso.

Na verdade, a única mulher que parece estar imune ao seu sorriso (além, é claro, de sua irmã) é a Srta. Liza Pritchard, sobre quem esta autora também poderia escrever durante semanas sem repetir uma só palavra.

Eles formam um casal e tanto, e certamente um belo exemplo para aqueles que insistem em afirmar que a amizade entre homens e mulheres é impossível. De fato, foram vistos juntos, fazendo compras perto da Bond Street na tarde de sábado.

E depois novamente, à noite no Theatre Royal, embora a Srta. Pritchard estivesse oficialmente acompanhada por lorde Durham.

CRÔNICAS DA SOCIEDADE DE LADY WHISTLEDOWN,
31 de janeiro de 1814

O Theatre Royal era uma agitação. Apreciadores da dramaturgia, em busca de diversão para as longas noites de inverno, abarrotavam os camarotes e a plateia. Todos usavam seus melhores trajes, e no ar pairavam as vozes entusiasmadas, muitas das quais ainda em ação durante a peça de abertura.

– Mal posso esperar para ver a atuação desse Edmund Kean! – exclamou Meg. – Lady Bancroft disse que ele é um gênio. – Ela lançou um olhar para o camarote ao lado e sussurrou, animada, para Liza, que estava sentada logo atrás dela. – Ouviu o conde de Renminster falar comigo agora há pouco? Ele prometeu ir ao meu baile!

Liza olhou de soslaio para onde a prima de Meg, Srta. Susannah Ballister, conversava em voz baixa com o conde. Embora Liza já tivesse tido a oportunidade de ver a Srta. Ballister em outras ocasiões e a considerasse muito bonita, naquela noite estava particularmente bela. Liza sorriu.

– Suponho que Renminster certamente irá ao seu baile se você convidar a Srta. Ballister.

Meg arregalou os olhos.

– Você acha que... ah, não! Não é possível.... não depois do que, bem, você sabe o que aconteceu.

– Sim, mas já faz um bom tempo. E certamente é uma jovem bem-comportada. Além disso, é adorável.

Meg assentiu.

– Verdade. É uma jovem maravilho...

Sua atenção logo se voltou para um camarote do outro lado do teatro.

– Oh, meu Deus! Veja quem está ali. Lá está lady Anne Bishop ao lado de lorde Howard. Acha que formarão um casal?

Distraída, Liza assentiu e pousou o leque no assento vago ao seu lado. Normalmente, gostava de uma boa fofoca, mas hoje estava absorta em pensamentos. O que desejava era perguntar a lorde Durham se ele gostava de teatro e quais eram suas peças preferidas. Talvez *aquele* fosse um interesse que tinham em comum. Por algum motivo, tornara-se imprescindível que encontrasse o maior número possível de interesses em comum.

No entanto, era quase impossível falar com Durham, pois estava totalmente entretido em uma conversa com lorde Shelbourne a respeito de um projeto de lei para taxação de terras agrícolas que em breve seria submetido à votação na Câmara dos Lordes. Ela lançou um olhar mal-humorado em sua direção. Será que as malditas vacas estariam sempre presentes em suas conversas? Teria que aprender a gostar de bovinos. Que deprimente.

Suspirando, Liza olhou para baixo, onde os novos sapatos vermelhos despontavam sob a bainha do vestido verde de seda. Os sapatos eram bordados com fio de ouro e brilhavam tanto quanto os rubis que adornavam seu pescoço e pendiam de seus punhos. A maioria das mulheres não usaria um vestido de seda verde com rubis, mas Liza gostava do contraste. Lembrava o Natal, o que nunca poderia ser uma coisa ruim.

– Está séria demais. Ansiosa para ver Kean no palco?

Liza ergueu o olhar, surpresa por encontrar Royce tão perto dela. Seus olhos pareciam um pouco mais escuros do que o usual, o olhar tão direto que uma onda de calor percorreu seu corpo. Liza lançou um olhar constrangido na direção de Durham, mas agora era Meg quem monopolizava a atenção do jovem lorde. Relutante, ela voltou a atenção para Royce.

– Eu não estava pensando na peça, estava admirando a minha pulseira – respondeu, erguendo o braço para que ele a apreciasse. – Brilha de forma espalhafatosa nesta luz.

O olhar dele lentamente deixou seus olhos e foi para o queixo, detendo-se por um instante em sua boca.

– Uma pulseira linda – respondeu Royce, com uma voz inexplicavelmente grave e rouca.

O som derramou-se sobre ela, ecoando e deixando atrás de si uma trilha de deliciosos arrepios.

Como se estivesse ciente de seu efeito, ele sorriu. Um sorriso atormentador.

– Você também está linda hoje. Tão adorável quanto a sua pulseira.

Liza só conseguia encará-lo. Deus do céu, era *assim* que ele falava com as mulheres nas quais estava interessado? Não era de surpreender que tantas tivessem sucumbido aos seus encantos. O pensamento deixou seus nervos ainda mais à flor da pele.

– Pare com isso.

Ele ergueu a sobrancelha.

– Parar com o quê?

– Você sabe muito bem... tentar fazer com que eu me sinta... – *Bonita*. Ela não podia dizer aquilo. Tudo menos aquilo. – Está tentando me deixar constrangida.

– Não, não estou. Ia lhe dizer que tomei as providências necessárias para Prinny. Enviarei um cavalariço à sua casa amanhã para acompanhá-lo até a fazenda.

Liza sabia que deveria estar grata e, de fato, estava. Muito grata. Mas em meio à gratidão havia mais alguma coisa. Algo maior e infinitamente mais confuso.

Evitou olhar para o ombro que roçava no de Royce. O calor lhe subia pelo braço e chegava à clavícula, fazendo com que seu coração disparasse. Percebeu, consternada, que, de alguma maneira, nas últimas semanas, perdera a imunidade a Royce.

Não que já tivesse sido imune a ele de verdade – quem conseguiria ser? Mas se orgulhava de não estar sempre reagindo a ele. Agora, mal podia avistá-lo sem que um certo arrepio lhe perturbasse os pensamentos. Impaciente, afastou o ombro.

– Precisa sentar tão perto?

O olhar dele ficou sombrio.

– Liza, o que houve?

– Você está me imprensando, e não gosto disso. Afaste-se, por favor.

Sabia que estava sendo insensata. As cadeiras eram próximas umas das outras e, mesmo que quisesse, Royce não conseguiria evitar roçar seu ombro no dela. Mas aquilo não importava. Ela simplesmente queria que ele fosse embora. Agora.

Ele se inclinou um pouquinho mais em sua direção.

– Talvez eu *goste* de me sentar bem perto de você.

Liza recusou-se a se mexer. A vida a atormentara o suficiente naquela semana, e não estava disposta a deixar que Royce também o fizesse. Em vez de se afastar, ela se inclinou, exercendo pressão sobre o ombro dele.

– *Afaste-se.*

Uma centelha de alguma coisa iluminou os olhos dele, algo além de raiva. Uma estranha mistura de humor e interesse.

– Você é a mulher mais irritante que já conheci.

Considerando as milhares de mulheres que Royce conhecia, aquilo certamente não foi um elogio. Pensar nesses milhares de mulheres a deixou ainda mais nervosa, e ela o empurrou com mais força.

Ele riu e se mexeu na cadeira, empurrando-a com a mesma força, sem hesitar. Durante vários minutos, não se falaram, ambos concentrados na batalha silenciosa.

Liza de repente percebeu que, se Royce saísse do lugar, ela provavelmente se levantaria, passaria por ele e cairia diretamente no colo de Durham. O que faria, então? Mas não podia desistir. Por um breve momento, queria apenas vencer. Em alguma coisa.

Ela cerrou os punhos, fazendo questão de manter um sorriso forçado nos lábios caso alguém olhasse na direção deles.

– Espero que não seja assim que você trate suas amantes – disse ela, por trás de dentes cerrados.

Ele engasgou.

– Amant... Droga, Liza! O que mais você vai dizer? – Aos poucos ele se acalmou. – Você não tem a menor ideia de como trato as pessoas, muito menos minhas amantes.

Liza percebeu que ele não estava mais empurrando seu ombro contra o dela. Ela vencera, graças a Deus! Animou-se temporariamente.

Mas antes de coroar a vitória, Royce disse em voz baixa:

– É *assim* que trato uma mulher que desejo.

Ele esticou o braço na frente dela, tocando a renda do vestido, e pegou o leque que repousava na cadeira a seu lado. Ele movia-se devagar, o braço tocando-a intimamente, fazendo os mamilos intumescerem sob o vestido de seda e a pele arder como se tivesse sido tocada pelo sol.

Liza segurava os braços da poltrona, a respiração suspensa à medida que Royce voltava ao seu assento. Pareceu-lhe que havia se passado uma hora lenta, deliciosa e absolutamente agonizante até que ele por fim puxou o braço. Na realidade, passara-se apenas um instante. Mas seu corpo agarrou-se àquela sensação, demorou-se nela, saboreando cada segundo.

Royce segurou o leque na frente de seus olhos espantados e o balançou de um lado para o outro, até deixá-lo cair no colo dela.

Olhando para o leque, ela tentou recuperar o fôlego. O corpo inteiro tremia com um estranho calor.

– Por quê... quem... eu... – Suas maçãs do rosto estavam tão quentes que ela tinha certeza de que a qualquer momento explodiria em chamas. – Você é impossível! – conseguiu sussurrar. – E se alguém tiver visto?

– Ninguém viu – respondeu ele, a voz ainda mais rouca.

Havia algo em seus olhos que ela nunca vira antes. Algo ao mesmo tempo perigoso e emocionante.

Liza buscou algo para dizer. Algo que mostrasse ao fanfarrão do Royce que era completamente imune a seu toque. Mas nada saía de sua boca. Tudo que conseguiu fazer foi olhar bem dentro daqueles belíssimos olhos azuis e desejar nunca ter levado Royce tão longe.

Enquanto isso, Royce tentava descobrir como um simples toque o havia perturbado tanto a ponto de impedi-lo de proferir uma frase coerente. Já estivera com inúmeras mulheres, flertara milhares de vezes e geralmente conquistava quem desejava, quando desejava. Havia permitido que a provocação infernal de Liza o forçasse a tratá-la de um jeito que jamais a havia tratado antes. E, naquele momento, alguma coisa mudou. Liza deixara de ser uma amiga querida, protegida, para se transformar em uma mulher desafiadora ao extremo. Uma mulher que, para sua profunda consternação, ele desejava com todas as suas forças. Desejava-a tanto que chegava a doer.

Mas que inferno, eu quero Liza. Uma forte onda de desejo o invadiu e ele teve que se forçar a respirar. Desejava Liza, sua melhor amiga, a única mulher que sabia realmente quem ele era. A ideia era assombrosa. Perturbadora. E absolutamente impossível. Que diabo ele deveria fazer agora?

– Gostou da farsa, sir Royce? – perguntou Durham, radiante, aos dois. – Na minha opinião foi particularmente bem executada.

Royce precisou limpar a garganta para responder.

– Ah, sim. Sim, a farsa foi espetacular.

O grosseirão não estava prestando a menor atenção em Royce, e sim encarando Liza como um cãozinho perdido de amor.

– E você, Liza, gostou?

Royce ficou furioso. Desde quando Liza permitia que Durham a chamasse pelo primeiro nome? Ele lançou para Liza um olhar ameaçador.

Ela ergueu o queixo em resposta.

– Lorde Durham pediu permissão para me chamar pelo primeiro nome e eu lhe concedi.

Royce tinha muito a dizer sobre isso, mas Meg o interrompeu.

– Liza, venha ver!

Estava sentada na beirada da cadeira, tentando examinar a plateia de forma discreta, pois tal ato era considerado irresponsavelmente vulgar.

– Lorde Darington está na plateia. Pelo menos *imagino* que seja ele.

Liza pôs-se de pé com um entusiasmo que Royce creditou mais a uma tentativa de escapar dele do que qualquer outra coisa. Ela aproximou-se de Meg e olhou para baixo, debruçando-se sobre o balcão.

– Não pode ser Darington. Ele não vem à cidade há séculos.

– Eu sei, mas tenho quase certeza de tê-lo visto antes de desaparecer na plateia. – Meg inclinou-se, tentando avistá-lo sem se levantar. – É claro, se for Darington, ele não estaria na plateia, estaria?

– Desculpe-me – interrompeu lorde Durham, a expressão preocupada. – Liza, minha querida, talvez não devesse se debruçar assim no balcão.

Uma mulher normal teria ficado lisonjeada com a preocupação do homem, mas não se tratava de uma mulher normal. Royce precisou ocultar um sorriso quando Liza lançou a Durham um olhar exasperado.

– Estou bem – respondeu ela, com desânimo. – Meu pé está preso na cadeira. – Ela virou-se para o outro lado e debruçou-se ainda mais sobre o parapeito.– Céus, sim, é ele, é Darington. Eu o reconheceria em qualquer lugar. Preciso cumprimentá-lo.

– Liza! – exclamou Meg, ofegante. – Não acene. É vulgar. As pessoas vão falar.

– Não me importo – respondeu Liza, inclinando a cabeça. – Ele me parece mais magro. Ouvi dizer que esteve doente.

Meg espichou-se o máximo que pôde no assento, tentando desesperadamente *enxergar* por sobre o parapeito sem, na verdade, olhar para baixo.

– Continua bonito como sempre?

– Sim, sim – respondeu Liza. – Talvez ainda mais.

Ela acenou para Darington. Um aceno sutil, delicado, mas fez seu braço balançar. Sua pulseira brilhou sob a luz. Várias outras mulheres mais velhas que estavam em um dos camarotes vizinhos escandalizaram-se, mas Liza as ignorou, virando-se para Meg e exclamando, com um sorriso:

– Veja! Ele nos cumprimentou de volta. Pergunto-me o que o manteve longe da cidade esse tempo todo!

Royce ficou animado quando notou que Durham continuava franzindo a testa, e ainda mais intensamente. Ora! Pelo menos Durham enxergaria o que o aguardava; Liza nunca seguia os ditames da polidez. Criava as próprias regras e, até agora, a sociedade havia permitido que ela desse asas à imaginação.

– Ela é um pouco impulsiva – disse Royce, tentando reprimir uma risada.

Durham lançou-lhe um olhar questionador.

– A Srta. Pritchard precisa da influência de um homem em sua vida. Assim que isso acontecer, tenho certeza de que sua delicadeza feminina natural voltará.

– Não estou certo de que Liza já tenha possuído tal "delicadeza feminina natural". – Royce reagiu ao olhar reprovador de Durham dando de ombros. – Ela sempre teve uma vida livre, sem grilhões. É possível que goste de sua liberdade e não deseje trocá-la por nada nesse mundo.

– Mulher nenhuma gosta de ser totalmente independente, por mais que diga o contrário – respondeu Durham com um sorriso convencido que fez o humor de Royce evaporar. – Sir Royce, vamos buscar uma limonada para as damas? Temos tempo suficiente antes de a peça começar.

Talvez fosse sábio conduzir a conversa para fora do camarote, decidiu Royce. Gostaria de mencionar algumas coisas que não poderiam ser ditas livremente com Liza por perto.

– Claro, vamos.

Ninguém pareceu notar que saíram. Meg conversava alegremente com Liza, enquanto Shelbourne permanecia em seu assento, como se planejasse um breve cochilo. Susannah conversava com Renminster no camarote ao lado.

Royce segurou a cortina para que Durham passasse.

O galã de Liza estava vestido como um fazendeiro. Das botas comuns e funcionais ao leve brilho de transpiração sobre o lábio superior, ele parecia pouco à vontade e deslocado. O oposto de Liza, que, em seus trajes multicoloridos e joias brilhantes, sempre parecia se encaixar, independentemente de onde estivesse ou do que vestisse.

Em que Liza *estava* pensando? O tal Durham era pouco mais do que um fazendeiro. Iria arrastá-la para o campo e lá enterrá-la, um destino pior do que a morte para alguém como ela, que adorava a agitação e a elegância londrinas.

Quando passaram pela rotunda, Durham falou:

– Sir Royce, gostaria de conversar com o senhor a respeito de um assunto de grande importância.

Royce encontrou uma mesa cheia de taças de champanhe. Ofereceu uma taça a Durham, que recusou com um breve movimento de cabeça. Royce pegou uma para si e tomou um gole.

– Não estou certo de que o senhor teria algo de grande importância para me dizer, mas fique à vontade.

Durham tirou um lenço do bolso, limpando a testa.

– Desculpe-me se pareço um pouco nervoso, mas eu... Sir Royce, gostaria de lhe falar sobre a Srta. Pritchard. Ela o considera parte da família. Quase um pai.

Royce engasgou, o champanhe descendo pela garganta e subindo pelo nariz ao mesmo tempo.

Durham praguejou, para em seguida bater nas costas de Royce, causando ainda mais estragos do que o champanhe.

Royce levantou uma mão na tentativa de deter a investida.

– Acho que agora já posso respirar. Eu estava apenas... Liza não me vê como um pai.

– Um irmão mais velho, então – disse Durham com facilidade. – Desde que a conheci... bem, o senhor sabe como ela é. É única. Resoluta. E tem um tino encantador para os negócios, o que poderia vir a ser útil se eu desejar expandir minha fazenda. É exatamente o que venho buscando em uma esposa.

O peito de Royce começou a queimar com outra coisa, não com o champanhe que subira pelo lugar errado. O homem estava em busca de uma esposa. E havia escolhido Liza. Maldito seja por sua impertinência. Royce mal conseguiu manter um tom de voz civilizado.

– Durham, conversou com Liza a esse respeito?

– Ainda não. Não encontrei o momento apropriado. – Um sorriso presunçoso surgiu nos lábios do fazendeiro. – Mas acredito poder afirmar com segurança que Liza não encara minha corte com indiferença. Sir Royce, o senhor vê Liza diariamente, então é imune a ela, mas para mim... ela é tudo que eu sempre quis. É maravilhosa.

O homem parecia completamente encantado. Royce terminou seu champanhe em um só gole e pousou a taça sobre a mesa, para em seguida pegar outra. Tomou-a de um gole só.

Durham o observou, mudando o peso do corpo de um pé para o outro.

– Sir Royce, o senhor está bem?

O champanhe começava a fazer efeito e, lentamente, o peito e a garganta de Royce começavam a relaxar.

– Estou bem. Responda apenas uma pergunta, Durham.

– Qualquer uma. Estou à sua disposição.

– O que o senhor tem em comum com Liza?

– Em comum? Bem, nós... – O homem apertava as mãos atrás das costas e encarava o teto decorado, as espessas sobrancelhas franzidas. – Ela, ah... Em comum. Não havia realmente... em comum, hum?

Royce esperou que ele percebesse a triste verdade; a única coisa que ele e Liza tinham em comum era... nada. Nem um detalhe.

Foi então que, de repente, o olhar de Durham recuperou o foco.

– Liza ama animais, e eu tenho uma fazenda com mais de mil vacas.

Vacas? Royce balançou a cabeça.

– Liza adora cavalos e macacos. Na verdade, para ser mais preciso, gosta de cavalos e de *um* macaco em especial.

– Também tenho cavalos – Durham apressou-se em dizer. – Na verdade, tenho vários.

Cavalos para arado, todos eles. Royce poderia apostar.

– Mas as minhas vacas... Sir Royce, o senhor entende de gado? – Os olhos de Durham começaram a brilhar. – As minhas vacas são de uma raça especial. Meu pai começou a desenvolver uma raça um pouco maior antes mesmo do meu nascimento, e eu dei continuidade ao trabalho. – Uma leve cor tocou o rosto de Durham. – Pode parecer bobagem, mas de certa forma minhas vacas são bens transmitidos de geração para geração. São o que tenho de mais precioso.

Deus do céu, ele estava falando sério. Royce tentou imaginar Liza no campo, cercada de vacas e, quem sabe, uma dúzia de crianças rechonchudas, todas batendo manteiga ou fazendo algo semelhante. O pensamento era tão nauseante que precisou levar a mão ao estômago e pressioná-lo.

Mas que inferno, aquilo era loucura. Ele não ficaria observando Durham arruinar a vida de Liza. A de Liza *e* a dele, Royce, pois ela era *sua* melhor amiga e não saberia viver sem ela.

Foi então que ele se ouviu dizer com firmeza:

– Lorde Durham, temo apenas uma coisa.

– O quê?

– É...

Royce mordeu o lábio, inseguro para continuar. Observou Durham pelo canto do olho, aguardando.

A expressão do homem ficou preocupada.

– Ora, vamos, Sir Royce. Faremos parte da mesma família, pois sei que Liza considera o senhor e Meg a família dela. O senhor pode me contar qualquer coisa.

– Ah. Bem... Se faremos parte da mesma família, acredito que deva pelo menos mencionar... Eu estava imaginando como as suas vacas lidarão com o macaco de Liza. George pode ser bastante bravo quando quer. Ele morde, o senhor sabe.

Durham empalideceu.

– Morde?

– Sim. Evidentemente, só quando se assusta. Mas o senhor há de convir que um macaquinho como aquele provavelmente se assustará com uma vaca. Especialmente se for uma vaca muito grande.

– Santo Deus. Ouvi dizer que a mordida de um macaco pode ser muito dolorosa.

– Em alguns casos, acredito até que pode levar à morte. E se ele começasse a morder suas vacas...

Royce supôs que deveria se sentir mal por colocar tanto peso nos ombros de George, mas tinha que fazer alguma coisa. Algo horrendo. Algo para salvar Liza. Virou-se para a mesa atrás de si e trocou a taça vazia por outra, cheia, perguntando-se se já havia dito o suficiente.

Durham ficou em silêncio por um momento, tentando digerir tudo aquilo. Depois de um tempo, disse:

– Aquela criatura sempre me deixou um pouco nervoso. Talvez a Srta. Pritchard possa ser convencida a deixá-lo em Londres.

– Jamais. Ela é louca por aquele animal estúpido.

– Santo Deus. Eu tinha esperança... – retrucou Durham, recompondo-se com visível esforço. – Bem, isso certamente me faz pensar. Mas não importa. Tenho certeza de que conseguiremos encontrar uma solução. Sir Royce, sei que o senhor e Liza são muito próximos, e me vejo... ou seja, gostaria que soubesse que minhas intenções são as melhores possíveis.

Royce fechou as mãos em punho, enfiando-as no bolso do casaco.

Sem saber que estava muito perto de virar pó, o fazendeiro continuou:

– Além disso, sou totalmente capaz de cuidar de Liza. Não há de lhe faltar nada – afirmou, orgulhoso. – Sir Royce, gostaria de me fazer alguma pergunta sobre a minha situação?

Por Deus, sim. Royce queria saber como Durham lidaria com a tendência que Liza tinha de fazer tudo à sua maneira. E seu triste vício em compras. O que compraria no campo? Certamente não encontraria as roupas da qualidade com que estava acostumada. E onde compraria seus sapatos? Teriam que vir a Londres uma vez por semana, talvez mais.

E, o mais importante, Royce queria saber como ele conseguiria viver sem Liza. Ela fazia parte de sua vida, estava sempre ao seu lado para apoiá-lo, independentemente do que o afligisse. Olhou para as taças de champanhe, observou as bolhas dançarem, subindo, como pontos brilhantes de luz que se dissolviam ao chegar à superfície.

– Depois de casados, com que frequência virão à cidade?

– Várias vezes por ano, e acho que ficaremos por mais ou menos uma semana em cada ocasião.

Só uma semana? Royce pensou jamais ter ouvido afirmação tão terrível. Esforçou-se, em vão, para encontrar mais alguma coisa que pudesse dizer sobre Liza para mostrar a Durham que os dois não combinavam. Algo que pudesse fazer aquele tolo apaixonado perceber que se casar com Liza era a última coisa que devia fazer.

– Já tratou do assunto com Liza? Ela pode ter uma opinião diferente, e não é mulher de aceitar bem sugestões. É teimosa demais.

– Minha mãe também é assim. Estou acostumado a lidar com mulheres fortes.

– Liza tem motivos para ser uma mulher forte... teve que enfrentar as dificuldades da vida de maneiras que poucos entendem.

– Motivo pelo qual nunca se deve deixar que as mulheres tomem muitas decisões. Isso lhes sobe à cabeça.

Royce franziu a testa.

– Liza *gosta de* tomar decisões.

– Apenas porque difíceis circunstâncias da vida a impediram de se desenvolver da maneira delicada natural a uma dama. Felizmente, sou abençoado com uma mãe dedicada que ficará mais do que feliz em mostrar à minha esposa toda a polidez necessária para corrigir essas lamentáveis tendências.

– Liza ficará feliz em saber disso – disse Royce, rangendo os dentes.

– Sir Royce, não tem o que temer. A Srta. Pritchard e eu nos daremos muito bem. Na verdade... – O homem envaideceu-se um pouco. – Decidi dar a Liza um presente de casamento muito especial. Seu próprio touro.

Royce pegou mais uma taça de champanhe e tomou um gole, apressado.

– Um... um touro. Que peculiar.

– Ainda não contei a ela. Pensei em lhe fazer uma surpresa.

– Ah, sim, acredito que seria uma excelente surpresa. Na verdade, eu mesmo estou bastante surpreso. E, ah, o que ela vai fazer com esse touro?

– Criá-lo. Se souber cuidar bem dele, poderá facilmente valer duzentas ou trezentas libras quando adulto.

Que era basicamente o quanto Liza gastava em sapatos por semana. Royce teve que engolir um suspiro relutante. Daria tudo para ver a expressão de Liza quando descobrisse que ganharia um touro de presente de casamento. Mas, é claro, aquilo só aconteceria se ela perdesse por completo a sanidade e concordasse em se casar com Durham.

E isso, concluiu Royce, nunca aconteceria. Não enquanto ele estivesse vivo.

– Durham, está ciente do valor de Liza?

O mais jovem deu de ombros.

– Se estiver falando de sua pessoa, posso afirmar com toda franqueza que Liza tem um valor inestimável.

– Eu me referia à sua fortuna. É uma mulher muito rica.

Para surpresa de Royce, uma sombra passou pelo rosto de Durham.

– Eu sei. Mas não deixarei que isso seja um impedimento. Assim que nos casarmos, viveremos apenas da minha renda.

– É mesmo? Mas... por quê?

– Sir Royce, não sou homem de aceitar dinheiro de esposa. Se Liza me amar, aceitará essas condições. Além disso... – Durham enrubesceu –, minha expectativa é que ela coloque seus recursos em um fundo para os filhos que tivermos.

Royce virou-se sob o pretexto de apoiar a taça vazia sobre a mesa. Havia um turbilhão em sua mente. Liza casada. Liza isolada no campo. Liza com filhos que teriam o mesmo pescoço largo de Durham. Meu bom Deus, era pior do que havia pensado. Depois de um momento, conseguiu dizer:

– Parece que a peça vai começar. Tenho certeza de que todos devem estar se perguntando por onde andamos.

Buscaram limonada para as moças e depois voltaram para o camarote, Durham falando animado do quanto gostava de Londres. O idiota pomposo parecia estar satisfeito consigo mesmo – e deveria, constatou Royce com tristeza. Se as coisas dessem certo para o jovem, teria conquistado uma esposa de infinita inteligência, que certamente não o aborreceria ou o deixaria exausto com conversas infindáveis sobre modistas e as pelicas da moda.

Poderia, é claro, conversar com ele sobre política ou a melhor maneira de controlar a carruagem em uma curva muito fechada. Era conhecida também por explodir quando estava com raiva. Mas nunca perdia o controle por muito tempo e sempre voltava com um sorriso.

Uma onda de algo incômodo como inveja lhe tomou a mente. Deus do céu, será que estava de fato com *ciúmes* de um fazendeiro apaixonado por vacas?

Não era possível. Entretanto, foi com o coração apertado que reassumiu seu lugar e observou Durham monopolizar Liza a tal ponto que até Meg e a Srta. Ballister ficaram impressionadas.

Royce passou a mão pelos cabelos e desejou estar em qualquer outro lugar, menos ali. Por Deus, nunca odiou tanto o teatro. Entretanto, sentiu certo alívio quando as luzes finalmente se apagaram e a peça começou, interrompendo os efusivos elogios de lorde Durham.

CAPÍTULO 5

Já começaram os preparativos para o baile do Dia de São Valentim oferecido pelos Shelbournes, a realizar-se (obviamente) no dia 14, segunda-feira. Esta autora ouviu boatos de que lady Shelbourne planeja uma orquestra com catorze integrantes, quinhentos vasos de rosas (cor-de-rosa, azuis e vermelhas) e dez mesas de comes e bebes.

Como pretende colocar tudo isso em seu salão de baile, esta autora não tem a menor ideia, mas esses detalhes certamente garantirão a lady Shelbourne os elogios que toda anfitriã merece. Mesmo que apenas metade dos convidados compareça, o salão de baile ficará repleto.

Embora não se possa considerar uma festa um sucesso quando os vasos de planta roubam dos convidados a pista de dança.

CRÔNICAS DA SOCIEDADE DE LADY WHISTLEDOWN,
31 de janeiro de 1814

Terça de manhã, Meg sentou-se à escrivaninha tentando desesperadamente descobrir onde colocaria catorze integrantes da orquestra *e* trezentos vasos de rosas *e* dezoito mesas de comes e bebes sem que o salão de baile parecesse tão abarrotado.

A porta se abriu e Royce entrou.

Meg saltou da cadeira na mesma hora, contente por qualquer interrupção que pudesse aparecer.

– Royce! O que o traz...

Ele passou diretamente por ela e continuou caminhando, impaciente, de um lado para o outro da sala. A luz matinal revelou que sua gravata havia sido colocada às pressas, o cabelo parecia ter sido penteado apenas com os dedos e sob seus olhos havia profundas olheiras.

– Deus do céu! – exclamou ela, genuinamente alarmada. – O que houve?

– Liza decidiu...

Ele calou a boca e deu mais uma volta pela sala, dessa vez detendo-se diante da janela. Ficou ali por um segundo, o olhar vago, sem notar a vista coberta de neve, antes de se virar e voltar a caminhar pelo cômodo.

– Royce, sente-se e me conte...

– Droga, não consigo ficar parado! Meg, se Liza...

Ele interrompeu-se, obviamente agitado demais para falar.

Meg ergueu as sobrancelhas. *Nunca* tinha visto Royce desse jeito. Nada parecia importuná-lo e, para ser franca, a vida era fácil demais para seu belo irmão. Não tinha que se preocupar com dinheiro, e as mulheres praticamente jogavam-se aos seus pés. Mas o que agravava ainda mais as coisas era o fato de Royce não considerar esta plenitude nem um pouco desconcertante. Estava absolutamente satisfeito com a ideia de passar a vida flertando, sem objetivo, deixando para trás uma longa trilha de corações partidos.

Era, de fato, muito angustiante pensar em quantas de suas amigas haviam se sentado naquela mesma sala e soluçado por causa da indiferença do irmão, concluiu Meg. Mas era igualmente angustiante vê-lo tão nervoso e agitado.

– Vou mandar trazer um chá.

– Dane-se o chá! – exclamou Royce, caminhando até a janela e retornando. – Temos que fazer alguma coisa a respeito de Liza. Essa... coisa com Durham é muito mais séria do que eu ou você havíamos imaginado.

O coração de Meg entristeceu-se. Ela tivera esperanças em relação a Durham, especialmente depois da noite passada.

– Meu Deus. Ele é um caça-dotes, como havíamos desconfiado.

– Não – afirmou Royce, em tom pesaroso. – Não é, não.

– Não está atrás da fortuna dela? Então o que descobriu sobre ele que o torna um pretendente inadequado?

Royce parou por um instante e abriu a boca como se fosse dizer algo, mas a fechou abruptamente e continuou a caminhar pela sala. Parecia preso a uma espécie de tumulto interno, caminhando, nervoso, de um lado para o outro, passando a mão pelo cabelo e demonstrando um nervosismo cada vez maior. Finalmente, parou diante de Meg e disse:

– Durham não pretende colocar a mão em um só centavo de Liza. Acha que seria desonrado de sua parte. Não quer nem que ela use o dinheiro para se sustentar.

– Essa... Essa é uma boa notícia, não é?

– Não – respondeu Royce, com veemência. – Meg, ele não é a pessoa certa para ela. Se os dois se casarem, ele espera que vivam em sua casa no campo.

– E?

Royce franziu as sobrancelhas.

– E isso não é suficiente? Consegue imaginar Liza vivendo em qualquer lugar que não seja Londres? Esta é sua cidade. Ela nunca saiu daqui.

Meg esforçou-se para entender.

– Sim, mas conheço vários casais que...

– Além disso – continuou Royce –, Durham não é um homem que valorize a independência. Fará o necessário para domá-la. Não podemos permitir que isso aconteça.

– Liza, de fato, é bastante indisciplinada às vezes – concordou Meg. – Jamais deveria ter acenado para Darington na noite passada.

– Por que não? Ela não fez mal a ninguém. Talvez nem tenham notado.

Meg não tinha tanta certeza assim. No entanto... Olhou para o irmão, notando as gotas de suor acima de seus lábios. Por essa ela não esperava. Alguma outra coisa devia ter acontecido. Ela mordeu os lábios e aguardou uma resposta.

– Royce, você falou com lady Birlington? Ela conhece a família de Durham. Talvez ela...

– Ah, eu falei com ela – respondeu Royce, em um tom severo. – Ela o considera perfeito, ainda que não pense o mesmo sobre nós dois.

– O que ela poderia pensar sobre nós dois?

– Que impedimos Liza de se casar, afastando dela todos os pretendentes elegíveis.

– Nós não fizemos isso – disse Meg, indignada. – Nunca, jamais afastamos de Liza um pretendente à altura. Tudo que fizemos foi livrá-la dos que não prestavam.

Isso *foi* tudo o que haviam feito, não? Uma breve dúvida pairou sobre a cabeça de Meg. Ela franziu a testa, tentando se recordar das razões pelas quais haviam descartado vários homens que haviam surgido na vida de Liza.

Royce balançou a mão no ar.

– Sim, nos pintam como o diabo, você e eu. E mais, lady Birlington insinuou que Liza talvez *goste* de caça-dotes.

– Liza tem bom senso suficiente para não gostar de interesseiros – comentou Meg, distraída. – E também não gosta de pessoas fúteis; nunca deu a mínima para você.

Royce parou de andar na mesma hora; tinha o olhar inflamado. Meg recuou um pouco.

Nunca tinha visto aquela expressão no rosto do irmão. Ela deu uma risada nervosa.

– Eu... não foi isso que eu quis dizer. Só quis dizer que... – Ela interrompeu-se, tentando desesperadamente organizar os pensamentos.

Depois de alguns instantes, disse, pausadamente:

– Royce, você acha que talvez lady Birlington tenha razão? Será que afastamos todos os pretendentes de Liza em nossa determinação de protegê-la?

– É claro que não.

– Mas... se Durham não está atrás de sua fortuna e o pior que você conseguiu descobrir sobre ele é que deseja que a esposa viva no campo em sua companhia, então... – Meg deu de ombros, o olhar ainda no rosto do irmão. – Não sei o que fazer para deter Liza.

– Se esse Durham a amasse, a aceitaria como ela é. Vida na cidade, fortuna, até George.

– O macaco? Ela adora aquela criatura.

– Durham gosta mais de suas preciosas vacas.

Royce passou as mãos pelo cabelo. As duas últimas noites haviam sido um inferno, e hoje o dia não parecia estar começando bem. Depois de sair do teatro, Royce voltou para casa e descobriu que não conseguia ficar parado, não conseguia comer, não conseguia dormir. Reviveu inúmeras vezes o momento em que roçou o braço nos seios de Liza. Sua reação foi puramente física. Impetuosa e instantânea.

Podia se sentir dessa forma em relação a uma amiga? Maldição, *o que* sentia por Liza? A pergunta o deixou confuso. Eram poucas e preciosas as certezas de sua vida, e uma delas era Liza. O fato de ela compreendê-lo, às vezes até melhor do que ele mesmo. O fato de estar sempre ao seu lado. Sempre – e para sempre.

Agora, porém, Durham estava determinado a tirar Liza de sua vida. *Aquele egoísta idiota.*

– Meg, que tipo de casamento se baseia em transformar a pessoa amada?

Para sua surpresa, ela não respondeu imediatamente. Apertou os lábios e inclinou a cabeça para o lado.

– De certa forma, *todos* os casamentos baseiam-se em mudança. Mudamos quando nos apaixonamos. Ou, pelo menos, a paixão nos faz querer mudar, e em geral para melhor. – Ela lançou um olhar de reprovação para o irmão. – Isso é algo sobre o qual *você* deveria refletir, meu querido irmão, caso um dia decida se casar.

– Não quero me casar e não quero mudar – afirmou ele, com firmeza.

O problema era que tampouco queria que Liza se casasse ou mudasse. Queria que tudo continuasse como sempre foi. O que havia de errado nisso?

Um lampejo de irritação cruzou o olhar de Meg.

– Royce, se você não quer mudar, não mude. Morra velho e solitário. Felizmente, Liza concluiu que esse caminho não é para ela. Além do mais...

Meg interrompeu sua fala, o olhar subitamente reluzente.

– Vou ver o que posso fazer para ajudá-la a conquistar lorde Durham!

Pelo amor de Deus, não! O que era aquilo?

– Liza não precisa da sua ajuda.

– Besteira. É o mínimo que posso fazer, especialmente se lady Birlington tiver razão. – Meg mordeu o lábio. – E se tivermos, *de fato*, afastado dela todos os pretendentes solteiros adequados?

– Você a teria feito se casar com aquele tal de Handley-Finch? Aquele que devia tanto dinheiro que estava prestes a ser preso?

– Bem, não.

– E aquele homem de Devon, que já tivera duas esposas, que morreram em circunstâncias misteriosas?

– Nunca houve provas.

Royce riu com desdém, então Meg acrescentou:

– E quanto àquele viúvo americano, o Sr. Nash? Era uma pessoa muito agradável e ficou desolado quando você o afastou.

– Ele tinha quatro filhos. Liza teria ficado louca. Mal sabe lidar com George. Veja bem, Meg, nós somos a família de Liza. Nossa função é garantir que seja feliz.

– Sim, mas a quem cabe decidir *o que* a fará feliz? Royce, a não ser que você tenha uma objeção séria e específica em relação a Durham, é nosso dever ajudá-la a manter o interesse dele firme o suficiente para que ele a peça em casamento sem demora.

– Como? Transformando-a em algo que ela não é?

Royce afastou-se de Meg e caminhou até a janela. Cruzou os braços sobre o peito e apoiou-se no parapeito, perguntando-se, com irritação, por que havia procurado Meg. Ela era tola demais para entender a importância do que estava acontecendo. Do lado de fora, as calçadas brilhavam sob o céu azul, e o ar frio atravessava as frestas da janela.

– Recuso-me a ajudar Liza a arruinar a própria vida. Se gostasse dela, você faria o mesmo.

Meg torceu o nariz.

– Você está chateado porque finalmente percebeu que existe uma mulher imune aos seus charmes e ela esteve o tempo todo debaixo do seu nariz.

– Que besteira! – ironizou ele. – Não estou chateado, estou preocupado. É totalmente diferente. Além disso, Liza não é imune a mim. E eu não sou imune a ela...

– O quê? – Meg ficou boquiaberta, os olhos arregalados. Em menos de um segundo, levantou-se da poltrona e sentou-se ao lado de Royce. – O que aconteceu? Conte-me agora!

Royce amaldiçoou sua língua solta.

– Não aconteceu nada. Quando estávamos no teatro, simplesmente me inclinei e meu braço roçou... – disse, passando a mão sobre os olhos. – Esqueça.

– Esquecer? Se você e Liza se sentem fisicamente atraídos um pelo outro, então é tudo de que precisam, considerando que já a...

– Meg, *não* coloque palavras na minha boca.

Deus, como ele detestava aquilo! Já devia saber que não podia contar nada à irmã.

Ela apertou os lábios, encarando-o com um olhar que o fez querer gritar de irritação.

– Já entendi tudo – afirmou lentamente. – Você não quer Liza, mas também não quer que outra pessoa a tenha.

– Droga! Eu não disse isso!

– Nem precisava. – Assumindo um ar altivo, ela exclamou, do alto de seu 1,55 metro: – Royce, você me fez tomar uma decisão!

– Qual?

– Vou procurar Liza e lhe oferecer ajuda para seduzir esse lorde Durham. Vou transformá-la na mais bem-vestida, mais bela, mais cortejada mulher de toda Londres. Já posso até ver... ela será o assunto da noite no meu baile. Os homens farão filas quilométricas para dançar com ela.

– Ela não sabe dançar – comentou Royce, perguntando-se se poderia convencer Shelbourne de que Meg estava tendo uma crise nervosa e que deveria ser enviada para o campo na primeira oportunidade.

– Saberá depois que eu lhe ensinar. Se quiser ajudar, e deveria, considerando seu comportamento rude, até permitirei. De toda forma, imagino que, a essa altura, seria quase impossível conseguir os serviços de um bom professor de dança.

– Não quero participar disso.

– Ótimo – respondeu Meg, animada, encaminhando-se à porta. – Encontrarei outra pessoa. Talvez lorde Durham esteja disposto a nos ajudar. Isso faria até mais sentido, pois certamente não há nada tão íntimo quanto dançar uma valsa. Imagine só, Durham tomando Liza nos braços...

– Não comece a jogar um nos braços do outro! Eles já estão convivendo demais. – Royce lançou um olhar mal-humorado à irmã, que dava um sorriso escancarado. – Eu não tenho escolha, tenho?

– Não.

– Droga – declarou, irritado. – Como ela não respondeu, ele emitiu um ruído de impaciência. – Muito bem, serei seu maldito professor de dança.

Meg o presenteou com um sorriso agradecido.

– Quanta gentileza de sua parte! – Ela abriu a porta para o saguão e fez um gesto para que ele se retirasse. – Obrigada pela visita. Foi muito esclarecedora. Porém, tenho muito a fazer e não posso ficar aqui de fofoca. Esteja aqui amanhã. Vou pedir a Liza que também esteja.

– Maravilha – resmungou ele.

Era só o que faltava. Agora teria que ajudar Liza a se tornar ainda mais atraente para que o fazendeiro sem classe ficasse ainda mais apaixonado. Não havia justiça neste mundo?

Meg se afastou da porta e começou a rodopiar, animada.

– Vai ser tão divertido! Ah, mas tenho tanta coisa para fazer. Precisamos ver a questão das roupas, do comportamento. Na verdade, ensiná-la a dançar é a menor das nossas preocupações.

– Liza nunca concordará com nada disso.

– Deixe isso comigo – disse Meg, de forma presunçosa. – Sei exatamente o que dizer.

Royce engoliu um comentário rude e esfregou o pescoço, subitamente cansado demais para argumentar. Pelo menos ajudando Meg, poderia ficar de olho em Liza. E quem sabe... Sua mente cansada pôs-se a maquinar, e ele teve uma ideia. Talvez aquela fosse uma boa oportunidade para mostrar a Liza que ela estava equivocada. Ela não ficaria satisfeita ao lado de um grosseirão insípido e pomposo. Precisava de alguém mais sofisticado, que realmente valorizasse quem ela era. Alguém como... bem, como ele, por exemplo. Só que não ele, claro.

– Você tem toda razão, Meg! – exclamou Royce.

A expressão de alegria da irmã mudou para desconfiança.

– Em que você está pensando agora?

– Nada, só que será um prazer estar aqui para ajudar Liza. Você venceu, Meg. Serei seu professor de dança e tudo o mais que você desejar. A que horas começamos?

– Não quero aprender a dançar.

– Liza, você precisa – retrucou Meg, séria. – É *fundamental*.

George soltou um ruído alto, de repulsa, depois coçou o traseiro e bocejou. Liza ocultou um sorriso. Era exatamente assim que se sentia a respeito de dançar.

– Tentei dançar quando era mais nova e fui um fracasso total.

– Ninguém é um fracasso – afirmou Meg, com sinceridade. – Ao menos diga que vai tentar.

Liza reprimiu um bocejo. Meg chegara havia apenas dez minutos, tão linda e delicada em uma peliça azul-clara com capuz de penugem da mesma cor que Liza começou a repensar se usaria mesmo seu vestido laranja – embora fizesse um belo contraste com suas novas botas lilás. Deu uma olhada nas botas azul-bebê de Meg, perguntando:

– Onde comprou? Adorei o salto.

– Na Bond Street, naquele lugar novo, perto... espere. Não estamos conversando sobre sapatos, estamos conversando sobre dança.

– *Você* pode conversar sobre dança à vontade. *Eu*, entretanto, vou falar de sapatos.

Meg parecia magoada.

– Liza, eu só quero ajudar.

– Você não pode me ajudar a aprender a dançar. Já fiz aulas particulares. Monsieur DeGrasse desistiu completamente.

– Isso foi há anos. Além disso – acrescentou Meg com um sorriso malicioso –, tenho um professor melhor do que Monsieur DeGrasse. Royce vai lhe ensinar a dançar.

O coração de Liza deu um salto tão repentino que ela teve que levar a mão ao peito. Por Deus, seria aquilo uma genuína palpitação cardíaca?

– Liza? O que houve? Você está estranha!

– Estou bem – respondeu Liza.

Estava morrendo de alguma estranha doença do coração, é claro, mas, fora isso, as coisas não poderiam estar melhores.

– Liza, ouça. Admito que não estava muito empolgada com Durham quando o conheci, mas ele parece valer a pena.

Valer a pena. Se valia tanto a pena assim, por que só de pensar em passar o resto da vida com ele seu estômago doía?

– Ele é uma boa pessoa.

– Sim, e vocês dois formariam um belo casal. Os dois são pessoas bastante distintas, e o tom de pele de vocês combina bastante...

– Nosso tom de pele combina bastante?

– Combina mesmo! Ora, Liza. Deixe-me ajudá-la. Com alguns acertos aqui e acolá, Durham estará aos seus pés logo, logo.

– Não o quero aos meus pés. Quero...

O quê? Morrer em paz? Isso ela já tinha. Ficar sozinha? Isso também, se desejasse.

– Não sei o que quero, mas *sei* que não quero aprender a dançar. Se lorde Durham não me aceitar como sou, não sou a esposa certa para ele.

Meg soltou um suspiro de desgosto.

– Parece Royce falando! Todos mudam quando se casam.

– Você não mudou nada.

– Não, mas Shelbourne, sim. Ele era reservado demais quando o conheci. Não dizia uma só palavra. Você se lembra, não?

Liza pensou em Shelbourne, que normalmente estava cochilando ou escondendo-se atrás do jornal.

– E hoje ele é do tipo bem falante, não é mesmo?

Meg reprovou-a com o olhar.

– Em público, talvez não. Mas quando estamos sozinhos, ele não para de falar.

Liza teve dificuldade de acreditar naquilo, mas resolveu ficar calada. Não estava com vontade de começar uma briga. Não que ela e Meg costumassem brigar. Em geral, simplesmente concordavam em não concordar. Ao contrário de Royce, que retrucava cada uma de suas frases sempre que debatiam alguma coisa.

Liza gostava disso em Royce. Nunca foi condescendente com ela ou a tratou como se ela não fosse capaz de aguentar uma discussão mais acalorada. Ao contrário, tratava-a como uma igual. Sua mente desviou-se para a peça. Ao voltar para casa, não conseguira dormir. Repassara inúmeras vezes a maneira como Royce roçara o braço contra seu peito, despertando sentimentos que ela tinha toda certeza de que jamais tivera por... bem, por ninguém. Ou que voltaria a ter, aliás.

Meg bateu palmas, animada.

– Royce quer começar amanhã. Vocês podem treinar na sala da minha casa e surpreender Durham no dia do baile. – Uma expressão sonhadora cruzou--lhe o rosto. – Talvez até possamos anunciar o noivado na ocasião. Juro que a noite do meu baile será inesquecível!

– Não sei – retrucou Liza, tentando se sentir entusiasmada, quando tudo o que queria era voltar para a cama e se esconder debaixo das cobertas.

Talvez pudesse fingir uma doença. Hidropisia, quem sabe. Franziu a testa. Não, a palavra soava bastante desagradável. Se era para fingir estar doente, que fosse algo mais exótico. Como febre de Westchester. *Esse* era um bom nome para uma doença.

– Ah, pelo menos tente – insistiu Meg. – Vai ser divertido. Royce vai ajudar e...
– O que Royce acha de tudo isso?
– Bem, foi praticamente ele quem sugeriu. Tenho certeza de que acha o mesmo que eu... Se seu coração tiver se decidido por lorde Durham, que seja ele, então.

Liza constatou que não conseguia sorrir. Não conseguia sequer movimentar os lábios, com medo de deixar escapar a repentina tristeza que lhe subia à garganta. Royce sabia dos planos de Meg para ajudá-la com lorde Durham. E os aprovou. Tinha até se oferecido para ajudar a transformá-la em alguém mais palatável aos olhos de seus pretendentes. Foi o pensamento mais deprimente que Liza tivera na vida.

– Doer, não vai – viu-se dizendo, apática. – Farei o que você sugerir.

E faria. Se Durham era o único homem que poderia ter, então se contentaria com o fato e faria o melhor que pudesse.

Era para esse pensamento ter elevado seu ânimo – ela normalmente tinha esse poder. Porém, dessa vez, só a deixou ainda mais triste. E, à medida que aumentava a tristeza, mais furiosa ficava.

Maldição, ela tinha apenas 31 anos, não era uma velha de 100 anos! Era magra, bonita e nada estrábica, exceto quando estava sob uma luz muito forte. Meg tinha razão. Liza merecia mais. Por que não tentar conquistar Durham? Ou então qualquer outra alma elegível? O que poderia haver de ruim em querer se aperfeiçoar? Nada. Nada mesmo. E se, nesse meio-tempo, conseguisse atrair a atenção de certo libertino insensível que precisava diminuir um pouco o próprio ego, bem, melhor ainda.

– Meg, você está coberta de razão. O que quer que eu faça?

Foi assim que Liza mergulhou no esquema de Meg, da mesma maneira com que fazia tudo mais na vida, de alma e coração.

CAPÍTULO 6

Quanto a lorde Durham, esta autora confessa que pouco se sabe sobre o cavalheiro, pois ele prefere a vida no campo e não costuma passar muito tempo na cidade. O que se sabe:

É um filho zeloso.

É proprietário de muitas vacas.

Se essas são ou não características de um marido ideal, cabe a você, querida leitora, decidir.

CRÔNICAS DA SOCIEDADE DE LADY WHISTLEDOWN,
2 de fevereiro de 1814

Royce chegou à casa dos Shelbournes às três horas do dia seguinte, exatamente como Meg pedira. O mordomo pegou seu casaco e chapéu e o acompanhou até a sala de estar.

Assim que entrou, Royce parou abruptamente.

Liza estava sentada em um poltrona, os braços cruzados sobre o peito, parecendo desconsolada. Assim que o viu, pôs-se de pé, nervosa.

– Royce! Acredito que esteja procurando Meg. Ela está com o Sr. Creighton, responsável pela compra das flores para o baile. Aparentemente está tendo dificuldade em encontrar rosas cor-de-rosa nesta época do ano.

– Entendo.

Royce decidiu usar esse tempo a sós com Liza em seu proveito. Não se atreveria a falar muito sobre Durham na frente de Meg, pois a traidora optara por apoiar aquele grosseirão insuportável. Mas aqui estava ele, sozinho com Liza... Ele sorriu.

– Como está passando, Liza?

– Estou péssima. Meg quer que eu use isto no dia do baile – respondeu, deixando os braços caírem ao longo do corpo. – O que acha?

– Meu Deus do céu – disse ele quando o impacto do vestido o atingiu.

Ela vestia metros e mais metros de seda cor-de-rosa. Mas não era um rosa suave, ou mesmo feminino. Era um rosa chamativo, que mais se assemelhava à cor das tetas de uma vaca.

– Onde ela encontrou isso?

Liza passou a mão pela saia enfeitada com laços, uma expressão de incerteza no rosto.

– Meg achou que a cor combinaria bem com o drapeado.

– Com ou sem drapeado – disse ele, levantando o monóculo e apreciando-a de cima a baixo –, é ridículo.

– Mas muito feminino.

Liza ergueu a saia rosa drapeada pelas laterais. Esticou o pescoço para poder ver o máximo possível do vestido, deixando só o alto da cabeça à vista, onde uma improvável massa de cachos havia sido improvisada em um coque. Depois de um momento, soltou as mãos ao lado do corpo e suspirou:

– É horroroso, não é? Achei que só eu pensasse assim. A modista garantiu que era a última moda.

– Suponho que sua preciosa modista viu uma oportunidade de livrar-se de um vestido que, sem dúvida, assombrava seu ateliê há quatro ou cinco anos. Um vestido encomendado por alguma patética senhorita da roça e devolvido uma vez que o erro foi percebido.

– Meu Deus. Será que está fora de moda? – perguntou Liza, arrancando um fio solto do decote. – E se acrescentássemos mais pregas? Talvez favoreça o modelo.

– Acrescente uma fita e você poderá usá-lo como chapéu.

O rosto dela se enrugou de alegria enquanto gargalhava. Era um som intenso e grave, nada próprio de uma dama, escandaloso ao extremo. Mas combinava com ela, e Royce acabou rindo também. Meu Deus, como sentiria falta dela.

Não, ele não sentiria falta dela porque daria um jeito de não permitir que partisse.

– Estou aqui para lhe ensinar a fina arte da dança.

– É muita bondade sua ajudar.

– Ah, gosto de ajudar. Na verdade, planejo ajudar até doer.

Ela ergueu as sobrancelhas.

– Isso não soou muito agradável.

– Confie em mim, será muito agradável. – Ele a olhou de cima a baixo. – Imagino que, além de permitir que você esmague meus pés enquanto lhe ensino a dançar, também terei de levá-la às compras.

– Achei que você detestasse fazer compras.

– E detesto. Mas farei uma exceção por você.

– Você *está* mesmo determinado a ser prestativo, não?

O que ele sentiu foi uma nota de descontentamento em sua voz?

– Desejo o que for melhor para você. Não tenho certeza de que seja Durham, mas... veremos como ficam as coisas. No entanto, esse vestido não é adequado. E seu cabelo... – Ele franziu o cenho. – Você cortou?

– Ah, isso. O ferro estava quente demais. – Ela passou os dedos pelos cabelos sobre a orelha esquerda, onde alguns de seus cachos haviam caído. – Não sei como as mulheres suportam essa tolice. É de deixar qualquer uma de mau-humor.

– Em geral, as mulheres vivem de mau-humor. Talvez você tenha acabado de descobrir o motivo. Entretanto... – Ele a examinou novamente. – Não está tão ruim assim.

Ela cruzou os braços e o encarou.

Royce tentou segurar o riso, mas não conseguiu.

– Você nunca foi muito de fingir, não é verdade?

Ela se jogou na poltrona e esticou os pés, e seus sapatos azuis ficaram à mostra.

– Fingir é perda de tempo. E tempo é exatamente o que não tenho.

Ele sentou-se a seu lado, virando-se para que ela pudesse ver seu rosto.

– Liza, qual é o motivo da sua pressa? Por que a urgência em encontrar o homem certo?

Ela hesitou por um instante, depois suspirou.

– Acabo de completar 31 anos, Royce. E cheguei à conclusão de que não é possível deter o tempo.

Ele deu de ombros, genuinamente perplexo.

– E daí? Tenho 39 anos e poderia dizer o mesmo. E você não me vê *correndo* para o altar, vê?

– Não, mas você é homem. Os homens podem esperar até os 60 e ainda assim...

Um leve calor lhe subiu ao rosto e ela disse, de forma afetada:

– Nós, mulheres, não somos tão afortunadas.

– Você quer... – Ele se endireitou na poltrona. – Deus do céu, Liza, você quer se casar porque... porque deseja ter filhos?

Não foi exatamente o que quis dizer. Quis dizer que os homens não perdem a beleza tão cedo, o que só provava que o Criador era homem. Caso contrário, teria visto a injustiça daquilo tudo. No entanto, já que Royce mencionara o assunto, Liza pensou que poderia, de fato, querer ter um filho. Um menino. De cabelos cacheados e olhos azuis.

O calor do seu rosto transformou-se em uma explosão.

– Ah, não sei o que quero – respondeu ela, irritada. – As mulheres tendem a desejar coisas como filhos e...

O que mais? Uma casa? Já tinha uma casa. Uma ótima casa. E tinha uma ótima vida, muito gratificante, com amigos como Meg e Royce. Entretanto, por algum motivo, aquilo não bastava. Não mais.

Não que gostasse *daquilo*, tampouco – os babados, as fitas, os laços. E definitivamente poderia passar sem os joguinhos de sedução e flertes sem propósito, muito obrigada. Queria alguém que pudesse abraçar, alguém que fosse só seu.

– Liza, quem sou eu para aconselhá-la nesses assuntos, mas você não acha que deveria conversar sobre isso com alguém antes de... – disse ele, apontando para o vestido rosa.

– Antes de quê?

– Antes de fazer uma tolice.

– Tudo que desejo é encontrar um marido agradável. Um companheiro. Isso não é tolice. – Ela lançou a Royce um olhar exasperado. – Você *nunca* pensa em se casar e ter filhos?

Ele suspirou e, em seguida, cruzou os braços.

– Já houve momentos em que pensei, sim... – respondeu, franzindo a testa. – Mas não foi nada que uma boa taça de vinho do Porto não curasse. Sugiro que faça o mesmo.

– Vinho do Porto me dá gases.

Ele torceu os lábios, os olhos azuis brilhando.

– Vamos mesmo ter que fazer algo a respeito dessa sua tendência a dizer tudo que pensa. Se não se dá bem com vinho do Porto, tome um xerez. Juro que essa ânsia de procriar vai passar.

– Não quero que passe. Mas quero um drinque. Xerez é doce demais, talvez um conhaque – desconversou Liza, pondo-se de pé. – Aceita?

– A essa hora?

– Podem ser apenas três da tarde, mas eu me levantei às dez, tomei um banho quente, queimei todo o cabelo sobre a minha orelha esquerda e estou aqui usando um vestido rosa cheio de babados. *Você* pode não precisar de um drinque, mas *eu* preciso.

– Você nunca vai conquistar um homem falando desse jeito.

– Bem, não estou falando com homem nenhum – retrucou, provocando-o. – Estou falando com você.

A expressão bem-humorada no rosto dele desapareceu tão rapidamente que ela ficou confusa. Mas, antes mesmo que pudesse dizer alguma coisa, ele deu de ombros.

– Imagino que um drinque só não vai fazer mal. Talvez a faça relaxar um pouco na hora de dançar.

Liza não tinha certeza de que queria dançar com Royce. Arrepiou-se só de pensar e, decidida, caminhou até a bandeja de prata que ficava sobre uma mesa na extremidade da sala.

– Já sei! – anunciou Royce, como se vê-la servir-se de um drinque o tivesse estimulado a tomar uma decisão. – Enquanto você toma seu drinque, vamos preparar uma daquelas listas de que você tanto gosta.

– Uma lista?

– Das coisas que você precisa aperfeiçoar em seu comportamento.

– Não preciso de uma lista...

– Afinal, você quer ou não minha ajuda?

– Não quero.

Liza serviu-se de uma dose extra de conhaque.

Ele se levantou e pegou uma caneta na escrivaninha que adornava o espaço entre duas janelas, depois encontrou um pedaço de papel.

– Por onde começamos?

Ela pegou a taça e esparramou-se em uma poltrona.

Royce sentou-se na poltrona diante dela.

– Ah, sim. Sentar-se...

A caneta riscou o papel.

– Diabo, Royce. Sei muito bem como me sentar.

Royce continuou rabiscando.

– Linguajar adequado...

– Adequado... Você agora não vai querer me ensinar a....

– Talvez seja melhor eu resumir a lista e escrever apenas "comportamento como um todo". Assim poupo tinta.

– Ora!

Liza apoiou com firmeza a taça na mesinha lateral e cruzou os braços.

Ele a encarou, pensativo.

Depois de um longo momento, ela perguntou, como se o testasse:

– O que foi?

– Nada.

– Alguma coisa tem que ser. Você está me encarando como se nunca tivesse me visto na vida.

– Estou? Desculpe-me. Eu só estava pensando...

Ela se inclinou para a frente, os cotovelos sobre os joelhos, olhos nos olhos.

– Sim?

Um brilho perverso surgiu nos olhos azuis de Royce.

– Sabe, talvez fosse conveniente usar uma peruca. Esse cabelo... não é adequado.

Ela levantou-se de um salto. Já era difícil ter que mudar a maneira de pensar e agir, mas aquilo... ficar ali, enquanto Royce criticava todos os aspectos de sua personalidade... aquilo já era demais.

– Mudei de ideia quanto à sua ajuda.

– Ah, teimosa como sempre. Pelo menos essa é uma característica feminina que você parece ter dominado.

Ele examinou a lista.

– Pronto.

Com um floreio da pena, riscou o item.

– Vamos, pare com isso! – exclamou ela, irritada, atravessando a sala e tentando tirar o papel das mãos dele.

Royce virou-se para um lado, e Liza, concentrada apenas em pegar a ridícula lista, saltou em cima dela. E caiu no colo dele, as mãos em volta do papel.

– Aha! – exclamou ela, balançando seu prêmio.

Estranhamente, ele não disse nada. Liza tentou se virar para ver seu rosto, mas estava presa, o peso dos braços de Royce prendendo as pernas dela à cadeira, a mão bem em suas nádegas. Liza podia sentir o peso daquela mão, seu calor incendiando sua saia e a deixando estranhamente inquieta. Ela quis protestar, mas as palavras não saíram da boca.

– Atrevida – disse ele, a voz grave e rouca.

– Deixe-me levantar.

– Ainda não.

Seus braços deslizaram devagar pela parte de trás de suas pernas, para depois retornarem às nádegas.

Liza fechou os olhos diante da confusão de sentimentos que aquele toque provocava.

– Royce...

Mas não lhe pediu para soltá-la. Não queria que ele a soltasse.

Royce estava totalmente paralisado, uma das mãos ainda quente na curva de seu traseiro, a outra repousada na altura da cintura. Mas algo estava diferente. Uma tensão começou a se acumular nos seios dela.

– Royce – repetiu ela.

Ele a virou, de modo que ficasse de frente para ele, e não mais estatelada em seu colo.

– Liza?

Ele roçou os lábios em seus cabelos.

– Durham consegue fazê-la se sentir assim?

Por Deus, ele ia beijá-la. Ela fechou os olhos e ergueu um pouco o rosto. Os lábios dele encontraram os dela, de início suavemente, com um toque provocante, quase hesitante. A onda de calor se espalhou e ficou mais forte, descendo até o estômago e provocando um tremor em outras partes. Ela se apoiou nele, envolvendo-o com os braços, abrindo a boca na dele. Royce gemeu e intensificou o toque, a boca possessiva tomando a dela.

Todos os pensamentos de Liza se transformaram em uma espiral de paixão. Antes que conseguisse fazer algo além de segurar a lapela de Royce e aproximar seu corpo ainda mais do dele, a voz de Meg ecoou pelo corredor.

Royce interrompeu o beijo.

– Droga! – exclamou ele, o olhar tão obscuro que parecia quase negro. – Eu seria capaz de matar minha irmã.

Liza percebeu, de repente, a cena que Meg veria se entrasse na sala naquele exato momento.

– Meu Deus... Royce, deixe-me levantar!

Por um segundo, pensou que ele fosse recusar, mas meneou a cabeça e a soltou.

Assim que foi liberada, ela se levantou, o rosto tão vermelho quanto o resto do corpo. Estava desorientada, como se estivesse girando em círculos. Olhou para a lista, toda amassada, que tinha nas mãos. Quem mandou embebedar-se antes do jantar? Álcool, nunca mais.

Royce também se levantou, mas não se afastou dela. Ao contrário, sorriu e roçou com delicadeza os dedos no rosto de Liza.

– Liza, espero que tenha aprendido alguma coisa. A paixão é um ingrediente necessário para o sucesso de um casamento. Você sente isso por Durham?

Liza retesou-se. Então Royce tentara seduzi-la apenas para provar seu argumento a respeito de Durham. A raiva a invadiu.

– Quem é você para falar sobre os quesitos necessários para o sucesso de um casamento? Nunca nem ficou noivo!

– E também nunca quebrei a perna, mas posso lhe jurar que doeria – retorquiu ele. – Eu estava apenas tentando dizer que...

– Direi a Meg que você teve que partir.

O tom gélido na voz de Liza o fez pausar.

– Liza, só quero o melhor para você. E Durham não é o melhor.

Ela o olhou com toda a calma, mas ele podia ver, pelo brilho de seus olhos e pela pulsação acelerada que via em seu pescoço, que ela estava tudo, menos calma.

– É melhor você partir.

– Muito bem. Conversaremos sobre isso amanhã – disse Royce, virando-se para a porta.

Ele já sabia que ela ficaria furiosa, afinal, estava interferindo em sua vida. Ainda assim, acreditava que ela tivesse captado bem a mensagem.

– Passo na sua casa ao meio-dia.

– Não estarei em casa.

Aquela era Liza, sempre insolente e desafiadora. Olhando para trás, ele riu para ela.

– Se não estiver lá, simplesmente vou procurá-la.

Para enfurecê-la ainda mais, ele lhe deu uma piscadinha. Sorrindo para si mesmo, saiu da sala e esperou no corredor. Um pouco depois, algo bateu na porta, espatifando-se. Royce deu uma gargalhada. Mais algumas sessões como aquela e Liza jamais olharia para outro homem.

Extremamente satisfeito, Royce pegou o casaco e o chapéu com o mordomo e seguiu seu caminho, assobiando uma canção alegre e imaginando como seria divertido convencer Liza de todos os motivos pelos quais não deveria se casar com Durham.

No dia seguinte, Royce chegou à adorável casa de Liza ao meio-dia. O tempo estava claro, o ar limpo e revigorante e, por alguma razão, Royce sentia-se invencível. Seu plano de mostrar a Liza o erro que cometeria se optasse por casar-se com um fazendeiro estava indo perfeitamente bem... o beijo era prova disso. Cantarolava distraído enquanto subia os degraus. Era impressionante a paixão que surgira entre eles. E merecia uma investigação mais aprofundada.

Quando chegou à porta, Royce deteve-se para ajeitar a gravata, em seguida esticou o braço para segurar o ferrolho de bronze adornado. Antes que concluísse a ação, porém, a porta se abriu. Lá estava Liza, vestida em uma pelica de veludo vermelho e um capuz da mesma cor. Estava linda com aquela cor vibrante que destacava o delicado viço de sua pele e fazia seu cabelo castanho parecer ainda mais escuro.

– Sir Royce! – exclamou Durham, passando à frente de Liza. – Que surpresa agradável. Mas estamos de saída, a caminho da tarde de patinação no gelo dos Morelands.

Royce conseguiu dar um sorriso, embora na verdade sentisse como se alguém lhe tivesse dado um soco no estômago.

– É mesmo?

– Sim, claro! – respondeu Liza, abrindo espaço para que Durham pudesse se juntar a eles no alto da escada. Então colocou a mão na dobra do braço do fazendeiro, que já estava à sua espera. – Está um belo dia para patinar no gelo!

Para agravar ainda mais a situação, ela sorriu para Durham como se ele fosse o único homem na face da Terra.

Royce reprimiu o desejo muito pouco civilizado de dar um soco em Durham e derrubá-lo.

– Imagino que não tenha muitas oportunidades de patinar no gelo no campo, com todas as suas vacas para cuidar.

– Ah, sim, trabalhamos muito, mas não me oponho à diversão de vez em quando. E sou um bom patinador.

Durham colocou a mão sobre a de Liza e disse, com uma voz cheia de insinuações:

– Liza aprenderá a patinar no gelo rapidamente. Tenho certeza de que é uma aluna muito aplicada.

Royce achou que fosse vomitar, embora não soubesse se a náusea era provocada pelo sorriso afetado de Liza ou pela desastrosa tentativa de flertar de Durham.

– Espero que se divirtam.

Quem sabe o gelo não cedia para Durham tomar um bom banho gelado?

Durham sorriu, simpático.

– Estou certo de que teremos uma tarde memorável. Para onde está indo, Sir Royce? Talvez possamos lhe oferecer uma carona.

– A carruagem de sir Royce está logo ali atrás – disse Liza rispidamente. – Não vai precisar de carona.

Royce não conseguia imaginar situação mais desagradável do que estar em uma carruagem enquanto Durham e Liza flertavam na sua frente.

– Vou ao Swan Pier sozinho.

Liza piscou.

– *Vai* à patinação dos Morelands?

– Não perco uma boa oportunidade de patinar – respondeu Royce prontamente.

– Não tinha noção de que o senhor *sabia* patinar.

– Claro que sei!

Pelo menos sabia quando tinha 6 anos.

– Excelente. – Durham piscou para Royce. – Nos vemos lá, então.

Ele fez questão de ajudar Liza a descer os degraus da casa até a carruagem que os esperava. Fervilhando por dentro, Royce observou Durham dispensar a ajuda do lacaio para que ele próprio pudesse ajudar Liza a subir em sua carruagem, e ainda teve a audácia de estender um cobertor sobre suas pernas.

O que tornou a situação ainda pior foi que, assim que a carruagem começou a se afastar, Liza olhou pela janela e acenou para ele. Um aceno do tipo feliz, alegre, tem-certeza-de-que-não-se-arrepende-por-não-estar-comigo que o fez ranger os dentes.

– Droga! Eu devia deixá-la para lá. Ela vai se casar com esse bobalhão, e os dois serão infelizes pelo resto da vida.

Sim, isso serviria.

Infelizmente, Royce estava determinado a impedir que Liza cometesse tal loucura. Afinal, tinha dado a Meg sua palavra. Portanto, assim que a carruagem deveras antiquada de Durham desapareceu de sua visão, Royce deu meia-volta e caminhou até a sua. Deu uma ordem ao cocheiro enquanto entrava no veículo, batendo a porta com força.

O que ela pensava que estava fazendo, brincando daquela maneira com os sentimentos de lorde Durham? Royce quase sentiu simpatia pelo pobre homem. O beijo que ele e Liza trocaram prova que ela não nutria qualquer sentimento por Durham.

Ou pelo menos era isso que Royce achava. A incerteza o invadiu. E se o beijo tivesse provado outra coisa a Liza? E se, em vez de lhe mostrar que Durham não era homem para ela, a paixão daquele beijo a tivesse assustado, deixando-a ainda mais determinada a buscar a presença inofensiva, desprovida de desejo, de um fazendeiro malvestido?

Royce pressionou a mão sobre a testa. Maldição, ele acabara de jogar Liza nos braços de Durham. Colocou a cabeça para fora da carruagem e ordenou que o cocheiro se apressasse, ainda que não tivesse adiantado. Em questão de instantes, ficaram presos atrás de uma carroça velha, extremamente lenta, que mal se movia, cercados por uma longa fila de carroças e carruagens.

Levou vinte minutos para finalmente chegar ao píer. Os Morelands, é claro, haviam planejado a ocasião nos mínimos detalhes. Havia decoração por toda parte, serviçais para cima e para baixo distribuindo patins e empurrando carrinhos de comes e bebes na superfície de gelo irregular.

Royce apressou-se em meio à multidão, procurando a peliça vermelha de Liza.

– Royce, é você?

Virou-se e encontrou Meg bem ao seu lado.

– Viu Liza?

– Ela e lorde Durham chegaram há um tempo. – Meg franziu a sobrancelha. – Achei que você não viesse.

– Eu não sabia da festa.

– Sabia, sim. Falei com você há uma semana e você disse que preferia ficar pendurado pelos polegares a vir – disse ela, estreitando os olhos. – *O que* está fazendo aqui?

Ele olhava para trás, tentando encontrar algum sinal de Liza.

– Eles estão patinando?

– Quem? Lorde Durham e Liza? Ainda não. Durham viu os carrinhos oferecidos pelos Morelands e chegou à conclusão de que Liza gostaria de dar uma volta.

Royce lançou um olhar à superfície congelada. Uma cacofonia de cores atravessava toda a extensão do Tâmisa, congelado em uma sólida plataforma. Bem, não tão sólida, se as partes mais finas próximas às margens fossem algum sinal. Royce franziu a testa.

– Como são esses carrinhos?

– Há um deles logo ali – respondeu Meg, apontando.

Um carrinho, colocado sobre patins de trenó e decorado com fitas e um falso ramo de flores, deslizava sobre o gelo. Carregava uma jovem sentada, segurando pelas laterais e rindo enquanto seu acompanhante a empurrava.

– Meg, vou ver se consigo encontrar Liza.

Royce deu meia-volta e se aproximou de um serviçal que distribuía patins aos convidados que não haviam levado os seus. Pegou os que estavam mais próximos e os colocou. Logo em seguida, estava patinando pelo Tâmisa.

Bem, não exatamente patinando. Era mais como se caminhasse e, ocasionalmente, fizesse um esforço para deslizar, o que em geral acabava fazendo-o cambalear. A patinação no gelo com certeza havia mudado desde a última vez em que a praticara, pois estava muito mais difícil agora. E o pior, o gelo era duro e cheio de declives, calombos e, de vez em quando, neve derretida.

Levou quase quinze minutos para encontrar Liza. Ela estava sentada em um carrinho, a uma boa distância do píer. Durham, que parecia ter contado a verdade sobre suas habilidades nos patins, se exibia, empurrando-a por todos os lados. Fez um giro completo com o carrinho, e o delicioso riso de Liza ecoou pelo gelo.

Maldito, pensou Royce, irritado. Alguém poderia sair machucado daquela brincadeira. E se o gelo estivesse fino demais em algum ponto? O carrinho poderia afundar em minutos. Com o olhar fixo em Liza, intensificou seus esforços. Não estava certo do que diria, mas tinha que garantir que Liza não fugiria dele – especialmente se isso significasse que ela iria parar diretamente nos braços ansiosos de Durham.

Tentou se aproximar, mas uma saliência do gelo o impediu. Para seu desgosto, justo naquele momento, Durham inclinava-se, o cabelo escuro aproximando-se do rosto de Liza. Diabo, será que o idiota estava beijando o rosto de Liza?

Um grito abafado explodiu na cabeça de Royce. Que salafrário! Que cafajeste! Já seduzira um número suficiente de mulheres para saber exatamente o que aquele idiota desleixado estava tramando, e o pensamento o deixou em chamas.

Royce estava totalmente concentrado em Liza, então foi um choque quando alguma coisa ou, mais precisamente, alguém, colidiu com ele. Royce reconheceu lady Anne Bishop imediatamente e tentou de forma desesperada manter-se de pé. Não teve tempo para fazer nada além de gritar seu nome antes de se ver seguindo velozmente para a margem do rio, desequilibrado e descontrolado.

Lady Anne, enquanto isso, foi impulsionada para a frente em uma velocidade impressionante. Royce estremeceu quando ela deslizou na direção de Susannah Ballister, prima de Shelbourne. Embora fosse excelente patinadora, a pobre moça não teve chance de se salvar, caindo sobre um banco de neve.

Royce, ainda desequilibrado, cambaleou para a frente, tentando desesperadamente não cair sobre ninguém. Conseguiu salvar-se no último momento, agarrando-se a uma estaca que sustentava o píer e ali permanecendo até recuperar o equilíbrio.

– Inferno – murmurou.

Odiava patinar quase tanto quanto odiava os carrinhos com decoração romântica à sua volta.

Royce olhou ao redor em busca de algum sinal de Durham e Liza, mas eles desapareceram mais uma vez. Imaginou que deveria ir ajudar a Srta. Ballister a se levantar, mas não se atrevia a deixar Liza sozinha com um libertino experiente como Durham. Royce perambulou pela pista e, sem prestar muita atenção, notou que Renminster tinha acabado de se aproximar de Susannah. Não havia sinal de Durham e Liza.

– Sir Royce! – ecoou a voz grave de Durham logo atrás dele.

Maldição. Virou-se cuidadosamente sem soltar a estaca.

– Durham.

– Assistimos à sua performance. Foi magnífica.

O queixo de Royce doía como se o sorriso forçado fosse um molde de gesso. Realmente odiava aqueles fazendeiros que tomavam Londres de assalto na tentativa de roubar para si as melhores mulheres.

– Royce – chamou Liza, gargalhando na segurança do bendito carrinho –, não sabia que conseguia rodopiar daquela maneira!

Ela deveria ter sido solidária ao vê-lo naquela difícil situação – ele não sabia patinar. Mas não. Estava rindo ainda mais do que Durham, como se isso fosse possível.

– Foi um prazer vê-lo de novo, sir Royce! – Durham deu meia-volta com o carrinho. – Vamos deixá-lo à vontade para aproveitar a festa. Liza e eu vamos buscar alguma coisa quente para beber.

E desapareceram antes mesmo que Royce pudesse pensar em um brilhante comentário capaz de fazê-los parar de rir.

Aquilo era o limite. Algo dentro de Royce havia despertado quando viu os lábios de Durham perto do rosto de Liza. Chega de gentileza. Liza desconhecia a força de sua personalidade se pensava que o manipularia com artimanhas tão vis. Tudo aquilo só servira para fazer com que ele a desejasse ainda mais.

Royce respirou fundo, soltou a estaca e voltou para o banco. Desamarrou os patins, jogou-os no banco de neve mais próximo e seguiu para a carruagem que o aguardava. Já não se tratava mais de manter uma amizade; tratava-se de uma guerra. Ao vencedor, o espólio: cada delicioso e irritante centímetro dela.

CAPÍTULO 7

Outro destaque na categoria eu-não-patino-desde-a-infância foi sir Royce Pemberly, que foi visto agarrando-se desesperado a uma das estacas do Swan Lane Pier enquanto seus pés lutavam insanamente por um ponto de apoio.

Deve ser uma boa coisa, não acha, querida leitora, que sir Royce não estivesse ciente de que o gelo era mais fino perto das estacas? Esta autora certamente não gostaria de ter visto o número de pessoas sendo derrubadas caso os pés de sir Royce tivessem, em vez disso, lutado insanamente para se manter em segurança.

CRÔNICAS DA SOCIEDADE DE LADY WHISTLEDOWN,
4 de fevereiro de 1814

– Com licença, senhorita. Sir Royce Pemberley está aqui.

– Sir Royce? Aqui?

Liza pareceu surpresa. Quando o vira mais cedo, na festa de patinação dos Morelands, acreditou que seu ar calmo e distante tivesse sido um aviso para que se mantivesse a distância.

Poole assentiu.

– Diz ter vindo para a aula de dança. Devo mandá-lo entrar?

Liza mordeu o lábio. As lembranças de seu beijo apaixonado a invadiram e, com pânico na voz, respondeu:

– Não.

Poole fez uma mesura.

– Vou dizer que não está em casa.

Mas assim ele iria embora. Por algum motivo, aquela não era uma resposta aceitável.

– Não.

O mordomo ergueu as sobrancelhas.

– Devo dizer-lhe então que a senhorita *está* em casa, mas que não está recebendo visitas?

Liza mordeu o lábio mais uma vez. Se Poole dissesse a Royce que ela estava em casa, mas não estava recebendo visitas, ele pensaria que ela o estava evitando. E não estava. Não de verdade. Estava apenas um pouco confusa, ainda que não o suficiente para não perceber os perigos de ficar em casa sozinha com um homem que, com um só olhar, era capaz de fazer com que seu bom senso saísse voando pela janela.

O que precisava era de um bom motivo para não ver Royce. Algo inócuo. Mas o quê? Talvez pudesse mandar Poole dizer que estava de saída, iria à modista – afinal, precisava, de fato, de um vestido novo para a festa de Meg.

Não, ele simplesmente se ofereceria para acompanhá-la.

Talvez pudesse alegar estar com algum tipo de inflamação.

Mas ele poderia pensar que ela estava com o nariz congestionado, ou algo igualmente repulsivo.

Restava então a verdade. Não queria recebê-lo por medo de perder a própria virtude.

Na verdade, "medo" não era bem a palavra certa. Não tinha medo de Royce *nem* de seu toque. Desejava-os. Se casasse com Durham, sabia que nunca sentiria aquela mesma sensação que lhe percorrera a espinha quando estava nos braços de Royce. Nunca mais. Aquilo ficara claro no segundo em que Royce a havia beijado; e, hoje, na tarde de patinação com Durham ela só confirmara o que já sabia. Embora tivesse se divertido bastante, ficara dolorosamente óbvio que nunca sentiria o mesmo por ele.

A pergunta era, então: uma companhia tranquila era suficiente para confortá-la por toda a vida?

– Perdão, senhorita – interrompeu-a Poole, a voz melodiosa impondo-se aos seus pensamentos. – O que devo dizer ao cavalheiro?

Se ainda lhe restasse o mínimo de bom senso, evitaria Royce Pemberley como a uma praga, mesmo que ele não desejasse nada além de lhe ensinar a dançar. Era exatamente o que deveria fazer, e Liza quase sempre sabia o que fazer.

Por isso, foi com certa surpresa que se ouviu dizendo:

– Mande-o entrar.

Assim que Poole saiu da sala, Liza levantou-se de um salto e correu até o espelho que ficava sobre a lareira. Pelo menos daquela vez, graças a Deus, o cabelo não tinha ganhado vida própria. E seu vestido verde listrado também era bastante apresentável. Levou a mão ao coração e o sentiu aos saltos, como um tambor fora do ritmo.

Não que estivesse nervosa ou algo semelhante. Claro que não. Mais cedo ou mais tarde, seria preciso aprender a dançar. Liza era apenas um exemplo de "mais tarde".

– Tudo em mim é sempre "mais tarde" – murmurou para si mesma.

A porta se abriu e Royce entrou, indecentemente belo. Vestindo um paletó cinza sobre um colete vinho-escuro, o cabelo negro caindo sobre a testa, ele pareceu examiná-la com atenção, como se buscasse algo. Poole fechou a porta silenciosamente.

Para o desgosto de Liza, seu coração bateu daquele jeito estranho.

– Droga – murmurou ela.

Ele arqueou a sobrancelha:

– O que disse?

– Nada. Estava apenas pensando em voz alta. Poole disse que você veio para a nossa aula de dança. Não me lembro de termos marcado.

Um brilho malicioso surgiu no olhar dele, fazendo-a estremecer em expectativa.

– Adoro dançar. – Sua voz grave demorou-se na última palavra, dando-lhe um sentido novo e sensual. – Não quer aprender a dançar, Liza?

Sim. A palavra ecoou com clareza em sua mente. Era exatamente o que queria. E já.

– É claro.

Royce então sorriu, sem tirar os olhos dela.

– Prometi encontrar-me com Wexford no White's às sete. Isso nos dá apenas duas horas.

Horas? Ele certamente não precisava de duas horas inteiras para – Liza franziu a testa. Talvez ele *estivesse* falando de dança. Dança, *mesmo*.

Para disfarçar a decepção, Liza fixou o olhar em seu novo sapato lilás.

– Royce, não estou com muita vontade de dançar agora...

Ao erguer o olhar, viu-se de frente para uma gravata branco-neve. Maldito! Será que ele não percebia o que a proximidade dele fazia com seus pobres nervos, já em frangalhos?

Liza alisou a saia do vestido com as mãos. *Esse é apenas o Royce*, disse a si mesma. Ela tinha conversado com ele, sentado ao seu lado, sussurrado ao seu ouvido, rido com ele, mais vezes do que podia contar. Dançar, dançar mesmo, de verdade, não seria novidade.

Então por que não paro de tremer feito gelatina?

– Royce, não posso...

– Se pode patinar no gelo com aquele fazendeiro cabeça-dura, então pode dançar comigo.

A mão dele deslizou até a cintura de Liza.

– Vamos. De que tem medo?

Liza lançou um olhar taciturno à mão dele. Grande e morna, repousava com delicadeza na curva de sua cintura. "Durham? Quem?"

Ele deu um riso terno quando entrelaçou os dedos de Liza a sua mão livre, que ela constatou ser igualmente grande e igualmente morna.

– Essa... que dança é essa?

Ela ousou levantar os olhos, e viu que Royce sorria para ela, um lampejo de malícia nos olhos.

– Valsa – disse em voz baixa.

– Ah, valsa – repetiu ela estupidamente, confusa demais com a proximidade entre os dois para fazer mais do que repetir suas palavras como um papagaio.

– Você *com certeza* já ouviu falar.

– Ah, sim, claro – mentiu ela, apressando-se em analisar mentalmente as danças que *de fato* conhecia. Era a quadrilha que começava com uma reverência? Ou a polca? – Por Deus, como dar conta de toda essa besteira?

– Talvez esteja chegando à conclusão de que não é besteira alguma.

– Humpf.

Liza agora percebeu por que havia subido com tanta disposição os degraus da escada dos excêntricos. Tinha a alma sólida, franca, e fingir o contrário só lhe causaria sofrimento.

Entretanto, havia algo a ser dito em favor de uma atividade que permitia uma pessoa ficar tão próxima – bem, isso ela podia admitir – de um homem tão atraente. E Royce era mais do que atraente; era espirituoso e querido, muito querido. Talvez fosse esse o problema; Liza o conhecia tão bem que um contato assim tão íntimo acabava desencadeando algum tipo de reação.

Especialmente porque ele tinha um cheiro tão bom... Picante e masculino, seu perfume inebriava seus sentidos mais do que qualquer conhaque que já havia consumido. Liza deu um passo para trás.

– Talvez, em vez de dançar, pudéssemos treinar *piquet*. Acho que Durham tem, ou poderia desenvolver, apreço por *piquet*, desde que alguém lhe ensine.

Royce a puxou para si, as dobras de seu vestido quase encostando em seu colete.

– Você é uma exímia jogadora de *piquet*. Na verdade, é boa em diversos jogos de baralho e sabe muito bem disso. Eu diria que, só no ano passado, perdi mais de cem libras para você nas cartas.

Era verdade, mas só porque ela sempre adivinhava quando Royce estava prestes a vencer. Ele era muito expressivo. Seus olhos se iluminavam e ele ensaiava um adorável sorriso de triunfo que logo se transformava em frustração quando ela vencia. Voltou o olhar para ele e notou em seu rosto o mesmo sorriso torto e triunfante.

– Eu... como vai Prinny?

– Seu cavalo vai bem. Venha visitá-lo um dia desses.

Seria maravilhoso, disse ela a si mesma, tentando pensar em outra coisa que não nos longos dedos de Royce segurando sua mão. Sim, ela adoraria visitar Prinny no campo. Talvez ela e Royce pudessem sair para cavalgar e... Não estava funcionando. Assim que conseguia fixar a inofensiva figura de um cavalo gordo e feio, aparecia outra imagem, menos inofensiva, dela ao lado de Royce, rolando no feno, como dois...

– Não podemos dançar – disse ela, com mais insistência.

– Por que não?

– Não tem música.

– Eu cantarolo.

– Aquela mesa ali vai atrapalhar.

– Podemos contorná-la.

– Não gosto de dançar.

– Nem eu, mas se quisermos atender aos pedidos de Meg, vamos precisar. Ela me perguntou pelo menos umas dez vezes se estávamos fazendo o que ela havia pedido.

– Ela é muito mandona.

– Não é? Agora, coloque a mão aqui – disse ele, colocando a mão dela sobre seu ombro, os dedos roçando seu paletó de lã. – Vou segurar sua outra mão assim.

Os dois estavam frente a frente, a mão dela levemente pousada em seu ombro. A outra mão ainda estava na dele, os dedos curvados sobre os dele. A pele dele aquecia a sua, um delicioso contraste ao frio que fazia lá fora.

Ela lançou-lhe um olhar furtivo, sentindo-se tão estranha quanto um potro recém-nascido.

– E agora?

– Agora nós nos movemos. Assim...

Ele começou a cantarolar uma canção, e a voz grave ecoou na sala de jantar. Tinha uma voz realmente adorável. Ela se lembrou de tê-lo ouvido cantar no último Natal e comentar que ele tinha uma linda voz.

– Agora – murmurou –, é só me seguir. Um. Dois. Três.

Ele voltou a cantarolar, apertando a mão dela na sua, e começou a se movimentar.

Liza engoliu um pouco de ar e começou a contar mentalmente. *Um. Dois. Três. Um. Dois. Três.* Não era tão ruim assim, afinal. Ela deu um passo para trás, puxando-o consigo.

Royce parou, com um tom ao mesmo tempo engraçado e exasperado na voz.

– Você não está me deixando guiar. Relaxe.

Que humilhação! Ela puxou as mãos com força, tentando se libertar.

– Odeio dançar. Sempre odiei.

Ele a apertou ainda mais contra si.

– Então não pense no que estamos fazendo como uma dança.

Ela parou de lutar.

– E devo pensar o quê?

– Que é uma emoção, não uma coisa.

– Uma emoção? Como medo?

– Eu estava imaginando uma emoção mais agradável. Como paixão.

Deus do céu, ele queria que ela *fingisse* sentir paixão. Fingisse quando, na realidade, estava começando a sentir paixão praticamente o tempo todo.

– Não.

Ele franziu a testa para ela.

– Prometi a Meg que ensinaria você a dançar valsa. Quer que eu volte atrás com a minha palavra?

Liza acreditou ter detectado uma genuína decepção em seu olhar. Ele *queria* dançar com ela. Não sabia o que pensar daquilo. Depois de um momento, disse em voz baixa:

– Meg ficaria muito triste se pelo menos não tentássemos, não ficaria?

– Muito.

– E ela é minha melhor amiga.

– Ela a tem em alta conta.

Liza fechou os olhos, ciente de que seu coração estava batendo muito mais rápido do que o necessário. Por que tinha que se sentir assim justo em relação a Royce? O destino era brutal e caprichoso.

Ele se inclinou para a frente, e seu queixo roçou no cabelo dela.

– Feche os olhos, Liza. Deixe-me cuidar de você pelo menos por um momento.

Ele começou a cantarolar novamente, e Liza tentou relaxar.

– Um, dois, três – sussurrou ela.

Não era fácil e ela pisou duas vezes no pé dele, mas Royce pareceu não perceber. Simplesmente continuou cantarolando, movendo-se ao ritmo da música, seu calor e o timbre grave de sua voz a conduzia.

Ela relaxou só um pouco... e dançou. Talvez fosse porque ainda não havia almoçado. Ou porque estava de olhos fechados. Mas, qualquer que fosse o motivo, sentia algo... a mais. Algo quase mágico. Era como se, por um instante, ela e Royce tivessem se tornado uma só pessoa.

O espesso tapete abafava o som dos movimentos de seus pés, amaciando seus passos e impedindo-a de deslizar como a música parecia pedir. Mas não importava. Todo lugar que Royce tocava – sua mão grande e quente sobre a dela, a palma da outra mão apoiada em sua cintura, o peito largo roçando seus seios – parecia vivo e quente, como se a música tivesse invadido seu corpo e o movimentasse para ela.

O cantarolar de Royce se intensificou. Ressoava pelo seu peito e braços, pelos dedos entrelaçados nos dela. Ela sentia o balanço da música, e se deixou levar, permitindo que ele a guiasse. Um. Dois. Três. Um. Dois. Três. Ela parou de pensar e só sentia. Sentia-se acolhida e amada. Feliz e desejada. Agora eles rodopiavam, devagar, como se Royce soubesse a fragilidade do momento. Mas cada giro a colocava ainda mais perto dos braços de Royce. Seus seios não roçavam mais o peito dele – agora eles estavam tão próximos um do outro que raramente se afastavam. E Liza apreciava cada segundo, esquecendo-se de tudo, exceto da sensação desse momento único.

De repente, não estavam mais dançando. Seus lábios haviam encontrado os dela e ele a beijava, sua língua na dela. Liza continuou de olhos fechados, desejando que aquele momento durasse para sempre. Não era real, apenas uma fantasia provocada pela estonteante dança e pela presença de Royce. Ela se deixou levar pelo beijo, fundindo-se nele, aceitando-o sem raciocinar. E sua alma voou, expandiu-se como uma esperança alada, cada vez maior.

– Royce, por favor... – sussurrou ela.

As palavras transpassaram Royce, alimentando o calor que crescia dentro dele. Liza olhou para ele, os olhos escuros de emoção. Naquele momento, ele viu que ela o desejava tanto quanto ele.

O silêncio encheu o ar, aprofundando a tensão, provocante e atormentador. Royce descobriu-se incapaz de desviar o olhar. Era como se estivesse fundido a ela, e totalmente impotente para resistir. Queria chamar seu nome, dizer-lhe que gostava dela, que não queria que se casasse com Durham. Mas as palavras não saíam. Ao contrário, outras palavras formaram-se e saíram de sua boca; eram palavras sobre a maciez de sua pele, o toque sedoso de seu cabelo, a curva de seus lábios.

Royce se ouviu pronunciando algumas velhas e familiares palavras. Palavras que havia usado para levar várias mulheres para a cama. Dessa vez, porém, não eram apenas palavras. Eram pensamentos – pensamentos unidos a sentimentos tão fortes que ele achou que fosse explodir de tanta emoção.

Liza absorvia tudo o que ele dizia. Parecia reluzir diante de seu olhar, o rosto enrubescido, os olhos cintilantes. Ela passou os dedos pelo seu rosto, depois pelo queixo, até o pescoço. A pele dela era macia, estava levemente úmida. A tensão cresceu e se intensificou, e o corpo de Royce respondeu. Estava louco por ela, ardente de uma paixão que jamais sentira. Aquela era Liza, sua amiga, sua consciência. E, de alguma forma, aquilo parecia certo. Estavam destinados a ficar juntos naquele momento, daquela maneira.

Ela cruzou os braços ao redor de seu pescoço e apertou seu corpo contra o dele.

– Royce. Por favor.

Ela era tão excitante. Os olhos brilhantes, os lábios sedosos, uma pele macia que implorava por seu toque. Seu corpo ansiava por ela, e sua virilidade manifestava-se em resposta. Ele forçou-se a manter o controle, embora soubesse que, na melhor das hipóteses, sua tentativa seria em vão. O que estava fazendo? Aquela era Liza, que confiava e acreditava nele, mesmo quando ele não merecia.

Motivo pelo qual tinha que protegê-la de Durham, que ocultaria toda a magia dela e nunca a deixaria ser quem realmente era. Se ela já tivesse provado da verdadeira paixão, nunca aceitaria isso.

Ela suspirou lentamente, a respiração aquecendo o rosto de Royce.

– Royce, por favor – disse ela mais uma vez, agora com mais urgência.

Ele não deu a Liza tempo para repensar sua decisão. Inclinou-se, encostando seus lábios aos dela, moldando seu corpo a ele, a mão deslizando pelas costas de Liza para sustentá-la por trás. Ela tinha as formas harmoniosas, era forte e ágil, com um corpo capaz de oferecer horas de prazer. E aquela seria a sua primeira vez. A constatação o fez hesitar, mas Liza não permitiu. Abraçou-o pela cintura e pressionou seu corpo mais ainda contra o dele, seus quadris encontrando-se. O desejo, impetuoso e imediato, derramou-se sobre ele. Royce a pegou no colo e a carregou até a pequena poltrona que decorava o canto da sala.

Os minutos voaram, minutos de provocação, de experimentação, de um prazer atormentador tão perfeito que chegava a doer. Ele soltou a fita de seu pescoço e puxou o vestido, deixando seus seios nus. Tinham uma forma perfeita, firmes e adornados por um bico avermelhado. Royce soltou um gemido e baixou a cabeça para beijá-los, experimentando primeiro um, depois o outro.

Liza ficou ofegante, passando os dedos pelos cabelos dele e cedendo aos beijos. Royce deleitava-se com o tremor que provocava nela, e subiu os dedos por sua perna, puxando para o lado a volumosa saia na tentativa de encontrar suas coxas. Ela mudou de posição, abrindo-se para ele como se adivinhasse sua intenção. Os movimentos eram tão hábeis, tão certos.

Ele a beijou, a tocou, mostrou-lhe que era mais bela do que as palavras poderiam expressar. Estremeceu de ansiedade ao tocá-la, acariciar sua pele macia, sentir a pressão das partes mais íntimas dela nas pontas de seus dedos. Venerou seus lábios, seu pescoço elegante ao desabotoar o colete. Não tardaria para que estivesse onde havia sonhado estar: entre as pernas dela, sua pele nua contra a dele.

Tudo que ele mais prezava no mundo estava ali, inocente e fervorosa. Por Deus, ela era sua. E ele daria provas disso.

No entanto, apesar da intensa paixão que pulsava em seu corpo, apesar do desejo tão forte que quase não se reconhecia, ele se aproximou dela lenta e cuidadosamente.

Ela estremeceu sob ele, erguendo instintivamente os quadris. Ele se interrompeu no limite, de repente percebendo as implicações de seus atos. Ela era virgem. Se a possuísse, teria que se casar com ela por uma questão de honra. Para sua grande surpresa, a constatação não arrefeceu seu desejo nem por um segundo.

– Liza, nós...

Ela o envolveu com suas pernas fortes, pressionando o corpo contra o dele. Royce reagiu de imediato, penetrando-a intimamente. Ela soltou um grito, um lampejo de dor em seus olhos verdes.

Royce capturou seu grito com um beijo, as mãos suaves acalmando-a.

– Calma – murmurou, acariciando-a de leve. – Beije-me.

Ela o fez, em uma resposta tão calorosa e apaixonada quanto a dele. Aos poucos, a tensão em seu rosto arrefeceu e um gemido profundo saiu de sua garganta enquanto movia o corpo sob o dele. Royce beijou seu pescoço suavemente, penetrando com força mais uma vez. A paixão acumulou-se e aumentou, e logo Liza respondia às suas investidas com as próprias, seu corpo em perfeita sintonia com o dele. Mas é claro, aquela era Liza, sua melhor amiga, sua companheira, sua alma gêmea. Cada movimento era único, quase que dolorosamente perfeito. Ela arqueou o corpo sob o dele, que gemeu de prazer.

– Liza – disse ele, ofegante. – Pare de se mexer. Espere mais um pouco...

Ela interrompeu o movimento, grudada a ele, as pernas envolvendo sua cintura. Ele avançou mais uma vez, beijando seu delicado pescoço.

Ela ficou ofegante.

– Royce!

Seu corpo arqueou-se contra o dele, ondas de prazer percorrendo-a. A reação dela estimulou a dele, que logo se perdeu também, cego, em meio ao gozo.

Aos poucos, sua respiração voltou a normal. Não estavam mais na poltrona, e sim no chão. Royce a segurava, a cabeça aninhada em seus ombros, os braços ao seu redor. Ele não se mexeu, repentinamente com medo de estragar um momento precioso. Pela primeira vez na vida, sentiu-se confortável, seguro, saciado, completo.

Estreitou ainda mais os braços em Liza, que enterrou o rosto em seu pescoço. Ele sentiu o calor de sua respiração, abraçando-a enquanto o tremor cedia. Minutos se passaram, o relógio marcando cada segundo.

Depois de um longo momento, Liza suspirou e se afastou. Olhou para ele com um sorriso de incerteza que lhe roubou o coração.

– Acho que entendi seu fascínio por esse estado – afirmou, a voz rouca.

Ele se apoiou em um cotovelo e encarou-a, ciente da torrente de sentimentos incomuns que o faziam desejar mantê-la em seus braços e nunca mais deixá-la sair.

– Você apenas começou a conhecer essas maravilhas.

Ouviu-se um ruído no corredor e Liza sentou-se.

– Minha nossa! Deve ser Poole.

Royce não questionou, e ajudou-a a colocar-se de pé. Por um momento, os dois se estranharam. Liza abriu um sorriso nervoso enquanto se vestia. Royce a ajudou silenciosamente, sentindo necessidade de dizer alguma coisa, mas tomado demais pela emoção para conseguir dar voz aos pensamentos. Assim que ela se aprontou, ele começou a se vestir. Ficou um pouco surpreso quando ela estendeu os braços e ajeitou sua gravata.

De todas as mulheres com quem havia feito amor, aquela era a primeira vez que alguém o ajudava a se vestir. Olhou para ela, embora só conseguisse ver o alto de sua cabeça enquanto ela ajeitava a lapela.

– Pronto! – disse, animada, dando um passo para trás.

Ela não o encarou, mas ficou ali, adoravelmente constrangida, os cabelos caídos sobre os ombros.

Ele pegou alguns grampos de cabelo que haviam ficado no tapete e os entregou a ela.

– Não sabia que você podia ter tantos tons diferentes de vermelho.

Ela enrubesceu ainda mais e, impulsivamente, ele se inclinou e beijou seus lábios.

– Arrume o cabelo. Temos muito a fazer.

– Ah, sim, as aulas de dança....

– Para que você precisa aprender a dançar agora? Precisa enviar um bilhete a Durham o mais breve possível.

Ela colocou o último grampo no lugar.

– E lhe dizer o quê?

– Que não vai se casar com ele.

Seu olhar iluminado escureceu.

– E vou me casar com *quem*?

Durante um segundo de atordoamento, ele não conseguiu pensar. Foi então que, das profundezas de seu coração, surgiu a resposta. *Comigo*. Não queria que ela se casasse com outra pessoa. As palavras ecoaram em sua cabeça, mais altas a cada segundo que passava. No entanto, por algum motivo, não conseguia pronunciá-las. Aquela era Liza, a mulher, mais do que todas as outras, com quem ele se importava, que desejava... a mulher que *amava*.

Espere um pouco, disse ele, a mente atordoada. Ele gostava de Liza, claro que sim. Mas amar? Amar de verdade?

Deus do céu, ele a *amava*. A constatação o deixou cambaleante, e ele, tateando, encontrou a poltrona. Parecia haver algo errado com suas pernas, que, de uma hora para a outra, não o sustentavam mais. Ele amava Liza com todas as forças. Mas amar era uma coisa... casamento... era outra totalmente diferente.

Não era? Ele teve que se esforçar para a boca funcionar.

– Liza... Eu... Você... você não pode se casar com Durham.

Um brilho surgiu nos olhos dela.

– Royce, quero me casar com um homem bom. E atencioso. Alguém de personalidade estável. Alguém que me apoie, que esteja sempre ao meu lado. Um parceiro. É isso que desejo.

Royce tentou digerir aquilo tudo. Ele tinha muitas qualidades... mas bom? Atencioso? Quando pensou nas maneiras em que a havia usado no passado – tornando-a sua confidente em tantos assuntos indecentes – não parecia justo ser chamado de um homem bom ou atencioso. Quanto à personalidade estável... Sentiu-se nauseado ao perceber, ali, naquele instante, por que nunca havia tentado despertar o interesse de Liza durante todos aqueles anos em que se conheciam – ele não era bom o suficiente para ela.

Nunca fora.

Ela olhou para o lado, os cílios fazendo sombra sobre os olhos.

– Você... não falou nada.

Ele engoliu em seco, afogando-se em muitos sentimentos desconhecidos.

– Eu... não consigo...

Ele balançou a cabeça, a garganta fechada. Ela merecia muito mais do que ele era capaz de ser.

Depois de um silêncio tenso, ela deu uma risada leve, um pouco triste.

– Quem cala consente, suponho.

Royce passou a mão pelo cabelo. Ele a amava, realmente a amava. Mas... seria capaz de fazê-la feliz? E se não conseguisse? E se a decepcionasse? Achou que não seria capaz de suportar.

– Royce, não...

Ela não conseguiu continuar, e mordeu o lábio, fechando bem os olhos. Afastou-se, secando o canto dos olhos com as costas da mão.

– Não venha mais me visitar.

– Liza, eu...

– Se Durham me pedir em casamento, vou aceitar. Espero que me deseje felicidades.

Vacilante, ela caminhou até a porta. Levou a mão à maçaneta e, em seguida, virou-se com os olhos cheios de lágrimas.

– O que quer que aconteça... aonde quer que vá, *eu* lhe desejo muitas felicidades.

Ela abaixou a cabeça e saiu, fechando a porta quase que silenciosamente.

Royce ficou parado, encarando o nada. Era coisa demais para digerir. Há quanto tempo amava Liza? Dias? Meses? Ou quem sabe anos? Será que ele não comparava silenciosamente todas as mulheres que conhecia a ela? Era como se ela sempre estivesse presente em seu coração, escondida em um canto seguro, esperando o momento certo para revelar sua verdadeira beleza.

Porém, agora que o fizera, ele havia sido pego de surpresa... *seria* o homem certo para ela? Todos os anos de proteção surgiram em primeiro plano, e ele constatou que era exatamente o tipo de homem contra quem sempre a havia advertido. A constatação não o ajudou a aliviar as perguntas que o atormentavam mentalmente. Tudo o que sabia ao certo era que a amava e não saberia viver sem ela.

Passou a mão pelo cabelo e, desolado, perguntou-se o que diabo faria em seguida.

CAPÍTULO 8

Há tanto a ser dito sobre o que aconteceu no baile do Dia de São Valentim dos Shelbournes que esta autora nem sabe por onde começar. Mas não se preocupe se não tiver comparecido (ou não tiver sido convidada). Não precisa se sentir desinformada, pois esta autora lhe apresentará suas esplêndidas anotações.

Ah, querida leitora, continue lendo...

CRÔNICAS DA SOCIEDADE DE LADY WHISTLEDOWN,
16 de fevereiro de 1814

O baile do Dia de São Valentim dos Shelbournes superou até mesmo as mais altas expectativas de Meg. Às dez horas, a fila de carruagens alinhada na avenida em frente à casa dela já ultrapassava um quilômetro de extensão. Liza ficou por um tempo no saguão ao lado de Meg, dando ordens aos criados e fazendo o que podia para ajudar. Meg, é claro, não cabia em si de tanta alegria, em especial porque, em uma atitude que chocara a todos, a prima de Shelbourne, Susannah, havia se casado com o conde de Renminster naquela mesma semana.

– Ah, Liza! – exclamou Meg pela centésima vez. – Os Shelbournes estão com o nome feito! Não só o salão ficará abarrotado como eu também terei a felicidade de ser a primeira anfitriã a apresentar Renminster e sua noiva!

– Que bom – respondeu Liza, distraída, grata por Royce ainda não ter aparecido.

Utilizando-se da presença constante de lorde Durham, ela conseguira evitar Royce desde a última "aula". Sim, ele a procurara, mas Liza achara melhor manter-se a uma distância segura. Seu coração não aguentaria mais um golpe. Além disso, tinha certeza de que, com o tempo, Royce a esqueceria totalmente. Assim como esquecera de todos os seus outros "amores".

O pensamento era tão desanimador que Liza teve que reprimir as lágrimas.

– Veja, aqui está lorde Durham – disse Meg, olhando por cima do ombro para o lugar onde um grupo de homens se reunira. – Está ansioso para ter sua atenção só para ele.

Assim que captou o olhar de Meg, Durham se aproximou. Vestido com uma monótona elegância, de paletó preto e colete marrom, fez uma mesura e pegou a mão de Meg.

– Lady Shelbourne, a senhora está belíssima hoje.

Meg exibiu um sorriso afetado.

– Ora, é a segunda vez que o senhor me diz isso. Vou começar a pensar que está flertando comigo.

– Nunca flerto – falou, sombrio. – Ainda mais com mulheres casadas.

O sorriso de Meg desapareceu.

– Ah, bem. Lorde Durham, por que não leva Liza ao salão de baile e experimentam o bolo? Ouvi dizer que o bolo do baile dos Prudhommes estava um pouco seco e fiz de tudo para que o mesmo não se repetisse hoje.

Lorde Durham a encarou com uma pergunta nos olhos. Tudo que Liza desejava era ir para casa e tomar uma xícara de chá diante da lareira, contar suas mágoas a George e, talvez, dar-se o direito de derramar algumas lágrimas, desabafando. Mas sabia que aquilo não aconteceria.

– Vamos, andem logo! – ordenou Meg, enxotando os dois dali.

Liza não queria sentar-se, e também não queria bolo. Mas, pelo visto, o que queria era impossível, então logo se viu confortavelmente instalada em uma cadeira próxima à mesa de comes e bebes com um prato de bolo diante de si.

Lorde Durham sentou-se ao seu lado, conversando sobre uma coisa ou outra, até que, por fim, ficou em silêncio. Olhava para o nada, como se refletisse sobre um assunto de grande importância.

Liza o observou com certa apreensão. Temia que ele a pedisse em casamento. O medo pesou sobre seus ombros, e ela não conseguiu pensar em uma só palavra para evitar o inevitável.

O silêncio aumentou a tal ponto que o próprio Durham notou. Inquieto, disse:

– Eu, ah, já lhe disse que está encantadora hoje?

– Encantadora? Com esse vestido?

Ela usava a atrocidade cor-de-rosa que Meg havia escolhido simplesmente por estar desanimada demais para comprar outro vestido. O motivo de seu desânimo tomou de assalto seu pensamento e ela teve que engolir as lágrimas.

Durham recuou um pouco.

– O vestido é adorável, de verdade – disse, com honestidade. – E a senhorita também está maravilhosa.

Não, não estava. Royce tinha razão, era muito enfeitado, e a cor, na melhor das hipóteses, muito apagada.

– E meu cabelo? Gosta?

A criada francesa de Meg tinha se esmerado no penteado. O cabelo fora esticado e preso de tal maneira que sentia os olhos puxados para trás pelo menos um centímetro de cada lado.

– Está perfeito – respondeu, sem examinar detalhadamente. – Liza, precisamos conversar...

– Acha que teremos mais neve? – perguntou Liza, apressada. Qualquer coisa que o impedisse de dizer o que ela tanto temia. – O pobre George acaba de se recuperar de uma gripe. Se adoecer novamente, temo que seja fatal.

Lorde Durham alisou o tecido das calças na altura dos joelhos.

– A senhorita é muito apegada a George, não é?

– Há quem trate seus cães e gatos como se fossem filhos. Imagino que, de certa forma, é isso que George é para mim: um filho muito doce e barulhento.

Lorde Durham piscou. Uma. Duas vezes. Pôs-se de pé tão subitamente que Liza tomou um susto.

– Está muito quente aqui. Vou buscar um coquetel.

Ele saiu antes que Liza pudesse responder, o que talvez fosse sua intenção.

Desconsolada, Liza apoiou o pedaço de bolo na cadeira que ele deixara vazia e olhou ao redor. Meg havia se superado. O salão inteiro estava decorado com faixas de seda vermelha e rosa. E devia haver 2 ou 3 mil velas vermelhas acesas sobre algumas mesas, todas cobertas por rendas brancas. O efeito era mágico.

Tudo estava perfeito. Exceto o fato de Liza ter quase certeza de que seu coração estava completamente partido. Tentou dizer a si mesma que a culpa era toda sua. Afinal, sabia que se entregar a Royce só poderia terminar em mágoa. O problema era que ele era tão insuportavelmente atraente que era fácil demais esquecer disso quando ele estava por perto.

Não que ela tivesse se arrependido. Não. Mas, depois de estar nos braços de Royce, seria muito difícil cair nos de lorde Durham. Pior, descobriu que sentia falta dos braços de Royce quase todos os minutos do dia.

Sabia que, em algum momento, teria que enfrentá-lo. Seria difícil, mas ela o faria. Iria se forçar a agir naturalmente, como se nada tivesse acontecido. E pagaria um preço alto por isso.

Naquele momento, Durham voltou e sentou-se ao lado dela, pequeninas gotas de suor brilhando acima dos lábios.

– Aqui está! – exclamou, oferecendo-lhe um pequeno copo.

Ela odiava esse coquetel. E era bem típico de Durham levar-lhe uma bebida de que ela não gostava. Ainda assim, seria de bom-tom agradecer.

– Lorde Durham, muito obrigada...

Seu olhar voltou-se para a borda da cadeira em que ele se sentara, onde a ponta do guardanapo se esgueirava por debaixo de seu traseiro. Teve que se conter para não soltar uma gargalhada. Lorde Durham tinha se sentado sobre seu pedaço de bolo.

Seus nervos, já em frangalhos, não ajudaram, e uma risadinha terrível ficou presa na garganta. A essa altura, o pedaço já devia estar completamente esmagado. Olhou novamente para Durham e mordeu o lábio. Estranho ela não ter percebido antes, mas ele era um pouquinho gorducho. Bem diferente de Royce, cuja forma física era perfeita.

– Lorde Durham... eu... o senhor...

– Liza, preciso lhe dizer uma coisa.

Deus do céu, ele a pediria em casamento bem agora, naquele mesmo segundo. Liza balançou a cabeça, desesperada.

– Lorde Durham, por favor, antes de continuar, preciso lhe dizer que...

– Não. Deixe-me falar primeiro. – Ele enxugou a sobrancelha com a mão trêmula. – Não é segredo para ninguém que vim a Londres em busca de uma noiva. Creio que sou um pouco mais sofisticado do que um fazendeiro comum e parecia-me justo conseguir uma esposa de um nível melhor do que a maioria. Depois de muito refletir, percebi...

– Por favor, lorde Durham, não diga mais nada...

– Que não posso pedi-la em casamento.

Ela ficou paralisada.

– *Não* pode?

Ele balançou a cabeça.

Aliviada, ela levou as mãos ao peito. Deus existia, afinal.

– Percebo que ficou aborrecida – disse Durham, gravemente. – Gostaria que soubesse que não há nada em sua pessoa que considere repulsivo. Na verdade, considero-a uma mulher muito encantadora.

– Obrigada – ela conseguiu dizer, perguntando-se se Meg notaria se fosse embora naquele momento.

Poderia ir para casa agora mesmo, jogar aquele vestido horroroso na lareira e se enfiar na cama. Tudo o que desejava era se enrolar nas cobertas e esquecer-se de que um dia conhecera Royce Pemberley. Um homem que não poderia ter, mas sem o qual aparentemente não conseguiria viver.

Durham pegou a mão dela e a colocou entre as suas.

– Não tenho a intenção de ofendê-la, Liza, mas depois de conhecê-la melhor, ficou claro que a senhorita... ama os macacos.

Ela piscou, perguntando-se se ouvira corretamente.

– Como disse? Acaba de afirmar que "amo os macacos"?

Ele enrubesceu.

– Notei que a senhorita é louca por aquele animal, mas não consigo suportá-lo.

Liza puxou a mão. Cada centímetro do seu desagrado veio à tona, o que, combinado com o coração partido, a levou a afirmar, em tom áspero:

– Pois saiba que meu macaco é muito bem-comportado. Melhor, tenho certeza, do que as suas vacas!

Ele assumiu uma atitude mais severa, o pescoço ficando vermelho.

– Minhas vacas não mordem! Além do mais, por mais bem-comportado que George seja na cidade, no campo talvez não seja tão agradável. Seria uma situação totalmente diferente.

– Por que George seria diferente no campo?

– Porque macacos não gostam de vacas. E se ele mordesse uma delas...

– George, morder uma vaca? Onde o senhor ouviu esse absurdo?

– Ora... Acho que sir Royce falou sobre isso no teatro, mas eu tenho perguntado a diversas pessoas e parece ser de conhecimento geral que os macacos podem ser bastante agressivos. Lorde Casterland quase perdeu o polegar por causa de um.

– Porque ele cutucou e a criatura quase a matou de susto.

– Sim, bem, não posso colocar em risco a saúde do meu rebanho. – Ele franziu a testa. – Liza, não é só o macaco. Adorei sua companhia, mas sinto que talvez... talvez seu coração não esteja disponível.

Nada nela estava disponível. Pelo menos para Durham. A irritação de Liza desapareceu e, em seu lugar, surgiu um enorme alívio.

Sua reação deve ter sido óbvia, pois Durham só conseguiu dar um leve sorriso. Ela o observou por um longo momento, sentado na cadeira ao seu lado, suando em seus trajes de noite, um sorriso sem graça no rosto largo, um pedaço de bolo amassado no traseiro. Por algum motivo, todos aqueles fatos horríveis despertaram nela certa simpatia por ele.

– Lorde Durham, o senhor tem razão. Nós dois definitivamente não combinamos, mas espero que possamos ser amigos.

– Claro. Liza, foi um prazer ter estado com a senhorita, mas acredito que meu tempo em Londres tenha chegado ao fim. Volto para casa amanhã.

– Sua mãe ficará feliz em vê-lo.

Um sorriso largo se formou em seu rosto.

– Sim, ficará.

Ele afagou a mão de Liza pela última vez e pôs-se de pé.

O olhar de Liza foi imediatamente atraído para a cadeira que Durham acabara de deixar vazia. Nela, em solitário esplendor, estava seu guardanapo vazio. Ela se inclinou para um lado e examinou o chão ao redor, buscando algum sinal de que talvez o bolo estivesse em alguma outra parte que não as calças de Durham, um pouco apertadas demais. Não havia nada no chão.

– Lorde Durham, talvez o senhor devesse...

– Aí está você! – exclamou Meg para eles, radiante. – Deixei Shelbourne encarregado de recepcionar os convidados. Você não vai acreditar em quantas pessoas já chegaram! Tudo está indo tão bem! O próprio duque de Devonshire felicitou-me pela orquestra, e lady Birlington disse que foi o melhor bolo que já comeu.

– Quanto ao bolo, sou testemunha – disse lorde Durham, gravemente. – Estava muito leve, bem aerado.

– Aerado não sei – replicou Liza, o olhar incerto sobre o guardanapo vazio. – Lorde Durham, antes de o senhor sair, preciso lhe avisar que suas...

– Liza, por favor – protestou ele, levantando uma das mãos. – Já dissemos um ao outro tudo que havia a ser dito. Não tornemos as coisas ainda mais difíceis. – Lançando-lhe um olhar expressivo, ele se virou para Meg. – Boa noite, lady Shelbourne. Sinto lhe informar que preciso ir embora de sua agradável festa e voltar para casa o mais rápido possível.

– Que pena! Neste exato momento?

– Temo que sim.

Meg olhou para Liza, que conseguiu esboçar um sorriso animador.

– Entendo.

Durham curvou-se, pegou a mão de Liza e a apertou um pouco mais do que de costume. Em seguida foi embora, abrindo caminho pela multidão.

Meg o acompanhou com o olhar.

– O que houve? E o que é aquilo na calça dele? Parece... Ah, lá está Royce!

Liza deu um salto e avistou Royce atravessando o salão, os olhos azul-escuros fixos nela. Ele estava lindo em trajes de gala. Lindo e determinado.

Liza ficou ofegante. Não queria falar com ele naquele momento. Não sem antes acalmar as emoções de seu coração traiçoeiro. Ia precisar de pelo menos uma garrafa de conhaque e talvez um bolo inteiro, talvez dois.

– Liza, o que houve? – perguntou Meg, alarmada. – Você está parecendo...

– Posso ter o prazer de ser apresentado? – indagou de forma suave uma voz masculina.

Por um segundo, Liza achou que se tratava de Royce. Mas um rápido olhar certificou-a de que seus ouvidos tinham pregado uma peça cruel ao seu coração.

– Claro que sim, milorde – respondeu Meg, disfarçando o ar de preocupação.
– Liza, lorde Halfurst. Lorde Halfurst...
– Srta. Elizabeth Pritchard. Liza. Prazer em conhecê-lo.

Ele apertou sua mão, cumprimentando-a com um sorriso relutante. Era, de fato, um homem muito bem-apessoado, embora não tivesse a mesma noção de estilo que Royce. Ela estava começando a perceber que, para ela, nenhum outro homem se comparava a Royce.

Halfurst deu um sorriso torto.

– O prazer é todo meu. Pode me conceder esta dança, Srta. Liza? – perguntou. – Se já não a tiver concedido a outro cavalheiro, é claro.

Meg abriu a boca para protestar em nome do irmão, que se aproximava deles, mas Liza a impediu com um olhar afiado. Se dançasse com Halfurst, Royce seria forçado a esperá-la voltar do salão de dança. A manobra apenas adiaria o inevitável, mas lhe daria tempo para acalmar os nervos e pensar em alguma explicação para a óbvia ausência de Durham. Além disso, conhecendo Royce como conhecia, aquela seria a primeira pergunta que faria.

Liza sorriu para Halfurst, distraída.

– Com prazer, milorde.

Esperava se lembrar de como dançar uma valsa. A lembrança do resultado de sua única aula de dança a fez tropeçar no vestido, e ela acabou pisando com força no pé do pobre Halfurst.

– Desculpe.

Ela engoliu em seco, enrubescendo.

– Não precisa se desculpar – respondeu ele, tranquilizando-a com um sorriso amistoso, embora seus olhos estivessem lacrimejando.

Bem, ele era muito mais agradável do que lorde Durham. Liza estava tentando relaxar, deixar que a música a conduzisse, quando avistou Royce a encarando furioso do outro lado do salão, a poucos metros de distância.

Na mesma hora, pisou no outro pé de lorde Halfurst.

– Ah, não!

– Não se preocupe, Srta. Liza – Halfurst conseguiu responder, o sorriso um pouco menos firme desta vez.

– Eu deveria tê-lo avisado – murmurou ela – de que dançar não é meu forte. Talvez se contássemos os passos em voz alta?

Os lábios dele tremeram um pouco antes de se abrirem em um sorriso.

– O risco torna a aventura mais empolgante.

Liza teve que rir, notando pelo canto do olho que agora Royce se aproximava deles. Fixou o olhar nos pés, determinada a parecer alegre e confiante.

– Um, dois, três. Um, dois, três... ah, droga!

Com o movimento que ela acabara de fazer, tropeçou no próprio vestido. Halfurst por pouco não caiu sobre ela, parando abruptamente.

Mas não foi por causa do tropeção de Liza que ele parou. Halfurst parou porque Royce estava ali, diante deles, impedindo sua passagem.

– Permitam-me? – perguntou ele, a voz entrecortada.

Halfurst demonstrou surpresa e, por um instante, Liza se perguntou se ele abriria mão de dançar com ela. Porém, algo aconteceu – um breve lampejo de reconhecimento pareceu surgir entre Royce e o jovem. E então Halfurst assentiu, afastou-se, e Liza viu-se nos braços de Royce.

Na mesma hora, seu abraço, seu cheiro e seu olhar penetrante tomaram conta dela. Aquilo era o paraíso e, para a própria surpresa, descobriu que na verdade conseguia dançar sem contar. Droga, aquilo não era justo. Dançar *não* devia depender do nível de atração que sentia pelo parceiro.

Enquanto rodopiavam, ele a puxou para si, a respiração no ouvido dela.

– Liza, sei que não quer falar sobre isso, mas precisamos conversar.

– Por quê? – perguntou ela, tentando desesperadamente colocar em palavras a avalanche de sentimentos que vinha reprimindo. – Por que as coisas simplesmente não voltam a ser como eram antes? Royce, quero que voltemos a ser amigos. Por que não podemos...?

– Porque não. E você sabe disso tão bem quanto eu.

Ela sabia. E isso a fez se sentir tão solitária que suas lágrimas ameaçaram sufocá-la. Ele sempre foi seu melhor amigo, e quando a paixão entre os dois acabasse, nada restaria. Ela havia visto isso muitas vezes para esperar que fosse diferente. *Por que* havia permitido que sua paixão estragasse tudo?

Os dedos dele apertaram os dela.

– Liza, tenho pensado muito em você. Todo dia. Toda noite.

– Tem mesmo? – replicou ela, esforçando-se para parecer despreocupada, apesar de sentir o rosto queimar, o coração aos saltos e as pernas bambas. – Não tenho pensado nem um pouco em você.

Ele se afastou, uma pergunta nos olhos.

– Nem uma vez?

– Nem uma única vez. – Exceto quando comia, bebia, dormia, andava, conversava ou respirava. Ele invadia todos os momentos de seu dia e todas as horas longas e solitárias de sua noite. O patife. – E eu diria que você na verdade também não tem pensado em mim. E por que deveria? Royce, deixe-me facilitar as coisas para nós dois. Tivemos... o que você chamaria de um flerte. Agora acabou. E tudo bem. Sou uma mulher adulta que...

Sua voz falhou.

– Liza, por favor. Você me pegou desprevenido. Não sou homem para casar.

– E eu não sou o tipo de mulher que deseja apenas diversão – respondeu ela, com um sorriso trêmulo. – Isso nos leva de volta aonde estávamos.

A música chegou ao fim. Liza afastou-se de Royce.

– Obrigada pela dança. Se me der licença, um pedaço de bolo me aguarda.

Dito isso, ela recolheu seu magoado e demolido coração e afastou-se dele com determinação.

Preso demais às próprias emoções para dizer qualquer coisa, Royce a viu partir. Estava usando aquele vestido rosa ridículo, e o penteado já se desfazia. Aquela era Liza, e ela era dele. O desejo tomou conta e, sem pensar, a seguiu. Ela já estava com Meg ao lado da mesa quando ele a alcançou, os sentimentos claros como cristal, transbordando de seu coração.

– Liza, tenho algo a dizer e você, pelo amor de Deus, tem que me ouvir.

– Não, não tenho, não. Não quero ouvir nada que você tenha a dizer. Agora, deixe-me em paz!

Meg olhou para um, depois para o outro.

– Bem, talvez fosse bom vocês dois irem conversar na biblioteca...

– Não – respondeu Liza, quase sem fôlego. – Vou ficar exatamente onde estou. Com o bolo.

Então era isso, Liza tinha medo de ficar sozinha com ele novamente? Ele a observou de perto, sua cor, a expressão de tristeza em seus lábios. Pela primeira vez em uma semana, uma leve fagulha de esperança o animou.

– Se não quer conversar comigo em um lugar reservado, então teremos nossa discussão bem aqui, em público.

Uma matrona que havia ido buscar um pedaço de bolo observou a situação, os olhos esperançosos.

Liza enrubesceu ainda mais, mas não se mexeu.

– Não temos mais nada a dizer um ao outro.

– Que inferno! – exclamou ele, olhando ao redor. – Onde está Durham?

– Não sei. Não sou dona dele.

– Foi embora – explicou Meg. Aproximou-se de Royce e disse: – Ele também parecia estar aborrecido.

A fagulha de esperança que aquecia o coração de Royce se transformou em outra coisa, algo mais poderoso. Royce pegou a mão de Liza.

– Por que Durham foi embora?

Ela puxou a mão da dele e deu um passo para trás, aproximando-se da beira da mesa de comes e bebes.

– Nada demais. Lorde Durham e eu descobrimos que não servimos um para o outro. Ele gosta mais de vacas, e eu gosto mais de macacos. *Não* que isso seja da sua conta.

– Está enganada. Se tem a ver com você, é da minha conta, *sim*.

A matrona inclinou-se na direção de Meg e disse, em um sussurro alto:

– Lady Shelbourne, a situação promete!

Meg concordou, enfática.

Liza emitiu um ruído exasperado e virou-se para a mesa, dando as costas para Royce. Seu penteado, que tinha sido preso para formar cachos sofisticados, desfazia-se rapidamente. Dois grandes cachos estavam soltos em ângulos inusitados, e outro cacho volumoso, preso na sua orelha.

– Liza – disse ele, com suavidade, ciente de que, se curvasse o corpo um pouquinho, seus lábios roçariam a pele macia do seu pescoço. – Liza, sinto muito. De todo o coração, me perdoe.

Meg pegou o braço da matrona, os olhos arregalados.

– Ele *nunca* pediu desculpas na vida. *Nunca*.

Liza cobriu o rosto com as mãos, mas não disse uma só palavra.

Royce a pegou pelo cotovelo.

– No outro dia... Não respondi porque não pude. Só percebi o quanto gostava de você depois daquele momento. Continuei dizendo a mim mesmo que éramos apenas amigos. Que eu só queria impedi-la de cometer um erro. Mas agora sei a verdade. Eu não queria salvá-la de *Durham*, e sim *de mim* mesmo. Amo você.

– Você... você diz isso com frequência. Diz isso a todas – respondeu ela, a voz abafada pelas mãos sobre o rosto.

– Liza, eu nunca tinha dito assim, de todo o coração. – Ele se aproximou, praticamente roçando os lábios em seu ouvido. – E nunca mais direi a mulher nenhuma. Liza, eu amo você e quero me casar com você. Quero ficar ao seu lado para o resto da vida.

Pronto. As palavras foram ditas. Pareceram encher o salão ao seu redor, dançando no ar como se fossem pequenas partículas de poeira douradas. Royce prendeu a respiração e esperou.

Meg e a matrona suspiraram alto, segurando uma no braço da outra e tentando conter as lágrimas.

Tremendo da cabeça aos pés, Liza tirou as mãos do rosto e olhou para os pés, os sapatos novos espreitando sob o horrível vestido rosa, um babado rasgado sobre o chão ao seu lado. As mãos de Royce a seguravam com firmeza, a respiração quente dele em seu rosto.

Ele a amava. Amava-a o suficiente para se declarar na frente de uma pessoa estranha. O suficiente para se declarar na frente da irmã. O suficiente para querer casar-se com ela. Para sempre.

No fundo do coração, algo se abriu, e a alegria, pura e forte, transbordava. A emoção era tamanha que tudo que conseguiu fazer foi ficar ali, o olhar fixo nos sapatos idiotas, as lágrimas se acumulando.

– Liza, por favor. – A voz de Royce se aprofundou, as mãos apertando ainda mais os braços dela. – Diga que me ama. Todo o resto pode esperar se você me disser que sim.

– Royce – intrometeu-se Meg, impaciente –, *faça* alguma coisa. Não está vendo que ela está emocionada demais para falar?

Para a consternação de Liza, Royce a virou para ele delicadamente. Ela continuou de cabeça baixa, com medo de que, caso se mexesse, as lágrimas caíssem. E não seriam poucas. Seriam lágrimas de amor, dor e alegria.

Royce levantou seu queixo com o dedo, obrigando-a a encará-lo. Então, inclinou-se e beijou-lhe o rosto, olhando-a com uma expressão dócil, quase intimidada.

– Liza Pritchard, quer se casar comigo?

A matrona engoliu em seco e enxugou as lágrimas com um guardanapo.

– Por Deus, Srta. Pritchard. Se não aceitar o pedido dele, eu aceito!

O riso de Liza foi interrompido por um soluço, que ela não conseguiu conter. De todas as mulheres que Royce havia cortejado, namorado, adulado e conquistado, ela era a única que havia sido pedida em casamento. A única.

Liza o encarou, finalmente encontrando as palavras.

– Ah, Royce. Como posso dizer não? Também amo você. Muito, muito.

Ele abraçou-a, apertando-a contra si enquanto jogava a cabeça para trás e ria – o som alto de seu riso chamando atenção de todos que estavam por perto.

– Deus, como eu amo você!

Então, Royce, o melhor amigo de Liza, o homem que conhecia todos os seus pontos fracos, todos os seus defeitos, seus pés grandes demais, sua incapacidade de dançar – e a amava – a levantou nos braços e a girou no ar, para em seguida beijar-lhe os lábios, bem ali, no salão de dança dos Shelbournes.

Mia Ryan

UMA DÚZIA DE BEIJOS

Eu não teria conseguido escrever esta história sem a ajuda de Karen Hawkins. Obrigada por saber exatamente quando eu precisava que você ligasse, por saber exatamente o que dizer e por ser minha melhor amiga quando eu tanto precisava.

CAPÍTULO 1

Chegou recentemente à cidade, para nossa estranha "temporada de inverno", o marquês de Darington, que não era visto em Londres havia mais de cinco anos, desde seus tempos de soldado. Dizem que foi ferido em ação e passou muitos meses convalescendo em Ivy Park, Surrey, propriedade que herdou (junto com o título) após a morte do último lorde Darington, seu primo de quarto grau, que partiu deixando a esposa e a filha, lady Caroline Starling.

Os detalhes acerca dos ferimentos e da recuperação de lorde Darington são desconhecidos (de fato, o caso em si é um mistério, até mesmo para uma perita em descobrir segredos, como esta autora). Entretanto, sabe-se que, após seu retorno do continente, lady Darington e a filha tiveram muito pouco tempo para desocupar Ivy Park, lar da família por muitas décadas.

Em suma, um caso deveras desagradável.

CRÔNICAS DA SOCIEDADE DE LADY WHISTLEDOWN,
28 de janeiro de 1814

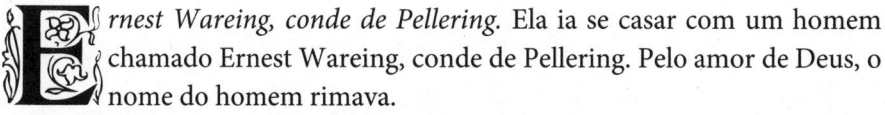

Ernest Wareing, conde de Pellering. Ela ia se casar com um homem chamado Ernest Wareing, conde de Pellering. Pelo amor de Deus, o nome do homem rimava.

Lady Caroline Starling não sabia se ria ou se chorava.

Como estava em um lugar público, ainda que escondida em um canto, não deveria fazer nem uma coisa nem outra.

Mas como no último mês havia perdido todo e qualquer controle sobre as emoções, lady Caroline Starling começou a soluçar ali mesmo, na rotunda do Theatre Royal.

Não fazia sentido uma dama perder o decoro, mas fazia ainda menos sentido para lady Caroline Starling, que raramente chorava.

É claro, ela chorara mais na última semana do que em todos os seus 25 anos de vida.

No entanto, o que era mais importante, lady Caroline Starling não deveria chorar pois, desde o último mês, depois de anos de reviravoltas, sua vida finalmente estava próxima da perfeição.

Mas então ela não deveria estar sentada alegremente ao lado de lorde Pellering, animada para ver a atuação de Edmund Kean no papel de Shylock?

Claro que sim. Era para estar animada. Exultante. Ao pensar nisso, começou a chorar ainda mais.

– A senhorita está bem?

Linney deu um pulo e seu coração quase parou ao ouvir outra voz, em especial por ser uma voz masculina. Ela havia se escondido com cuidado atrás de pesadas cortinas e de um vaso de plantas antes de cair em prantos.

– Pegue.

Ela piscou diante da visão de um lenço de linho branco como neve enfiado sem cerimônia sob seu nariz. As mãos que lhe estenderam o lenço calçavam luvas igualmente brancas, que cobriam dedos que pareciam ter boas proporções e tamanho.

Linney parou de chorar, a atenção totalmente voltada para as mãos enluvadas de um estranho.

E, como não conseguia ver os detalhes das mãos, ocorreu-lhe que era estranho ter reparado nelas. Embora nunca tivesse se considerado uma pessoa normal, ficou surpresa com o fato de mãos estranhas desencadearem nela uma sensação até então desconhecida.

Foi o tipo de reação que uma pessoa teria ao levar um susto, talvez.

Não, não era bem essa a sensação.

Na verdade, estava mais parecida com a vez em que tinha comido linguiça estragada.

Balançando a cabeça, Linney percorreu com o olhar a manga azul-escura de um paletó de seda bem cortado, ombros impressionantes e um pescoço lindo e forte. Em seguida, ali diante dela, olhou para o homem mais espetacular que já vira na vida.

Soluçou.

– Aceite, antes que a senhorita destrua seu vestido – disse o homem, sacudindo mais uma vez o tecido de linho sob o nariz dela.

Ele era um homem lindo, mas tinha os modos de um bárbaro. Não que Linney já tivesse conhecido um bárbaro. Ainda assim, estava perfeitamente claro para ela que não havia nada melhor no mundo do que um homem munido de boa aparência, boa educação e sensibilidade.

Ah, meu Deus, ela ia chorar de novo.

Pegou o lenço e o apertou contra o nariz enquanto as lágrimas continuavam a jorrar. O cavalheiro vestido de paletó de seda azul permaneceu ali, olhando-a como se ela tivesse acabado de se despir em um palco.

Linney assoou o nariz bem alto, depois dobrou o lenço, usando a parte limpa para secar o rosto.

– Obrigada – disse, olhando de relance para o adorável homem e estendendo-lhe o lenço encharcado.

Ele olhou para o lenço por um momento, e Linney o puxou de volta, horrorizada.

Ora, é claro que não poderia devolver-lhe o lenço. Estava nojento.

– Eu...

Ela aguardou um momento, esperando que ele fosse um cavalheiro e sugerisse que ficasse com o lenço, encerrando aquela terrível e constrangedora experiência com um pouco de dignidade.

Mas, é claro, o homem continuou ali, olhando para ela.

O lindo grosseirão. Ele poderia ter tido a delicadeza de lhe oferecer o lenço, mas obviamente sua noção de etiqueta terminava ali, onde a atitude pretensiosa dava o ar da graça.

– Bem, aqui está – disse ela, levantando-se e enfiando o lenço de linho sujo dentro do bolso da frente do casaco dele.

Ele olhou para o bolso e, em seguida, de volta para ela.

Na mesma hora, Linney desejou se enfiar dentro de um buraco. Por que se permitia fazer coisas tão horríveis? Essa era a razão pela qual vivia se escondendo, tentando misturar-se à paisagem. Sempre que aparecia, inevitavelmente desafiava o decoro.

Em vez de olhar feio para ela, como em geral tinham o costume de fazer, lorde Deslumbrante sorriu. Na verdade, abriu um sorriso largo.

E, embora tivesse mordido o lábio, Linney não pôde evitar retribuir o sorriso.

– O senhor tem covinha – disse ela, apressando-se em levar a mão à boca.

Ela realmente precisava parar de falar o que pensava.

Ainda assim, ele de fato tinha covinha, uma, apenas uma, do lado direito do rosto. Uma covinha sedutora que a deixou de pernas bambas.

– E a senhorita tem paixão – replicou ele.

Linney piscou.

– A senhorita parou de chorar – disse ele com delicadeza. – Isso é bom. Isso é...

O homem olhou adiante e, depois, de volta para ela. Pegou sua mão, que cobria a boca, e pressionou gentilmente seus lábios sobre os dedos dela.

Ela ia desmaiar, de verdade.

Mas, felizmente, o homem foi embora antes que ela pudesse cometer alguma estupidez. No entanto, já tinha se debulhado em lágrimas na frente dele, assoado o nariz no lenço dele e, depois, enfiado um lenço empapado no bolso de seu casaco. Ou seja, na realidade, nos últimos cinco minutos, tinha feito coisas muito piores do que desmaiar.

Linney suspirou. Ela tinha que ser proibida de frequentar lugares públicos. Respirando fundo, passou a mão no cabelo e endireitou os ombros. Ela *estava* em público, no teatro com o homem que certamente a pediria em casamento naquela mesma noite.

Por Deus, queria chorar de novo.

Não! Linney fechou os olhos. Casar-se com Ernest Wareing, conde de Pellering, era uma coisa boa. Era o que desejava ardentemente. *Esperava* que ele a pedisse em casamento, e logo.

Era *exatamente* o que ela queria.

Linney forçou-se a não pensar em mais nada enquanto saía de seu esconderijo e caminhava com determinação de volta aos imponentes assentos que lorde Pellering havia comprado para ela, a mãe e o noivo da mãe, Sr. Evanston.

Na verdade, pensar no Sr. Evanston era quase tão intragável quanto acostumar-se aos seus estranhos humores dos últimos tempos. Ele a fazia querer fugir da humanidade aos gritos.

Teve outro pensamento desagradável quando avistou a parte de trás da cabeça de lorde Pellering. Estava começando a se acostumar àquele anel de cabelos castanhos em torno do crânio em forma de cúpula ligeiramente pontuda. Mas aquilo não mexia com suas emoções nem nada do tipo.

Mas será que não deveria mexer?

Não, é claro que não. Ela não era uma tola, cabeça de vento, iludida por ideias de amor e doçura. Como se a parte de trás da cabeça de uma pessoa pudesse fazer o coração de alguém palpitar.

De repente, Linney imaginou mentalmente a parte posterior da cabeça do lorde Deslumbrante e, embora seu coração *não* tivesse exatamente palpitado, teve que admitir certo tremor.

Decerto estava cansada ou faminta. Ou algo igualmente debilitante. Balançou a cabeça de leve, endireitou os ombros e pediu licença para chegar ao assento bem na frente de lorde Pellering.

A mãe olhou para ela com um ar de reprovação. Linney não via esse olhar com frequência, pois tentava evitar o desprazer de sua mãe mantendo-se longe de seu convívio. Mas como a necessidade de chorar surgira de repente, Linney soube que precisava se retirar para um lugar mais reservado do que o camarote que sua família ocupava no momento.

Pousou as mãos sobre o colo e olhou na direção do palco, que estava longe o suficiente para transformar o rosto de todos os atores em um borrão.

Adicione-se a isso o fato de que a coluna à sua direita obscurecia a metade direita do palco, e ela sabia que nem Edmund Kean poderia salvar sua noite quando chegasse sua hora de atuar. A farsa parecia durar uma eternidade.

Sua mente divagou e, de repente, viu-se pensando no lorde Deslumbrante, que, há que se admitir, tinha uma bela cabeleira. Admitir que um homem tem cabelos belos e volumosos, que se enrolavam apenas o suficiente para serem adoráveis, certamente *não* era nada de mais.

E deixar-se remoer sobre qual seria a aparência das mãos de um homem sem as luvas também não era completamente ridículo.

Não mesmo.

– Muito bem – disse a mãe, e Linney percebeu que os atores haviam finalmente se retirado. A primeira peça havia acabado. – Vejo que lorde Darington finalmente ressurgiu.

Linney voltou-se para o momento presente, e todos os pensamentos de belos homens com mãos grandes e lenços encharcados desapareceram diante da fria realidade que aquele nome lhe trazia à mente.

A mãe inclinou-se sobre o peitoril do camarote, examinando a plateia.

– Não acredito nesse homem. Que audácia!

O Sr. Evanston aproximou-se de sua mãe.

– Ouvi dizer que os jovens gostam de se sentar na plateia com o povo. Dizem que de lá se vê melhor o palco.

Como estava sentada diante de uma coluna, vendo o palco apenas de relance durante a última hora, Linney supunha que eram os jovens que estavam certos.

– Mas ele está acompanhado de uma mulher! Acho que é a Srta. Amelia Rellton, uma mulher de berço. Como ousa!

Linney não se importava com quem se sentava onde ou que um homem estivesse acompanhado por uma mulher de berço – *por que tinham que usar esse termo para referir-se a uma pessoa?* – sentada ao seu lado na plateia, mas o fato de ser lorde Darington, ali no mesmo ambiente que ela, fez com que de repente se sentisse muito mal. Afinal, nunca se dignara a conhecê-la. Na verdade, chegara ao ponto de enviar uma carta solicitando que ela e a mãe desocupassem a propriedade em um prazo de apenas dois dias.

Terrance Greyson, o lorde Darington, era o último homem que Linney queria ver, e menos ainda interagir com ele. Na verdade, esperava que lorde Darington tivesse decidido passar o resto dos dias trancado em Ivy Park.

Talvez até trancado em casa, sofrendo de gota e dor de dente crônica. E, se um dia chegasse a se casar, ela o imaginava ao lado de uma bruxa horrível como esposa, que o chutaria nas canelas com suas botas de bico fino.

Ainda assim, é claro, mesmo não desejando conhecê-lo, Linney se viu inclinando-se para a frente e espiando pelo muro de proteção do camarote.

– Juro, aquele homem é horrível. Sabia que ele foi muito grosseiro comigo há duas noites, no baile de Worth?

– Ele não foi exatamente grosseiro, Georgie – afirmou o Sr. Evanston, acalmando-a com leves tapinhas no ombro.

Linney, que não tinha ido ao baile, olhou chocada para a própria progenitora. Embora soubesse que a mãe quase não se lembrava de que respiravam o mesmo ar, Linney achava que deveria ter sido avisada de que lorde Darington estava em Londres.

– Bem, quando fomos apresentados, o grosseirão olhou para mim como se eu fosse uma criatura das profundezas, e depois virou-se e foi embora.

– Pelo que me recordo, ele pediu licença – disse o Sr. Evanston.

– De um jeito *terrivelmente* abrupto!

A mãe olhou com raiva para o Sr. Evanston, que percebeu que era melhor ficar de boca fechada.

– Ouvi dizer que Darington se tornou um perfeito chato e, além de tudo, arrogante – continuou ele. – Parece que se acha melhor que todo mundo e não conversa nem com os que estão acima dele, socialmente falando.

O bom e velho Sr. Evanston. Ele certamente sabia levar sua mãe na conversa. Não que isso fosse difícil. Bastava concordar e deixar que assumisse o papel de protagonista.

– Soube o que ele disse para a Sra. Kilten-White?

– Não! – sussurrou a mãe, dramática.

– Bem. – O Sr. Evanstou curvou-se para a frente e olhou ao redor furtivamente. Pelo amor de Deus, estavam sozinhos no camarote. – Está lembrada de que a Sra. Kilten-White estava vestida de roxo da cabeça aos pés no baile? Tinha até mesmo uma pena roxa no turbante, também roxo – comentou o Sr. Evanston, arqueando as sobrancelhas cheias de pó. Ele ainda usava pó, embora estivesse fora de moda e fizesse Linney espirrar terrivelmente. – Lorde Darington disse a ela, diretamente, sem meias palavras, que odiava roxo.

– Não!

– Sim!

Linney também não podia dizer que gostava muito da cor. E só de pensar na Sra. Kilten-White, uma mulher alta e corpulenta, envolta em trajes roxos, com a cabeça enorme enrolada em um turbante com pena, bem, Linney tinha certeza de que não seria a mais agradável das visões.

Mas, é claro, não teria dito nada.

Teria pensado, mas certamente não teria dito nada.

– Vejam só! – sussurrou a mãe, de maneira ríspida. – Aquela dama acaba de acenar para ele! – exclamou, apontando para um camarote abaixo delas.

– Aquela *dama* é a Srta. Elizabeth Pritchard, querida – disse o Sr. Evanston, sorrindo.

Sorrir, no caso, era um simpático eufemismo para um olhar malicioso.

Linney não conseguiu deixar de fazer uma careta.

– Bem, alguém precisa dizer à Srta. Elizabeth Pritchard que rubis não combinam com esse vestido verde horroroso.

Sem prestar muita atenção ao seu futuro padrasto, Linney olhou de relance para a Srta. Elizabeth Pritchard e suspirou. Sempre invejara Liza Pritchard, que tinha confiança suficiente para dizer e vestir exatamente o que queria.

– Tenho certeza de que nunca vi nada tão ultrajante – continuou a mãe, desviando o olhar de Liza e voltando-se para a quilométrica multidão abaixo. – Lorde Darington acabou de cumprimentar a tal Pritchard.

Afastando o olhar do rosto sorridente de Liza Pritchard, Linney levantou-se um pouco e se curvou para a frente, na tentativa de poder realmente enxergar lorde Darington pela primeira vez. Procurou na multidão uma, duas vezes e, em seguida, parou.

Aquele *não* podia ser ele.

Era ele, tinha certeza. Mas se houvesse um Deus no céu, absolutamente *não* seria ele.

– Aquele é lorde Darington? – perguntou em voz baixa.

Obviamente, a mãe não a ouviu.

– Olha só! Que audácia! – Georgiana Starling continuava comentando o aceno de Liza e a mesura de lorde Darington. – Cumprimenta todas as mulheres, mas menospreza pessoas como eu. Humpf!

O homem alto de casaco azul-escuro ao lado da Srta. Amelia Rellton estava, de fato, sorrindo para Liza. Mesmo de longe, Linney conseguiu avistar sua covinha. Seu coração deu um salto, fazendo-a sentir-se invadida por um volume muito maior de sangue nas veias.

Foi então que ele desviou o olhar um pouco mais para a direita e encarou Linney.

E piscou.

Ela quase ficou sem ar.

– Meu Deus! – exclamou a mãe, chocada.

Linney, porém, a ignorou e simplesmente continuou olhando para lorde Darington. Será que ele sabia quem ela era? Quando a viu chorando atrás de um vaso de palmeira, será que sabia que ela era a mesma mulher que ele havia expulsado de Ivy Park?

Estava rindo dela ao lhe oferecer o lenço?

Então o sorriso de lorde Darington se alargou e ela percebeu que ele estava rindo.

Miserável!

Linney engoliu em seco e desejou com todas as forças que ele explodisse em chamas e voltasse para as profundezas do inferno, que era, obviamente, de onde tinha saído.

Lorde Darington fez uma leve mesura na direção de Linney e voltou sua atenção para a Srta. Amelia Rellton.

– Não me sinto bem – disse Linney, passando por Ernest Wareing, conde de Pellering. – Leve-me para casa.

Como não era muito de falar e nunca exigia nada, Linney tinha certeza de que todos no camarote ficaram surpresos com seu tom de voz. Mas não se importava.

Saiu do camarote e dirigiu-se à rotunda do teatro. Não ficaria no mesmo ambiente que lorde Darington, e nunca mais permitiria que ele voltasse a rir dela.

Já não bastava ter lhe tomado a casa de maneira tão abrupta? Ela não se permitiria lhe proporcionar nem um segundo de alegria, principalmente às custas de sua dignidade.

Pelo menos daquela vez, a mãe e o Sr. Evanston estavam certos. Lorde Darington era um verdadeiro cafajeste que se imaginava nobre demais para ser cortês com sua mãe, a esposa do homem de quem herdara o título. Seu primo em quarto grau.

Além de tudo isso, havia o fato de que ele rira dela.

Na verdade, agora ela desejava ter assoado ainda mais forte no lenço que ele lhe oferecera.

E deveria ter ficado com ele. E nunca mais devolvido.

Melhor ainda, deveria ter rasgado o linho encharcado em pedacinhos e esfregado bem no nariz *dele*.

CAPÍTULO 2

Embora estejamos falando de lorde Darington e do despejo da viúva lady Darington e sua filha daquele que havia sido seu lar a vida inteira, talvez já tenha passado da hora de mencionar a filha supracitada, lady Caroline Starling.

Esta autora confessa que o nome de lady Caroline não teve a honra de constar com frequência nestas páginas, mas é preciso ressaltar agora que essa silenciosa senhorita parece estar a caminho do altar com ninguém mais, ninguém menos, que Ernest Wareing, conde de Pellering.

(Cá entre nós, alguém mais além desta autora sente vontade de recitar rimas infantis à mera menção do nome do conde?)

Esta autora espera que lady Caroline aprecie a vida no campo; mais especificamente, que goste de cães e de caça, pois é sabido que lorde Pellering é apaixonado por seus cães de caça.

CRÔNICAS DA SOCIEDADE DE LADY WHISTLEDOWN,
28 de janeiro de 1814

Era uma abominação da natureza sempre encontrar a parte mais confortável da cama cinco minutos antes de ter que se levantar dela.

Principalmente quando a cama era quentinha e o quarto, ao contrário, capaz de manter uma pedra de gelo intacta por uma semana.

Considerando o fato de que não conseguia sentir o próprio nariz, Linney suspeitava que essa última parte da conjectura fosse real. A primeira parte era verdadeira, pois estava tudo alinhado do jeito certo, os travesseiros eram perfeitos e o corpo estava acomodado no calor e conforto das cobertas. Ahhh.

Foi então que alguém bateu à porta. E não foi uma batida suave e agradável, mas uma batida forte, seca, pá, pá, pá.

– Linney! – chamou a mãe.

Maldição.

Sem esperar resposta, Georgiana irrompeu porta adentro, o cabelo cheio de papel de permanente e o rosto sem a maquiagem que sempre usava de forma generosa.

Não era uma boa maneira de ser acordada.

Duquesa pareceu concordar, pois a companheira constante de Linney, que estivera aninhada na extremidade da cama com a cabeça voltada para a porta, levantou-se elegantemente, virou o traseiro para lady Darington e voltou a se deitar.

— Sinceramente, minha querida, gostaria que você não deixasse essa gata dormir na sua cama.

A gata abanou o rabo, indignada.

Linney não disse nada. Raramente dizia alguma coisa, mas a mãe parecia nunca perceber.

— Bem, você não vai acreditar — continuou Georgiana, apertando o robe contra o corpo. — Enquanto estamos aqui conversando, aquele homem está lá na sala da nossa casa!

Como Linney não havia pronunciado uma palavra sequer, parecia um tanto presunçoso da parte da mãe usar o verbo no plural.

— Estou falando sério! — Lady Darington começou a andar de um lado para o outro. — Ainda não é nem meio-dia! Ninguém aparece para uma visita antes de meio-dia, ele não sabe disso?

Obviamente não, quem quer que fosse o culpado.

— E ele é tão... — Naquele momento, a mãe pareceu incapaz de encontrar as palavras certas. O que era incrível. Se havia algo que nunca faltava a Georgiana Starling, eram palavras. — Bem, se ele acha que pode me virar as costas no baile de Worth e aparecer na minha casa praticamente duas horas antes do meio-dia e agir como se fôssemos grandes amigos, ele está absolutamente enganado.

O coração de Linney palpitou. Palpitou mesmo. Que melodramático de seu tolo, terrível, *mole* coração. Talvez devesse chamar o Dr. Nielson para examiná-la.

Mas, é claro, era só porque o lorde Darington era um grosseirão. Foi exatamente por isso que seu coração palpitou e ela se sentiu zonza.

— Lorde Darington está aqui? — Linney se ouviu perguntar. — Agora?

A mãe a encarou, piscando. Georgiana gostava de falar; conversar, no entanto, estava além de suas capacidades.

— Vá até lá — disse a mãe, fazendo um gesto com a mão. — Eu não irei, isso é certo. Como se *eu* estivesse pronta para receber alguém a essa hora da manhã. Ainda nem tomei meu chá.

Nem Linney, mas isso obviamente não importava.

— E certamente nunca vou receber lorde Darington. — Georgiana virou-se para alguma companhia imaginária que, obviamente, teve a audácia de questioná-la. — Não, não vou! Não o aprovo de maneira alguma. Você o viu!

E, de repente, Linney voltou a ser o centro das atenções da mãe. Adeus, companhia imaginária.

– No sábado à noite, desfilando seus modos horríveis, levando aquela pobre moça ao teatro e sentando-se em meio à ralé. Seu pai ficaria chocado ao ver seu título sendo tão insultado. – Lady Darington mordeu as costas da mão para sufocar o choro. – Estou chocada.

E, com isso, Georgiana saiu do quarto.

Linney sentou-se por um momento, contemplando a porta pela qual a mãe acabara de sair. Muitas vezes se questionava se os pais não a teriam encontrado na rua. A mãe era absolutamente linda. Bem, quando jovem. Agora precisava se esforçar um pouco.

Com o pai, era a mesma coisa: era um homem tão belo que não via motivo para se concentrar em qualquer outra coisa além da própria imagem no espelho.

E havia Linney – a pálida, sem graça, Linney. Não era muito alta nem muito baixa, nem muito gorda nem muito magra, nem muito bonita nem muito feia. A palavra "muito" nunca era utilizada em relação a ela.

De fato, ela se misturava à multidão. Ninguém percebia sua presença.

Quando o pai era vivo, a mãe e ele brigavam feito cão e gato, ambos disputando constantemente a atenção, mas nunca deixando que um pouco dessa atenção se voltasse para a filha.

Ela acreditava que na maior parte do tempo eles não se lembravam dela, embora estivesse sentada no mesmo cômodo que os dois.

Tinha sido como viver com pais de 3 anos de idade. Pelo menos agora, restara apenas um.

Duquesa levantou a cabeça e lançou um olhar para Linney.

– Sim, já sei, já sei – disse Linney.

Olhou para o lavatório e para o chão frio. A água estava literalmente congelada. Na semana anterior, Linney tivera que, literalmente, quebrar o gelo para fazer sua higiene.

A mãe, é claro, tinha água morna, e sua lareira era acesa todas as manhãs por Annie. Como ninguém se incomodava com o fato de Annie nunca servir a Linney, a criada nem se dava ao trabalho de fingir que o fazia.

Duquesa balançou o rabo.

– Certo, já vou.

Linney afastou as cobertas e, munida de grande coragem, enfrentou o ritual matinal.

Era ela.

Será que a sua ninfa chorosa era lady Darington? Não podia ser, ele conhecera lady Darington no baile de Worth. Essa devia ser lady Caroline Starling.

Todos os seus questionamentos ficaram em suspenso, e Terrance Greyson, o quarto marquês de Darington, só conseguia encará-la.

– Lorde Darington – disse ela ao entrar na pequena sala e cumprimentá-lo com um meneio da cabeça.

Sem as lágrimas, seus olhos estavam mais comuns, não eram mais as esmeraldas brilhantes das quais ele se lembrava. E Deus sabia que ele se lembrara deles, especialmente quando se revirava de um lado para o outro na cama, tentando dormir.

Não, não diria que eles estavam mais comuns, apenas apagados.

Mas a pele dela ainda tinha um tom de rosa pálido, etéreo.

A gata que Terrance afagava esfregou a cabeça sob seus dedos e ele automaticamente voltou a acariciá-la atrás das orelhas. Linney o encarava como se ele tivesse se esquecido de levantar em sua presença.

Deus meu, ele *havia* mesmo se esquecido de levantar.

Terrance pôs-se de pé rapidamente, derrubando de forma abrupta a pobre gatinha no chão. O animal fez um som horrível e saiu da sala como uma bala disparada de um canhão.

Aquela não era uma boa maneira de começar. Com tudo que ele tinha que superar para conversar com os outros, o mínimo que poderia pedir era uma entrada tranquila para que sua língua não ficasse amarrada.

Não que sua mente não funcionasse, mas, desde que uma bala se alojara em seu crânio em um campo de batalha encharcado na França, Terrance Greyson tinha dificuldade de encontrar as palavras para mostrar que seu cérebro funcionava perfeitamente.

– Vejo que o senhor conheceu a Srta. Cuspidela – disse a jovem, de forma sucinta. – Ela em geral não gosta das pessoas. E imagino que não vai querer pular de novo em seu colo tão cedo.

Lady Caroline Starling franziu a testa, a delicada pele logo acima de suas sobrancelhas escuras se enrugando.

– Quer dizer... – apressou-se em acrescentar, para em seguida parar de falar e parecer estar desejando desaparecer dali.

Terrance conhecia intimamente aquela sensação.

– Lady Caroline – disse ele, tentando desesperadamente preencher o silêncio com palavras que não lhe vinham à boca com facilidade. – Eu...

Palavras, seria bom ter palavras. Por favor? Palavras? Inglês, francês bastaria. *Ah, lady Caroline, seu pescoço foi feito para ser beijado.*

Não, não eram boas palavras para se iniciar uma conversa.

Lady Caroline respirou fundo e endireitou os ombros, esperando.

– Droga! – exclamou ele, só depois percebendo que a palavra saíra de sua boca em voz alta.

Bom trabalho, Terrance.

– Como disse? – perguntou Caroline Starling, arregalando os olhos.

Teria ajudado imensamente se ele não tivesse ficado chocado ao descobrir que a ninfa chorosa de sábado à noite era sua prima de quarto grau, lady Caroline Starling, de Ivy Park.

Estar em choque, sem palavras, é uma desvantagem e tanto quando é preciso se esforçar tanto para falar.

Terrance não conseguiu conter o riso.

Lady Caroline ficou rígida e limpou a garganta.

– Tenho certeza de que não sei por que o senhor está aqui, lorde Darington. Especialmente a essa hora da manhã. Mas se pensa em... me provocar sobre o que aconteceu no teatro...

– Nunca faria isso!

– Que bom.

Então os dois se olharam.

Ele tinha um discurso preparado e memorizado. Percebeu, é claro, que havia provocado a ira de lady Darington quando foram apresentados no baile. No entanto, jurava não ter conseguido encontrar as palavras quando de repente deparara com a viúva do falecido marquês.

E sabia que deveria encontrar as palavras certas para uma relação tão importante. Então voltou para casa, redigiu um breve discurso para lady Darington e o memorizou.

Claro, agora estava diante da filha, e quase metade do discurso teria que ser eliminado e o restante alterado.

Aquilo não era nada bom.

Especialmente considerando-se que a filha dificultava ao extremo sua capacidade de concentrar-se nas palavras. Ela tinha a pele mais delicada que havia visto na vida. Na verdade, havia um ponto, bem na base do pescoço, que certamente precisava ser mais bem explorado. De preferência com a língua.

Terrance fechou os olhos por um momento, tentando explorar seu cérebro paralisado em busca de uma palavra. Lady Darington. Foi isso, lady Darington. Era assim que devia iniciar seu discurso.

– Lady Darington – começou ele, depois parou diante do olhar perplexo dela.

Deus do céu, não, não era lady Darington diante dele, era Caroline. Ele, obviamente, percebeu isso na mesma hora. Terrance desejou poder arrancar a língua da própria boca e passar-lhe um bom sermão. *Basta dizer as palavras, droga.*

Vamos lá, senhorita... lady Caroline Starling.

– Lady Caroline – recomeçou ele, sem conseguir conter um leve suspiro. *Bom, Terrance, você acertou o nome.* – Trago saudações de seus antigos inquilinos.

Tudo bem, tudo bem. Mas em seguida viriam algumas frases que só fariam sentido se fossem dirigidas a lady Darington.

Ah, mas ele tinha cartas para lady Caroline. Na verdade, ela parecia ser a favorita dos empregados de Ivy Park e de muitos dos inquilinos também.

– Tenho em minha posse cartas para a senhorita.

Bom, bom. Ele estava quase orgulhoso de si mesmo, considerando que tinha tudo sob controle, embora estivesse se dirigindo a uma pessoa para a qual não se preparara. E o que era ainda mais perturbador: lady Caroline era uma visão arrebatadora sob o banho dourado de luz do sol vindo de uma das janelas.

– Além disso – continuou ele –, gostaria de lhe dizer que Ivy Park vai muito bem. A Srta. Elizabeth Bilneth casou-se no mês passado com um rapaz do sul. As crianças da família Lawry estão todas na escola agora e a mãe está trabalhando para o cozinheiro em Ivy Park, pediu que eu lhe dissesse. Ela também disse que lady Caroline ... er. – Ops! Ficara um pouco mais seguro de si e deixara escapar. – Isto é... quer dizer, que a senhorita gostaria de saber que as rosas estão lindas e que o Sr. Lynch tem cuidado muito bem delas desde sua partida.

Silêncio de novo.

Caroline o encarava como se ele fosse uma cobra de três cabeças em um circo dos horrores. Aquilo era realmente necessário? Sim, suas palavras haviam saído um pouco empoladas. Entretanto, ele tinha dito tudo o que desejava dizer e, mesmo que tudo tivesse começado de forma estranha, não fora tão ruim assim, certo?

Embora ele não tivesse previsto que sua ninfa chorosa (assim a chamara em seus pensamentos, porque a havia espionado pela primeira vez através das folhas de um vaso de palmeira) fosse entrar na sala naquele momento, era bom ter um nome para associar ao rosto que o acompanhara durante as últimas duas noites insones.

Ela não era de uma beleza estonteante, na verdade. Certamente não como a Srta. Rellton, que era belíssima, apesar de tão sem graça quanto água suja. Não, lady Caroline tinha um rosto que poderia passar despercebido, a menos que fosse avistada no auge de uma crise de choro, os olhos em lágrimas como um lago sem fundo.

Será que agora estava se tornando poeta?

Na verdade, ele tinha que admitir que a razão pela qual não conseguia tirá-la da cabeça era o brilho daqueles olhos quando ela ficara diante dele e enfiara o lenço empapado no bolso do seu paletó. Ela o fizera rir.

Ele sorriu com a lembrança.

– Ah!

Terrance piscou diante do tom de indignação de lady Caroline.

– O senhor é muito desagradável!

Terrance estava afastado da sociedade havia bastante tempo, mas tinha certeza de que não fizera nada considerado desagradável.

– Está rindo de mim!

Não, ele não estava.

– Não, não estou.

– Como se atreve, lorde Darington? Não sei o que pensa que está fazendo, ou por que quer gastar seu precioso tempo provocando alguém tão insignificante quanto eu, mas direi desde já que não tolerarei! O senhor vem até aqui com a óbvia intenção de me fazer passar vergonha por causa das circunstâncias em que me encontrou no teatro, pronuncia palavras como se estivesse lendo um cartão de anotações e em seguida ri de mim? Não tolerarei! E o fato de a Srta. Cuspidela ter se sentado em seu colo não significa nada para mim. Nada mesmo!

A moça bateu o pé.

– E não significa nada que o senhor tenha cabelo na parte de trás da cabeça ou que meu coração palpite quando o vejo. Acredito que ele palpite assim porque odeio o senhor!

Ela virou-se, atravessou a porta da sala e saiu pisando forte pelo corredor.

Então Terrance ouviu nitidamente o som de uma porta batendo. E poderia jurar que a porta que acabara de bater era a que ele usara para entrar na casa.

Isso significava que lady Caroline gritou com ele e depois saiu da casa. Da casa dela. Ele acabara de fazer a moça ir embora da própria casa.

Embora tivesse dificuldade com as palavras, sua mente funcionava muito bem. Mas os últimos minutos o haviam deixado completamente confuso.

O que diabo seu cabelo tinha a ver com tudo aquilo?

Terrance olhou ao redor da sala vazia, aguardou alguns minutos até o silêncio ecoar das paredes, e depois saiu para o corredor.

– Olá? – chamou, e esperou um pouco mais.

Nada. Também não conseguiu encontrar nenhuma campainha. Viu seu chapéu e casaco pendurados no final de um corredor que levava à porta da frente.

– Com licença... – tentou novamente.

Entretanto, a criada que o recebera não apareceu. Tudo bem, então. Terrance pegou o chapéu e o casaco.

Ficara bastante confuso com aquilo.

Apesar de tudo, pensou enquanto se afastava da casa, havia dito o que precisava ser dito. Talvez, no futuro, devesse ficar bem longe de lady Caroline Starling.

Ela o deixava confuso, e ele realmente precisava evitar confusões a qualquer custo.

Além disso, ela pareceu ser um pouco doidinha.

Por que, então, ele sentia uma estranha necessidade de *não* se afastar dela?

Talvez *ele* estivesse ficando doido.

⁂

Nada como fazer papel de tola logo cedo pela manhã. Acrescente-se a isso estar congelando até a morte por culpa dela mesma. Na humilhante saída porta afora, Linney se esquecera de pegar o chapéu e o casaco. Também havia esquecido que tinha deixado a própria casa. Burra. Acabara de fazer uma cena e saíra correndo da própria casa.

E agora ia congelar.

Era evidente que não poderia voltar antes de lorde Darington ir embora.

Ah, a ruína do orgulho. E a ruína de permitir-se falar. Ela se saía muito melhor quando não dizia o que estava pensando, muito obrigada.

Linney desceu as escadas até a calçada deserta e avistou Lorde Libertino caminhando na direção dela. Ele lançou-lhe um olhar superior, torceu o rabo com desdém e continuou seu caminho. Obviamente, acabara de voltar de uma noite de devassidão.

Macho horrível. Todos os machos eram horríveis, até os felinos.

Lorde Libertino avançou um pouco mais, se inclinou pela balaustrada e desceu delicadamente uma escada que dava em uma pequena alcova sob a entrada principal que ocultava a porta de serviço.

Bem, pelo menos agora sabia como entrar em casa sem ser vista. Linney seguiu o gato e bateu à porta da cozinha.

Enquanto esperavam que Cook abrisse a porta, ela e Lorde Libertino ficaram em silêncio. Ele não era nada parecido com a avó, a melhor amiga de Linney durante a infância em Ivy Park, a Sra. Piscadinha.

O Sr. Piscadinha havia obviamente se transformado em Sra. Piscadinha assim que Linney descobriu que ela havia escondido, em uma cama feita com o melhor vestido de cetim de sua mãe, uma prole de seis filhotes.

Um desses gatinhos era Duquesa, que, por sua vez, dera à luz Lorde Libertino e Srta. Cuspidela. E, embora Lorde Libertino raramente a reconhecesse e a Srta. Cuspidela estivesse sempre irritada, Linney os amava. Eles eram, de fato, uma das principais razões pelas quais queria se casar com lorde Pellering.

Seus queridos gatos precisavam desesperadamente de um lar.

Linney ouviu a porta da frente acima deles se abrindo e se encolheu contra a parede. A última coisa que desejava era que lorde Darington a encontrasse ali, tremendo, do lado de fora da cozinha. Que forma horrível de arruinar uma saída constrangedora, ainda que verdadeiramente dramática.

Era aquele maldito orgulho. Poderiam até acreditar que ela não tinha orgulho, mas, na verdade, tinha, e muito.

Os calcanhares das botas de lorde Darington pisavam com força em cada degrau da escada enquanto ele descia. Linney prendeu a respiração e se encolheu quando Cook finalmente decidiu abrir a porta.

– O que está fazendo aí, lady Caroline? – exclamou ela, em voz alta. – Vai morrer de frio!

Lorde Libertino deslizou pelos pés de Cook e desapareceu.

– Lady Caroline?

Era, é claro, lorde Darington. Era pedir demais que ele não tivesse escutado Cook.

Linney desejou poder escapar e desaparecer também. Não seria bom? Mas, em vez disso, olhou para lorde Darington, agora debruçado sobre a balaustrada, uma interrogação no rosto incrivelmente belo.

Deveria no mínimo ter a aparência de um ogro, já que o era.

– Não tive a intenção de ofendê-la – disse lorde Darington, com um tom que parecia sincero.

Cook ficou perplexa. E Linney desejou poder voltar no tempo e informar a mãe de que não podia e não iria receber lorde Darington.

Ela nunca dizia ou fazia o que era certo, nunca. Por isso tentava ficar quieta e não abrir a boca. Aquela cena horrível era a prova de que deveria se casar o mais breve possível e ir morar no campo, para sempre.

– O senhor não me ofendeu, lorde Darington – respondeu Linney rapidamente.

– Mas...

Cook também estava nitidamente fora de sua zona de conforto, pois a traidora voltou para dentro da casa e fechou a porta.

Salve-me, meu bom Deus. Linney estremeceu.

Lorde Darington apressou-se em descer a escada, tirando o casaco no caminho.

– Aqui, vista – disse, oferecendo-lhe o sofisticado casaco.

Ela não quis pegá-lo, e ambos ficaram olhando a peça de roupa durante um bom tempo no frio congelante.

Ele sacudiu o casaco e tentou ajudá-la a vesti-lo.

Pelo amor de Deus. Linney enfiou o braço em uma das mangas, curvou-se para colocar o outro braço e parou de repente ao sentir a respiração de lorde Darington em seu pescoço.

Era quente e lhe provocou arrepios nas costas e nos braços. Que ótimo.

– A senhorita está bem? – perguntou ele, aproximando-se ainda mais.

Ai, meu Deus, ai, meu Deus, ai meu Deus, ai, meu Deus. Linney estremeceu novamente, só que desta vez seu tremor nada tinha a ver com o fato de estar quase congelando.

Já vestida, deu de ombros e virou-se rapidamente. Mas agora estavam os dois na pequena alcova e, portanto, não havia espaço físico suficiente entre eles. Linney podia ver os pelos escuros sob o queixo de lorde Darington. Podia sentir sua respiração quente contra o topo de sua cabeça, e agora podia sentir o cheiro dele ao seu redor, uma mistura de especiarias e charutos, café e virilidade.

Ai, meu Deus.

Lorde Darington simplesmente a encarou, depois franziu a testa. Parecia constrangido e, até onde Linney o conhecia, sabia que ele nunca se sentiria constrangido.

Ela suspirou.

– Realmente, lorde Darington, não entendo...

– A senhorita me acompanharia à festa de patinação no gelo dos Morelands?

Aquilo foi inesperado. Linney olhou ao redor, para ver se não havia alguém ouvindo. Talvez fosse algum tipo de piada, um desafio ou alguma outra brincadeira masculina imbecil.

– Estou noiva, lorde Darington – respondeu ela, apesar de não estar. – Bem, ao menos estarei em breve.

Ela esperava. Pelo menos, acreditava que esperava.

E então sentiu de novo aquela horrível sensação de queimação por trás dos olhos, e seu coração parecia uma bigorna de pedra batendo no peito.

Deus, ela ia chorar.

Tinha que parar de pensar em lorde Pellering e seu iminente pedido de casamento enquanto estivesse na presença de terceiros, porque o pensamento a levava a cair no choro.

Já era ruim o bastante ser uma chorona na reclusão de seu quarto. Ao começar a demonstrar sua recém-descoberta fraqueza na frente de todos, isso simplesmente não podia levar a nada de bom.

Linney mordeu o lábio inferior e ergueu o queixo. Não ia chorar na frente de lorde Darington. Claro, sabia que seus olhos provavelmente estavam um pouco úmidos, pois sentia as lágrimas queimando, prestes a rolarem.

Seria muito bom se chegasse logo à parte em que estava casada e poderia ser sensata mais uma vez.

E seria muito bom se suas lágrimas tivessem pelo menos esperado até ela estar dentro de casa, de preferência sozinha.

E teria sido muito bom se lorde Darington não estivesse parado na frente dela, olhando-a, vendo-a desmoronar... Novamente.

Não, maldição, não desmoronaria.

Linney respirou fundo, cerrou os punhos e voltou a tremer no momento em que lorde Darington disse algo.

Ela não entendeu muito bem o que ele falou, mas foi então que ele balançou a cabeça bruscamente, colocou os braços em volta dela e a puxou contra seu peito largo.

Por um breve segundo, Linney ficou chocada, uma parte de seu cérebro dizendo-lhe para empurrar o homem para longe, pois ele estava tomando muitas liberdades. E provavelmente estava rindo dela ou algo ainda pior.

Mas então seu cérebro parou de raciocinar como deveria. Lorde Darington foi o único homem em toda a sua vida a abraçá-la assim, e, uma vez que seu cérebro meio que derreteu, descobriu que definitivamente gostava daquilo.

Quem diria que alguém poderia se sentir tão aquecida quando o mundo ao redor congelava?

Não era incrível ficar alguns preciosos instantes aninhada em braços maravilhosamente fortes, contra um peito musculoso, enquanto escutava as batidas do coração de outra pessoa?

Ela havia se esquecido completamente de que lutava contra as lágrimas. Por que diabo havia chorado, afinal? E, maldição, o que estava fazendo nos braços daquele homem?

Linney afastou-se.

– A senhorita está bem? – perguntou lorde Darington, a voz baixa soando realmente agradável.

Não, por Deus, não, ela certamente não estava bem.

– Preciso ir. Imediatamente!

Linney virou-se e esmurrou a porta com toda a força que tinha.

A porta se abriu rapidamente, como se Cook estivesse ali o tempo todo. Que maravilha. Em menos de uma hora, o ocorrido estaria na boca dos criados de toda Londres. Linney soltou um suspiro angustiado e depois fez exatamente como Lorde Libertino havia feito antes dela: deslizou por Cook e desapareceu.

CAPÍTULO 3

Lorde Darington parece ter dispensado todo e qualquer vestígio de bom comportamento e etiqueta. Ao encontrar a Sra. Featherington no Piccadilly na semana passada, informou-a de que parecia haver um pássaro morto em sua cabeça. (Esta autora, excepcionalmente, se absterá de comentar sobre a desafortunada escolha de chapéu da Sra. Featherington). Sem mencionar que, quando tirou a Srta. Ballister para dançar no baile de Worth na semana anterior, ele o fez olhando-a nos olhos e dizendo, sem rodeios: "Quero dançar."

Se não fosse tão estranha, sua sinceridade seria bem-vinda.

E, como não bastasse, lorde Darington foi visto no domingo anterior caminhando pelas ruas de Mayfair sem casaco.

Céus, ninguém disse ao pobre homem que o Tâmisa congelou?

CRÔNICAS DA SOCIEDADE DE LADY WHISTLEDOWN,
2 de fevereiro de 1814

– **B**em, antes de tudo, você foi visitá-las cedo demais ontem, Dare.

Com um suspiro, Terrance reclinou-se na cadeira.

– Certo, eu tinha me esquecido.

Ronald Stuart balançou a cabeça.

– Uma semana em Londres não bastou para que voltasse a se acostumar com os horários da cidade. Terei que mantê-lo na rua até tarde hoje. Talvez assim você possa dormir pelo menos até o meio-dia.

Terrance riu e tomou um gole de seu tônico.

– Você sabe, poderia tomar um conhaque. Estamos só nós dois. Comigo você não precisa manter o juízo.

Terrance correu os olhos pelo White's.

– Obrigado, mas eu gosto do meu juízo.

Fazia muito tempo não ia com Stu ao White's; na verdade, parecia uma vida inteira.

– Além disso, não vale a pena perder tempo pensando em lady Caroline. Ainda que seja uma pena perder um casaco de tão boa qualidade.

– Ela mandou entregá-lo em minha casa. Não perdi casaco nenhum.

– Bem, que bom, então. Agora... – Stu tirou do bolso do colete um pedaço de papel. – Que tal a Srta. Rellton? – perguntou, mergulhando uma pena em um tinteiro na mesa ao lado e segurando-a no ar.

– Não.

– Passemos à próxima.

Stu escreveu o nome da Srta. Rellton.

Terrance franziu a testa. Stu tinha a sutileza e o tato de um touro desenfreado. Um bom homem, o amigo mais leal que já tivera. Mas a abordagem fria que usava para encontrar uma noiva para Terrance lhe parecia um tanto grosseira.

Além disso, não concordava que lady Caroline deveria ser descartada tão rapidamente.

– Convidei lady Caroline para a festa de patinação no gelo.

– Como assim?

– Convidei...

– Está louco? Ela é exatamente o que você me disse que não quer em uma esposa, Dare. E, se bem me recordo, você queria encontrar uma esposa rapidamente. – Stu enfiou a pena no tinteiro. – "Preciso me casar, Stu, ajude-me a encontrar uma esposa. Mas, pelo amor de Deus, não me faça esperar uma temporada inteira." Isso lhe lembra alguma coisa? Foram essas as instruções você que me deu ou estou enganado?

Sim, agora suas palavras lhe pareciam horríveis.

– E, além disso, lady Caroline não atende aos seus requisitos – continuou Stu. – Você me pediu para encontrar alguém capaz de representá-lo bem na sociedade. Alguém que... Como disse mesmo? Alguém que brilhe. Alguém capaz de manter uma boa conversa, de modo a tirar o foco da sua falta de loquacidade. Bem, vou lhe dizer uma coisa, Dare, lady Caroline não é essa pessoa. Ela é... – Stu fez uma careta. – Insossa, isso é o que ela é.

Insossa? Terrance pensou na pele reluzente de Caroline e em seus olhos grandes, depois lembrou-se de suas palavras estranhas e, obviamente, de sua impetuosidade.

Se havia uma coisa que lady Caroline Starling não era, era insossa.

– Ela recusou o meu convite – disse ele.

E, se acreditava que tal informação acalmaria o amigo, Terrance estava redondamente enganado.

– *Ela* recusou o *seu* convite? O *seu* convite? – perguntou Stu, pondo-se de pé. – Como ousa! Como se ela fosse grande coisa!

– Stu – disse Terrance, acalmando-o.– Sente-se.

Stu obedeceu.

– Bem, parece mesmo que ela se considera superior, não é?

– Não. – Terrance fez uma breve pausa, tentando encontrar as palavras. – Na verdade, ela parece não gostar de mim.

– Ela não gosta de você?

– Foi o que eu disse.

– Claro, mas você nem sempre diz o que pretende dizer, certo? Ou, pelo menos, nunca usa palavras suficientes para eu ter certeza de que entendi bem. E *eu* realmente tenho que entender bem esta frase: lady Caroline não gosta de você? – Desanimado, Stu ergueu as mãos para o ar, como se estivesse se rendendo. – O que *gostar* tem a ver com isso? Ora, vamos, lady Caroline é uma solteirona por excelência. Deveria ficar grata a qualquer um que lhe oferecesse ajuda para desencalhar. Ela não pode se dar ao luxo de ser exigente.

– Tenho que discordar. Lady Caroline pode se dar ao luxo de ser exigente. É uma bela mulher.

Stu franziu a testa.

– Está bem, vamos admitir que seja bonita. Mas nenhuma mulher minimamente inteligente recusaria o convite de um solteiro próspero com um título de nobreza. Muito menos uma mulher que já passou do tempo. – Stu balançou a mão no ar. – Bonita ou não, gostar não vem ao caso.

– Bem, lady Caroline não gosta de mim.

Stu simplesmente deu de ombros.

– Mulheres, que seres estranhos. Mas nada disso importa, porque ela não é para você. – Balançando sua cabeça loira, Stu voltou a atenção para a lista. – Mas a Srta. Shelton-Hart definitivamente é.

Ele levantou o rosto, um brilho triunfante nos olhos escuros.

Era um pouco prematuro pensar em triunfo, pareceu a Terrance. Afinal, ele não queria pensar na pessoa seguinte da lista. Queria pensar em Caroline Starling.

Bastava de falar em ficar longe dela.

– Vou falar com a Srta. Shelton-Hart imediatamente e lhe dizer que você a acompanhará à festa de patinação no gelo – anunciou Stu.

Que maravilha. Já podia ver Stu entrando na casa da Srta. Shelton-Hart e exigindo que ela acompanhasse lorde Darington à patinação.

– Não seria melhor primeiro *perguntar* a ela, Stu?

Stu piscou.

– Certo, foi o que eu falei, Dare. – O amigo se inclinou para ele e sussurrou: – Veja bem, não tente dizer coisas que o façam parecer emotivo. *Nós dois* sabemos que você está bem, mas se outros souberem do seu problema, vão lhe causar grande sofrimento. E acredite, essa lista de prováveis noivas será reduzida a quase nada.

Os lábios de Terrance se contraíram, mas ele teve a cautela de não rir do amigo.

– De todo modo, não quero a Srta. Shelton-Hart.

– Como pode saber? Você a conheceu? Já a viu? – Stu não esperou Terrance responder. – Não – disse ele, sucinto, como se falasse com uma criança fazendo birra. – Bem, irei então até a casa da Srta. Shelton-Hart para lhe pedir que esteja pronta às 11h30, daqui a três dias, para ter o incrível prazer de ser acompanhada à festa de patinação dos Morelands por ninguém mais, ninguém menos, que lorde Darington. – Levantou-se da cadeira com grande entusiasmo. – Você ficará bem aqui sozinho?

Meu Deus, Stu.

– Claro.

– Certo, então, vou indo.

Stu inclinou a cabeça na direção de Terrance, cumprimentando-o, colocou a lista de nomes no bolso e saiu.

Terrance o observou e, em seguida, olhou ao redor, para os outros cavalheiros que estavam no White's. Desde que fora ferido em batalha, passara a falar menos e observar mais. Era impressionante. Agora entendia coisas que antes haviam lhe passado totalmente despercebidas.

Terrance observou um jovem contraindo-se e gaguejando ao fazer algum pedido ao conde de Stanwick. Embora estivesse longe demais para saber do que se tratava, Terrance sabia que era um pedido, algo que o jovem desejava desesperadamente, e tinha quase certeza de que o velho conde não lhe concederia.

Pobre rapaz.

Terrance pôs-se de pé. Lembrou-se da época em que ia ao White's e ali permanecia por horas a fio, sem fazer nada além de beber, fumar e conversar. Agora, tudo aquilo lhe parecia infinitamente enfadonho.

Ele estava mais interessado em encontrar uma maneira de cair nas graças de lady Caroline. Não importava o que Stu dissesse ou mesmo o que Terrance afirmara desejar. Desde que conhecera lady Caroline, não conseguia pensar em mais ninguém que pudesse desejar.

Queria conhecê-la melhor. E desejava profundamente explorar seu pescoço com a língua. Isso era muito importante.

Terrance acenou para o conde de Stanwick e deixou o clube à procura de lady Caroline Starling.

❦

Uma das coisas pelas quais Linney ansiava quando se casasse e fosse morar no campo era a liberdade de ir e vir sem precisar de acompanhante. Era uma chatice, em especial porque os criados da casa costumavam estar ocupados com tarefas para a mãe.

Em geral, teria enviado um bilhete para Emily Parsons, sua única amiga, sempre disposta a acompanhá-la e levar um dos 50 milhões de lacaios de que o pai dispunha. Porém, infelizmente, a família de Emily havia concluído que o fato de o Tâmisa ter congelado não era justificativa suficiente para uma viagem a Londres durante o inverno, então haviam optado por permanecer no campo.

Assim, tinha sido forçada a recrutar Teddy, um misto de mordomo/lacaio/faz-tudo, para a tarefa de acompanhá-la. A mãe provavelmente se irritaria quando percebesse que Teddy não estava presente para colocar o chapéu de mordomo e recepcionar as visitas que apareceriam a qualquer momento, mas Annie poderia fazê-lo em seu lugar. E Linney precisava sair.

Afinal, ficar sentada na sala de estar, como sempre era solicitada a fazer por algum motivo insondável, ouvindo a mãe falar sem parar e tendo que suportar a repulsa que sentia pelos olhares maliciosos do Sr. Evanston às visitas do sexo feminino, estava além de sua capacidade naquele momento.

Não, obrigada, preferiria ficar exatamente onde estava. Linney estava em um salão de mármore deserto da Montagu House, em Bloomsbury, que abrigava o Museu Britânico, diante da Pedra de Roseta. Teddy batia papo com um vigia na outra sala, com as bênçãos de Linney.

Ela colocou a mão sobre a pedra, deixando os dedos deslizarem sobre as estranhas marcas. Perguntou-se o que diziam, como seria o mundo do qual viera a pedra. Os mistérios que cercavam o objeto a intrigavam.

Ao mesmo tempo, a deixavam triste. Em algum lugar, havia um espaço que essa pedra ocupara e que agora estava vazio. A Pedra de Roseta fora retirada do lugar onde permanecera durante milhares de anos; na verdade, roubada e levada para quilômetros e mundos de distância.

E embora não conseguisse expressar a ideia em palavras, parecia que algo estava errado; era apenas mais um daqueles estranhos pensamentos que jamais expressaria em voz alta.

– Interessante, não?

Arrancada de suas reflexões por uma voz suave às suas costas, Linney soltou um grito que ecoou no museu inteiro e provavelmente foi ouvido em três continentes diferentes.

– Sinto muito – disse a voz.

Ela virou-se e simplesmente se deparou com lorde Darington. Para alguém com quem tinha uma relação de parentesco, ainda que distante, mas que nunca havia visto na vida, encontrá-lo três vezes em três dias lhe parecia um pouco estranho.

Um pouco estranho e muito desconcertante.

– Milady?

O pobre Teddy surgiu correndo, o rosto da cor do gelo que agora cobria o Tâmisa.

– Desculpe, Teddy, não foi nada. – Linney franziu a testa ao dizer "nada". – Foi apenas um susto, só isso.

Teddy recuperou o fôlego e assentiu, mas não foi embora. Bom garoto.

– Não tive a intenção de assustá-la.

Não, ele não teve a intenção de assustar nem ofender. Quais eram as suas *reais* intenções, então?

Por um momento, os dois se encararam. O que foi um pouco constrangedor, mas muito bom, considerando que ele era o homem mais bonito que já tinha visto. Além disso, tinha um cheiro bom. Isso não se aplicava à maioria dos homens, tinha que admitir.

O Sr. Evanston, por exemplo, sempre cheirava a sapato velho.

Em dias quentes, tinha um cheiro absolutamente azedo.

– A senhorita gosta de egiptologia? – perguntou lorde Darington, inclinando a cabeça e seus fartos cabelos na direção da Pedra de Roseta.

Ela hesitou por um momento, uma imagem estranha e perturbadora de seus dedos passando pelos cabelos dele fazendo com que ela engolisse em seco um pouco alto demais antes de responder.

– Errr, na verdade, não – respondeu, olhando para a pedra. – Não particularmente. Mas gosto da pedra. Gosto de refletir sobre ela, em especial no silêncio do museu. – Linney franziu a testa. Aquilo não tinha feito sentido, tinha? – Quero dizer...

– Sim, eu entendo.

Ela estreitou os olhos para ele. Se ele realmente a havia entendido, então ela era uma princesa saída de um conto de fadas.

Ele tocou a pedra, exatamente no mesmo lugar em que ela a havia tocado antes.

– Vejo um pobre rapaz, debruçado sobre a pedra. – Lorde Darington parou por um momento e respirou fundo. – Entalhando-a. Quem era ele? A senhorita não se pergunta isso?

Sim.

Lorde Darington a encarou com olhos da cor do céu de verão.

– É triste – disse ele, devagar – que essa pedra esteja tão longe de casa.

Bem, sua fada madrinha chegaria a qualquer momento. Ela piscou.

Ele lhe ofereceu o braço.

– Vamos caminhar – disse ele.

Teria sido *muito* bom se ele dissesse aquilo em forma de pergunta, não como uma ordem, mas, por alguma razão, Linney simplesmente colocou o braço no dele.

Hummm, lorde Darington era quente.

Na verdade, por um momento, Linney teve o estranho desejo de se aninhar em seus braços, respirar seu cheiro encantador e simplesmente permanecer ali, acolhida. Havia muito, muito tempo não se sentia acolhida.

– A senhorita não é nem um pouco insossa – disse ele.

Linney parou de andar e o olhou fixamente.

– Ora, muito obrigada.

O rosto dele escureceu como se estivesse corando, exatamente o que deveria estar fazendo, mas ela duvidava ser o caso. Ele provavelmente estava começando a se irritar com o tom sarcástico dela.

Bem, era uma pena, porque ela já estava irritada por saber que alguém a considerava insossa.

– O senhor está tentando me elogiar, lorde Darington? Ou talvez esteja tentando me colocar no meu devido lugar?

Ele respirou fundo.

– Foi um elogio.

– Mesmo?

– Na verdade... – Lorde Darington parou e lançou um olhar a Teddy, que estava a certa distância, fingindo profundo interesse por algum pedaço de cerâmica rachada. – Não sei bem por quê, mas eu realmente gosto da senhorita – acrescentou, olhando para ela.

– Meu bom Deus, acho que vou desmaiar.

Lorde Darington franziu a testa e um pequeno músculo da mandíbula se tensionou. Por algum motivo, essa visão quase fez Linney desmaiar *de verdade*.

O homem era um grosseirão, um esnobe, e dissera as coisas mais terríveis. No entanto, era absolutamente lindo, e sua proximidade a deixava zonza... prestes a desfalecer.

E era uma sensação especialmente ruim naquele momento, pois lorde Darington observava seus lábios com uma intensidade que ela até então nunca vira nos olhos de outra pessoa. Especialmente alguém que olhasse para ela.

Linney passou a língua pelos dentes da frente e depois tentou, sem ser percebida, lamber os lábios, um feito impossível, uma vez que lorde Darington a observava como um gato que observa um rato.

Foi então que lorde Darington a beijou.

Santa mãe de Deus. Ele a estava beijando!

Linney ficou paralisada, em estado de choque, quando lorde Darington pressionou seus lábios quentes e carnudos contra os dela. Nunca tinha sido beijada antes, é claro. Na verdade, perguntava-se se o ato não seria horrivelmente nojento.

Não, definitivamente não era nem um pouco nojento.

Na verdade, gostou muito de ser beijada.

Lorde Darington afastou-se um pouco, para em seguida se aproximar mais uma vez, inclinando ligeiramente a cabeça para um lado e um pouco mais para cima, de modo que o lábio superior dela também fosse encoberto pelos dele.

Hum.

Sim, Linney definitivamente gostava daquilo. Se era tão divertido beijar lorde Darington, o grosseirão, quem sabe não seria maravilhoso beijar seu futuro noivo, Ernest Wareing, conde de Pellering?

Ele não era nada animador, é claro. Mas pelo menos não era um grosseirão.

Lorde Darington abriu ligeiramente a boca e sugou o lábio superior de Linney. As mãos dela se moveram de forma involuntária, e ela sentiu os braços de lorde Darington contra os dedos.

Os braços dele eram sólidos, fortes. E *de repente* ela se lembrou do momento em que viu aquelas mãos pela primeira vez; aquelas lindas mãos que agora a envolviam.

Uma vez que parecia que todas as regras tinham sido jogadas para o alto, Linney decidiu permitir-se – bem, permitir-se ainda mais do que o que já estava fazendo – levar uma das mãos ao pescoço dele e enroscar os dedos nos cabelos próximos à nuca de lorde Darington.

Seus cabelos eram exatamente como pareciam, sedosos e fartos. Ah, como ela gostava do cabelo de lorde Darington. E seu perfume, suas mãos e seus braços fortes, e ...

Não, não seria tão emocionante beijar Ernest Wareing, conde de Pellering. Estava bem certa disso naquele momento.

Teve certeza também de que gostaria de beijar lorde Darington muitas outras vezes.

Era bom demais para ser feito uma única vez.

– Gostaria de beijá-lo pelo menos uma dúzia de vezes – murmurou ela.

Lorde Darington se afastou e tocou seu rosto com a ponta do dedo.

– Uma dúzia?

Caroline sentiu o rosto queimar. As pernas tremiam e ela estava absolutamente zonza.

Os braços de lorde Darington ficaram ainda mais firmes ao redor dela, como se ele tivesse entendido que ela poderia se transformar em uma poça a seus pés a qualquer momento.

– Pelo menos uma dúzia – ela se ouviu sussurrar.

Meu Deus, o que ela estava fazendo?

– Gosto da senhorita, lady Caroline.

Hum, sim, o desmaio era de fato uma possibilidade.

– Aceito seu convite – disse ela então, a boca se movimentando sem qualquer comando do cérebro – para a festa de patinação no gelo.

As mãos dele se afastaram dela.

Ah, não, por que diabo ela tinha dito aquilo?

– Acho que vou acompanhado da Srta. Shelton-Hart – declarou ele.

– Acha? – repetiu ela.

Então, afastou-se de lorde Darington.

Que tola fora ela, pensou, virando-se e praticamente fugindo da presença dele.

Teddy desviou o olhar rapidamente, mas ela sabia muito bem que ele os estivera observando o tempo todo.

Ótimo. Ela tinha se esquecido completamente de que Teddy estava ali, observando-os. De fato, ela se esquecera de tudo. Droga, e eles estavam no meio do Museu Britânico. Qualquer um poderia tê-los visto.

Visto que ela estava fazendo papel de idiota.

Ela então se reaproximou do homem que a havia beijado.

– Eu ficaria muitíssimo agradecida se o senhor simplesmente me deixasse em paz. Não sei ao certo quais são as suas intenções, mas *estou certa* de que não é nada que um cavalheiro deveria estar fazendo.

Ela se virou e caminhou tão suntuosamente quanto pôde para longe de lorde Darington.

O grosseirão.

CAPÍTULO 4

Esta autora soube por fontes seguras que um casal elegantemente vestido foi visto se beijando nos venerados salões do Museu Britânico na segunda-feira à tarde.

Infelizmente, esta autora não conseguiu identificá-los e, como sabem as queridas leitoras, embora possa ser fofoqueira, esta autora é o melhor tipo de fofoqueira e só publica o que é cem por cento verdade.

Portanto, nenhum nome será citado.

Deve-se notar, entretanto, que é difícil imaginar dois membros da alta sociedade em qualquer lugar próximo ao Museu Britânico, instituição que parece, de fato, exigir certo grau de inteligência de seus frequentadores.

Bem, talvez o casal tenha escolhido o prédio imponente para se encontrar exatamente por ser um local tão improvável para os membros da alta sociedade.

CRÔNICAS DA SOCIEDADE DE LADY WHISTLEDOWN,
2 de fevereiro de 1814

Lady Caroline Starling havia sido encurralada por Donald Spence nos bancos de neve do Tâmisa. Na verdade, tinha sido forçada a conversar com o idiota por quase dez minutos. E, embora Terrance tivesse total noção de que lady Caroline naquele momento o odiava com todas as forças, ele estava praticamente certo de que ela o veria como uma bênção diante das espalhafatosas atenções de Donald.

Na verdade, ele estava um tanto aborrecido com lorde Pellering, o acompanhante de Caroline à festa de patinação dos Morelands, por ele não a ter resgatado. Entretanto, ao que parece, lorde Pellering estava envolvido em uma conversa sobre cães de caça com lorde Moreland, pai do patético Donald e ainda mais patético do que o filho.

Qualquer um que considerasse uma conversa sobre cães de caça mais interessante do que Caroline Starling só podia ser insano.

– Você vai patinar até lá e ser o galante Sr. Cavalheiro, não vai, Dare?

Terrance lançou um olhar de soslaio para Stu por sobre a taça de vinho. Seu melhor amigo revirou os olhos.

– Confesso, Dare, que sinto falta dos velhos tempos. Lembra-se de quando a menção a "casamento" o fazia estremecer e você desconhecia a definição da palavra "moral"?

Stu, lutando para se equilibrar sobre os patins emprestados, estava ao lado de Dare, ambos observando os convidados que fingiam se divertir enormemente na pior festa já inventada.

– E você dizia mais de três palavras por frase – continuou Stu.

Terrance arqueou uma sobrancelha.

– Certo, sei que foi totalmente injusto de minha parte, mas, por Deus, Dare, você está parecendo um janota pretensioso que pensa que sou idiota ou não quer se rebaixar ao meu nível para falar comigo.

– As duas coisas são verdadeiras, é justo dizer.

Stu riu sem achar graça e, levantando as mãos em prece, declarou:

– Ele fala! – exclamou de uma forma dramática que não combinava nem um pouco com ele.

Terrance simplesmente riu.

– Vou cumprir meus deveres de cavalheiro.

Pousou o copo, agora vazio, na mão estendida de Stu e partiu para resgatar a bela Caroline.

A Srta. Shelton-Hart o abandonara, exigindo que ele desse meia-volta na carruagem e a levasse para casa quando não estavam nem na metade do caminho até o Swan Lane Pier, onde os Morelands decidiram organizar a festa de patinação. Estava com frio, cansada e apresentara mais uma dezena de outros inconvenientes horríveis aos quais Terrance tinha deixado de prestar atenção praticamente no minuto em que deixaram a casa dos Shelton-Harts.

E, embora aquilo fosse péssimo de sua parte, Terrance não poderia ter ficado mais feliz. A mulher era absolutamente diabólica, e o fato de ser a segunda na lista de damas disponíveis para casar elaborada por Stu fez Terrance ter ainda mais certeza de que a lista de Stu de nada valia.

Terrance desviou de um criado que empurrava um carrinho de comes e bebes pelo gelo e deslizou delicadamente para perto de Caroline.

– Caroline – disse ele, pousando a mão em sua cintura fina. – Venha patinar comigo.

Donald levantou o proeminente nariz.

– Lorde Darington – disse ele, com uma expressão de escárnio. O homem não deveria desdenhar de ninguém, pois não ajudava nem um pouco a sua aparência. – Ouvi dizer que o senhor decidiu sair de sua caverna no campo e juntar-se à sociedade.

– E ouviu direito.

Terrance afastou-se, levando Caroline e deixando Donald sozinho com seu escárnio.

Patinaram em silêncio, e Caroline era bastante ágil nos patins. Ele percebeu que, lado a lado, eles combinavam muito bem. Assim como combinaram perfeitamente bem quando estiveram frente a frente.

Conclusão: eles de fato combinavam.

– Obrigada – disse ela finalmente.

Terrance olhou para ela, surpreso. Como ela era linda. O capuz de sua peliça emoldurava seu rosto, tocando suavemente suas bochechas coradas e seus olhos brilhantes.

– Está linda – disse. – O rosa lhe cai bem.

As bochechas de Caroline enrubesceram ainda mais, e ela desviou o olhar, repentinamente interessada na orquestra de dez instrumentos que havia sido montada no cais.

– Eu diria que o senhor é um grande mentiroso, lorde Darington. – Ela emitiu um leve som que provavelmente devia ser uma risada, mas Terrance sabia que não era. Não de verdade. – Tenho certeza de que ninguém jamais me descreveria como uma pessoa linda.

– Mas eu sim.

Ela piscou e, dessa vez, realmente riu.

– Sim, acho que sim.

Terrance tentou pensar em como dizer que a desejava.

– A senhorita não pode se considerar feia – foi o que saiu. Não foi perfeito, mas bom o bastante.

– Ah, claro que não – apressou-se ela em responder. – Isto é... Não estou afirmando que sou feia, quer dizer... – continuou ela, balançando a cabeça de um lado para o outro. – Obviamente, não tenho ideia do que estou dizendo, mas, basta afirmar, lorde Darington, que sei que não sou feia, mas também não sou linda. Definitivamente não me encaixo em um extremo, sou apenas mediana.

– É perfeita, então.

Ela tropeçou sobre os patins e quase caiu, mas Terrance a segurou com firmeza. Perfeita, com toda certeza, pensou, a mão na cintura dela. Nem muito magra, nem muito gorda, absolutamente perfeita.

Recordou-se da sensação de seus lábios macios nos dele, a doce respiração misturada à sua, e concluiu que lady Caroline Starling era muito mais do que perfeita. E não era só porque queria jogá-la no chão ali mesmo e possuí-la até que seus olhos brilhassem como esmeraldas.

Realmente, não era por causa de nada daquilo.

Bem, talvez um pouco.

Mas era em especial porque seus olhos ficavam verdes, um surpreendente verde cor de samambaia, quando ela chorava. E quando o beijou ou gritou com ele. Lady Caroline Starling tinha uma paixão dentro de si que um dia faria a felicidade de um homem.

Se esse homem percebesse que ela existia. Terrance lançou um olhar sombrio para lorde Pellering.

Lorde Pellering *nunca* perceberia a paixão que espreitava em Caroline. Provavelmente não tinha ideia de que existia paixão em alguém que não latisse para a lua ou corresse atrás de raposas.

Na verdade, nos últimos dias, Terrance começara a ter esperança de que talvez ele fosse o homem perfeito para descobrir essa paixão e mantê-la viva.

Para ser sincero, estava bastante seguro disso.

Difícil, porém, seria convencer lady Caroline. Valeria a pena, mas seria difícil.

Ele segurava a mão dela com delicadeza, mas naquele momento permitiu que seus dedos entrelaçassem os dela.

Ela estremeceu, e ele percebeu.

– Está com frio?

Em vez de responder, Caroline apenas balançou a cabeça.

– Por que estava chorando aquele dia no teatro?

Ela ficou rígida, mas logo pareceu perder a energia diante dele. Ela balançou a cabeça e, dessa vez, também suspirou.

– Não sei – respondeu, em voz baixa.

– Ah.

E enrijeceu novamente o corpo, dessa vez permanecendo assim. Terrance soube que, de algum modo, em algum lugar, ele havia mais uma vez flertado com sua ira. Parecia fazê-lo com frequência.

Caroline moveu-se como se fosse tentar se afastar dele, mas, apesar de seus movimentos quase levarem os dois ao chão, Terrance a segurou junto a si.

– Sabe, lorde Darington, acho que o senhor é ainda mais pretensioso do que Lorde Libertino.

Lorde Libertino. Terrance teve que se esforçar para decifrar a frase. Conhecia algum Lorde Libertino?

Pretensioso? Ele não pôde deixar de rir. Ele? Pretensioso? Levando em consideração o fato de que mal conseguia expressar os pensamentos em palavras e que fora considerado portador de uma lesão cerebral havia apenas dois anos, um adjetivo como "pretensioso" seria demais para descrevê-lo...

Mas, de repente, ele lembrou que Stu acabara de chamá-lo da mesma coisa. O silêncio de Terrance deveria estar causando essa impressão.

Stu entendia. Caroline não.

Na verdade, todos de Ivy Park pareciam ter levado muito tempo para se acostumar com ele também.

– Eu... – balbuciou ele, tentando encontrar as palavras para contar a Caroline. Finalmente, declarou apenas: – Eu nunca a faria chorar.

Agora se saiu bem: uma frase curta, mas doce e romântica, se realmente foi o que acabara de dizer. Enquanto se parabenizava, viu-se sendo arremessado na direção de um banco de neve.

Só depois de estar quase enterrado no traiçoeiro montículo de neve percebeu que fora lady Caroline Starling quem acabara de empurrá-lo.

Hum. Talvez não tenha sido tão romântico e doce como imaginara? Certo. Estava começando a entender com mais clareza que era muito mais fácil tratar as mulheres como um canalha do que como um homem apaixonado, que tinha a intenção de se casar.

Bom Deus, ele estava definitivamente apaixonado. Terrance sabia disso, pois quando sacudiu a neve dos cabelos e conseguiu pôr-se de joelhos, não sentiu vontade de estrangular a deslumbrante lady Caroline.

Bem, talvez tivesse sentido, mas só um pouco.

Não, na realidade, sentia-se mais compelido a fazê-la entender.

Interessante, aquilo.

– O senhor não me faria chorar, lorde Darington? – perguntou Caroline com lágrimas reluzindo nos olhos verdes. – O senhor é a única razão pela qual já chorei.

E, com essa afirmação enigmática, afastou-se dele e da festa, deslizando rapidamente sobre o gelo até desaparecer em uma curva do rio.

– Vejo que você perdeu o jeito com as mulheres, Dare.

Terrance levantou os olhos e avistou Stu, que chegava para ajudá-lo.

– É verdade. – Ele pegou a mão do amigo e ficou novamente de pé, equilibrando-se sobre o gelo. – É confuso. Finalmente tentei entender uma delas e agora estou mais confuso do que antes.

Stu simplesmente deu de ombros.

– Devo dizer que talvez você tenha razão quanto a essa moça. – O amigo havia olhado Caroline de soslaio enquanto ela se afastava. – Talvez não seja tão insossa assim. Na verdade, hoje estava muito atraente.

Terrance lançou um olhar feroz para Stu, que levantou as mãos como se estivesse defendendo-se de um ataque.

– Não que eu tenha percebido.

Ambos olharam de novo para a curva do rio.

– Vou me casar com ela – afirmou Terrance.

– Certo – concordou Stu. – Foi o que pensei. Era possível perceber isso, na verdade, enquanto patinavam.

– Mas ela está muito zangada comigo. – Terrance voltou a olhar para o amigo, que batia o dedo indicador direito contra o lábio inferior. – Não sei por quê, exatamente. – Terrance inclinou a cabeça. – Você acha que *poderia*?

Stu deu mais alguns tapinhas nos lábios.

– Sim, talvez.

– Foi o que pensei. Na verdade já sabia desde o momento em que você começou a bater nos próprios lábios.

Stu cerrou os punhos e cruzou os braços na frente do corpo.

– Isso sempre me traz problemas nas mesas de jogo.

– É, eu sei – começou Terrance, assentindo. – Eu costumava vencê-lo nas cartas.

– Certo, certo.

– Então?

– Está frio hoje, não? O inverno mais frio que já passei, acho.

Terrance não respondeu.

– Acho que fui muito rude com elas... não, sei que fui muito rude com elas, lady Caroline e a mãe, na época em que estava preocupadíssimo com a possibilidade de você morrer.

Terrance arqueou uma sobrancelha.

– Odeio quando você faz isso.

Terrance não se mexeu.

– Tudo bem, eu sabia que você não ia morrer, é claro. Você chegou bem do hospital da França. Mas estava com um aspecto terrível, a cabeça envolta em ataduras. E os médicos afirmaram que você nunca mais voltaria a falar e que a bala provavelmente afetaria sua inteligência, se um dia voltasse a falar.

Stu sorriu atravessado para ele, mas Terrance nem sequer esboçou um sorriso.

– Sim, bem, a inteligência ainda está aí, não é? – perguntou Stu, quase sem força.

– Eu diria que sim.

– Bom, de qualquer forma, eu tinha que trazê-lo para casa, e não queria trazê-lo para Londres. Então escrevi uma carta para lady Darington e disse-lhe que elas tinham que deixar Ivy Park imediatamente.

Por um breve momento, Terrence tentou lembrar as palavras exatas que precisava dizer.

– Sair? Em quanto tempo? – perguntou finalmente, um gosto amargo na boca.

Stu começou a bater novamente no lábio.

– Deus do céu, já se passaram quase três anos, Dare. Eu não me lembr...

– Stu?

– Dois dias, sim, foi isso. Dei-lhes dois dias. – Stu se aproximou. – Dare, eu não sabia o que fazer. Não queria que ninguém soubesse da sua lesão. Não tinha certeza do que você iria querer fazer, se é que um dia voltaria a querer alguma coisa. Estava apenas tentando fazer o melhor diante das circunstâncias.

Terrance soltou um suspiro pesado e, em seguida, fechou os olhos.

– Shhh – disse ele, finalmente.

Stu começou a gaguejar, mas se interrompeu.

– Você é um amigo leal, Stu.

Stu abaixou a cabeça, esfregando o gelo com a ponta dos patins. O que o fez cair. Mas ele voltou a ficar de pé rapidamente.

– Você me fez... – Terrance sabia qual era a palavra, mas teve que se esforçar para pronunciá-la. – Justiça – disse Terrance, finalmente. Ele lançou um olhar para a festa e balançou a cabeça com um suspiro. – Eles teriam acabado comigo.

– Sim, agora todos o consideram apenas um idiota pretensioso.

Terrance franziu a testa furiosamente.

– O que é bom!

Terrance percebeu que o amigo estava certo e relaxou. Em seguida, exultante, acrescentou:

– Sim. Eles não acham que fiquei... – a palavra não vinha.

– Com alguma lesão? – Stu apressou-se em completar.

– Sim.

Com um sorriso, Stu bateu nas costas de Terrance e foi mais uma vez ao chão. Terrance o ajudou a ficar de pé novamente.

– Bem, não importa, preciso conquistá-la. Mas nunca consigo dizer a coisa certa. – Terrance pressionou o dedo indicador na sobrancelha. – Essa história de cortejar me traz muita dor de cabeça.

– Ah! Isso não tem nada a ver com a bala alojada em sua cabeça, meu amigo.

Tem a ver com as mulheres. Elas falam algum outro idioma que nenhum de nós compreende. Comunicar-se com elas não é fácil nem para os melhores.

Terrance olhou para o amigo.

– Sendo você "um dos melhores"?

Stu franziu a testa.

– Bem... Eu, er...

– E agora, quem ficou sem palavras? – provocou Terrance.

– Então vamos apostar uma corrida até o píer. Isso o colocará em seu devido lugar.

– Não, o gelo é frágil demais no píer.

Stu abriu a boca como se estivesse extremamente surpreso.

– Frase longa, essa, não?

Ah, sim, Stu era bom em pagar na mesma moeda. Também era maravilhoso em provocar. Terrance adorava essa característica do amigo. Precisava desesperadamente daquilo.

– Daqui até lady Witherspoon e de volta. Ao seu sinal.

– Já – disse Stu, sem contar, e eles deslizaram pelo gelo.

CAPÍTULO 5

Ficou claro para todos os que assistiram à cena que lady Witherspoon não gostou nem um pouco quando o Sr. Ronald Stuart, apostando corrida com lorde Darington no gelo, colidiu com ela e a fez cair no chão em uma posição deselegante, fazendo com que sua saia se levantasse de maneira bastante indelicada.

Segundo relatos, as copiosas tentativas de desculpas oferecidas pelo Sr. Stuart e por lorde Darington foram rejeitadas.

CRÔNICAS DA SOCIEDADE DE LADY WHISTLEDOWN,
4 de fevereiro de 1814

– Ah, Duquesa – gemeu Linney. – Acho que vou morrer.

A Duquesa simplesmente se aproximou dela por baixo das cobertas.

Linney estava doente, muito doente. Estava quente, seu corpo doía. Claro, a culpa era toda dela. Era apenas uma questão de tempo, afinal de contas, considerando que saíra correndo pela porta da frente da própria casa sem levar casaco e abandonara a festa de patinação no gelo sem ter para onde ir, ninguém para acompanhá-la até em casa.

– Linney, querida!

Linney apertou os olhos ao ouvir o tom estridente da voz da mãe.

– Ah, deixe-me em paz – murmurou, enterrando-se ainda mais sob o cobertor.

A porta se abriu.

– Linney, lorde Pellering está aqui. Você *tem* que se levantar.

– Não estou me sentindo bem, mãe.

– Não importa, lorde Pellering está aqui!

Deus me salve de lorde Pellering. O pensamento surgiu em sua cabeça, e ela realmente desejou poder fugir. Não poderia se casar com alguém que a fazia tão infeliz, poderia?

E não era justo com lorde Pellering que ele a fizesse infeliz. Ele era um homem agradável, na verdade. Mas, bem, era careca.

Além disso, gostava demais de seus cães de caça. Aquilo simplesmente não podia dar certo.

Ah, Senhor, devia ser tão pretensiosa e horrível quanto lorde Darington para ter pensamentos tão terríveis.

Lorde Darington. Uma confusão de sentimentos fez com que sua pele parecesse estar ao mesmo tempo quente e fria. Não, sua pele *estava* quente e fria ao mesmo tempo. Ela estava doente, pelo amor de Deus.

Agora realmente queria fugir.

A mãe entrou no quarto e aproximou-se da cama.

– Ele vai pedir sua mão, Linney. Estou tão emocionada. Já estava achando que vocês dois *nunca* fossem se acertar.

– Muito obrigada, mãe.

– Afinal, você já vai completar 26 anos, Linney. Na sua idade, eu já era uma senhora casada, com filho.

Com um longo suspiro, Linney espiou por debaixo da borda das cobertas.

– Estou realmente doente, mãe. Por favor, diga a lorde Pellering que o receberei em outra ocasião.

– Não farei uma coisa dessas – declarou Georgiana, puxando a adorada coberta de Linney.

Ai, estava frio.

– Linney, lorde Pellering é mais do que você merece. Você vai sair desta cama imediatamente e aceitar o pedido dele.

– Não posso.

– Muito bem, então, eu o farei em seu lugar.

– Não! – protestou Linney.

Georgiana, a meio caminho da porta, virou-se, com a testa franzida.

– Por que não? Se você está tão doente, pelo menos, devo aceitar o pedido em seu nome. Realmente, Linney, é preciso oficializar isso agora, ou vai acabar perdendo lorde Pellering. E então, o que vai fazer?

Linney mexeu-se um pouco na cama, sentindo cada osso do corpo doer terrivelmente. Ela estava com muito frio.

Lembrou-se do calor do abraço de lorde Darington e a dor aumentou ainda mais.

Ela conhecia bem a mãe. Georgiana Starling não estava preocupada se a filha se casaria ou não. Só queria que lorde Pellering desse um pouco de dinheiro para a família. Pelo menos até o tio do Sr. Evanston morrer. O Sr. Evanston, infelizmente, não tinha um tostão. Mas herdaria uma grande fortuna assim que o tio enfermo batesse as botas.

Aparentemente, o tio estava doente há quase dez anos.

– Por que *a senhora* não se casa com lorde Pellering? – perguntou Linney, de forma um pouco implicante.

– Ah, Linney!

A mãe aproximou-se do armário e pegou uma roupa.

– Não sei o que está acontecendo com você. Você anda detestável.

– Estou falando sério, mãe. Por que vai se casar com o Sr. Evanston? A senhora poderia ter o homem que quisesse. Por que não se casa com alguém que possa lhe dar o que quer?

Georgiana pareceu absolutamente confusa.

– Querida Linney – disse a mãe, por fim. – O Sr. Evanston me dá o que desejo. Ele me dá atenção e, muito em breve, me dará dinheiro. Lorde Pellering e, na verdade, a maioria dos outros homens da sociedade, dão atenção a suas amantes, suas carruagens ou seus cães de caça, mas sobretudo a si mesmos.

Naquele momento, Georgiana se empertigou.

Esse último comentário, Linney tinha certeza, dirigia-se ao pai, onde quer que estivesse sua alma.

Duquesa se mexeu, aproximando-se de Linney e transmitindo seu calor. Lançando mão de suas últimas forças, Linney apoiou-se sobre o cotovelo, alcançou a ponta do cobertor e puxou-o sobre o corpo. Fechou os olhos e afundou-se nos travesseiros.

– Acho que eu também quero atenção, mãe – disse ela. – Não posso me casar com lorde Pellering.

Duquesa emitiu um ruído, e Linney colocou o braço em volta da gata. Pobrezinha, em breve não teria um lugar espaçoso onde ficar. E Linney provavelmente estava condenada a passar o resto da vida solteira, vivendo como se não existisse, na casa da mãe brilhante e do padrasto seboso.

E, naquele instante, ela não se importava, já que a qualquer momento provavelmente morreria de dor de cabeça.

– Linney.

– Chega, mãe. Mal consigo pensar, minha cabeça está latejando sem parar.

Seguiu-se um longo e adorável silêncio, depois ouviu-se o farfalhar da saia de seda de Georgiana.

– Direi a lorde Pellering que volte daqui a alguns dias, quando você estiver se sentindo melhor.

Georgiana abriu a porta para sair. E não é que existia um Deus, afinal de contas?

– Realmente, Linney, não sei o que deu em você. Não age de maneira tão obstinada assim desde que tinha 2 anos.

Talvez fosse mais madura aos 2 anos do que hoje.

– Talvez isso também lhe sirva de lição. Você não deveria ter fugido da festa ontem. Se está doente, a culpa é sua.

Não havia mães que beijavam os filhos quando eles estavam doentes?

– E fique longe de lorde Darington. Você não está apaixonada por alguém que não está ao seu alcance, está, Linney?

Linney sentiu uma estranha raiva no coração. Não estava ao seu alcance? Rá! Ele era inaceitável, isso sim!

Georgiana esperou que Linney dissesse algo. Mas ela não tinha força nem vontade, e finalmente a porta se fechou.

Silêncio. Belo, lindo, adorável silêncio.

Se morasse no campo, na companhia de um marido que amava seus cães mais do que jamais conseguiria amá-la, poderia ter silêncio com frequência, provavelmente sempre.

Foi naquele exato momento, enquanto aquele pensamento lhe passava pela cabeça, que Linney finalmente entendeu por que estava chorando no teatro na semana anterior.

Talvez por isso tivesse sido tão impactada por alguém da laia de lorde Darington.

Porque o que a mãe lhe dissera hoje, e quase todos os dias de sua vida, não era verdade. Lorde Pellering não era mais do que Linney merecia. Nenhum homem era.

Ela merecia ser feliz e realizada.

E lorde Pellering não poderia lhe dar nada disso, não mesmo. Alguma mulher o desejaria, e ele a ela. Mas essa mulher não seria Linney.

Graças a Deus, porque ela realmente não se via beijando lorde Pellering como tinha beijado lorde Darington.

Ai, meu Deus, pensou Linney, sentindo-se tonta de novo.

No entanto, com toda a seriedade, a tonteira talvez tivesse a ver com o fato de provavelmente estar delirando de febre, e nada a ver com pensamentos em um homem alto, moreno e belo, de cabelos fartos e ondulados e olhos da cor de um céu de verão.

Nada a ver com ele mesmo.

Linney deu um leve sorriso quando seu cérebro nebuloso a guiou rumo a um sonho fascinante. Curiosamente, lorde Darington era o protagonista do sonho. E foi, *de fato*, um sonho muito bom.

CAPÍTULO 6

Deus do céu, lady Caroline Starling recusou o pedido de casamento de lorde Pellering! Linney, minha querida, você já tem quase 30 anos! O que está pensando?

Talvez prefira casar-se com um homem para quem tenha mais importância do que um bando de cães de caça!

Sim, sim. É exatamente o que esta autora acredita que ela esteja pensando.

CRÔNICAS DA SOCIEDADE DE LADY WHISTLEDOWN,
9 de fevereiro de 1814

Linney já havia tomado várias taças de ponche. Afinal, fazia muito frio do lado de fora, e a bebida a aquecia um pouco. Acrescente-se a isso o fato de que estava no baile de São Valentim oferecido pelos Shelbournes, onde todos pareciam ter vindo acompanhados de alguém especial, exceto Linney, que definitivamente estava só. E, ainda mais importante, nervosíssima diante da possibilidade de voltar a encontrar lorde Darington, pois, na última vez em que o vira, em sua ira, acabara derrubando-o na neve e, desde então, sonhava com ele todos os dias.

E os sonhos estavam longe de ser apropriados a uma senhorita.

Sim, acreditava ter razões suficientes para se embebedar. Entretanto, como era fundamental conter a língua em todos os momentos, Linney tentou ficar longe de qualquer coisa que pudesse soltá-la.

E, no momento, sua língua estava de fato bastante solta.

O que provavelmente não era bom.

Nervosa, passou os olhos pela multidão no salão. Pelo menos, Linney sabia que não veria lorde Pellering. Quando, dois dias depois da festa de patinação, finalmente sentira-se bem o suficiente para recebê-lo, recusara seu pedido de casamento.

O conde reclamou do tempo desperdiçado e informou a toda família, inclusive a Annie, que estava partindo para Stratfordshire a fim de casar-se com a filha de um fidalgo que conhecia o valor de um bom cão de caça e com quem, acrescentou lorde Pellering enquanto enterrava o chapéu de pele de castor na cabeça, deveria ter se casado desde sempre, sem nunca ter colocado os pés em Londres.

Aquela fora, então, a última vez que vira lorde Pellering.

E não podia dizer que estava arrependida. Não, a vontade de chorar a qualquer instante desapareceu completamente e Linney se sentia mais ela mesma nos últimos dias.

Claro, ainda havia o problema com lorde Darington.

Ele também tentara visitá-la quando ela estava doente. Entretanto, a mãe proibira terminantemente Annie de informar o fato a Linney. Mas a criada conseguiu transmitir a mensagem, e até mesmo entregar a Linney a singela rosa cor-de-rosa que lorde Darington havia lhe levado.

A mensagem tinha sido simples e curta: "Sinto muito".

Linney ficou perplexa, é claro. Havia momentos em que lorde Darington parecia ser absolutamente o oposto de tudo que os outros diziam dele.

Parecia ser, na verdade, alguém com quem poderia compartilhar todos aqueles estranhos pensamentos que lhe passavam pela cabeça.

E ele parecia entendê-los.

Aquilo, em si, já era um milagre.

O fato de ele também parecer estar interessado nela e de ser um presente de Deus para o universo, esteticamente falando, tornava tudo quase perfeito.

No entanto, tudo aquilo estava misturado ao fato de lorde Darington ter os modos de um sapo.

Enfim, Linney estava bastante confusa.

Uma agora familiar silhueta, alta e de ombros largos, surgiu em sua visão periférica e, mais uma vez, Linney sentiu o coração palpitar.

Isso fez com que ela se sentisse ainda mais tonta, em especial porque se bebesse mais meio copo de ponche começaria a cantar a plenos pulmões e a dançar sozinha no salão de baile dos Shelbourne.

Na verdade, o que deveria fazer era se virar e ir embora para casa e adiar a missão daquela noite.

Ocorre que, evidentemente, não estava raciocinando bem. Linney endireitou os ombros e, sem perder de vista as costas largas de lorde Darington, contornou algumas mesas cobertas com toalhas de renda, passou por um monte de bandeirolas rosa e vermelhas que haviam se soltado e pendiam de um lustre de cristal, e deu uma batidinha no ombro de lorde Darington.

Ele virou-se e olhou para ela, que quase perdeu o fôlego. Ele estava tão lindo, de paletó escuro e colete branco, que o pulsar de seu coração quase a deixou sem fala.

Bom, agora já não adiantava mais nada. Ela tinha uma missão a cumprir.

— Lorde Darington — disse Linney, só então percebendo que havia dito o nome dele um pouco alto demais.

Ele franziu a testa.

Ai, meu Deus, ele estava sendo desagradável novamente. Assumira os modos do Senhor dos Mundos. Que maravilha.

— Sinto muito — disse ela rapidamente, querendo apenas acabar com aquilo tudo.

A possibilidade de que lorde Darington realmente pudesse gostar dela pairava como uma ameaça. Mas como foi que aquilo passou por sua cabeça?

De qualquer forma, precisava pedir desculpas por ter empurrado lorde Darington sobre a neve. Mesmo que ele fosse o homem mais abominável da terra, tal atitude não era digna.

— Eu não devia ter empurrado o senhor na festa de patinação.

Lorde Darington piscou, mas não disse nada.

— Está certo, então — continuou Linney.

Ela estava decidida a não ser rude de novo, mas sua vontade era de jogar a metade do ponche na cara dele.

Bem, se tivesse sobrado alguma coisa no copo. Engraçado, não tinha. Ela olhou para o copo vazio, como se pudesse fazê-lo se encher sozinho.

— Dance comigo — disse lorde Darington.

Ele nunca perguntava? Simplesmente ordenava a todos os subordinados ao seu redor que fizessem a sua vontade?

Ele tirou o copo da mão dela e entregou-o a um homem alto, magro e louro ao seu lado. E então, lorde Darington agarrou seu braço e a conduziu ao salão de dança.

Linney hesitou. Provavelmente era uma péssima ideia. Estava tonta demais, e tentar recordar os passos e os movimentos de uma dança não a ajudaria em nada.

– Eu...bem...

Lorde Darington virou-se para ela.

– Vamos dançar – insistiu ele.

Deus do céu, haveria alguém na face da terra tão pretensioso quanto lorde Darington? Linney sentia uma ira torrencial crescer em seu estômago, junto com o ponche, infelizmente.

Era muito difícil manter a dignidade quando lorde Darington estava por perto. Tinha vontade de socá-lo. Claro, ao mesmo tempo, tinha vontade de se jogar em seus braços e exigir que o homem que sentia tristeza porque a Pedra de Roseta estava tão longe de casa se manifestasse.

– Não estou me sentindo bem, lorde Darington – disse ela. – Não quero dançar.

Lorde Darington parou, franzindo a testa, consternado.

– Vamos dançar.

Linney balançou a cabeça.

– Não!

E afastou-se dele, percebendo que estava prestes a perder o decoro novamente. Lorde Darington exercia uma terrível influência sobre ela.

– Lorde Darington, o senhor é um verdadeiro *idiota*.

Alguns casais ao redor pararam de dançar e olharam para eles. Lorde Veere, que estava logo atrás, começou a rir.

Linney ficou envergonhada. Que comportamento horrível o dela.

– Sinto muito – apressou-se em dizer.

– Aqui. Pegue isso – disse lorde Darington, empurrando-lhe um pedaço de papel dobrado.

Ela franziu a testa, sentindo como se o salão girasse lentamente ao seu redor, fazendo-a sentir uma vontade enorme de vomitar ali mesmo, sobre as botas bem lustradas de lorde Darington, tudo que havia comido no jantar.

– Pegue, por favor.

Por favor, ele tinha dito por favor. Ela pegou o papel, enfiou-o sob o decote do vestido e saiu correndo, em busca de privacidade.

Ela estava prestes a ver de perto todo o ponche que havia consumido. E era melhor fazê-lo sem espectadores.

Vamos não dançar. Ele quis dizer, *Vamos não dançar*. Terrance observou Caroline se afastar dos outros convidados e desaparecer do salão. Ele refletira muito sobre sua situação e percebera que, se não estava conseguindo se fazer entender em sua corte a lady Caroline, era hora de voltar para Ivy Park e treinar um pouco mais sua fala antes de voltar a encarar o mundo.

No entanto, tinha esperança de que lady Caroline desejasse acompanhá-lo. Não conseguia mais imaginar seu mundo sem ela. Adorava olhar para ela. Era como se ele pudesse ver cada pensamento dela através de seus olhos.

Ele tinha constatado que suas frases deviam ter parecido grosserias. E nunca tivera a intenção de falar assim.

Não, queria gritar, *não, não tenho a intenção de mandar na senhorita, nem de aborrecê-la. Mais do que qualquer coisa, desejo fazê-la feliz. Quero dançar com a senhorita. Ou não dançar. Quero caminhar ao seu lado, ou ficar parado, ou sentar. Qualquer coisa, desde que me permita ficar por perto, sentir sua pele macia sob meus dedos, provar seus lábios e ouvir sua voz.*

E, definitivamente, deixe-me tirá-la das sombras e fazer com que o mundo perceba o que está perdendo.

Ele esperava poder fazê-la entender aquilo, mas não confiava plenamente em si mesmo. Na verdade, não confiava em sua língua. E havia passado os últimos dias tentando colocar seus sentimentos no papel.

Agora, nada mais lhe restava além de ficar encarando o caminho que Caroline havia percorrido pelo salão e esperar que ela conseguisse entender o que realmente queria dizer nas palavras escritas no papel que lhe entregara.

CAPÍTULO 7

Será que lady Caroline Starling recusou o pedido do conde de Pellering porque prefere o marquês de Darington? Darington???? Não é o mesmo cretino que a expulsou de seu lar há três anos, dando-lhe apenas dois dias para fazer as malas e partir?

Esta autora não presume conhecer o coração de lady Caroline, mas é fato que foi vista (por um grande número de pessoas, deve acrescentar esta autora) chamando lorde Darington de uma palavra muito feia no baile do Dia de São Valentim organizado pelos Shelbournes.

E, pela experiência desta autora, só o amor verdadeiro poderia obrigar uma senhorita a perder o total controle de suas faculdades verbais.

CRÔNICAS DA SOCIEDADE DE LADY WHISTLEDOWN,
16 de fevereiro de 1814

Linney acordou e encontrou os três gatos no pé de sua cama, encarando-a. Isso nunca havia acontecido antes, e ela logo percebeu que provavelmente fora tema de uma conversa felina durante a noite anterior.

– Ora, deixem-me em paz.

Duquesa miou.

– Certo, eu sei, meu comportamento na noite passada foi condenável. E esvaziei meu estômago na cauda de Libertino, mas acontece que andei doente, vocês devem estar lembrados.

Lorde Libertino inclinou a cabeça para o lado regiamente, e naquele exato momento fez com que ela pensasse em lorde Darington.

– Bem, é certo que exagerei no ponche. Mas, seja lá o que for, você deve levar em conta o fato de eu ter passado um frio terrível há alguns dias.

A Srta. Cuspidela bufou.

Linney simplesmente balançou a cabeça e emitiu alguns gemidos entrecortados. Afastou as cobertas e colocou os pés no chão. Ainda usava a anágua de seda que colocara sob o vestido rosa para a festa dos Shelbournes.

Escolhera um vestido rosa porque lorde Darington lhe dissera que a cor lhe caía bem. Não poderia ser mais patética.

O tão contemplado vestido estava amontoado no chão, todo amassado. Ela o queimaria. E nunca mais voltaria a colocar um gole de bebida na boca, nunca mais.

Ao lado do vestido havia um pedaço de papel dobrado. Linney deteve o olhar nele por um momento, tentando lembrar o que era.

Segurando a testa com uma das mãos, inclinou-se cuidadosamente e pegou o papel no chão. Enquanto o desdobrava, lhe veio à mente uma vaga recordação de lorde Darington lhe empurrando o papel e exigindo que ela o pegasse.

– Ele gosta de me oferecer coisas, e é muito exigente, não? – perguntou.

Os gatos não pareciam se preocupar, pois estavam todos na expectativa de que ela lesse a carta.

– Já vou ler, já vou ler – disse ela, lançando um olhar para o papel.

Querida Caroline, começava. Até ali, tudo bem.

Decidi me explicar por escrito porque as palavras não saem facilmente de minha boca. Acreditei que talvez pudesse superar o problema e encontrar uma esposa, mas obviamente minha fala está ainda pior do que eu acreditava.

Caroline franziu a testa.

Em primeiro lugar, devo me desculpar por fazê-la deixar Ivy Park daquela maneira. Não vou inventar desculpas, mas devo dizer que não era eu naquele momento e não me dei conta do que estava acontecendo. De fato, isso me leva à minha próxima confissão. E espero que a senhorita opte por mantê-la em segredo, mesmo que não considere adequado aceitar meu pedido.

Aceitar o pedido? Linney deixou cair o papel, mas voltou a pegá-lo.

Fui ferido durante a guerra. E tenho dificuldade de fazer chegar à minha boca as palavras que minha mente deseja dizer. Sei que parece estranho. E sei que a sociedade não entenderia. Na verdade, é bem provável que me trancafiassem em um sanatório. Mas, acredito, do fundo do meu coração, que a senhorita entenderá. Minhas capacidades mentais estão intactas, juro. Aparentemente, foi a conexão entre minha mente e minha língua que ficou danificada.

Ah, sim, aquilo ela entendia muito bem.

Agora simplesmente vou lhe dizer que a amo. Amo seus olhos, seu pescoço, sua boca e seus lábios. Adoro as palavras que saem de seus lábios quando a senhorita diz as coisas que tenta tão desesperadamente não dizer. Amei-a desde o momento em que devolveu o lenço sujo ao meu bolso. Sinto pela senhorita algo que nunca senti por outra pessoa, e sei, de todo coração, que desejo senti-lo para sempre. Por favor, sei que não sou digno, mas aceita casar-se comigo? Vou passar o resto dos meus dias amando-a, ouvindo tudo o que quiser me dizer. Será um fardo, eu sei, pois a senhorita terá que domar meus modos, por vezes, bastante rudes. Mas se há alguém no mundo capaz de fazê-lo, acredito que seja a senhorita. Se não me quiser, vou me retirar para Ivy Park, pois não acredito que esteja pronto para Londres. Partirei pela manhã, mas tenho no coração a esperança de que impedirá meu retorno.

– Ai, meu Deus! – gritou Linney, pulando da cama e esquecendo-se totalmente da dor de cabeça. – Que horas são?

Os gatos a olharam como se estivesse louca.

Ela pegou o roupão, jogou-o sobre o corpo e saiu correndo do quarto.

– Que horas são? – gritou, descendo as escadas aos saltos.

Teddy apareceu, mas, com os olhos arregalados, bateu rapidamente em retirada.

– Teddy! – exclamou Linney, seguindo o pobre jovem. – Que horas são?

Teddy virou-se, tapando os olhos.

– Err, hum, acho que meio-dia, lady Caroline, ou quase.

– Ah, não! Lorde Darington acorda cedo.

– O quê? – A mãe surgiu da sala de jantar e ficou parada. – Linney! O que deu em você? Como pode conhecer os hábitos de lorde Darington? Deus do céu, garota, vista-se.

– Mãe, vou me casar com lorde Darington, mas preciso fazer com que ele entenda que não o considero repugnante.

– Como?

Linney pegou um gorro pendurado no cabide próximo à entrada da casa e abriu a porta da frente.

– Explicarei mais tarde – respondeu, e saiu correndo pelas escadas, na direção da residência de lorde Darington.

Enquanto corria, tentou colocar o gorro, mas percebeu que havia pegado o da mãe por engano. Era grande demais e ficava caindo sobre seus olhos.

Quando estava a aproximadamente dois quarteirões de distância da casa da mãe e apenas a um quarteirão da residência de lorde Darington, Teddy a alcançou.

– Lady Caroline! – exclamou, ofegante, segurando-a pelo braço. – O que está fazendo?

O pobre rapaz parecia sem fôlego.

Linney, por outro lado, sentia-se como se estivesse sendo levada pelo vento, e definitivamente não queria parar e falar com Teddy.

– Não posso parar, Teddy.

Tirando a mão do rapaz de seu braço, continuou a correr.

Teddy continuou tentando ficar ao seu lado.

– La...dy... Caro... – Teddy parou e engoliu um pouco de ar. – A senhorita não pode seguir adiante, está descalça!

Linney lançou um rápido olhar aos pés descalços. Deus do céu, eles estavam gelados. Entretanto, em vez de parar, acelerou o passo, virou uma esquina e deu de frente com uma figura alta e imponente que orientava o lacaio a carregar um baú.

– Lorde... – Linney ficou sem voz, pois não era lorde Darington, e sim o amigo dele. Aquele com quem ele estava conversando na festa de patinação e no baile dos Shelbournes. O homem piscou algumas vezes, a boca aberta, espantado.

– Lady Caroline? – perguntou, incrédulo.

– Lady Caroline! – exclamou Teddy, obviamente confuso, parando atrás dela.

– Olá, lady Caroline – cumprimentou Liza Pritchard do alto de sua carruagem, ao lado do lindo sir Royce Pemberley.

Caroline acenou de forma automática, e Liza sorriu como se não houvesse absolutamente nada fora do comum acontecendo.

– Caroline – disse a voz baixa de lorde Darington, entendendo tudo.

Linney ergueu o olhar até o alto da escada, subiu os degraus correndo e se atirou nos braços de lorde Darington, exatamente como desejara fazer tantas vezes nas últimas duas semanas.

Seus braços fortes se fecharam ao redor dela, as belas mãos apertando-a contra si.

Eles não precisaram dizer nada um ao outro. Ela finalmente entendeu. E ela sabia, do fundo de seu coração, que ele também entendera. Por fim, estava em casa.

– Temos...

Ele se interrompeu.

Linney olhou para trás.

– Público – disse ela.

– Sim.

A rua estava cheia de passantes, criados, vendedores, carruagens, casais caminhando e, aos pés de lorde Darington, três gatos.

– Case comigo agora – disse Linney. – Sou completamente sua.

– É claro que sim.

Lorde Darington virou-se e carregou-a no colo até o interior da casa. Duquesa, Lorde Libertino e Srta. Cuspidela seguiram logo atrás, deslizando para dentro antes que a porta se fechasse, obviamente percebendo que também tinham um novo lar.

Darington, porém, não parou no corredor. E ela ficou bastante feliz, já que a essa altura tinha consciência de que não estava devidamente vestida, e parecia haver criados boquiabertos à espreita em cada canto.

Ele caminhou calmamente por um longo salão, subindo uma escada curva.

Obviamente, sua atitude presunçosa foi bastante útil em um momento como aquele.

Foi então que ela se viu com ele em um quarto escuro. Darington fechou a porta com um chute e Linney ouviu um miado de reclamação. Srta. Cuspidela.

– Amo você – declarou Darlington, colocando-a sobre a cama. – E vou fazer amor com você.

Linney franziu a testa.

– Sabe, você poderia *perguntar* de vez em... – mas ele cobriu sua boca com a dele, e ela esqueceu completamente o que ia dizer quando ele pressionou seu corpo contra os lençóis.

– E agora? Vamos começar com essas dúzias de beijos? – perguntou ele com os lábios praticamente cobrindo os seus.

– Muito melhor... e sim, com certeza – respondeu ela.

Ele a beijou com mais intensidade, e depois se afastou um pouco, a voz rouca.

– Poderíamos subir a contagem?
– Cem? – perguntou ela.
– Vamos começar com alguns milhões.
Linney refletiu por um momento.
– É bastante...
Com uma risada profunda, Terrance puxou-a contra si e mordeu de leve seu pescoço.
Linney estremeceu. Era como se cada extremidade nervosa estivesse bem na superfície de sua pele, esperando e tremendo.
– Só por hoje. Amanhã começaremos de novo.
– Delicioso! – exclamou ela, quase sem fôlego quando a mão grande e forte de lorde Daring subiu pelo seu corpo e acariciou seu seio.
Ela fechou os olhos e, enterrando os dedos nos lindos cabelos do amante, puxou sua boca na direção dela.
– Vou beijá-lo uma dúzia de vezes, um milhão de vezes, não importa. Apenas me beije para sempre. É a coisa mais maravilhosa do mundo.
– Vou lhe mostrar uma coisa ainda mais maravilhosa – disse ele, passando a língua sobre seu pescoço, depois sobre a clavícula e descendo, a língua umedecendo o leve tecido da camisola.
Linney agarrou os ombros de Terrance quando a boca dele chegou ao seu mamilo. Suas terminações nervosas agitavam-se contra a pele. Ela se remexeu sob ele e gemeu.
– Isso é maravilhoso – conseguiu dizer.
E lorde Darington riu.
– Não chega nem perto do que vou lhe mostrar.
– Mostre-me. Agora.
– Você nunca pergunta? – indagou ele, a mão deslizando sobre a barriga dela.
Linney abriu os olhos. Terrance a observava com uma intensidade que nunca tinha visto em outra pessoa. Estava excitada, segura e feliz ao mesmo tempo.
– Eu amo você – disse ela.
– Eu também amo você – respondeu ele.
E ela soube que era verdade apenas pelo seu olhar.
– Mas, sabe – acrescentou ela –, você quase não fala, e agora, justamente quando essa característica específica seria bastante adequada, está formulando frases completas e longas. Isso é muito irritante.
Ele sorriu, a covinha solitária adornando o rosto. E piscou para ela, o patife.
– Sinto muito – respondeu ele, beijando-a.
– Agora são quatro – disse ela, perdendo totalmente a conta dali em diante.

Julia Quinn

Trinta e seis cartões de amor

Para Karen, Suzie e Mia – que audácia! E também para Paul, mesmo que ele quase tenha jogado meu computador pela janela. (Não foi culpa do computador, meu bem.)

PRÓLOGO

Em maio, Susannah Ballister conheceu o homem dos seus sonhos...

Há tanto a ser dito sobre o baile oferecido por lady Trowbridge, em Hampstead, que esta autora não teria como contar tudo em só uma coluna. Entretanto, talvez o momento mais impressionante da noite – alguns diriam o mais romântico – tenha sido quando o honorável Clive Mann-Formsby, irmão do sempre enigmático conde de Renminster, tirou a Srta. Susannah Ballister para dançar.

A Srta. Ballister, com seus cabelos e olhos escuros, é conhecida por ser uma das mais exóticas belezas da sociedade, mas, ainda assim, não havia sido inserida no grupo das Incomparáveis até que o Sr. Mann-Formsby a tirou para dançar uma valsa – e, depois disso, durante o resto da noite, não saiu mais do seu lado.

Embora a senhorita em questão já tenha tido alguns pretendentes, nenhum era tão belo ou mais qualificado quanto o Sr. Mann-Formsby, que geralmente deixa por onde passa um rastro de suspiros, desmaios e corações partidos.

CRÔNICAS DA SOCIEDADE DE LADY WHISTLEDOWN,
17 de maio de 1813

Em junho, sua vida não poderia ser mais perfeita.

O Sr. Mann-Formsby e a Srta. Ballister continuaram seu reinado como o casal dourado da sociedade no baile dos Shelbournes realizado no final da semana passada – ou pelo menos tão dourado quanto se possa imaginar, considerando-se que os cachos da Srta. Ballister estão mais para castanho-escuros do que para louros. Ainda assim, os cabelos louros do Sr. Mann-Formsby mais do que compensam e, com toda a honestidade, embora esta autora não seja dada a divagações sentimentais, é verdade que o mundo parece um pouco mais empolgante na presença dos dois. As luzes parecem brilhar mais, a música é mais agradável e o ar tremula positivamente.

E, com isso, esta autora deve encerrar esta coluna. Tanto romantismo incita a necessidade de sair de casa e deixar a chuva lavar sua índole normalmente rabugenta.

CRÔNICAS DA SOCIEDADE DE LADY WHISTLEDOWN,
16 de junho de 1813

Em julho, Susannah já começava a se imaginar usando um anel de noivado...

Na quinta-feira passada, o Sr. Mann-Formsby foi visto entrando na joalheria mais exclusiva de Mayfair. Alguém sabe se haveria um casamento prestes a acontecer? Mas será que existe alguém que realmente não saiba quem será a noiva?

CRÔNICAS DA SOCIEDADE DE LADY WHISTLEDOWN,
26 de julho de 1813

E, então, veio agosto.

Em geral, costuma ser fácil prever os pontos fracos e casos da sociedade, mas, vez por outra, acontece algo que confunde e assusta até mesmo esta autora.
O Sr. Clive Mann-Formsby fez um pedido de casamento.
Mas não foi a mão da Srta. Susannah Ballister que pediu.
Após uma temporada inteira cortejando publicamente a Srta. Ballister, o Sr. Mann-Formsby ficou noivo da Srta. Harriet Snowe e, a julgar pelo anúncio recente no London Times, *ela aceitou.*
A reação da Srta. Ballister a essa história é desconhecida.

CRÔNICAS DA SOCIEDADE DE LADY WHISTLEDOWN,
18 de agosto de 1813

O que levou, dolorosamente, a setembro.

Chegaram recentemente aos ouvidos desta autora rumores de que a Srta. Susannah Ballister deixou a cidade, retirando-se para a casa de campo da família, em Sussex, onde passará o restante do ano.
Esta autora não pode culpá-la.

CRÔNICAS DA SOCIEDADE DE LADY WHISTLEDOWN,
3 de setembro de 1813

CAPÍTULO 1

Chegou ao conhecimento desta autora que o honorável Clive Mann-Formsby e a Srta. Harriet Snowe casaram-se no mês passado na tradicional propriedade do irmão mais velho do Sr. Mann-Formsby, o conde de Renminster.

Os recém-casados voltaram a Londres para desfrutar das festividades de inverno, assim como a Srta. Susannah Ballister, que, como é de conhecimento de todos que estiveram em Londres na última temporada, foi assiduamente cortejada pelo Sr. Mann-Formsby, até o momento em que ele pediu a Srta. Snowe em casamento.

Esta autora imagina que anfitriãs de toda a cidade estejam revendo sua lista de convidados. Sem dúvida, não seria de bom-tom convidar os Mann-Formsbies e os Ballisters para o mesmo evento. Faz frio o suficiente lá fora; um encontro entre Clive, Harriet e Susannah certamente deixaria o ar ainda mais gélido.

CRÔNICAS DA SOCIEDADE DE LADY WHISTLEDOWN,
21 de janeiro de 1814

De acordo com lorde Middlethorpe, que acabara de consultar o relógio de bolso, eram precisamente 23h06, e Susannah Ballister sabia muito bem que era uma quinta-feira e que a data era 27 de janeiro do ano de 1814.

E, precisamente nesse momento – precisamente às 23h06 de uma quinta-feira, 27 de janeiro de 1814 – Susannah Ballister fez três desejos, nenhum dos quais se tornou realidade.

O primeiro desejo era uma impossibilidade. Desejou, de alguma forma, talvez por meio de alguma mágica misteriosa e benevolente, desaparecer do salão no qual se encontrava e estar confortavelmente aconchegada em sua cama, na casa da família, em Portman Square, ao norte de Mayfair. Não, melhor ainda, desejou estar confortavelmente aconchegada em sua cama na casa de campo da família, em Sussex, que ficava bem longe de Londres e, o mais importante, de todos os seus habitantes.

Susannah chegou a fechar os olhos enquanto ponderava a adorável possibilidade de abri-los e encontrar-se em outro lugar, mas, sem muita surpresa, permaneceu onde estava, escondida em um canto escuro do salão de baile de lady Worth, segurando uma xícara de chá morno que não tinha a menor intenção de beber.

Quando ficou claro que não iria a lugar algum, fosse por meios sobrenaturais ou normais (Susannah não podia sair do baile antes dos pais e, a julgar pelas aparências, eles levariam pelo menos três horas para dar a noite por encerrada), ela, então, desejou que Clive Mann-Formsby e a esposa, Harriet, que estavam perto de uma mesa de bolos de chocolate, desaparecessem.

Aquela parecia uma possibilidade real. Os dois estavam em perfeitas condições de saúde, poderiam simplesmente levantar-se e ir embora. O que melhoraria muito a situação de Susannah, pois poderia aproveitar a noite sem ter que encarar o homem que a humilhara publicamente.

Além disso, poderia servir-se de um pedaço de bolo de chocolate.

Mas Clive e Harriet pareciam estar se divertindo. Tanto, na verdade, quanto os pais de Susannah, o que significava que não tinham a intenção de ir embora tão cedo.

Agonia. Pura agonia.

Mas ela tinha direito a três desejos, não? As heroínas dos contos de fadas não tinham sempre direito a três desejos? Se fosse para ficar presa ali, em um canto escuro, imaginando desejos tolos porque não tinha o que fazer, usaria tudo a que tinha direito.

– Desejo que não estivesse tão frio – disse ela entre dentes cerrados.

– Amém – disse o idoso lorde Middlethorpe, de cuja presença ao seu lado Susannah praticamente se esquecera.

Ela lançou-lhe um sorriso, mas ele estava ocupado demais tomando algum tipo de bebida alcoólica proibida a damas solteiras, então voltaram à tarefa de ignorar educadamente um ao outro.

Olhou para seu chá. A qualquer momento certamente brotaria um cubo de gelo nele. A anfitriã havia substituído por chá quente as bebidas oferecidas tradicionalmente, limonada e champanhe, alegando o clima gélido, mas o chá não permanecera quente por muito tempo e, quando uma pessoa tentava se esconder nos cantos do salão, como fazia Susannah, os criados nunca apareciam para recolher copos ou xícaras usados.

Susannah estremeceu. Não conseguia lembrar-se de um inverno tão frio, ninguém conseguia. Aquele fora, perversamente, o motivo de seu retorno precoce à cidade. Toda a alta sociedade havia ido para Londres no pouco elegante mês de janeiro, na ânsia de desfrutar da patinação no gelo, dos trenós e da iminente Feira de Inverno.

Susannah, ao contrário, acreditava que o frio intenso, os ventos gelados e a neve suja eram motivos tolos para essa agitação toda, mas a decisão não lhe cabia e ali estava ela, observando todas as pessoas que testemunharam sua derrota social no verão anterior. Não quisera vir para Londres, mas a família insistira, afirmando que ela e a irmã, Letitia, não podiam perder a inesperada temporada social de inverno.

Acreditara que teria pelo menos até a primavera antes de ter que voltar e enfrentar a todos. Quase não houvera tempo para ensaiar a postura altiva e dizer:

– Bem, é claro que o Sr. Mann-Formsby e eu percebemos que não daria certo.

Precisava mesmo ser uma ótima atriz para levar aquilo adiante, já que todos sabiam que Clive a descartara feito lixo quando os parentes endinheirados de Harriet Snowe começaram a se aproximar.

Não que Clive precisasse de dinheiro. Seu irmão mais velho era o conde de Renminster, pelo amor de Deus, e todos sabiam que ele era riquíssimo.

Mas Clive havia escolhido Harriet, Susannah fora humilhada publicamente e até hoje, quase seis meses depois do ocorrido, as pessoas ainda comentavam. Até lady Whistledown achara adequado mencionar o assunto em sua coluna.

Susannah suspirou e escorou-se contra a parede, na esperança de que ninguém percebesse sua postura desleixada. Deduziu que não podia realmente culpar lady Whistledown. A misteriosa colunista de fofocas apenas repetia o que todos diziam. Só naquela semana, Susannah recebera catorze visitas, e nenhuma delas fora educada o suficiente para evitar mencionar Clive e Harriet.

Será que realmente pensavam que queria saber sobre a presença daqueles dois no recente sarau musical das Smythe-Smiths? Como se quisesse saber o que Harriet havia vestido ou o que Clive sussurrara em seu ouvido durante todo o recital.

Aquilo não significava nada. Clive sempre tivera maneiras abomináveis em recitais. Susannah não conseguia se lembrar de nenhum no qual tivesse tido a força de vontade de manter-se calado durante o espetáculo.

Mas as fofocas não eram a pior parte das visitas. Esse título era reservado às almas bem-intencionadas que não pareciam olhar para ela com qualquer outra expressão a não ser a de pena. Geralmente, eram as mesmas mulheres que tinham um sobrinho viúvo de Shropshire ou Somerset ou algum outro condado longínquo em busca de uma esposa, e gostariam de apresentá-lo a Susannah, mas não naquela semana porque ele estaria ocupado levando seis de seus oito filhos para Eton.

Susannah esforçou-se para não cair no choro. Tinha apenas 21 anos. E acabara de completá-los. Não estava desesperada.

E não queria que sentissem pena dela.

De repente, tornou-se imperativo sair do salão. Não queria estar ali, não queria assistir a Clive e Harriet como se fosse uma patética *voyeuse*. Sua família não estava pronta para ir embora, mas ela certamente conseguiria encontrar um local silencioso onde pudesse descansar por alguns minutos. Se pretendia se esconder, era bom que o fizesse direito. Ficar de pé em um canto era terrível. Já havia visto três pessoas apontando em sua direção e, em seguida, cochichando algo com a mão sobre a boca.

Nunca se considerara covarde, mas também nunca se considerara tola e, honestamente, somente uma tola se sujeitaria a esse tipo de infelicidade.

Pousou a xícara de chá sobre o parapeito de uma janela e despediu-se do lorde Middlethorpe. Não que houvessem trocado mais do que meia dúzia de palavras, apesar de terem ficado de pé, um ao lado do outro, por quase 45 minutos. Esgueirou-se pelo salão em busca das portas que levavam ao corredor. Já havia estado ali antes, quando, graças à sua associação a Clive, era a jovem dama mais popular da cidade, e lembrava-se de que havia um cômodo de descanso para damas ao fim da sala.

Entretanto, ao chegar ao seu destino, tropeçou e viu-se frente a frente com – como era mesmo o nome dela? Cabelos castanhos, levemente rechonchuda... ah, sim. Penelope. Penelope Alguma Coisa. Uma garota com quem nunca havia trocado mais do que meia dúzia de palavras. Haviam começado a frequentar os salões no mesmo ano, mas deviam ter vivido em mundos diferentes, tão raras foram as vezes que seus caminhos se cruzaram. Susannah era a dama do momento quando Clive a largou, já Penelope era... uma menina tímida, supunha ela.

– Não entre aí – advertiu Penelope, com delicadeza, sem olhá-la nos olhos, de um jeito que apenas as pessoas mais tímidas fazem.

Os lábios de Susannah se abriram com surpresa, e ela sabia que seu olhar estava cheio de perguntas.

– Há uma dezena de moças na sala de descanso – disse Penelope.

A explicação bastou. O único lugar onde Susannah gostaria ainda menos de estar era numa sala cheia de moças falando sem parar e fofocando. Todas certamente suporiam que havia fugido para escapar de Clive e Harriet.

O que era verdade, mas isso não significava que Susannah quisesse que soubessem daquilo.

– Obrigada – sussurrou Susannah, surpresa com a gentileza de Penelope.

Ela nunca havia dedicado mais do que um minuto pensando em Penelope no último verão, e a jovem havia lhe retribuído salvando-a de enormes constrangimento e dor. Impulsivamente, tomou a mão de Penelope e a apertou.

– Obrigada.

E, naquele momento, desejou ter prestado mais atenção a moças como aquela quando ocupara lugar de destaque na alta sociedade. Hoje sabia o que era ficar nos cantos do salão, e não era nada divertido.

Entretanto, antes que pudesse dizer qualquer outra coisa, Penelope murmurou uma tímida despedida e se foi, deixando Susannah à própria sorte.

Ela estava na parte mais cheia do salão, e não queria ficar ali, então começou a andar. Não tinha certeza para onde, mas desejava continuar andando porque sentia que isso a fazia parecer determinada.

Aderira à ideia de que uma pessoa deve aparentar saber o que está fazendo, mesmo quando não sabe. Clive havia lhe ensinado isso, na verdade. Foi uma das poucas coisas boas do tempo em que ele a cortejara.

Mas, em toda a sua determinação, não estava realmente olhando ao redor e por isso foi tomada de surpresa quando ouviu a voz *dele*.

– Srta. Ballister.

Não, não era Clive. Ainda pior. Era o irmão mais velho de Clive, o conde de Renminster. Em sua beleza de cabelos escuros e olhos verdes.

Ele nunca havia gostado dela. Sim, sempre fora educado, mas era educado com todos. Entretanto, Susannah sempre sentira certo desdém da parte dele, uma nítida convicção de que ela não era boa o suficiente para o irmão.

Imaginava que ele estivesse feliz agora. Clive estava casado com Harriet, e Susannah nunca mancharia a árvore genealógica dos Mann-Formsbies.

– Milorde – disse ela, tentando manter a voz tão calma e educada quanto a dele.

Não conseguia imaginar o que ele poderia querer com ela. Não havia motivo para ter chamado seu nome. Ele poderia simplesmente tê-la deixado passar por ele sem que notasse sua presença. Não teria sido rude da parte dele. Susannah estava caminhando da forma mais apressada possível no salão lotado, claramente a caminho de outro lugar.

Ele sorriu para ela, se é que alguém podia chamar aquilo de sorriso – o sentimento nunca chegou aos olhos dele.

– Srta. Ballister, como vai? – perguntou ele.

Por um instante, ela não conseguiu fazer nada além de encará-lo. Ele não era do tipo que fazia uma pergunta a não ser que realmente desejasse uma resposta, e não havia motivo para acreditar que se interessasse em saber como estava.

– Srta. Ballister? – murmurou ele, parecendo vagamente surpreso.

Finalmente, ela conseguiu responder "Muito bem, obrigada", mesmo que ambos soubessem que aquilo estava longe da verdade.

Durante um bom tempo, ele simplesmente a olhou fixamente, quase como se a estivesse examinando, procurando algo que ela não conseguia sequer começar a imaginar.

– Milorde? – perguntou ela, pois o momento parecia pedir algo que quebrasse o silêncio.

Ele voltou a prestar atenção nela, como se sua voz o tivesse tirado de um leve torpor.

– Perdão – falou ele calmamente. – A senhorita gostaria de dançar?

Susannah emudeceu.

– Dançar? – repetiu, finalmente, incomodada com sua incapacidade de proferir algo mais elaborado.

– Sim – murmurou ele.

Ela aceitou a mão que ele lhe oferecia – havia pouco a ser feito com tantas pessoas olhando – e permitiu que ele a guiasse até a pista de dança. Ele era alto, ainda mais alto do que Clive, que era uma cabeça mais alto do que ela, tinha um ar estranhamente reservado – talvez controlado demais, se isso fosse possível. Ao observá-lo movimentando-se no meio da multidão, ela foi pega pelo estranho pensamento de que um dia o famoso autocontrole dele com certeza se dissiparia.

E só então o verdadeiro conde de Renminster se revelaria.

༄

Havia meses que David Mann-Formsby não pensava em Susannah Ballister, desde que o irmão decidira se casar com Harriet Snowe em detrimento da beleza de cabelos escuros que atualmente valsava em seus braços. Entretanto, uma pontinha de culpa começou a incomodá-lo, porque assim que a viu se movimentando pelo salão como se tivesse que sair dali, quando qualquer pessoa que se dedicasse a olhar para ela por mais do que um segundo perceberia a expressão tensa em seu rosto, a dor à espreita nos olhos, ele se lembrara do tratamento vergonhoso que ela havia recebido pela sociedade depois que Clive decidira casar-se com Harriet.

E, honestamente, nada daquilo era culpa dela.

A família de Susannah, embora perfeitamente respeitável, não tinha títulos de nobreza nem era particularmente rica. E quando Clive a trocou por Harriet, cujo nome era tão antigo quanto o tamanho de seu dote, a sociedade riu pelas suas costas – e, supôs ele, também diante dela. Susannah fora chamada de gananciosa, arrogante, excessivamente ambiciosa. Várias matronas da sociedade – do tipo que tinha filhas cujos charme e beleza não chegavam perto dos de Susannah Ballister – comentaram que a pequena pretensiosa agora havia sido colocada em seu devido lugar; como ousava imaginar que poderia receber uma proposta de casamento do irmão de um conde?

David considerava o episódio todo repugnante, mas o que poderia ter feito? Clive havia tomado sua decisão e, na opinião de David, era a decisão mais acertada. Harriet, no fim das contas, seria uma esposa muito melhor para seu irmão.

No entanto, Susannah fora uma inocente espectadora do escândalo. Ela não sabia que Clive estava sendo cortejado pelo pai de Harriet ou que Clive achava que Harriet, pequenina e de olhos azuis, seria de fato uma boa esposa. Clive deveria ter dito algo a Susannah antes de anunciar o noivado, e, mesmo que fosse covarde demais para avisá-la pessoalmente, sem dúvida teria sido inteligente não fazer o anúncio no baile dos Mottrams antes mesmo de ser publicado no *Times*. Quando Clive tomou a dianteira da pequena orquestra, com uma taça de champanhe nas mãos, e fez seu animado discurso, ninguém olhou para Harriet, que estava de pé ao seu lado.

Susannah fora a atração principal, Susannah com sua surpresa nos lábios e olhos marejados. Susannah, que se esforçara tanto para continuar forte e orgulhosa antes de finalmente fugir dali.

Seu rosto angustiado era a imagem que David havia carregado em sua mente durante muitas semanas, até mesmo meses, até lentamente desaparecer, esquecida em meio a atividades e tarefas cotidianas.

Até agora.

Até vê-la em um canto, fingindo não se importar com o fato de Clive e Harriet estarem rodeados por um bando de bajuladores. Ela era uma mulher orgulhosa, ele sabia disso, mas o orgulho duraria apenas até o momento em que desejasse desaparecer e ficar sozinha.

Ele não ficou surpreso quando finalmente a viu dirigir-se à porta.

Em um primeiro momento, cogitou deixá-la passar, talvez até mesmo dar um passo para trás, para que ela não fosse forçada a vê-lo testemunhar sua partida. Porém, algum impulso estranho e irresistível conduziu seus pés. Não o incomodava o fato de ela ter se tornado uma pessoa tímida, sempre haveria pessoas tímidas na alta sociedade, e não havia muito o que fazer para remediar a situação.

Mas David era um Mann-Formsby por inteiro e, se havia algo que não conseguia tolerar, era saber que sua família havia prejudicado alguém. E seu irmão havia certamente prejudicado essa jovem. David não chegaria a ponto de dizer que Clive arruinara sua vida, mas ela certamente fora alvo de uma quantidade imerecida de infelicidade.

Como conde de Renminster – não, como um Mann-Formsby –, cabia-lhe remediar a situação.

Então a tirou para dançar. Uma dança seria percebida. Uma dança seria observada. E embora não fosse da natureza de David se gabar, ele sabia que um simples convite para dançar de sua parte faria maravilhas para que Susannah recuperasse a popularidade.

Ela pareceu ter ficado assustada com seu convite, mas aceitou. Afinal de contas, o que mais poderia fazer com tantas pessoas ao redor?

Ele a levou até o meio do salão, os olhos focados o tempo inteiro no rosto dela. David nunca teve dificuldade para entender por que Clive havia se sentido atraído por ela. Susannah tinha uma beleza suave e castanha que ele considerava muito mais atraente do que o ideal louro de olhos azuis tão popular na sociedade. Sua pele era uma pálida porcelana, com sobrancelhas perfeitamente arqueadas e lábios cor de framboesa. Ele ouvira que ela tinha ancestrais galeses na família e conseguia facilmente ver sua influência.

– Uma valsa – disse ela secamente, quando o quinteto de cordas começou a tocar. – Que sorte.

Ele riu de seu sarcasmo. Ela nunca fora extrovertida, mas sempre fora direta, e ele admirava tal característica, principalmente quando era combinada com inteligência. Começaram a dançar e, em seguida, quando ele decidira fazer algum comentário tolo sobre o tempo – para que pudessem ser observados conversando como adultos sensatos –, ela o atacou com a pergunta:

– Por que o senhor me convidou para dançar?

Por um momento, ele ficou sem palavras. De fato, ela era direta.

– Um cavalheiro precisa de motivo para tirar uma dama para dançar? – contestou.

Os lábios dela se apertaram de leve nos cantos.

– O senhor nunca me pareceu o tipo de cavalheiro que faz alguma coisa sem motivo.

Ele deu de ombros.

– A senhorita parecia um tanto solitária ali no canto.

– Eu estava com lorde Middlethorpe – respondeu ela, com desdém.

Ele apenas levantou as sobrancelhas, já que ambos sabiam que o idoso lorde Middlethorpe geralmente não era considerado a primeira escolha de companhia por parte de uma dama.

– Não preciso da sua compaixão – murmurou ela.

– É claro que não – concordou ele.

Ela voltou os olhos para ele.

– Agora o senhor está sendo condescendente comigo.

– Jamais imaginaria fazer isso – disse ele, com sinceridade.

– Então o que foi isso?

– Isso? – repetiu ele, inclinando a cabeça de modo questionador.

– Dançar comigo.

Ele queria sorrir, mas não desejava que ela achasse que estava rindo dela, então conseguiu manter os lábios contraídos enquanto dizia:

– A senhorita é bem desconfiada para uma dama no meio de uma valsa.

– É exatamente durante uma valsa que uma dama deve ficar mais desconfiada – retrucou Susannah.

– Na verdade – disse ele, surpreendendo-se com suas palavras –, eu gostaria de pedir desculpas. – Ele limpou a garganta. – Pelo que aconteceu no verão passado.

– A que o senhor se refere? – perguntou ela, as palavras cuidadosamente medidas.

David olhou para Susannah de uma maneira que esperava ser gentil. Não era uma expressão à qual estivesse acostumado, então não tinha certeza se a estava fazendo da forma correta. Ainda assim, esforçou-se para parecer simpático ao replicar:

– Acho que a senhorita sabe.

O corpo de Susannah se enrijeceu, mesmo enquanto dançavam, e ele poderia jurar que conseguiu sentir sua coluna virando aço.

– Talvez – disse ela, com firmeza –, mas não consigo ver o que isso tem a ver com o senhor.

– Talvez não tenha – concordou ele. – Contudo, não aprovo o tratamento que lhe foi dispensado pela sociedade depois do noivado de Clive.

– O senhor se refere às fofocas ou aos cortes diretos? Ou às mentiras descaradas? – perguntou ela, o rosto perfeitamente impassível.

Ele engoliu em seco. Não sabia que a situação era tão desagradável.

– Tudo isso – disse ele, em voz baixa. – Nunca tive a intenção de...

– Nunca teve a intenção? – interrompeu ela, os olhos brilhando com algo semelhante a fúria. – Nunca teve a intenção? Eu achava que Clive tomasse as próprias decisões. Então o senhor admite que Harriet foi escolha sua, não de Clive?

– A escolha foi dele – respondeu ele com firmeza.

– E sua também? – insistiu ela.

Não havia sentido – nem honra – em mentir.

– E minha.

Ela rangeu os dentes, sentindo-se vingada, de alguma forma, mas também um pouco desanimada, como se esperasse esse momento há meses, mas, agora que ele havia chegado, a vingança não fosse nem um pouco doce como esperava.

– Mas se ele tivesse se casado com a senhorita – disse David calmamente –, eu não teria me oposto.

Ela levantou os olhos para ele:

– Por favor, não minta para mim – sussurrou.

– Não estou mentindo – disse ele, suspirando. – Será uma excelente esposa para alguém, Srta. Ballister. Disso eu tenho absoluta certeza.

Ela não disse nada, mas seus olhos pareceram brilhar e, por um momento, o conde poderia jurar que seus lábios tremiam.

Algo começou a incomodá-lo. Ele não sabia ao certo o que era, e não queria pensar que o sentimento vinha de seu coração, mas simplesmente não conseguiu suportar vê-la tão perto das lágrimas. Entretanto, não havia nada que pudesse fazer além de dizer:

– Clive deveria tê-la informado sobre seus planos antes de anunciá-los à sociedade.

– Sim – concordou ela, a palavra se tornando frágil por uma risada áspera. – Deveria.

David sentiu sua mão apertar levemente a cintura dela. Susannah não estava facilitando as coisas, mas não havia motivo para esperar que ela o fizesse. Na verdade, admirava seu orgulho, respeitava a forma reta e altiva como se comportava, como se não permitisse que a sociedade lhe dissesse como deveria julgar a si própria.

Ela era, percebeu com um tremor de surpresa, uma mulher admirável.

– Ele deveria – disse ele, ecoando inconscientemente as palavras dela –, mas não o fez e, por isso, devo pedir-lhe desculpas.

Ela ergueu sutilmente a cabeça, o olhar quase distraído.

– É de se imaginar que um pedido de desculpas seria mais adequado vindo de Clive, não acha? – perguntou ela.

David deu um sorriso seco.

– De fato, mas posso apenas deduzir que ele não o fez. Portanto, como um Mann-Formsby...

Ela bufou, o que *não* o agradou.

– Como um Mann-Formsby – continuou ele, levantando a voz, mas, em seguida, baixou o tom ao constatar que diversos casais que dançavam ao redor olharam curiosamente na direção dos dois. – Como chefe da família Mann-Formsby – corrigiu ele –, é minha obrigação pedir desculpas quando um parente meu age de maneira desonrosa.

Ele esperava uma réplica mordaz e, de fato, ela chegou a abrir a boca, os olhos exibindo uma fúria sombria, mas, em seguida, com uma brusquidão que o deixou sem ar, pareceu mudar de ideia.

– Obrigada. Aceito sua desculpa em nome de Clive.

Havia uma dignidade silenciosa em sua voz, algo que fez com que ele quisesse puxá-la para mais perto, entrelaçar seus dedos em vez de simplesmente segurar suas mãos.

Mas, se ele quisesse explorar aquele sentimento mais de perto – e ele não tinha certeza se queria –, perdeu a chance quando a orquestra encerrou a valsa, deixando-o no meio do salão, inclinando-se em uma reverência elegante, repetida por Susannah.

Ela murmurou polidamente:

– Obrigada pela dança, milorde.

E ficou claro que a conversa estava encerrada.

Mas quando a observou deixar o salão – presumivelmente dirigindo-se para onde estava indo quando ele a interceptou –, não conseguiu afastar o sentimento...

Queria mais.

Mais das palavras dela, mais de sua conversa.

Mais *dela*.

Mais tarde naquela noite, ocorreram dois eventos, de fato, muito estranhos.

O primeiro foi no quarto de Susannah Ballister.

Ela não conseguia dormir.

Isso não teria parecido estranho para muitas pessoas, mas Susannah sempre fora o tipo de pessoa que adormecia no mesmo instante em que pousava a cabeça no travesseiro. Isso deixava sua irmã maluca quando dividiam o quarto. Letitia sempre queria ficar acordada e conversar, mas as contribuições de Susannah para o diálogo nunca passavam de um leve ronco.

Até mesmo nos dias após a deserção de Clive, dormira feito um anjo. Era seu único escape da dor e confusão constantes que eram a vida de uma debutante abandonada.

Aquela noite, porém, foi diferente. Susannah deitou-se de barriga para cima (o que em si já era estranho, pois costumava dormir de lado) e olhou para o teto, perguntando-se quando a rachadura no reboco havia assumido a forma de um coelho.

Ou então era nisso que ela pensava sempre que, de forma determinada, expulsava o conde de Renminster de sua mente. A verdade era que não conseguia dormir porque não conseguia deixar de recordar a conversa dos dois, parando para analisar cada uma das palavras dele e tentando não perceber o arrepio que sentia quando se lembrava de seu sorriso lânguido, levemente irônico.

Ainda não conseguia acreditar que o enfrentara. Clive sempre se referira a ele como "o velho", e diversas vezes o chamara de enfadonho, arrogante, presunçoso e irritante. Susannah tinha pavor do conde. Clive certamente não o fizera parecer muito acessível.

Mas mantivera sua firmeza e seu orgulho.

E agora não conseguia dormir pensando nele, mas não se importava muito – a sensação era boa.

Fazia tanto tempo que não se sentia tão orgulhosa. Havia esquecido como era bom.

O outro evento estranho ocorreu no outro lado da cidade, no distrito de Holborn, diante da casa de Anne Miniver, que vivia reservadamente ao lado de todos os advogados que trabalhavam nos tribunais das redondezas, mesmo que sua profissão, se assim pudesse ser dito, fosse de amante. Amante do conde de Renminster, mais precisamente.

Mas a Srta. Miniver não estava ciente de que havia algo estranho prestes a acontecer. De fato, a única pessoa que percebeu foi o próprio conde, que havia instruído o condutor a levá-lo diretamente do baile dos Worths para a elegante casa geminada de Anne. Entretanto, ao subir os degraus até a porta da frente e levantar a mão na direção da aldraba de bronze, descobriu que não tinha mais qualquer interesse em vê-la. O desejo havia simplesmente desaparecido.

O que, para o conde, era de fato muito estranho.

CAPÍTULO 2

Vocês notaram o conde de Renminster dançando com a Srta. Susannah Ballister ontem à noite no baile dos Worths? Caso não tenham notado, que vergonha – foram os únicos. A valsa foi o assunto da noite.

Não se pode dizer que a conversa parecia muito amigável. De fato, esta autora observou olhares de ira e até o que pareceram ser ânimos exaltados.

O conde foi embora logo após a dança, mas a Srta. Ballister permaneceu por várias horas e foi vista dançando com dez outros cavalheiros antes de ir embora na companhia dos pais e da irmã.

Dez cavalheiros. Sim, esta autora contou. Teria sido impossível não fazer comparações, visto que o total de parceiros antes do convite do conde era zero.

CRÔNICAS DA SOCIEDADE DE LADY WHISTLEDOWN,
28 de janeiro de 1814

Os Ballisters nunca precisaram se preocupar com dinheiro, mas também não eram considerados ricos. Normalmente isso não incomodava Susannah – nunca lhe faltou nada, e não via motivo para ter três pares de brincos quando seus brincos de pérolas combinavam muito bem com todas as suas roupas. Não que fosse recusar outro par, é claro. Apenas não via necessidade de passar seus dias obcecada em joias que nunca seriam dela.

Mas havia algo que a fazia desejar que a família fosse mais tradicional, mais rica, possuísse um título, qualquer coisa que lhes garantisse mais influência.

O teatro.

Susannah adorava teatro, adorava perder-se na história de outra pessoa, adorava tudo, dos odores às luzes, passando pela sensação de formigamento que sobe às palmas das mãos quando aplaudimos. Era muito mais absorvente que um musical e, certamente, mais divertido do que os bailes e as festas aos quais comparecia três noites por semana.

O problema, no entanto, era que sua família não possuía um camarote em nenhum dos teatros considerados adequados à sociedade polida, e ela não era autorizada a sentar-se em qualquer outro lugar que não fosse um camarote. Damas jovens e respeitáveis não se sentavam com a plebe, insistia a mãe. O que significava que a única forma de Susannah assistir a uma peça era ser convidada por alguém que tivesse um camarote adequado.

Quando seus primos Shelbournes mandaram um bilhete convidando-a para acompanhá-los naquela noite para ver Edmund Kean no papel de Shylock em O mercador de Veneza, ela quase chorou de alegria. Kean havia estreado no papel quatro noites antes, e toda a sociedade já estava em polvorosa. Ele havia sido considerado magnífico, ousado e inigualável – palavras maravilhosas que deixavam uma amante do teatro como Susannah praticamente tremendo de desejo de ver a produção.

Exceto pelo fato de que praticamente não esperava que alguém a convidasse para compartilhar o camarote em um teatro. Só recebia convites para grandes festas porque as pessoas tinham curiosidade de ver sua reação ao casamento de Clive e Harriet. Não era convidada para pequenas reuniões.

Até o baile dos Worths na noite de quinta-feira.

Imaginou que deveria agradecer ao conde. Ele havia dançado com ela, e agora ela voltara a ser considerada apropriada. Recebeu pelo menos mais oito convites para dançar após ele ir embora. Tudo bem, dez. Havia contado. Dez homens a convidaram para dançar, e eram dez a mais do que tivera em todas as três horas que havia passado no baile antes de o conde resgatá-la.

Era terrível, na verdade, a influência que um único homem podia exercer sobre a sociedade.

Tinha certeza de que Renminster era o motivo de seus primos terem lhe enviado o convite. Não achava que os Shelbournes a estivessem evitando de propósito – a verdade era que eles eram primos distantes, e ela nunca os conhecera muito bem. Mas quando surgiu uma estreia no teatro e eles precisaram de mais uma dama para compor o camarote, deve ter sido fácil dizer, "Ah sim, que tal a prima Susannah?", uma vez que seu nome tinha aparecido com tanto destaque na coluna de sexta-feira de lady Whistledown.

Susannah não se importava com o motivo que os levara a se lembrarem de sua existência. Veria Kean em O mercador de Veneza!

– Ficarei eternamente enciumada – disse a irmã Letitia enquanto esperavam na sala de estar pela chegada dos Shelbournes.

A mãe havia insistido que Susannah estivesse pronta na hora certa e não deixasse parentes influentes esperando. Geralmente era exigido que pretendentes em potencial ficassem esperando, mas não quando se tratava de relações importantes que poderiam render convites cobiçados.

– Tenho certeza de que você em breve encontrará uma oportunidade de ver a peça – disse Susannah, quase sem conseguir conter o sorriso de satisfação.

Letitia suspirou.

– Talvez queiram ir duas vezes.

– Talvez emprestem todo o camarote para nossos pais – disse Susannah.

O rosto de Letitia se iluminou.

– Que ideia excelente! Faça o favor de sugerir...

– Não farei isso – cortou Susannah. – Seria falta de educação e...

– Mas se aparecer a oportunidade...

Susannah revirou os olhos.

– Tudo bem – disse ela. – Caso a Sra. Shelbourne venha a dizer, "Minha querida Srta. Ballister, a senhorita acha que sua família estaria interessada em usar nosso camarote?", eu tratarei de responder afirmativamente.

Letitia lançou um olhar irritado para a irmã.

No mesmo momento, o mordomo apareceu à porta.

– Srta. Susannah – anunciou ele –, a carruagem dos Shelbournes está à sua espera.

Susannah deu um pulo.

– Obrigada. Já estou a caminho.

– Ficarei esperando você – disse Letitia, seguindo-a até o saguão. – Espero que me conte tudo.

– E estragar a peça? – provocou Susannah.

– Ora, você sabe que já li *O mercador de Veneza* dez vezes. Eu *sei* o final. Só quero saber sobre a atuação de Kean!

– Ele não é tão bonito quanto Kemble – disse Susannah, pegando o casaco e o *manchon*.

– Eu *já vi* Kemble – respondeu Letitia, impaciente. – Mas ainda não vi Kean.

Susannah inclinou-se e deu um beijo afetuoso no rosto da irmã.

– Vou lhe contar cada detalhe da noite. Prometo.

E então enfrentou o frio gélido e saiu na direção da carruagem dos Shelbournes.

⁂

Menos de uma hora depois, Susannah estava confortavelmente instalada no camarote dos Shelbournes no Theatre Royal, olhando avidamente ao redor do teatro recém-reformado. Ela ocupou de bom grado o assento na extremidade mais afastada do camarote. Os Shelbournes e seus convidados estavam tagarelando, ignorando, assim como todo o público, a farsa que a companhia de teatro representava como o prelúdio do espetáculo. Susannah também não prestou atenção, queria apenas examinar o novo teatro.

Era realmente irônico – os melhores assentos da casa pareciam ser na plateia, junto à plebe, como sua mãe gostava de dizer. Ali estava ela, em um dos camarotes mais caros do teatro, e um grande pilar obstruía parcialmente sua visão. Precisaria virar-se significativamente no assento e, de fato, até mesmo inclinar-se sobre o peitoril, para ver o espetáculo.

– Cuidado para não cair – murmurou com suavidade uma voz masculina.

Susannah voltou sua atenção para a voz, assustada.

– O senhor! – exclamou, surpresa, virando-se para ficar frente a frente com o conde de Renminster, logo ele.

Ele ocupava o camarote diretamente ao lado do camarote dos Shelbournes, perto o suficiente para que pudessem conversar sobre o vão entre os dois compartimentos.

– Que surpresa boa – disse ele, com um sorriso agradável, embora levemente misterioso.

Susannah sempre achava seus sorrisos um pouco misteriosos.

– Vim com meus primos – comentou ela, gesticulando para as pessoas ao seu lado. – Os Shelbournes – acrescentou, embora fosse bastante óbvio.

– Boa noite, Sr. Renminster – disse a Sra. Shelbourne com animação. – Não percebi que seu camarote ficava ao lado do nosso.

Ele acenou com a cabeça.

– Não tenho tido muita oportunidade de vir ao teatro.

A Sra. Shelbourne assentiu levemente.

– É tão difícil arranjar tempo. Estamos com a agenda tão ocupada este ano. Quem imaginaria que tantas pessoas viriam para Londres em janeiro?

– E todos por um pedaço de neve – comentou Susannah, sem conseguir evitar.

O conde Renminster riu da piada antes de se inclinar para falar com a Sra. Shelbourne.

– Acho que a peça vai começar – disse ele. – Encantado em vê-la, como sempre.

– Digo o mesmo – disse a Sra. Shelbourne. – Espero que o senhor consiga comparecer ao meu baile do Dia de São Valentim no mês que vem.

– Eu não o perderia por nada no mundo – garantiu ele.

A Sra. Shelbourne acomodou-se em seu lugar, parecendo tanto satisfeita quanto aliviada e, em seguida, retomou a conversa com sua melhor amiga, Liza Pritchard, que Susannah tinha certeza de que estava apaixonada pelo irmão da Sra. Shelbourne, Sr. Royce Pemberley, que também estava no camarote.

Susannah acreditava que o sentimento era recíproco, mas é claro que nenhum dos dois parecia perceber isso e, na verdade, a Srta. Pritchard parecia estar de olho em outro cavalheiro solteiro presente, o Sr. Durham, que, na opinião de Susannah, era entediante. Mas não era tarefa sua informar-lhes sobre seus próprios sentimentos e, além disso, eles, junto com lady Shelbourne, pareciam estar no meio de uma conversa bem animada sem ela.

O que a deixava com o Sr. Renminster, que ainda a olhava sobre o vão entre seus respectivos camarotes no teatro.

– O senhor gosta de Shakespeare? – perguntou ela em tom informal.

Sua alegria por ter sido convidada para assistir ao Shylock de Kean era tamanha que conseguia até mesmo sorrir para *ele*.

– Gosto – respondeu o conde –, mas prefiro as tragédias.

Ela assentiu, decidindo que podia dar continuidade a uma conversa educada se ele conseguisse fazer o mesmo.

– Imaginei. São bem mais sérias.

Ele sorriu enigmaticamente.

– Não consigo decidir se isso é um elogio ou um insulto.

– Em situações como essas – disse Susannah, surpresa por sentir-se tão à vontade ao falar com ele –, o senhor deveria sempre decidir-se pelo elogio. A vida se torna muito mais simples e feliz dessa forma.

Ele riu alto antes de perguntar:

– E a senhorita? Qual das peças do bardo prefere?

Ela suspirou de felicidade.

– Adoro todas elas.

– É mesmo? – perguntou ele, e ela ficou surpresa por sentir um genuíno interesse em sua voz. – Não fazia ideia de que a senhorita gostava tanto de teatro.

Susannah olhou para ele de forma curiosa, inclinando a cabeça para o lado.

– Eu não teria imaginado que o senhor soubesse dos meus interesses, de qualquer forma.

– É verdade – concordou ele. – Mas Clive não gosta muito de teatro.

Ela sentiu a coluna se enrijecer levemente.

– Clive e eu nunca tivemos *os mesmos* interesses.

– Obviamente não – respondeu ele, e ela acreditou ter sentido um toque de aprovação em sua voz.

Em seguida, e ela não sabia por que disse isso ao *irmão* de Clive, pelo amor de Deus, Susannah emendou:

– Ele *fala* sem parar. – O conde pareceu engasgar com a própria língua. – O senhor está bem? – perguntou Susannah, inclinando-se com uma expressão preocupada.

– Estou – respondeu o conde com dificuldade, dando um tapa no próprio peito. – A senhorita... ah... me surpreendeu.

– Ah, peço perdão.

– Não é necessário – garantiu ele. – Sempre fiz questão de não vir ao teatro com Clive.

– Mal conseguimos ouvir os atores – concordou Susannah, resistindo ao impulso de revirar os olhos.

Ele suspirou.

– Até hoje não sei o final de *Romeu e Julieta*.

Ela ofegou.

– O senhor n..., o senhor está brincando.

– Eles viveram felizes para sempre, não? – perguntou ele, os olhos cheios de inocência.

– Ah, sim – disse ela, sorrindo maliciosamente. – É uma história deveras inspiradora.

– Excelente – disse ele, ajeitando-se no assento enquanto se concentrava no palco. – Que bom finalmente poder esclarecer isso.

Susannah não conseguiu se conter e deu uma risadinha. Tão estranho o conde de Renminster realmente ter senso de humor. Clive sempre dissera que seu irmão era um homem "amaldiçoadamente sério" dentre todos os ingleses. Susannah nunca tivera motivo para duvidar de sua avaliação, principalmente por ele ter, de fato, usado a expressão "amaldiçoadamente" diante de uma dama. Um cavalheiro em geral não o fazia, exceto quando sua afirmação era bem séria.

Nesse momento, as luzes começaram a se apagar, deixando os espectadores no escuro.

– Ah! – exclamou Susannah, inclinando-se para a frente. – Que maravilha! Vão deixar as luzes apenas sobre o palco.

– É uma das inovações de Wyatt – comentou ele, referindo-se ao arquiteto que recentemente reformara o teatro outrora destruído por um incêndio. – Facilita a visão do palco, a senhorita não acha?

– É fantástico! – disse Susannah, ajeitando-se na beirada do assento para evitar o pilar que bloqueava sua visão. – É...

Em seguida, a peça começou e ela ficou completamente muda.

De seu assento no camarote ao lado do dela, David se viu assistindo a Susannah mais do que à peça. Ele já havia assistido *O mercador de Veneza* em diversas ocasiões e, embora estivesse vagamente ciente de que o Shylock de Edmund Kean era um espetáculo incrível, não se comparava ao brilho dos olhos de Susannah Ballister enquanto ela assistia à representação.

Ele teria que voltar e assistir à peça na semana seguinte, decidiu. Porque hoje à noite estava assistindo a Susannah.

Por que, ele se perguntava, havia sido tão contrário ao casamento do irmão com ela? Não, isso não era realmente verdade. Ele não havia sido tão contrário assim. Não havia mentido quando disse que não teria se oposto ao casamento caso Clive a tivesse escolhido em vez de Harriet.

Mas ele não queria aquilo. Tinha visto o irmão com Susannah e, de alguma forma, lhe pareceu errado.

Susannah era fogo, inteligência e beleza, e Clive era...

Bem, Clive era Clive. David o amava, mas o coração de Clive era regido por uma urgência despreocupada que David nunca compreendera de verdade. Clive era como uma vela brilhante, ardente. As pessoas eram atraídas por ele, como a mariposa à luz, mas inevitavelmente alguém saía queimado.

Alguém como Susannah.

Susannah havia se enganado a respeito de Clive. E talvez Clive também tivesse se enganado com relação a ela. Susannah precisava de outra pessoa. Alguém mais maduro. Alguém como...

Os pensamentos de David eram como um sussurro em sua alma. Susannah precisava de alguém como *ele*.

Os primórdios de uma ideia começaram a se formar em sua cabeça. David não era do tipo de pessoa que tomava atitudes precipitadas, mas tomava decisões rapidamente com base no que sabia e no que sentia.

E enquanto estava ali sentado, no Theatre Royal, ignorando os atores no palco em favor de uma mulher sentada no camarote ao lado do seu, tomou uma decisão muito importante.

Ele se casaria com Susannah Ballister.

Susannah Ballister – não, Susannah Mann-Formsby, condessa de Renminster. O título soava como música aos seus ouvidos.

Ela seria uma excelente condessa. Era linda, inteligente, tinha princípios e era orgulhosa. Não sabia por que não havia percebido tudo isso antes – provavelmente porque só a encontrava na companhia de Clive, e Clive tendia a ofuscar qualquer um que estivesse em sua presença.

David passara os últimos anos em busca de uma noiva em potencial. Não tinha pressa para se casar, mas sabia que, mais cedo ou mais tarde, precisaria de uma esposa. Sendo assim, todas as mulheres solteiras que conhecera haviam sido mentalmente inventariadas e avaliadas.

E todas deixavam a desejar.

Eram bobas demais ou fúteis demais. Quietas demais ou barulhentas demais. Ou, quando não eram *demais*, não eram o *suficiente*.

Não eram a pessoa certa. Não a pessoa para quem conseguia se imaginar olhando na mesa do café da manhã pelos anos seguintes.

Ele era um homem exigente, mas agora, sorrindo para si mesmo na escuridão, parecia que a espera havia definitivamente valido a pena.

David olhou mais uma vez para o perfil de Susannah. Duvidava que ela houvesse percebido seu olhar, tão absorta que estava na produção. De vez em quando, os lábios dela abriam-se com um suave e involuntário "Ah", e, mesmo que ele soubesse que aquilo estava além do fantasioso, podia jurar que sentia sua respiração viajar pelo ar, pousando suavemente sobre a pele dela.

David sentiu o corpo enrijecer. Nunca havia lhe ocorrido que ele poderia ser sortudo o suficiente para encontrar uma esposa que desejasse. Que bênção.

Susannah umedeceu os lábios com a língua.

Extremamente desejável.

Ele recostou-se, incapaz de conter o sorriso satisfeito que invadia suas feições. Havia tomado uma decisão: agora só precisava formular um plano.

Quando as luzes se acenderam após o terceiro ato para marcar o intervalo, Susannah instantaneamente olhou para o camarote ao lado, ansiosa para perguntar o que o conde estava achando da peça.

Mas ele não estava mais lá.

– Que estranho – murmurou para si mesma.

Ele deve ter saído de fininho, pois ela não havia percebido sua partida. Sentiu sua postura relaxar um pouco no assento, estranhamente decepcionada por ele ter desaparecido. Estava ansiosa para saber sua opinião sobre a atuação de Kean, que era bem diferente de qualquer Shylock que ela já tinha visto. Tinha certeza de que ele teria algo valioso a dizer, algo que talvez ela mesma não tivesse percebido. Clive nunca queria fazer qualquer outra coisa durante os intervalos além de ir para o mezanino, onde poderia conversar com os amigos.

No entanto, era melhor que o conde tivesse ido embora. Apesar de sua simpatia antes do espetáculo, era difícil acreditar que ele tivesse boas intenções em relação a ela.

E, além disso, quando ele estava por perto, ela se sentia... esquisita. Estranha e, de alguma forma, ansiosa. Era empolgante, mas pouco confortável, e a deixava inquieta.

Portanto, quando a Sra. Shelbourne perguntou se ela queria acompanhar o restante do grupo ao mezanino para desfrutar do intervalo, Susannah agradeceu, mas recusou de forma educada. Era bem melhor ficar ali, no exato lugar onde o conde de Renminster com certeza não estava.

Os Shelbournes saíram junto com seus convidados, deixando Susannah sozinha, o que não a incomodou nem um pouco. O ajudante de palco deixara a cortina um pouco aberta sem querer e, quando Susannah se inclinava, conseguia enxergar pessoas correndo apressadas por trás da cortina. Era estranhamente animador e muito interessante, e...

Ela ouviu um som atrás de si. Alguém do grupo dos Shelbournes devia ter esquecido algo. Forçando um sorriso, Susannah virou-se.

– Boa noi...

Era o conde.

– Boa noite – disse ele, quando ficou claro que ela não terminaria o cumprimento por conta própria.

– Milorde – disse ela, a surpresa evidente na voz.

Ele acenou graciosamente com a cabeça.

– Srta. Ballister, posso me sentar?

– É claro – respondeu ela, automaticamente.

Meu Deus do céu, por que ele está aqui?

– Achei que seria mais fácil conversarmos sem ter que gritar entre os camarotes – disse ele.

Incrédula, Susannah simplesmente o encarava. Eles não tiveram que gritar. Os camarotes eram muito próximos. Mas, como ela pôde perceber, não tão próximos quanto agora eram seus assentos. A coxa do conde estava quase encostada na dela.

Isso não deveria ser um incômodo, já que lorde Durham ocupara o mesmo assento por bem mais de uma hora e sua coxa não a afligira nem um pouco.

Mas era diferente com o lorde Renminster. Tudo era diferente com o lorde Renminster, Susannah começava a perceber.

– Está gostando da peça? – perguntou a ela.

– Sim, muito – respondeu ela. – A atuação de Kean é mais do que notável, não acha?

Ele assentiu e murmurou sua concordância.

– Eu nunca esperaria que Shylock fosse retratado de maneira tão trágica – continuou Susannah. – Já vi *O mercador de Veneza* várias vezes, claro, assim como certamente o senhor, mas ele sempre pendeu para o lado cômico, não acha?

– Essa é mesmo uma interpretação interessante.

Susannah assentiu com entusiasmo.

– Achei a peruca preta um golpe de mestre. Todos os outros Shylocks que já vi foram interpretados de peruca ruiva. Como Kean poderia esperar que o enxergássemos como um personagem trágico usando peruca ruiva? Ninguém leva a sério homens ruivos.

O conde começou a tossir incontrolavelmente.

Susannah inclinou-se para a frente, esperando não o ter insultado. Ele tinha cabelos escuros, então não imaginava como poderia ter se sentido ofendido.

– Perdão – disse ele, recuperando o ar.

– Disse algo inoportuno?

– Nada – garantiu-lhe ele. – Foi apenas a sua astuta observação que me pegou desprevenido.

– Não estou tentando dizer que homens ruivos valem menos do que os demais – acrescentou ela.

– Exceto que nós, da variedade de cabelos escuros, somos claramente superiores – murmurou ele, os lábios abrindo-se em um sorriso perverso.

Ela enrugou os lábios para parar de sorrir. Era tão *esquisito* que ele pudesse conduzi-la a um momento secreto, compartilhado, do tipo que evoluiria para uma piada particular.

– O que eu tentava dizer – disse ela, voltando ao assunto – é que nunca se lê a respeito de homens ruivos nos livros, correto?

– Não nos livros que eu leio – garantiu ele.

Susannah lançou-lhe um olhar vagamente irritado.

– Ou caso se leia a respeito – continuou ela –, ele nunca é o herói da história.

O conde inclinou-se na direção dela, os olhos verdes brilhando com perversas promessas.

– E quem é o herói da *sua* história, Srta. Ballister?

– Não tenho um herói – disse ela, de forma afetada. – Pensei que isso estivesse óbvio.

Ele ficou em silêncio por um momento, olhando para ela, pensativo.

– Pois deveria ter – murmurou ele.

Susannah sentiu os lábios se abrirem, sentiu até mesmo a respiração dele enquanto as palavras chegavam suavemente aos seus ouvidos.

– Como assim? – perguntou ela finalmente, sem ter completa certeza do que ele queria dizer.

Ou talvez *tivesse* certeza, e apenas não conseguisse acreditar.

Ele deu um leve sorriso.

– Uma mulher como a senhorita deveria ter um herói – disse ele. – Um defensor, talvez.

Ela olhou para ele com as sobrancelhas arqueadas.

– O senhor está dizendo que eu deveria ser casada?

De novo aquele sorriso. A sábia curva de seus lábios, como se ele tivesse um segredo perversamente bom.

– O que a senhorita acha?

– Eu acho – disse Susannah – que esta conversa está enveredando por águas surpreendentemente pessoais.

Ele riu, mas era um som caloroso, agradável, sem a malícia que tão frequentemente tingia as risadas da alta sociedade.

– Retiro o que disse – retrucou ele com um sorriso largo. – A senhorita não precisa de um defensor. É definitivamente capaz de cuidar de si mesma.

Susannah estreitou os olhos.

– Sim – disse ele –, foi um elogio.

– Com o senhor, é sempre necessário perguntar – observou ela.

– Ah, por favor, Srta. Ballister – disse ele. – Assim a senhorita me ofende.

Agora era a vez dela de rir.

– Por favor – disse ela, o sorriso preso no rosto. – Sua armadura é bem eficaz contra qualquer ataque verbal que eu possa desferir.

– Não estou tão certo disso – falou ele de forma tão suave que ela não teve certeza de que havia ouvido corretamente.

Então ela precisou perguntar:

– Por que o senhor está sendo tão gentil comigo?

– Estou?

– Sim, está. E considerando ter sido contra o casamento do seu irmão comigo, não consigo evitar a suspeita – disse ela, não muito certa de por que a resposta era tão importante.

– Eu não era...

– Eu sei que o senhor disse que não era contra – interrompeu Susannah, o rosto quase inexpressivo –, mas ambos sabemos que não era a favor *e* que o incentivou a se casar com Harriet.

David ficou parado por um longo momento, refletindo sobre aquela afirmação. Nenhuma palavra do que ela disse era falsa, porém, estava claro que não compreendera nada do que acontecera no verão anterior.

Acima de tudo, ela não compreendia Clive. E se acreditava que poderia ter sido esposa dele, talvez não compreendesse a si mesma.

– Amo o meu irmão – disse David suavemente –, mas ele tem os seus defeitos, e precisava de uma esposa que precise dele e dependa dele. Alguém que o force a se tornar o homem que sei que pode se tornar. Se Clive tivesse se casado com a senhorita...

Ele olhou para ela. Susannah o encarava com olhos francos, esperando pacientemente que ele formulasse seus pensamentos. Ele sabia que sua resposta significava tudo para ela, e sabia que precisava fazer isso corretamente.

– Se Clive tivesse se casado com a senhorita – continuou ele finalmente –, ele não teria tido necessidade de ser forte. *A senhorita* teria sido forte por ambos. Clive não teria motivo para crescer.

Os lábios dela se abriram com surpresa.

– Dito de forma simples, Srta. Ballister – acrescentou ele com surpreendente leveza –, meu irmão não merecia uma mulher como a senhorita.

Então, quando ela tentava compreender o significado por trás daquelas palavras, quando tentava simplesmente lembrar-se de como respirar, ele se levantou.

– Foi um prazer, Srta. Ballister – murmurou ele, pegando sua mão e beijando-a gentilmente sobre a luva.

Os olhos dele permaneceram fixos em seu rosto, brilhando quentes e verdes e queimando diretamente sua alma.

Ele estreitou os ombros, curvou os lábios apenas o suficiente para fazê-la se arrepiar e disse tranquilamente:

– Boa noite.

Então partiu, antes que ela mesma pudesse se despedir. E não reapareceu no camarote ao lado do dela.

Mas aquela sensação – a estranha sensação de estar sem ar, de sentir-se tonta, que ele conseguiu provocar dentro dela apenas com um sorriso – a envolveu para não mais deixá-la.

E pela primeira vez na vida, Susannah não conseguiu se concentrar em uma peça de Shakespeare.

Mesmo de olhos abertos, tudo o que conseguia ver era o rosto do conde.

CAPÍTULO 3

Mais uma vez, a Srta. Susannah Ballister é o assunto do momento. Depois de alcançar a dúbia distinção de ser ao mesmo tempo a jovem mais popular e a mais impopular da temporada de 1813 (graças ao ocasionalmente tolo Clive Mann-Formsby), ela desfrutava um pouco de obscuridade até que outro Mann-Formsby – dessa feita, David, o conde de Renminster – a agraciou com sua atenção exclusiva no espetáculo O mercador de Veneza, *na noite de sábado, no Theatre Royal.*

Quanto às intenções do conde, só podemos especular, pois por muito pouco a Srta. Ballister não se tornou uma Mann-Formsby no último verão, embora fosse responder pelo nome de Sra. Clive, e ser a cunhada do conde.

Esta autora sente-se à vontade para escrever que ninguém que tenha visto a forma como o conde a olhou durante todo o espetáculo confundiria seu interesse com algo fraternal.

Quanto à Srta. Ballister – caso as intenções do conde sejam nobres –, esta autora também se sente à vontade para escrever que todos concordariam que ela cativou o melhor dos irmãos Mann-Formsbies.

CRÔNICAS DA SOCIEDADE DE LADY WHISTLEDOWN,
31 de janeiro de 1814

Mais uma vez, Susannah não conseguiu pegar no sono.

E não é de se admirar. *Meu irmão não merecia uma mulher como a senhorita?* O que ele queria dizer com isso? Por que o conde diria uma coisa dessas?

Estaria cortejando-a? O conde?

Ela balançou a cabeça, na tentativa de afastar da mente ideias tolas. Impossível. O conde de Renminster nunca havia demonstrado sinais de cortejar seriamente qualquer pessoa, e Susannah duvidava muito que fosse começar por ela.

Além disso, ela tinha todos os motivos do mundo para ficar irritada com ele. Havia perdido o sono por causa dele. Susannah nunca perdia o sono por causa de ninguém. Nem por Clive.

Como se já não bastasse, a insônia da noite de sábado repetiu-se no domingo e agravou-se na segunda-feira, depois que seu nome aparecera na coluna da lady Whistledown naquela manhã. Então, quando chegou a manhã de terça-feira, Susannah estava cansada e mal-humorada quando o mordomo a encontrou tomando café da manhã com Letitia.

– Srta. Susannah – disse ele, inclinando levemente a cabeça em sua direção –, chegou uma carta em seu nome.

– Para mim? – perguntou Susannah, pegando o envelope de suas mãos.

Era um envelope caro, selado com cera azul-escura. Reconheceu instantaneamente o selo. Renminster.

– De quem é? – perguntou Letitia, assim que terminou de mastigar o pedaço de bolo que colocara na boca quando o mordomo entrou.

– Ainda não abri – respondeu Susannah, irritada.

E, se fosse esperta, encontraria uma maneira de não abri-la enquanto estivesse na presença de Letitia.

A irmã a encarou como se Susannah fosse uma imbecil.

– Isso é fácil de resolver– observou Letitia.

Susannah pousou o envelope na mesa, ao lado do prato.

– Verei mais tarde. Neste exato momento, estou com muita fome.

– Neste exato momento, estou morrendo de curiosidade – replicou Letitia. – Ou você abre esse envelope imediatamente ou vou abri-lo para você.

– Vou terminar de comer meus ovos e depois... Letitia!

O nome saiu como um grito agudo, pois Susannah berrou do outro lado da mesa para a irmã, que acabara de pegar o envelope com uma manobra perfeitamente executada que Susannah teria sido capaz de interceptar caso seus reflexos não estivessem lentos por conta da privação de sono.

– Letitia! – exclamou Susannah, com grande irritação. – Se você não me devolver esse envelope fechado, nunca vou lhe perdoar.

E como a ameaça pareceu não funcionar, ela acrescentou:

– Pelo resto da minha vida.

Letitia pareceu considerar suas palavras.

– Vou persegui-la – continuou Susannah. – Não haverá lugar onde poderá se sentir segura.

– Você? – perguntou Letitia, duvidando da irmã.

– Dê-me o envelope.

– Você vai abrir?

– Vou. Dê-me aqui.

– Vai abri-lo *agora*? – corrigiu Letitia.

– Letitia, se não me devolver o envelope neste instante, vou cortar seu cabelo bem curto enquanto estiver dormindo.

Letitia ficou boquiaberta.

– Você não está falando sério, está?

Estreitando os olhos, Susannah lançou-lhe um olhar de raiva.

– Pareço estar brincando?

Letitia engoliu em seco e lhe entregou o envelope com as mãos trêmulas.

– Eu realmente acredito que esteja falando sério.

Susannah apanhou a missiva das mãos da irmã.

– Teria cortado no mínimo vários centímetros – murmurou ela.

– Vai abrir? – perguntou Letitia, negando-se a mudar de assunto.

– Muito bem – respondeu Susannah com um suspiro.

Não que ela fosse capaz de manter aquilo em segredo, de todo modo. Esperava apenas deixar para mais tarde. Como ainda não havia usado a faca para manteiga, deslizou-a sob a aba do envelope, rompendo o selo.

– De quem é? – perguntou Letitia, antes mesmo de Susannah tirar a carta de dentro do envelope.

– Renminster – respondeu Susannah, com um suspiro aborrecido.

– E você está chateada? – perguntou Letitia, os olhos arregalados.

– Não estou chateada.

– Parece ter ficado chateada.

– Bom, não fiquei – respondeu Susannah, tirando a única folha de papel do envelope.

Mas, se não estava chateada, o que *estava acontecendo*? Talvez estivesse animada, pelo menos um pouco, mesmo que estivesse cansada demais para demonstrá-lo. O conde era instigante, enigmático e certamente mais inteligente do que Clive. Mas era um conde e com certeza não se casaria com ela, o que significava que, mais cedo ou mais tarde, ela seria conhecida como a garota que havia sido desprezada pelos dois irmãos Mann-Formsbies.

Era mais do que se considerava capaz de suportar. Suportara a humilhação pública uma vez. Não queria vivenciá-la de novo, e em maior escala.

Motivo pelo qual, ao ler o bilhete e o pedido que o acompanhava, sua resposta imediata foi não.

Srta. Ballister,

Solicito o prazer de sua companhia na quinta-feira, na festa de patinação a ser oferecida pelos Morelands, em Swan Lane Pier, ao meio-dia.

Com sua permissão, passarei em sua casa trinta minutos antes.

Renminster

– O que ele quer? – perguntou Letitia, ofegante.

Susannah apenas lhe entregou o bilhete. Pareceu-lhe mais fácil do que falar. Letitia arfou, colocando uma das mãos na boca.

– Ah, pelo amor de Deus – murmurou Susannah, tentando voltar a focar a atenção em seu café da manhã.

– Susannah, ele deseja cortejá-la!

– Não deseja.

– Deseja, sim. Por que mais a convidaria para a festa de patinação? – Letitia parou e franziu a testa. – Espero que *eu* receba um convite. Patinação é uma das poucas atividades esportivas na qual não pareço uma completa imbecil.

Susannah balançou a cabeça, erguendo as sobrancelhas diante da afirmação da irmã. Havia um lago perto de sua casa, em Sussex, que sempre congelava no inverno. As duas irmãs da família Ballister haviam passado horas e mais horas deslizando sobre o gelo. Haviam até mesmo aprendido sozinhas a dar giros sobre os patins. Susannah caíra mais vezes do que conseguira se sustentar sobre os patins durante seu décimo quarto inverno, mas, por Deus, sabia girar.

Quase tão bem quanto Letitia. Uma pena mesmo que Letitia não tivesse sido convidada.

– Você poderia simplesmente vir conosco – disse Susannah.

– Ah, não, não poderia – respondeu Letitia. – Não se ele a estiver cortejando. Nada como uma terceira pessoa para estragar um romance.

– Não existe romance – insistiu Susannah. – E, de todo modo, não acho que vou aceitar o convite.

– Você acabou de dizer que iria.

Susannah enterrou o garfo em um pedaço de salsicha, totalmente irritada consigo mesma. Odiava pessoas que mudavam de opinião de uma hora para a outra e, pelo menos hoje, teria que se incluir no grupo.

– Eu me expressei mal – resmungou ela.

Por um momento, Letitia não respondeu. Levou à boca uma garfada de ovos, mastigou bem, engoliu e tomou um gole de chá.

Susannah não acreditava que a irmã havia de fato encerrado a conversa. O silêncio de Letitia nunca poderia ser confundido com algo que não fosse uma pausa momentânea. E foi justo o que aconteceu; assim que Susannah relaxou o suficiente para tomar um gole do chá sem engasgar.

– Sabe, você está louca – disse Letitia.

Susannah levou o guardanapo aos lábios para não cuspir o chá.

– Não sei do que está falando, mas muito obrigada.

– O conde de Renminster? – insistiu Letitia, o rosto inteiro marcado pela descrença. – Renminster? Pelo amor de Deus, minha irmã, ele é rico, bonito e *conde*. Por que você recusaria seu convite?

– Letitia, ele é irmão de Clive – disse Susannah.

– Estou ciente disso.

– Ele não gostava de mim quando Clive me cortejava e não vejo como possa ter mudado de opinião de uma hora para a outra.

– Então por que está lhe fazendo a corte? – perguntou Letitia.

– Ele não está me fazendo a corte.

– Está tentando.

– Ele não está tent... Ah, seja lá o que for. – Susannah interrompeu-se, a essa altura totalmente irritada com a conversa. – Por que acha que ele desejaria me cortejar?

Letitia levou um pedaço de bolo à boca e disse, num tom trivial.

– Porque lady Whistledown disse.

– Que se dane lady Whistledown! – explodiu Susannah.

Letitia recostou-se na cadeira, horrorizada, como se Susannah houvesse cometido um pecado mortal.

– Não acredito que tenha dito isso.

– O que lady Whistledown já fez para conquistar minha admiração e devoção eternas? – perguntou Susannah.

– Eu adoro lady Whistledown – disse Letitia torcendo o nariz. – E não tolerarei que a caluniem em minha presença.

Susannah não conseguiu fazer nada além de encarar o espírito perturbado que tinha certeza que havia se apossado do corpo normalmente sensato da irmã.

– Lady Whistledown – continuou Letitia, os olhos brilhando – a tratou com simpatia durante todo o terrível episódio com Clive no verão passado. Na verdade, talvez tenha sido a única londrina a fazê-lo. Por isso, e nada mais, nunca vou depreciá-la.

Os lábios de Susannah se abriram, a respiração ainda entrecortada.

– Obrigada, Letitia – disse finalmente, a voz baixa interrompendo-se ao pronunciar o nome da irmã.

Letitia deu de ombros, em uma clara demonstração de que não desejava começar uma conversa sentimental.

– Não há de quê – respondeu, a voz jovial traída por uma discreta fungada. – Mas acredito que, mesmo assim, você deva aceitar o convite do conde. Se não for por qualquer outro motivo, que seja pelo menos para recuperar sua popularidade. Se uma dança com ele a tornou aceitável novamente, imagine o que uma festa de patinação poderia fazer. Teremos inúmeros pretendentes.

Susannah suspirou, verdadeiramente aflita. Ela *tinha* gostado da conversa com o conde no teatro. Mas passara a confiar menos nas pessoas desde que Clive a desprezara. E não desejava voltar a ser o centro de fofocas desagradáveis, o que certamente aconteceria no minuto em que o conde decidisse prestar atenção em outra jovem.

– Não posso – disse a Letitia, levantando-se tão repentinamente que sua cadeira quase tombou. – Simplesmente não posso.

Sua recusa foi enviada ao conde menos de uma hora depois.

Exatamente sessenta minutos após Susannah ver seu lacaio sair com o bilhete para o conde, recusando o convite, o mordomo dos Ballisters foi até seu quarto para anunciar que o próprio conde havia chegado e a aguardava no andar de baixo.

Susannah arfou, deixando cair o livro que vinha tentando ler a manhã inteira. O livro pousou sobre seu dedão do pé.

– Ai, meu Deus! – deixou escapar.

– Machucou-se, Srta. Ballister? – perguntou educadamente o mordomo.

Susannah balançou a cabeça, ainda que seu dedão estivesse latejando. Livro idiota. Não conseguira ler mais de três parágrafos em uma hora. Sempre que começava a olhar as páginas, as palavras nadavam e ficavam borradas em sua frente até que tudo o que conseguia ver era o rosto do conde.

E agora ele estava ali.

Estava *tentando* torturá-la?

Sim, pensou Susannah, de forma melodramática, provavelmente estava.

– Devo informar que a senhorita o receberá em instantes? – perguntou o mordomo.

Susannah assentiu. Certamente não estava em condições de recusar um encontro com o conde de Renminster, em especial, em sua própria casa. Uma rápida olhada no espelho indicou que seu cabelo não estava tão bagunçado depois de ter ficado sentada na cama por uma hora e, com o coração aos saltos, seguiu para o andar de baixo.

Quando entrou na sala de leitura, avistou o conde de pé, ao lado da janela, a postura altiva e perfeita como sempre.

– Srta. Ballister – disse ele, virando-se para olhá-la –, que bom vê-la.

– Errr, obrigada – disse ela.

– Recebi seu bilhete.

– Sim – disse ela, engolindo nervosamente enquanto sentava-se em uma cadeira. – Imagino que sim.

– Fiquei decepcionado.

Seus olhos o encararam. O tom de voz dele era calmo, sério, e havia algo ali que sugeria sentimentos mais profundos.

– Sinto muito – disse ela, falando devagar, tentando medir as palavras antes de expressá-las em voz alta. – Não tive a intenção de ofendê-lo.

Ele começou a caminhar em sua direção, mas seus movimentos eram lentos, quase predatórios.

– Não teve a intenção? – murmurou ele.

– Não – apressou-se ela em responder, pois era a verdade –, é claro que não.

– Então por que a senhorita recusou meu convite? – perguntou ele, sentando-se na cadeira mais perto da dela.

Ela não poderia dizer-lhe a verdade – que não desejava ser a dama dispensada pelos dois irmãos Mann-Formsbies. Se o conde começasse a acompanhá-la a festas de patinação e afins, a única maneira de fazer parecer que ele *não* a tivesse dispensado seria casando-se com ela. E Susannah não queria que ele pensasse que ela esperava um pedido de casamento.

Pelo amor de Deus, o que poderia ser mais constrangedor do que *isso*?

– Nenhum bom motivo então? – perguntou o conde, um lado da boca inclinando-se para cima e os olhos fixos nela.

– Não sei patinar muito bem – deixou escapar Susannah, a mentira sendo a única coisa que conseguira elaborar com tão pouca antecedência.

– Só por isso? – insistiu ele, ignorando o protesto dela com um simples movimento dos lábios. – Não tenha medo, não a deixarei cair.

Susannah engoliu em seco. Isso significava mãos na cintura enquanto deslizavam pelo gelo? Se sim, sua mentira acabara de se tornar verdade, porque ela de fato não tinha certeza de que conseguiria manter o equilíbrio com o conde tão próximo dela.

– Eu... ah...

– Excelente – declarou ele, pondo-se de pé. – Então está combinado. Iremos juntos à festa de patinação. Levante-se agora, se desejar, que vou lhe dar uma primeira lição.

Ele não lhe deu muita escolha antes de tomar sua mão, levantando-a. Susannah olhou para a porta, que percebeu não estar mais aberta como havia deixado quando entrou.

Letitia.

A furtiva pequena casamenteira. Teria uma conversa séria com a irmã assim que Renminster fosse embora. Letitia talvez acordasse de cabelos curtos.

E, falando em Renminster, o que *ele* estava fazendo? Patinadora experiente que ela era, Susannah sabia muito bem que não havia nada a aprender sobre o esporte, a não ser que estivessem *sobre* patins. Mas levantou-se de qualquer forma, em parte por curiosidade, em parte porque o puxão firme que ele deu em sua mão a deixou com poucas opções.

– O segredo da patinação – disse ele de forma um pouco pomposa, na opinião dela – está nos joelhos.

Ela piscava sem parar. Sempre acreditara que mulheres que piscavam muito aparentavam fraqueza e, como tentava aparentar não ter a menor ideia do que estava fazendo, concluiu que seria um truque eficaz.

– O senhor disse joelhos? – perguntou.

– Exato – respondeu ele. – A forma como se dobram.

– A forma como os joelhos se dobram – repetiu ela. – Quem diria.

Se ele captou o sarcasmo sob sua fachada de inocência, não deixou transparecer.

– Exato – disse mais uma vez, fazendo-a questionar se essa não seria sua palavra favorita.

– Se ficar com os joelhos retos, nunca conseguirá se equilibrar sobre os patins.

– Assim? – perguntou Susannah, dobrando excessivamente os joelhos.

– Não, não, Srta. Ballister – respondeu ele, demonstrando ele mesmo como fazê-lo. – É mais ou menos assim.

Ele parecia incomumente tolo fingindo patinar no meio da sala, mas Susannah conseguiu deixar seu sorriso bem escondido. Realmente, momentos assim não podiam ser desperdiçados.

– Não entendi – disse ela.

Frustrado, David franziu as sobrancelhas.

– Venha até aqui – disse ele, dirigindo-se ao lado da sala onde não havia móveis.

Susannah o seguiu.

– Assim – explicou, tentando andar pelas tábuas de madeira como se estivesse sobre patins.

– Não parece muito... fácil – disse ela, seu rosto era a perfeita expressão da inocência.

David a olhou com desconfiança. Ela parecia angelical demais ali, vendo-o se fazer de bobo. Seus sapatos não eram patins, é claro, e com certeza não deslizavam sobre o piso.

– Por que o senhor não tenta novamente? – perguntou ela, sorrindo como a Mona Lisa.

– Por que a senhorita não tenta? – replicou ele.

– Ah, eu não poderia – respondeu ela, enrubescendo levemente.

Exceto que – ele franziu a testa – ela não estava de fato enrubescendo. Estava apenas pendendo a cabeça levemente para o lado de uma maneira tímida que *deveria* vir acompanhada de um rubor.

– Aprender na prática – disse ele, determinado a fazê-la patinar mesmo que aquilo o matasse. – É a única maneira.

Se ele fosse se fazer de bobo, ela também se faria.

Ela ergueu sutilmente a cabeça, tentando parecer considerar a ideia, para em seguida apenas sorrir e acrescentar:

– Não, obrigada.

Ele se aproximou dela.

– Eu insisto – murmurou ele, dando um passo para mais perto dela do que era apropriado.

Surpresa, ela abriu os lábios levemente. Bom. Ele queria que ela o desejasse, mesmo que ela não entendesse o que isso significava.

Posicionando-se logo atrás dela, ele colocou as mãos em sua cintura.

– Tente assim – disse ele suavemente, os lábios bem próximos à orelha dela.

– Mi... milorde – sussurrou ela.

Seu tom sugeria que ela havia tentado gritar as palavras, mas lhe faltara energia ou, talvez, convicção.

Era, é claro, completamente inadequado, mas, como ele planejava casar-se com ela, não via problema.

Além disso, ele estava gostando de seduzi-la. Mesmo que – não, *principalmente porque* – ela não tivesse percebido que aquilo estava acontecendo.

– Assim – disse ele, a voz tornando-se praticamente um sussurro.

Ele exerceu um pouco de pressão na cintura dela, para forçá-la a se movimentar para a frente como se estivessem patinando lado a lado. Mas, é claro, ela tropeçou. E quando ela tropeçou, ele tropeçou.

Para sua eterna tristeza, entretanto, de algum modo conseguiram continuar de pé, e não caíram um sobre o outro. O que tinha sido, obviamente, sua intenção.

Susannah soltou-se dele com destreza, fazendo com que ele se perguntasse se ela praticara a mesma manobra com Clive.

Quando percebeu o quanto estava tenso, praticamente teve que se forçar a relaxar a mandíbula.

– Há algo de errado, milorde? – perguntou Susannah.

– Nada – respondeu ele. – Por que haveria?

– O senhor parece estar um pouco – ela piscou diversas vezes, analisando sua expressão facial – zangado.

– De forma alguma – respondeu ele, suavemente, forçando-se a afastar todos os pensamentos de Clive e Susannah de sua mente. – Mas deveríamos tentar novamente.

Talvez dessa vez ele conseguisse orquestrar uma queda.

Esperta como era, Susannah deu um passo para trás.

– Acho que está na hora do chá – disse ela, em um tom de voz doce e firme ao mesmo tempo.

Se aquele tom não tivesse significado de forma tão óbvia que ele não conseguiria o que desejava – ou seja, seu corpo absolutamente alinhado ao dela, de preferência no chão –, ele o teria admirado. Aquilo era um talento: conseguir exatamente o que se desejava sem tirar o sorriso do rosto.

– Gostaria de um chá? – perguntou ela.
– Claro – mentiu.

Ele detestava chá e isso sempre aborrecera sua mãe, que acreditava ser um dever patriótico tomar a horrível bebida. Mas, sem chá, não teria desculpas para ficar ali com ela.

Então as sobrancelhas dela se franziram, e ela o encarou.
– O senhor odeia chá!
– A senhorita se lembra – comentou ele, impressionado.
– O senhor mentiu – observou ela.
– Talvez porque desejasse continuar em sua companhia – continuou ele, encarando-a como se ela fosse um folhado de chocolate.

Ele odiava chá, mas chocolate, aí era outra história.

Ela deu um passo para o lado.
– Por quê?
– De fato, por quê? – murmurou ele. – É uma boa pergunta.

Ela deu outro passo para o lado, mas o sofá obstruiu seu caminho.

Ele sorriu.

Susannah retribuiu o sorriso, ou pelo menos tentou.
– Posso pedir para trazerem outra coisa para o senhor beber.

Por um momento, ele pareceu considerar a possibilidade, mas em seguida disse:
– Não, acho que devo ir embora.

Susannah quase engasgou com o nó de decepção que se formava em seu peito. Em que momento sua ira pela prepotência dele havia se transformado em desejo de tê-lo por perto? E qual era o jogo dele? Primeiro, inventou desculpas bobas para colocar as mãos nela, depois mentiu para prolongar sua visita e agora, de repente, queria ir embora?

Ele estava brincando com ela. E o pior era que uma pequena parte dela estava gostando.

Ele deu um passo em direção à porta.
– Vejo a senhorita na quinta-feira, então?
– Quinta-feira? – perguntou ela.
– A festa de patinação no gelo – lembrou-a ele. – Acredito ter lhe dito que viria buscá-la trinta minutos antes.
– Mas eu não concordei em ir – disse ela.

– Não? – perguntou ele, dando um leve sorriso. – Eu podia jurar que havia concordado.

Susannah temia estar enveredando por águas traiçoeiras, mas não conseguiu evitar o demônio teimoso que claramente possuíra sua mente.

– Não – disse ela –, não concordei.

Em menos de um segundo, ele se aproximou dela, e ficou perto... muito perto. Tão perto que sua respiração saía do corpo e era substituída por algo mais doce, mais perigoso.

Algo inteiramente proibido e divino.

– Acredito que a senhorita vá – disse ele suavemente, encostando os dedos em seu queixo.

– Milorde... – sussurrou ela, atordoada com sua proximidade.

– David – disse ele.

– David – repetiu ela, maravilhada demais com o brilho de seus olhos verdes para dizer qualquer outra coisa.

Mas algo parecia correto. Ela nunca tinha dito o nome dele, nem mesmo pensado nele como qualquer coisa que não fosse irmão de Clive ou Renminster, ou até mesmo apenas *o conde*. Mas agora, de alguma forma, ele era David e, ao fitar seus olhos, tão perto dos dela, ela viu algo novo.

Ela viu o homem. Não o título, não a fortuna.

O homem.

Ele pegou sua mão e a levou aos lábios.

– Até quinta-feira, então – murmurou ele, os lábios roçando sua pele com uma ternura que chegava a doer.

Ela assentiu porque não conseguia fazer nada além disso.

Paralisada e muda, ela o observou caminhar em direção à porta.

Mas foi então que, ao levar a mão à maçaneta – no exato segundo antes de tocá-la –, ele parou. Parou e se virou. E enquanto ela estava ali, de pé, encarando-o, ele disse, mais para si mesmo do que para ela:

– Não, não, só isso não serve.

Precisou de apenas três longos passos para alcançá-la. Em um movimento ao mesmo tempo surpreendente e sensual, ele a puxou para si. Seus lábios encontraram os dela e eles se beijaram.

Ele a beijou até ela achar que desmaiaria de desejo.

Ele a beijou até ela achar que desmaiaria de falta de ar.

Ele a beijou até que ela não conseguisse pensar em nada além dele, não conseguisse ver nada além do rosto dele em sua mente e até que não quisesse mais nada além do sabor dele em seus lábios... para sempre.

E, em seguida, tão repentinamente quanto a puxara para si, ele se afastou.

– Quinta-feira? – perguntou ele suavemente.

Ela assentiu, e levou uma das mãos aos lábios.

Ele sorriu. Devagar, com desejo.

– Esperarei ansiosamente – murmurou ele.

– Eu também – sussurrou ela, mas só depois que ele já havia ido embora. – Eu também.

CAPÍTULO 4

Deus do céu, esta autora não conseguiria sequer começar a contar o número de pessoas espalhadas – e sem elegância alguma – sobre a neve e o gelo durante a festa de patinação dos Morelands, na tarde de ontem.

Ao que tudo indica, a alta sociedade não é tão proficiente na arte da patinação no gelo quanto gostaria de crer.

CRÔNICAS DA SOCIEDADE DE LADY WHISTLEDOWN,
4 de fevereiro de 1814

De acordo com seu relógio de bolso, o qual David sabia ter precisão absoluta, tinham-se passado exatamente 46 minutos do meio-dia e ele sabia muito bem que o dia era quinta-feira e a data era três de fevereiro do ano mil e oitocentos e catorze.

E, naquele exato momento, exatamente às 12h46 da quinta-feira, 3 de fevereiro de 1814, David Mann-Formsby, conde de Renminster, constatou três verdades incontestáveis.

A primeira delas, se quisermos ser verdadeiramente precisos, estava mais para uma opinião do que para um fato: a festa de patinação fora um desastre. Lorde e lady Moreland haviam instruído seus pobres criados, que tremiam de frio, a empurrarem sobre o gelo carrinhos nos quais serviam sanduíches e vinho, o que poderia ter conferido um charme especial à ocasião, não fosse pelo fato de nenhum dos criados ter a menor ideia de como manejar os carrinhos no gelo, que, além de escorregadio, encontrava-se traiçoeiramente cheio de protuberâncias devido à constante ação do vento durante o processo de congelamento.

Como resultado, um bando de detestáveis pombos havia se reunido perto do píer para se empanturrar dos sanduíches que caíram de um dos carrinhos. O pobre do lacaio que fora obrigado a empurrá-lo estava agora sentado na margem do rio tentando limpar, com a ajuda de lenços, o rosto onde os pombos o haviam bicado até ele fugir do local.

A segunda verdade que David constatou era ainda menos palatável. E era o fato de os Morelands terem decidido organizar a festa com o objetivo explícito de encontrar uma esposa para Donald, seu filho estúpido, e haviam concluído que Susannah seria uma candidata tão adequada quanto qualquer outra. Com essa finalidade, a haviam tirado de sua companhia, forçando-a a travar uma conversa com Donald durante dez minutos, até Susannah conseguir escapar. (Àquela altura, haviam passado a lady Caroline Starling, mas David chegou à conclusão de que aquilo simplesmente não era problema seu, e Caroline teria que descobrir como lidar com a situação.)

A terceira verdade o fez ranger os dentes com toda força possível. E era o fato de Susannah Ballister, que docemente alegara não saber patinar no gelo, ser uma mentirosa e tanto.

Ele deveria ter adivinhado no minuto em que ela tirou os patins da bolsa. Eram totalmente diferentes dos patins usados pelas outras pessoas. Os de David eram considerados o que havia de mais moderno, e consistiam em longas lâminas presas a placas de madeira, que eram então amarradas às botas. As lâminas dos patins de Susannah eram um pouco menores do que a média e, o mais importante, eram presas às suas botas, exigindo que ela trocasse de sapatos.

– Nunca tinha visto patins assim – comentou ele, observando-a com interesse enquanto ela amarrava as botas.

– Hum, é isso que usamos em Sussex – respondeu ela, e ele não podia dizer ao certo se o rosado de suas bochechas era rubor ou apenas a ação do vento. – Assim, com os patins já presos à bota, não preciso me preocupar com a possibilidade de se desprenderem.

– Sim – replicou ele –, com certeza uma vantagem, em especial para quem não sabe patinar muito bem.

– Er, sim – murmurou ela.

Em seguida, tossiu. Depois olhou para ele e sorriu, embora, com toda sinceridade, seu sorriso estivesse mais parecido com uma careta.

Ela passou para o outro pé, com grande agilidade nos dedos ao amarrar os patins, mesmo usando luvas. David a observou, silencioso, mas não conseguiu deixar de fazer um comentário.

– E as lâminas são menores.

– São mesmo? – murmurou ela, sem levantar os olhos.

– São, sim – respondeu ele, aproximando seus patins dos dela. – Veja só. Os meus têm pelo menos uns 7 centímetros a mais do que os seus.

– Bem, o senhor é muito mais alto do que eu – replicou ela, erguendo o rosto e lançando-lhe um sorriso.

– Teoria interessante, não fosse pelo fato de que os meus parecem ser do tamanho padrão – acrescentou ele, apontando com a mão na direção do rio, onde inúmeras damas e cavalheiros deslizavam pelo gelo... ou caíam de bunda no chão. – Os patins das outras pessoas são iguais aos meus.

Ela deu de ombros enquanto permitia que ele a ajudasse a ficar de pé.

– Não sei o que dizer – replicou ela –, exceto que patins como esses são muito comuns em Sussex.

David lançou um olhar para o pobre e desafortunado Donald Spence, que no momento estava sendo cutucado pela mãe, lady Moreland. Tinha quase certeza de que os Morelands eram de Sussex, mas seus patins em nada se assemelhavam aos de Susannah.

David e Susannah cambalearam até o início do gelo – sério, *quem* sabia andar de patins em terra? – e, em seguida, ele a ajudou a pisar no gelo.

– Cuidado para não se desequilibrar – instruiu ele, deleitando-se com a maneira como ela se agarrava ao seu braço. – Lembre-se, o segredo está nos joelhos.

– Obrigada por me lembrar disso – murmurou ela.

Avançaram um pouco, David guiando-os até uma área menos movimentada onde eles não teriam que se preocupar tanto em levar um esbarrão. Susannah parecia ter um dom natural para a patinação, perfeitamente equilibrada e completamente em harmonia com o ritmo da patinação.

David estreitou os olhos, desconfiado. Era difícil imaginar alguém capaz de aprender a patinar tão rapidamente, muito menos uma moça tão pequena.

– A senhorita *já* patinou no gelo antes! – exclamou ele.

– Algumas vezes – admitiu ela.

Só para ver o que acontecia, ele parou repentinamente. Ela freou os patins de maneira admirável, sem dar um só tropeço.

– Mais de algumas vezes, talvez? – perguntou ele.

– Hum, talvez.

– Por que me disse que não sabia patinar?

– Bem – respondeu ela, cruzando os braços exatamente como ele –, talvez porque eu estivesse buscando uma desculpa para não vir.

Ele recuou, de início surpreso com a franqueza que ela demonstrara, mas depois bastante impressionado. Ser conde, e além de tudo rico e poderoso, proporcionava-lhe muitas, muitas coisas extraordinárias. Entretanto, a franqueza de conhecidos não era uma delas. David já havia perdido a conta do número de vezes em que havia desejado que alguém simplesmente o olhasse nos olhos e dissesse o que realmente queria. As pessoas tendiam a lhe dizer o que acreditavam que ele queria ouvir, o que, infelizmente, raramente era a verdade.

Susannah, por outro lado, teve coragem suficiente para lhe dizer exatamente o que estava pensando. David ficou impressionado ao constatar o quanto aquilo o revigorava, mesmo que isso significasse que ela, na verdade, o estava ofendendo.

Então ele apenas sorriu.

– E agora, a senhorita mudou de ideia?

– Sobre a festa de patinação?

– Sobre mim – disse ele, suavemente.

Ela entreabriu os lábios, surpresa com a pergunta.

– Eu... – começou ela, e ele pôde perceber que ela não sabia o que responder.

Ele começou a dizer alguma coisa, para poupá-la do constrangimento, mas foi então que ela o surpreendeu ao encará-lo e, com a franqueza que ele considerava tão sedutora, simplesmente declarar:

– Ainda não me decidi.

Ele riu.

– Imagino que isso significa que terei que aperfeiçoar meus poderes de persuasão.

Ela corou, e ele soube que ela estava pensando no beijo.

Aquilo o agradou, pois ele mal conseguira pensar em outra coisa nos últimos dias. Saber que ela estava passando pelo mesmo que ele tornava sua tortura um pouco mais tolerável.

No entanto, aquela não era hora ou lugar para sedução, então decidiu descobrir o tamanho de sua mentira com relação às suas habilidades nos patins.

– Qual seu grau de habilidade nos patins? – perguntou ele, soltando seu braço e dando-lhe um leve empurrão. – Diga a verdade, por favor.

Ela não vacilou nem por um segundo, simplesmente afastou-se alguns metros dele e, em seguida, parou de repente.

– Na verdade, sou bastante ágil com os patins – replicou ela.

– Ágil como?

Ela sorriu. Diabolicamente.

– Digamos que bastante ágil.

Ele cruzou os braços.

– Bastante quanto?

Ela olhou ao redor, avaliando a posição das pessoas próximas a ele e, em seguida, lançou-se – com velocidade – diretamente em sua direção.

Foi então que, justo quando ele estava convencido de que ela se chocaria com ele, derrubando os dois no chão, ela executou um giro elegante e passou a circular em volta dele, finalizando exatamente onde havia partido.

– Impressionante – murmurou ele.

Ela sorriu, exultante.

– Principalmente para uma pessoa que não sabe patinar.

Ela não parou de sorrir, mas seu olhar demonstrou certo acanhamento.

– Algum outro truque? – perguntou ele.

Ela aparentou estar indecisa, então David acrescentou:

– Vamos, vá em frente, mostre o que sabe fazer. Tem minha permissão.

Ela riu.

– Ora, bem, se é assim...

Ela começou a deslizar no gelo, para em seguida parar e lhe lançar um olhar travesso.

– Eu não sonharia em fazê-lo sem a sua permissão.

– Não, claro que não – murmurou ele, contraindo os lábios.

Ela olhou ao redor, obviamente para avaliar se teria espaço para suas manobras.

– Não há ninguém vindo em nossa direção – disse ele. – O gelo é todo seu.

Com intensa concentração, ela patinou alguns metros até ganhar velocidade e, para sua completa surpresa, rodopiou.

Rodopiou. Ele nunca tinha visto algo assim.

Seus pés não saíam do gelo, mas, de alguma maneira, ela rodopiou uma, duas, três vezes...

Deus do céu, ela deu cinco giros completos antes de parar, totalmente inundada de alegria.

– Consegui! – gritou ela, rindo.

– Foi impressionante – comentou ele, aproximando-se dela. – Como a senhorita fez isso?

– Não sei. Nunca tinha conseguido rodopiar cinco vezes antes. Já havia conseguido três, com sorte, quatro, e na metade das vezes, caí.

Susannah falava rápido, tomada de alegria.

– Lembre-me de não acreditar na senhorita da próxima vez que disser que não sabe fazer alguma coisa.

Por algum motivo, suas palavras a fizeram sorrir. Do sorriso em seu rosto ao âmago de seu coração e sua alma, Susannah sorriu. Passara os últimos meses sentindo-se um fracasso, motivo de chacota, tendo que lembrar a si mesma de todas as coisas que não podia ou não devia fazer. E, agora, ali estava aquele homem – maravilhoso, belo e inteligente – dizendo-lhe que podia fazer qualquer coisa.

E, na magia do momento, ela quase acreditou nele.

Quando a noite chegasse, ela teria que se forçar a voltar à realidade, a lembrar que David também era um conde e – pior ainda – um Mann-Formsby, e que ela provavelmente se arrependeria de ter estado com ele. Porém, por ora, enquanto o sol brilhava feito um diamante refletido na neve e no gelo, enquanto o vento frio parecia por fim tirá-la de um longo e profundo sono, ela simplesmente aproveitaria o momento.

E ela gargalhou. Gargalhou bem ali, naquele exato momento, sem se importar com o que diriam dela, com o som de sua risada ou mesmo se alguém a observava como se ela fosse louca. Ela gargalhou.

– Diga, por favor – disse David, aproximando-se dela –, o que há de tão engraçado?

– Nada – respondeu ela, recuperando o fôlego. – Não sei. Estou feliz, só isso.

Foi então que algo mudou no olhar dele. Antes, ele a olhara com paixão, desejo até, mas agora havia algo mais profundo. Era como se, de uma hora para outra, ele a tivesse encontrado e não quisesse mais tirar os olhos dela. Talvez fosse um olhar treinado, um olhar já usado em milhares de mulheres, ah, mas Susannah *não queria* pensar assim.

Há muito tempo não se sentia tão especial.

– Pegue meu braço – disse ele.

Ela o fez, e logo os dois deslizavam em silêncio sobre o gelo, movendo-se lenta, porém fluidamente, à medida que se esquivavam de outros patinadores.

Foi então que ele fez uma pergunta que ela jamais teria esperado. Sua voz era suave e casual, mas sua intensidade estava evidente na forma como a mão dele apertou o braço dela.

– O que a senhorita viu em Clive? – perguntou ele.

De alguma maneira, Susannah conseguiu não tropeçar, conseguiu não escorregar, e, de alguma maneira, sua voz soou equilibrada e serena quando respondeu:

– Assim o senhor quase soa como se não se importasse com seu irmão.

– De jeito nenhum – replicou David. – Eu daria minha vida por Clive.

– Sim, eu sei – disse Susannah, pois jamais, por um só momento, duvidara *disso*. – Mas *gosta* dele?

Vários segundos se passaram e seus patins golpearam o gelo oito vezes até David finalmente responder:

– Sim. Todos gostam de Clive.

Susannah lançou-lhe um olhar intenso, com a intenção de repreendê-lo por sua resposta evasiva, até perceber, por sua expressão facial, que ele pretendia revelar muito mais.

– Amo meu irmão – continuou David, pronunciando lentamente as palavras, como se estivesse tomando uma decisão final sobre cada uma delas segundos antes de pronunciá-las. – Mas estou ciente de suas limitações. Tenho esperança, porém, que esse casamento com Harriet o ajude a se transformar em uma pessoa mais responsável e mais madura.

Uma semana atrás, Susannah teria considerado as palavras um insulto, mas hoje as via como a simples declaração de um fato. E parecia-lhe justo responder com a mesa franqueza.

– Eu gostava de Clive – disse ela, percebendo que devaneava nas lembranças – porque... ah, não sei bem, acredito que porque ele sempre parecia feliz e livre. Era contagiante.

Impotente, ela deu de ombros, reduzindo instintivamente a velocidade à medida que se aproximavam dos demais convidados da festa.

– Não acredito que eu fosse a única a me sentir assim – continuou ela. – Todos gostavam de estar perto de Clive. De alguma maneira... – Ela sorriu, pensativa e também arrependida. As lembranças de Clive lhe eram ao mesmo tempo doces e amargas. – De alguma maneira – concluiu ela –, todos pareciam sorrir quando estavam ao seu lado. Eu, em especial.

Ela deu de ombros, o movimento quase um pedido de desculpas.

– Estar ao seu lado era animador.

Então olhou para David, que a encarava com uma expressão intensa. Entretanto, não havia raiva, não havia recriminação em seu olhar. Apenas uma palpável curiosidade ou uma necessidade de entender.

Susannah soltou de leve o ar – não era bem um suspiro, e sim algo parecido. Era difícil colocar em palavras algo que ela nunca havia se forçado a analisar.

– Quando se está ao lado de Clive – acabou acrescentando –, tudo parece...

Precisou de vários segundos para encontrar a palavra certa, mas David não a pressionou.

– Mais brilhante – disse ela, por fim. – É como se ele tivesse uma espécie de brilho, e tudo com o que ele entra em contato parece, de alguma maneira, melhor do que na realidade é. Todos parecem ser mais belos, o sabor da comida é melhor, o cheiro das flores é mais doce. – Ela se voltou para David com uma expressão de franqueza no rosto. – O senhor entende o que quero dizer?

David fez que sim com a cabeça.

– Porém, ao mesmo tempo – continuou Susannah –, reparei que ele brilhava tanto... na verdade, tudo brilhava tanto, que passei a não perceber mais as coisas.

Ela percebeu que franzia a testa ao tentar encontrar as palavras que descrevessem seus sentimentos.

– Não percebi certas coisas que deveria ter percebido.

– Como assim? – perguntou ele e, quando ela viu seus olhos, soube que ele não estava de brincadeira.

Ele realmente se importava com sua resposta.

– No baile dos Worths, por exemplo – respondeu ela –, Penelope Featherington me salvou de um episódio que certamente teria sido muito desagradável.

David franziu a testa.

– Não sei se a conheço.

– É exatamente esse o meu ponto. Não lhe dei a mínima atenção no verão passado. Não me entenda mal – assegurou-lhe ela –, eu certamente nunca fui cruel com ela. Apenas não lhe dei importância, imagino. Não prestava atenção a ninguém fora do meu reduzido círculo social. Na verdade, o círculo de Clive.

Ele assentiu.

– Acontece que ela, na realidade, é uma ótima pessoa.

Susannah olhou para ele com toda franqueza.

– Letitia e eu a visitamos na semana passada. Ela também é muito inteligente, embora eu nunca tenha me dado ao trabalho de notar. Quem me dera... – Ela fez uma pausa, mordendo o lábio inferior. – Eu acreditava ser uma pessoa melhor do que sou, é isso.

– Acredito que seja – disse ele, com ternura.

Ela assentiu, fitando o infinito, como se ali fosse encontrar as respostas de que tanto precisava.

– Talvez eu seja. Suponho que não deva me repreender pelas atitudes que tomei no verão passado. Foi divertido. Clive era agradável e foi muito prazeroso estar com ele.

Ela sorriu, melancólica.

– É difícil recusar isso tudo, ser constantemente o centro das atenções, sentir-se tão amada e admirada.

– Por Clive? – perguntou David, calmamente.

– Por todos.

As lâminas de seus patins tocaram o gelo uma, duas vezes, até que ele replicou:

– Então não era o homem em si que a senhorita amava, e sim como ele a fazia se sentir.

– Existe diferença entre uma coisa e outra? – perguntou Susannah.

David pareceu refletir sobre a pergunta antes de finalmente responder:

– Sim. Sim, acredito que exista.

Susannah sentiu os lábios se abrindo, quase que em uma expressão de surpresa, pois as palavras dele a forçaram a refletir sobre Clive mais longa e intensamente do que ela vinha fazendo. Pensou, virou-se para ele e abriu a boca para falar, quando...

BAM!

Algo a atingiu, deixando-a totalmente sem ar, arrastando-a pelo gelo e fazendo-a aterrissar sobre um banco de neve.

– Susannah! – gritou David, patinando no gelo até alcançá-la. – A senhorita está bem?

Susannah piscou, respirou fundo, tentando soprar a neve do rosto... e dos cílios, do cabelo e, bem, de toda parte. Ela havia caído de costas, praticamente inclinada, e estava quase enterrada no gelo.

Balbuciou algo que provavelmente era uma pergunta – não sabia ao certo se perguntara quem, o que ou como – e conseguiu limpar neve suficiente dos olhos para enxergar uma mulher com um casaco de veludo verde patinando furiosamente.

Susannah apertou os olhos. Era Anne Bishop, logo ela, a quem Susannah conhecia muito bem desde a temporada anterior! Não podia acreditar que Anne a derrubara e fugira.

– Por que...

– Machucou-se? – perguntou David, interrompendo-a e agachando-se ao seu lado.

– Não – resmungou Susannah –, embora não consiga acreditar que ela tenha ido embora sem sequer parar para perguntar como eu estava.

David lançou um olhar para trás.

– Nenhum sinal dela, sinto muito.

– Bem, é melhor que ela tenha uma bela desculpa – murmurou Susannah. – Qualquer coisa além da morte iminente seria inaceitável.

David pareceu se esforçar para não deixar escapar um sorriso.

– Bem, a senhorita não parece ter se machucado, e suas capacidades mentais certamente estão na mais perfeita condição. Então, gostaria que eu a ajudasse a se levantar?

– Por favor – respondeu Susannah, aceitando sua mão de bom grado.

Ocorre que as capacidades mentais de *David* não deviam estar em perfeito funcionamento, pois permanecera agachado ao oferecer sua mão, sem perceber que não tinha equilíbrio suficiente para puxá-la e, depois de um instante, no qual ambos pareciam estar suspensos entre o gelo e a posição vertical, os patins de Susannah derraparam e os dois caíram no banco de gelo.

Susannah riu. Não conseguiu se controlar. Havia algo maravilhosamente incongruente no imponente conde de Renminster enterrado na neve. Na realidade, havia algo de encantador nele e em seus cílios cobertos de flocos de neve.

– Como se atreve a zombar de mim? – perguntou ele, fingindo brigar com ela, assim que conseguiu tirar a neve que lhe cobria a boca.

– Eu? Nunca! – respondeu ela, mordendo o lábio para conter uma gargalhada. – Jamais sonharia em zombar do senhor, lorde Snowman, o homem das neves.

Seus lábios se contorceram em uma daquelas expressões que tentavam mostrar descontentamento, mas que na realidade significavam apenas que ele estava achando graça.

– Não me chame assim – advertiu ele.

– Lorde Snowman? – repetiu ela, surpresa com a reação dele.

Ele fez uma pausa, examinando o rosto dela com uma leve expressão de surpresa.

– Então a senhorita ainda não sabe?

Ela balançou a cabeça da melhor forma que conseguiu em meio à neve.

– Saber o quê?

– Que os parentes de Harriet estavam bastante aborrecidos em perder o sobrenome. Harriet é a última dos Snowes, sabe.

– O que significa... – Os lábios de Susannah se afastaram em horror e deleite. – Não me diga que...

– Isso mesmo – replicou David, desejando cair na risada a qualquer momento, mas sabendo que não deveria. – Meu irmão agora responderá pelo nome de Clive Snowe-Mann-Formsby.

– Ai, como sou malvada – disse Susannah, gargalhando tanto que a neve ao redor chacoalhou. – Devo ser mesmo uma pessoa muito má, indelicada. Mas não consigo... parar de rir... eu...

– Vá em frente, ria – respondeu David. – Tenha certeza de que também ri.

– Clive deve ter ficado furioso!

– Não chegou a tanto – acrescentou David. – Mas certamente ficou bastante constrangido.

– Um nome com dois hifens já seria ruim o bastante – disse Susannah. –

Não gostaria de me apresentar como Susannah Ballister-Bates... – Ela buscou mentalmente um terceiro sobrenome apropriadamente terrível. – Bismark! – concluiu ela, triunfante.

– Não – murmurou ele, secamente –, entendo perfeitamente.

– Mas isso... – concluiu Susannah, enfatizando o que já dissera. – Isso está além de... ah, céus. Não sei além de quê. Da minha compreensão, imagino.

– Ele queria mudar para Snowe-Formsby – disse David –, mas eu o aconselhei do contrário, pois os nossos antepassados Manns ficariam bastante aborrecidos.

– Desculpe-me a observação – replicou Susannah –, mas creio que seus antepassados Manns já tenham falecido. Acredito que, de uma forma ou de outra, carecem da capacidade de se aborrecer.

– Não se tiverem deixado documentos legais proibindo a qualquer um que dispense o sobrenome Mann o direito de herdar seus bens.

– Não! – exclamou Susannah, ofegante.

David apenas sorriu.

– Não fizeram isso! – repetiu ela, dessa vez em um tom bastante diferente. – Não fizeram. O senhor só disse isso para torturar o pobre Clive.

– Ah, então agora é o *pobre* Clive – provocou ele.

– *Pobre* de quem tiver que responder pelo nome de Snowe-Mann!

– É Snowe-Mann-Formsby, muito obrigado – replicou ele, lançando-lhe um sorriso insolente. – Meus antepassados Formsbies ficariam desconcertados.

– E imagino que também tenham proibido a qualquer um que dispense seu sobrenome o direito à herança, não? – perguntou Susannah, sarcástica.

– Na verdade, sim – respondeu David. – De onde pensa que veio a ideia?

– O senhor é incorrigível – disse ela, sem, no entanto, conseguir manter um tom horrorizado.

A verdade era que ela admirava o senso de humor dele. O fato de a piada ser sobre Clive era apenas a cereja do bolo.

– Suponho que eu deva chamá-lo então de lorde Snow*flake*, ou floco de neve.

– Um nome nada edificante – disse ele.

– Ou heroico – concordou ela. – Mas, como pode ver, continuo presa na neve.

– Exatamente como eu.

– A cor branca lhe cai bem – comentou Susannah.

Ele encarou-a.

– Deveria usá-la mais vezes.

– A senhorita é bastante insolente para uma mulher que está atolada na neve.

Ela deu um sorriso largo.

– Minha coragem vem de sua posição, uma vez que o senhor também se encontra atolado na neve.

Ele fez uma careta e balançou a cabeça, se autocensurando.

– De fato, não é tão desconfortável.

– Exceto pela dignidade – concordou Susannah.

– E o frio.

– E o frio. Não consigo sentir meu... er...

– Traseiro? – completou ele, solícito.

Ela pigarreou, como se, de alguma maneira, aquilo fosse eliminar seu rubor.

– Sim.

Seus olhos verdes faiscaram diante do constrangimento dela; em seguida, ele ficou sério, ou pelo menos mais sério do que estava.

– Bem, imagino ser meu dever salvá-la. Aprecio seu... não se preocupe, não pronunciarei a palavra – apressou-se a acrescentar, diante do olhar aterrorizado dela. – Mas não gostaria de vê-lo cair.

– David – protestou ela.

– Então é isso que preciso fazer para que a senhorita me chame pelo nome? – perguntou ele. – Um comentário ligeiramente inadequado, ainda que bastante respeitoso, garanto?

– Quem é o senhor? – perguntou ela, repentinamente – E o que fez com o conde?

– Renminster, quer dizer? – perguntou ele, inclinando-se em sua direção de maneira que seu rosto ficasse bem próximo do dela.

A pergunta foi tão estranha que ela não soube responder, exceto por um pequeno aceno afirmativo com a cabeça.

– Talvez a senhorita nunca o tenha conhecido – sugeriu ele. – Talvez tenha apenas acreditado que o conhecia, sem nunca ir além da superfície.

– Talvez – sussurrou ela.

Ele sorriu e pegou sua mão.

– Eis o que vou fazer. Vou me levantar e, depois, a puxarei. Está pronta?

– Não tenho certeza...

– Lá vamos nós – disse, tentando colocar-se de pé, o que não foi uma tarefa fácil, considerando que estava de patins e que seus patins estavam sobre o gelo.

– David, cuidado...

Mas sua advertência de nada adiantou. Ele estava se comportando de uma maneira previsivelmente masculina, o que significava que não estava dando ouvidos à razão (não quando isso interferia na oportunidade de demonstrar sua força bruta). Susannah poderia ter lhe dito – o que, na verdade, tentou fazer – que o ângulo estava totalmente errado e que seus pés iriam escorregar no gelo, e que ambos cairiam de novo...

E foi exatamente o que aconteceu.

Dessa vez, porém, David não teve um comportamento tipicamente masculino, ou seja, não ficou irritado nem se desculpou. Ao contrário, apenas a olhou bem nos olhos e caiu na gargalhada.

Susannah riu junto, o corpo todo se sacudindo com uma simples e genuína alegria. Aquilo nunca tinha acontecido com Clive. Com Clive, ela nunca tinha gargalhado, sempre sentira-se como se fizesse parte de uma vitrine, como se todos a estivessem vendo rir, perguntando qual era a piada, porque ninguém podia considerar que realmente fazia parte do grupinho mais influente da cidade se não conhecesse todas as piadas internas.

Com Clive, ela sempre sabia as piadas internas, mas nunca havia achado graça nelas.

Entretanto, ria mesmo assim, esperando que ninguém notasse, pelo seu olhar, que não havia entendido.

Aquilo, porém, era diferente. Era especial. Era...

Não, pensou, tentando ser convincente. Aquilo não era amor. Talvez pudesse ser o começo de alguma coisa. E talvez o sentimento se aprofundasse. E talvez...

– O que temos aqui?

– Susannah olhou para cima, embora já soubesse de quem era a voz.

Foi tomada pelo pavor.

Clive.

CAPÍTULO 5

Os irmãos Mann-Formsbies compareceram à festa de patinação dos Morelands, embora não possamos afirmar que a interação entre os dois tenha sido amigável. Na verdade, esta autora ouviu dizer que o conde e seu irmão quase foram às vias de fato.

Ora, querida leitora, teria sido uma cena e tanto. Socos sobre patins! E o que viria depois? Esgrima debaixo d´água? Tênis a cavalo?

CRÔNICAS DA SOCIEDADE DE LADY WHISTLEDOWN,
4 de fevereiro de 1814

Ao colocar a mão na de Clive, Susannah sentiu-se transportada de volta ao passado. Haviam se passado seis meses desde que estivera tão perto do homem que lhe havia partido o coração – ou, na melhor das hipóteses, destroçado seu orgulho – e, por mais que não desejasse sentir nada...

Sentiu.

Seu coração deu um salto, o estômago revirou e a respiração ficou entrecortada, e, ah, como ela se odiava por tudo aquilo.

Ele não deveria significar mais nada para ela. Nada. Menos do que nada, se fosse possível.

– Clive – disse ela, tentando manter a voz calma, enquanto puxava a mão da dele.

– Susannah – disse ele, afetuosamente, sorrindo para ela daquele seu jeito confiante. – Como tem passado?

– Bem – respondeu ela, irritada com a pergunta.

Afinal, como ele *imaginava* que ela estava?

Clive virou-se para oferecer uma das mãos ao irmão, mas o encontrou já de pé.

– David – cumprimentou-o Clive, cordialmente. – Não esperava encontrá-lo aqui com Susannah.

– E eu não esperava encontrá-lo aqui – respondeu David.

Clive deu de ombros. Não estava de chapéu, e uma mecha do cabelo louro caía sobre a testa.

– Só decidimos vir hoje pela manhã.

– Onde está Harriet? – perguntou David.

– Com a mãe, perto da fogueira. Ela não gosta de frio.

Ficaram ali por um momento, um estranho tríptico, sem nada a dizer uns aos outros. A situação era estranha, pensou Susannah, o olhar transitando lentamente entre os dois irmãos Mann-Formsby. Durante todo o tempo que havia passado com Clive, nunca o vira ficar sem palavras ou sem esboçar um sorriso. Ele era um camaleão, entrava e saía das situações com perfeita facilidade. Porém, naquele momento, apenas olhava o irmão com uma expressão que não era *exatamente* hostil.

Mas também não era uma expressão de bons amigos.

David tampouco parecia à vontade. Tendia a se empertigar mais do que Clive, mantendo sempre a postura certa, ereta. A bem da verdade, era raro ver um homem que se movimentava com a facilidade, graça e fluidez de Clive. Agora, porém, David parecia estar quase rígido, as mandíbulas retesadas. Momentos antes, no banco de neve, quando eles haviam dado boas gargalhadas, ela vira o homem, não o conde.

Agora, porém...

O conde definitivamente estava de volta.

– Gostaria de dar uma volta pelo gelo? – perguntou Clive de repente.

Susannah sentiu a cabeça fazer um movimento brusco, surpresa, ao perceber que Clive dirigia-se a ela. Não que parecesse provável ele convidar o irmão para dar uma volta; no entanto, não lhe parecia apropriado que o fizesse com ela. Principalmente com Harriet tão perto.

Susannah franziu a testa. Especialmente com a mãe de Harriet tão próxima. Uma coisa era colocar a própria esposa em uma posição potencialmente constrangedora; outra, totalmente diferente, era fazer o mesmo com a sogra.

– Não acho que seja uma boa ideia – objetou ela.

– É hora de acabarmos com a tensão – disse ele, o tom prático. – Mostrar a todos que não há mágoa entre nós.

Como assim não havia mágoa? Susannah sentiu a mandíbula tensa. Que diabo ele pensava que estava falando? Havia mágoa, sim, *da parte dela*. Muita mágoa. Depois do último verão, seus sentimentos por Clive haviam endurecido como ferro.

– Pelos velhos tempos – insistiu Clive, o sorriso jovial iluminando seu rosto.

O rosto? Ora, sejamos francos, seu sorriso iluminava o píer inteiro. Os sorrisos de Clive sempre tiveram esse poder.

Dessa vez, porém, Susannah não sentiu a mesma animação de antes. Ao contrário, ficou um pouco irritada.

– Vim acompanhada do lorde Renminster – respondeu ela, resoluta. – Seria uma indelicadeza de minha parte abandoná-lo.

Clive deixou escapar uma risada.

– David? Não se preocupe com ele – comentou, voltando-se para o irmão. – Você não se importa, certo, meu velho?

David parecia se importar, e muito, mas obviamente disse apenas:

– Não, nem um pouco.

O que fez Susannah ficar ainda mais irritada com ele do que com Clive. Se ele se importava, por que não tomava uma *atitude*? Será que pensava que ela queria sair por aí patinando no gelo com Clive?

– Tudo bem – anunciou ela. – Vamos, estou pronta. Se é para patinarmos, que seja antes que nossos pés congelem.

Seu tom não poderia ser considerado arrogante, o que fez com que os dois irmãos Mann-Formsbies a olhassem com curiosidade.

– Estarei perto do carrinho de chocolate quente – disse David, cumprimentando-a educadamente com um meneio de cabeça, enquanto Clive a pegava pelo braço.

– E, se o chocolate tiver esfriado, você estará perto do carrinho de conhaque? – brincou Clive.

David dirigiu ao irmão um sorriso frio e afastou-se, deslizando no gelo.

– Susannah – disse Clive, lançando-lhe um olhar afetuoso –, que bom que ele foi embora, não? Faz muito tempo que não ficamos só eu e você.

– É mesmo?

Ele riu.

– Você sabe que sim.

– Como anda a vida de casado? – perguntou ela, objetivamente.

Ele retraiu-se.

– Você não perde tempo!

– Ao que tudo indica, você também não – murmurou ela, aliviada quando começaram a patinar.

Quanto mais rápido fosse seu passeio, mais rápido aquilo tudo acabaria.

– Ainda está com raiva? – perguntou ele. – Esperava que já tivesse conseguido superar isso tudo.

– Consegui superar *você* – respondeu ela. – Minha raiva é outra coisa, totalmente diferente.

– Susannah – disse ele, embora aos seus ouvidos a voz dele mais parecesse um gemido.

Ele suspirou e ela olhou para ele. Os olhos de Clive estavam tomados pela preocupação, e seu rosto havia adquirido uma expressão triste.

E talvez ele estivesse mesmo triste. Talvez realmente não tivesse tido a intenção de magoá-la e acreditasse sinceramente que ela pudesse superar aquele episódio infeliz como se nada tivesse acontecido.

Mas não podia. Não era essa pessoa tão incrível. Susannah chegara à conclusão de que algumas pessoas eram verdadeiramente incríveis e outras simplesmente tentavam ser. E ela devia fazer parte do segundo grupo, pois simplesmente não se sentia capaz de reunir forças suficientes para perdoar Clive. Pelo menos, não agora.

– Os últimos meses não foram muito agradáveis – disse ela, a voz tensa e entrecortada.

A mão dele apertou o braço dela.

– Sinto muito – disse ele. – Mas não percebe que não tive escolha?

Ela o olhou, incrédula.

– Clive, você tem mais escolhas e oportunidades do que qualquer outra pessoa que eu conheça.

– Isso não é verdade – insistiu ele, olhando-a atentamente. – Tive que me casar com Harriet. Não tive escolha. Eu...

– Não comece – advertiu Susannah, em voz baixa. – Não siga por esse caminho. Não é justo comigo, e certamente não é justo com Harriet.

– Tem razão – respondeu ele, um tanto envergonhado. – Mas...

– E os motivos que o levaram a se casar com Harriet não me interessam. Não me importo se você teve que caminhar até o altar com a pistola do pai dela apontada para a sua cabeça!

– Susannah!

– Não me importa nem um pouco por que se casou com ela – continuou Susannah, irritada. – Mas poderia ter me contado antes de anunciar o noivado no baile dos Mottrams, diante de quatrocentas pessoas.

– Sinto muito – disse ele. – Foi uma covardia da minha parte.

– Eu diria que sim – murmurou ela, sentindo-se um pouco melhor agora que tivera a chance de insultar Clive, em vez de falar com um ser ausente, como costumava fazer. Agora já tinha tido o que queria, e, além disso, descobrira não se importar em estar em sua companhia.

– Está na hora de me levar até David.

Clive arqueou a sobrancelha.

– Agora é David?

– Clive... – disse ela, irritada.

– Não acredito que você esteja chamando meu irmão pelo primeiro nome.

– Ele me deu permissão para fazê-lo e não vejo como isso possa ser da sua conta.

– É claro que é da minha conta. Estivemos juntos por meses.

– E você casou-se com outra pessoa – lembrou-lhe ela.

Céus, será que Clive estava com *ciúmes*?

– É que... *David* – deixou escapar, a voz desanimada. – Logo ele, Susannah.

– O que há de errado com David? – perguntou ela. – Ele é seu irmão, Clive.

– Exatamente. Conheço-o melhor do que ninguém.

Sua mão apertou a cintura dela ao darem a volta no píer.

– E ele não é o homem certo para você.

– Você definitivamente não está em condições de me oferecer conselhos.

– Susannah...

– Acontece que gosto do seu irmão, Clive. Ele é engraçado, inteligente e...

Clive chegou a tropeçar, algo raro para um homem como ele.

– Você disse engraçado?

– Não sei, acredito que sim. Eu...

– David? Engraçado?

Susannah pensou nos momentos que compartilharam no banco de neve, no som da risada de David e na magia de seu sorriso.

– Sim – respondeu, entregando-se às suas silenciosas reminiscências. – Ele me faz rir.

– Não sei o que está acontecendo – murmurou Clive –, mas o meu irmão não tem o menor senso de humor.

– Isso simplesmente não é verdade.

– Susannah, conheço meu irmão há 26 anos. Imagino que isso conte mais do que o tempo em que você o conhece... uma semana?

Susannah sentiu o rosto tenso de raiva. Não tinha o menor desejo de ser tratada com condescendência, principalmente por Clive.

– Leve-me de volta! – exclamou ela. – Agora.

– Susannah...

– Se não quiser me acompanhar, posso muito bem ir sozinha – advertiu.

– Só mais uma volta, Susannah – insistiu ele. – Pelos velhos tempos.

Ela olhou para ele, o que foi um erro terrível. Porque ele a olhava com a mesma expressão que sempre fizera suas pernas fraquejarem. Ela não entendia como olhos azuis podiam ser tão calorosos, mas os dele, em especial, a faziam derreter. Ele a olhava como se ela fosse a última mulher da face da terra, ou talvez como o último alimento em época de escassez, e...

Agora ela era feita de matéria mais resistente e sabia que não era a única mulher da face da terra, mas ele parecia tão sincero e, apesar de seus modos infantis, Clive no fundo não era má pessoa. Ela sentiu sua determinação fraquejar e suspirou.

– Está bem – disse ela, a voz resignada. – Só mais uma volta. E pronto. Vim acompanhada de David e não é justo deixá-lo sozinho.

E quando iniciaram mais uma volta no trajeto improvisado que lorde e lady Moreland haviam traçado para os convidados, Susannah percebeu que realmente queria voltar para David. Clive podia ser belo, Clive podia ser charmoso, mas não fazia mais seu coração disparar a um simples olhar.

David sim.

E nada poderia tê-la surpreendido mais.

Os criados dos Morelands haviam acendido uma fogueira sob o carrinho de chocolate quente, o que deixou a bebida abençoadamente aquecida, ainda que não adoçada de forma apropriada. David já tinha bebido três xícaras do líquido amargo antes de perceber que o calor que finalmente começava a esquentar seus dedos das mãos e dos pés nada tinha a ver com a fogueira à sua esquerda, e tudo a ver com a raiva que vinha alimentando desde o momento em que Clive tinha se aproximado e olhado para ele e Susannah.

Droga, não tinha sido bem assim. Clive olhara para Susannah. Não se importara nem um pouco com David – seu *irmão*, pelo amor de Deus. Ele havia olhado para Susannah de uma maneira que nenhum homem deveria olhar para uma mulher que não fosse a própria esposa.

David apertou a caneca entre os dedos. Ora, muito bem, ele estava exagerando. Clive não tinha olhado para Susannah com desejo (David deveria saber disso, pois se vira olhando para ela exatamente da mesma maneira), mas sua expressão definitivamente tinha sido de posse, e seus olhos queimavam de ciúmes.

Ciúmes? Se Clive quisesse ter o direito de sentir ciúmes de Susannah, deveria ter se casado com ela, não com Harriet.

Com o maxilar tenso, David observou o irmão passeando com Susannah na pista de gelo. Será que Clive ainda a desejava? David não estava preocupado. Bem, não muito. Susannah nunca teria desonrado a si própria aproximando-se demais de um homem casado.

Mas e se ainda tivesse uma queda por ele? Diabo, e se ainda o amasse? Ela dissera que não, mas será que realmente sabia o que se passava em seu coração? No que dizia respeito ao amor, homens e mulheres tendiam a se iludir.

E se ele se casasse com ela – o que de fato tinha a intenção de fazer – e ela ainda amasse Clive? Será que ele poderia suportar o fato de a esposa preferir seu irmão?

A perspectiva era desanimadora.

David pousou a caneca sobre a mesa próxima, ignorando os olhares surpresos das pessoas com o ruído da caneca ao bater na mesa e derramar um pouco da bebida.

– Sua luva, milorde – observou alguém.

David olhou com pouco interesse para a luva de couro, que a essa altura ficara amarronzada onde o chocolate quente penetrava. Provavelmente teria que jogá-las fora, mas David não se importava.

– Milorde? – chamou o anônimo novamente.

David deve ter se virado para ele com uma expressão raivosa, pois o jovem afastou-se rapidamente.

E qualquer pessoa que se afastasse do calor da fogueira em um dia gélido como aquele precisava querer muito estar em outro lugar.

Alguns instantes depois, Clive e Susannah apareceram, patinando em perfeita sincronia. Clive olhava para ela com uma expressão impressionantemente terna que havia aperfeiçoado desde os 4 anos de idade (Clive nunca fora castigado por nada; bastava um olhar arrependido vindo daqueles enormes olhos azuis para tirá-lo de qualquer apuro), e Susannah retribuía seu olhar com uma expressão de...

Bem, para falar a verdade, David não sabia ao certo que tipo de expressão ela trazia no rosto, mas não era a que ele teria gostado de ver, ou seja, de ódio.

Ou fúria, que também teria sido aceitável. Ou talvez total falta de interesse. Sim, total falta de interesse teria sido a melhor opção.

Entretanto, ela olhava para ele com algo que se aproximava a um afeto desanimado, e David não soube o que fazer diante daquilo.

– Pronto, aqui está ela – disse Clive, ao se aproximarem. – De volta ao seu lado. Com toda segurança, como prometi.

David achou que Clive estava exagerando um pouco, mas, como não tinha a menor intenção de prolongar o encontro, respondeu apenas:

– Obrigado.

– Nós nos divertimos muito, não foi Susannah? – perguntou Clive.

– Como? Ah, sim, com certeza – respondeu ela. – Foi bom conversarmos um pouco.

– Você não precisa voltar para Harriet? – perguntou David, indo direto ao ponto.

Clive sorriu para ele, quase como uma provocação.

– Harriet ficará bem sem mim por alguns minutos. Além disso, já lhe disse que ela está acompanhada da mãe.

– Ocorre que Susannah veio comigo – respondeu David, a essa altura nitidamente irritado.

– O que isso tem a ver com Harriet? – perguntou Clive, desafiando-o.

David empertigou-se.

– Nada, exceto que você é casado com ela.

Clive levou as mãos aos quadris.

– Ao contrário de você, que não é casado com ninguém.

Os olhos de Susannah saltavam de um irmão para o outro.

– Que diabo está querendo dizer com isso? – perguntou David.

– Nada, só que você deveria cuidar da própria vida antes de se meter na minha.

– Na sua? – explodiu David. – Desde quando Susannah tem alguma coisa a ver com a sua vida?

Susannah ficou boquiaberta.

– E desde quando tem a ver com a sua? – devolveu Clive.

– Não vejo como isso possa ser da sua conta.

– Ora, me interessa mais do que...

– Senhores! – intrometeu-se Susannah, por fim, sem conseguir acreditar na cena que se desenrolava à sua frente.

David e Clive discutiam como duas crianças de 6 anos que não queriam emprestar o brinquedo favorito.

E, aparentemente, *ela* era o brinquedo em questão, metáfora que não lhe agradou nem um pouco.

No entanto, eles não a escutaram, ou não se importaram, pois continuaram discutindo até que ela se colocou fisicamente entre os dois:

– David! Clive! Chega!

– Afaste-se, Susannah – disse David, quase rosnando. – Isso não tem nada a ver com a senhorita.

– Não mesmo? – perguntou ela.

– Não – respondeu David, a voz rouca –, não tem. Tem a ver com Clive. Sempre tem a ver com ele.

– Agora vejam só! – exclamou Clive, irritado, empurrando David.

Susannah arfou. Eles iam chegar às vias de fato! Ela olhou ao redor, mas, felizmente, ninguém parecia notar a violência prestes a estourar, nem mesmo Harriet, que, sentada a alguma distância dali, conversava com a mãe.

– Você se casou com outra pessoa – disse David, praticamente sibilando. – Abriu mão de qualquer direito a Susannah quando...

– Vou embora – anunciou ela.

– ...casou-se com Harriet. E deveria ter considerado...

– Eu disse que estou indo embora! – repetiu ela, perguntando-se por que se importava se eles tinham ouvido ou não.

David dissera em alto e bom som que a discussão não lhe dizia respeito.

E não dizia mesmo. Aquilo estava ficando bastante claro. Ela era simplesmente um prêmio tolo a ser conquistado. Clive a queria porque acreditava que David a tivera. David a queria basicamente pelo mesmo motivo. Nenhum dos dois se importava com ela de verdade; importavam-se apenas em insultar um ao outro por causa de algum tipo de competição que tiveram a vida toda.

Quem era o melhor? Quem era o mais forte? Quem tinha mais brinquedos?

Era uma idiotice, e Susannah estava cansada de tudo aquilo.

E isso a magoava. Profundamente. Durante um momento mágico, ela e David haviam rido, brincado, e ela se permitira sonhar com a possibilidade de alguma coisa especial estar surgindo entre os dois. Ele certamente não agiu como nenhum outro homem que conhecera. Na verdade, sabia escutá-la, o que era uma experiência nova. E quando ele riu, seu riso foi caloroso, espontâneo e verdadeiro. Susannah acreditava ser possível saber muito sobre uma pessoa apenas por seu riso, mas talvez aquela fosse só mais uma ilusão a ser desfeita.

– Estou indo embora – declarou pela terceira vez, sem nem saber ao certo por quê.

Talvez fosse algum tipo de fascínio doentio pela situação, uma curiosidade mórbida para ver o que eles realmente fariam quando ela começasse a se distanciar.

– Não, não vai não! – exclamou David, segurando-a pelo pulso no instante em que ela começou a se afastar.

Surpresa, Susannah piscou. Então ele *ouvira* o que ela dissera.

– Eu a acompanho – afirmou, resoluto.

– O senhor está evidentemente muito ocupado no momento – disse ela, lançando um olhar sarcástico na direção de Clive. – Tenho certeza de que encontrarei alguém que possa me acompanhar até em casa.

– A senhorita veio comigo. Vai embora comigo.

– Não é...

– É necessário, sim – replicou ele, e Susannah entendeu naquele momento por que ele era tão temido na sociedade.

Seu tom de voz poderia ter congelado o Tâmisa.

Ela olhou para o rio congelado e quase soltou uma risada.

– Você, voltamos a conversar mais tarde – disse David a Clive.

– Pfff. – Susannah cobriu a boca com a mão.

David e Clive se viraram para encará-la com expressões irritadas. Susannah conteve-se para não soltar outra risada afetada em um momento extremamente inadequado. Até então, não tinha percebido como eram parecidos. Quando estavam zangados, eram *iguaizinhos*.

– Qual o motivo da risada? – perguntou Clive.

Ela segurou o riso.

– Nada.

– Obviamente, está rindo de algo – respondeu David.

– Não tem nada a ver com o senhor – respondeu ela, o corpo se sacudindo pela tentativa de reprimir o riso.

Como era divertido devolver-lhe as palavras.

– A senhorita está rindo – acusou ele.

– Não estou rindo.

– Ela está rindo, sim – disse Clive para David e, naquele momento, os dois pararam de discutir um com o outro.

É claro que não estavam mais discutindo; estavam, sim, unidos contra *ela*.

Susannah olhou para David, depois para Clive. Depois, olhou de volta para David, que tinha o semblante tão ameaçador que ela deveria ter saído correndo dali em seus patins especiais. No entanto, simplesmente caiu na gargalhada.

– *O que foi?* – perguntaram os dois irmãos, em uníssono.

Susannah simplesmente balançou a cabeça, tentando responder "não foi nada", mas não conseguiu fazer mais nada além de parecer uma louca.

– Vou levá-la para casa – disse David a Clive.

– Vá em frente – replicou Clive. – Ela com certeza não pode continuar aqui. *No meio da sociedade civilizada*, era o final implícito de sua frase.

David a segurou pelo cotovelo.

– Está pronta para ir? – perguntou ele, embora ela já tivesse anunciado sua intenção não menos do que três vezes.

Ela assentiu e despediu-se de Clive antes de deixar que David tomasse a dianteira.

– O que houve, afinal? – perguntou ele, assim que haviam se acomodado em sua carruagem.

Ela balançou a cabeça diversas vezes.

– O senhor é tão parecido com Clive!

– Com Clive? – repetiu ele, o tom com um toque de descrença. – Não pareço nem um pouco com Clive.

– Bem, talvez não fisicamente – comentou ela, puxando distraidamente fiapos do cobertor que lhe cobria as pernas. – Mas suas expressões eram idênticas, e o senhor certamente agiu da mesma maneira que ele.

A expressão de David ficou séria.

– Nunca ajo como Clive – disse, irritado.

Ela deu de ombros em resposta.

– Susannah!

Ela olhou para ele, arqueando as sobrancelhas.

– Não ajo como Clive – repetiu ele.

– Não, normalmente, não.

– Não hoje – resmungou ele.

– Sim, hoje, sim, sinto lhe dizer.

– Eu... – Mas ele não terminou a frase. Ao contrário, fechou a boca, abrindo-a apenas para dizer: – Logo chegaremos na sua casa.

O que também não era verdade. O trajeto de volta a Portman Square levaria uns bons quarenta minutos. Susannah sentiu cada um daqueles minutos em seus mínimos detalhes, pois nenhum dos dois disse uma só palavra até chegarem à casa dela.

O silêncio, percebeu ela, foi bastante ensurdecedor.

CAPÍTULO 6

Imaginem a cena: lady Eugenia Snowe foi vista arrastando no gelo o novo genro pela orelha.

Talvez o tenha avistado patinando acompanhado da adorável Susannah Ballister.

E, agora, será que o mais jovem dos Mann-Formsbies não desejaria estar de chapéu?

CRÔNICAS DA SOCIEDADE DE LADY WHISTLEDOWN,
4 de fevereiro de 1814

Parecido com Clive?!

David pegou o jornal que vinha tentando ler e o amassou com toda força entre as mãos. Para completar, arremessou-o pela sala. No entanto, aquela fora uma exibição de petulância absolutamente insatisfatória, pois o jornal tinha peso quase nulo e acabou flutuando devagar até cair no tapete.

Teria sido muito melhor socar alguma coisa, quem sabe martelar o retrato da família que pendia sobre a lareira, bem no rosto sempre sorridente de Clive.

Clive? Como é que ela podia dizer que ele era parecido com Clive?

Passara a vida inteira livrando o irmão de enrascadas, acidentes e desastres em potencial. A palavra mais importante aqui sendo "em potencial", pois David sempre conseguira interceder antes que as "situações" em que Clive se metia se transformassem em calamidades.

David resmungou ao recolher o jornal do chão e atirou-o na lareira. Talvez tivesse sido superprotetor em relação a Clive ao longo dos anos. Com o irmão mais velho por perto para resolver todos os problemas, que necessidade Clive teria de aprender a ter responsabilidade e retidão moral? Talvez da próxima vez em que Clive se metesse em apuros, David devesse apenas deixá-lo resolver seus problemas por conta própria. Mesmo assim...

Como Susannah pôde dizer que os dois eram parecidos?

Murmurando o nome dela, David afundou na poltrona próxima à lareira. Quando a imaginava – algo que havia feito umas três vezes por minuto desde que a deixara em casa, seis horas antes –, ela tinha as bochechas vermelhas de frio, flocos de neve pendendo precariamente sobre os cílios, a boca aberta e o riso frouxo.

Ele a visualizou no banco de neve, naquele exato momento em que tivera a constatação mais impressionante e emocionante de sua vida. Havia decidido cortejá-la por considerar que daria uma excelente condessa, é verdade. Porém, naquele momento, ao ver seu adorável rosto e ter que se esforçar ao máximo para não beijá-la bem ali, na frente de todos, havia percebido que ela seria mais do que uma excelente condessa.

Seria uma esposa maravilhosa.

Seu coração deu saltos de alegria. E de medo.

Ele ainda não sabia ao certo o que sentia por ela, mas estava se tornando cada vez mais aparente que esses sentimentos teimavam em permanecer em seu coração.

Se ela ainda amasse Clive, se ainda sofresse por ele, David sabia que a perderia. Não importava se ela aceitasse seu pedido de casamento. Se ainda desejasse Clive, ele, David, jamais teria seu coração de verdade.

O que significava que a grande pergunta era – será que ele seria capaz de suportar? O que seria pior: ser seu marido mesmo sabendo que ela amava outra pessoa ou não tê-la em sua vida?

Ele não sabia.

Pela primeira vez na vida, David Mann-Formsby, conde de Renminster, não conseguia decidir. Simplesmente não sabia o que fazer.

Era uma sensação terrível, dolorosa, inquietante.

Lançou um olhar para o copo de uísque, fora de seu alcance, pousado na mesa ao lado da lareira. Diabo, ele realmente queria se embebedar. Agora, porém, estava cansado, esgotado, e por mais que aquilo o irritasse, sua preguiça o impedia de levantar-se da poltrona.

Ainda que o uísque lhe parecesse um tanto atraente.

Dali de onde estava, praticamente sentia seu cheiro.

Perguntou-se qual seria a quantidade de energia necessária para se levantar.

Quantos passos até o uísque? Dois? Três? Não eram tantos assim. Mas a mesa parecia estar muito, muito longe e...

– Graves me informou que eu o encontraria aqui.

David resmungou sem sequer olhar para a porta. Clive.

Não era exatamente a pessoa que desejava ver naquele momento.

Na verdade, era a última pessoa.

Ele devia ter instruído o mordomo a dizer ao irmão que ele não estava em casa. Nunca se negara a receber o irmão. A família sempre fora a sua maior prioridade. Clive era seu único irmão, mas havia primos, tias e tios, e David era responsável pelo bem-estar de cada um deles.

Não que tivesse tido muita opção. Tornara-se chefe da família Mann-Formsby aos 18 anos, e, desde a morte do pai, não se passara um dia na vida em que tivesse se dado ao luxo de pensar apenas em si mesmo.

Não até Susannah.

Ele a desejava. *Ela*. Simplesmente pelo que era, não porque seria adequado para a família.

Desejava-a para si. Não para a família.

– Andou bebendo? – perguntou Clive.

David lançou um olhar de desejo na direção do copo.

– Infelizmente, não.

Clive pegou o copo da mesa e o entregou ao irmão.

David agradeceu com um meneio da cabeça e deu um longo gole.

– O que faz aqui? – perguntou, sem se importar se soara direto ou grosseiro.

Clive ficou em silêncio por alguns minutos.

– Não sei – respondeu, por fim.

Por algum motivo, aquilo não surpreendeu David.

– Não gosto da maneira como você está tratando Susannah – deixou escapar Clive.

David o encarou, incrédulo. Clive estava bem ali diante dele, a postura rígida, demonstrando raiva, as mãos em punho ao lado do corpo.

– *Você* não gosta da maneira como estou tratando Susannah? – perguntou David. – *Você* não gosta? Que direito tem de opinar, permita-me perguntar? E quando foi que eu resolvi que sua opinião me importa?

– Não brinque com os sentimentos dela – Clive conseguiu dizer.

– Para quê, para que *você* possa brincar?

– Não estou brincando com ninguém – respondeu Clive, com um misto de raiva e petulância. – Sou um homem casado.

David apoiou com força sobre uma mesa o copo vazio.

– Fato que seria bom não esquecer.

– Eu me importo com Susannah.

– Pois pare de se importar – explodiu David.

– Você não tem o direito...

David pôs-se de pé.

– De que estamos falando, afinal, Clive? Porque você sabe que isso não se trata de sua preocupação com o bem-estar de Susannah.

Clive não disse nada, apenas permaneceu ali, olhando para o irmão mais velho sentindo a pele arder de raiva.

– Deus do céu! – exclamou David, a voz destilando desdém. – Está com ciúmes? Está? Pois me deixe dizer uma coisa: você perdeu qualquer direito de ter ciúmes de Susannah quando a humilhou publicamente no verão passado.

Clive empalideceu.

– Não tive a intenção de constrangê-la.

– Ah, não, claro que não – vociferou David. – Você nunca faz nada *de propósito*.

O maxilar de Clive estava absolutamente rígido, e David pôde perceber por suas mãos trêmulas que sua vontade era lhe dar um soco.

– Não preciso ficar aqui ouvindo isso – disse Clive, a voz grave e furiosa.

– Então vá embora. Fique à vontade. Foi você quem apareceu aqui, sem avisar e sem ser convidado.

Clive, porém, não se mexeu, simplesmente permaneceu ali, tremendo de fúria.

E para David aquilo bastava. Não sentia a menor vontade de ser tolerante, tampouco de bancar o irmão mais velho e maduro. Tudo que desejava era ser deixado em paz.

– Vá embora! – exclamou, rudemente. – Não disse que ia embora? – perguntou, fazendo um gesto com o braço na direção da porta. – Vá!

Os olhos de Clive estreitaram-se com violência... e dor.

– Que tipo de irmão é você? – sussurrou ele.

– Como? O que disse? – respondeu David, o queixo caído, em choque. – Como se atreve a questionar minha devoção? Passei a vida inteira resolvendo os seus problemas, inclusive, devo dizer, Susannah Ballister. Você destruiu a reputação dela no verão passado...

– Não destruí – interrompeu Clive rapidamente.

– Tudo bem, não chegou a fazer com que ninguém mais quisesse se casar com ela, mas a transformou em motivo de chacota. Como acha que *ela* se sentiu?

– Eu não...

– Não, você não pensou – disparou David. – Não pensou, nem por um momento, em mais ninguém além de você mesmo.

– Não era isso que eu ia dizer.

David virou-se com desânimo, caminhou até a janela e apoiou-se no peitoril.

– O que veio fazer aqui, Clive? – perguntou, exausto. – Estou cansado demais hoje para uma briga de irmãos.

Fez-se uma longa pausa, e então Clive perguntou:

– É assim que você enxerga Susannah?

David sabia que deveria se virar, mas simplesmente não sentia a menor vontade de encarar o irmão. Esperou por uma explicação de Clive, mas quando constatou que ela não viria, perguntou:

– E como acha que a enxergo?

– Como um problema a ser resolvido.

David permaneceu em silêncio durante um bom tempo.

– Não – disse finalmente, em voz baixa.

– Como a vê então? – insistiu Clive.

O suor acumulava-se nas sobrancelhas de David.

– Eu...

– *Como?*

– Clive... – respondeu David, em tom de advertência.

Mas Clive estava inflexível.

– Como? – perguntou ele, a voz cada vez mais alta e incomumente exigente.

– Eu amo Susannah! – gritou David, por fim, virando-se para enfrentar o irmão com os olhos em chamas. – Eu a amo. Pronto. Está satisfeito? Eu a amo e juro por Deus que acabo com você se voltar a fazer qualquer movimento em falso contra ela.

– Ah, meu Deus! – exclamou Clive, ofegante.

Ele arregalou os olhos, em choque, e os lábios se abriram de surpresa.

David pegou o irmão pela lapela e o arrastou até a parede.

– Se algum dia, repito, algum dia, você a abordar de uma maneira que possa ser minimamente interpretada como um flerte, juro que o esquartejarei, membro por membro.

– Deus me livre – respondeu Clive. – Acredito em você.

David olhou para baixo, observou os nós dos dedos da mão, esbranquiçadas pela força de colocar o irmão contra a parede, e ficou horrorizado com sua reação. Soltou Clive abruptamente e afastou-se.

– Sinto muito – murmurou.

– Você realmente a ama? – perguntou Clive.

David assentiu com seriedade.

– Não consigo acreditar.

– Você acabou de dizer que acreditava – disse David.

– Não, falei que acreditava que você me esquartejaria membro por membro – respondeu Clive. – E *continuo acreditando*, isso eu lhe garanto. Mas *você*... apaixonado...

Ele deu de ombros.

– Por que diabo eu não poderia estar apaixonado?

Clive balançou a cabeça.

– Porque... você... é *você*, David.

– O que isso significa? – perguntou David, irritado.

Clive esforçou-se para encontrar as palavras certas.

– Não pensei que fosse *capaz* de amar – disse finalmente.

David sentiu as pernas fraquejarem.

– Não pensou que eu fosse capaz de amar? – sussurrou. – Durante toda a minha vida adulta, não fiz nada além de...

– Não comece com essa conversa de que dedicou a vida à família – interrompeu Clive. – Acredite, sei que é tudo verdade. Certamente não se cansa de jogar isso na minha cara.

– Eu não faço...

– Faz *sim* – argumentou Clive com vigor.

David abriu a boca para protestar mas, em seguida, calou-se. Clive tinha razão. Ele costumava lembrá-lo de suas limitações. E talvez Clive estivesse – quer percebessem isso ou não – aquém das expectativas de David.

– Para você, tudo é dever e obrigação – continuou Clive. – Deveres para com a família, deveres para com o nome Mann-Formsby.

– Não é só isso – sussurrou David.

Os cantos da boca de Clive se retesaram.

– Talvez seja verdade, mas, se for, você não soube demonstrar muito bem.

– Sinto muito, então – respondeu David.

Ele relaxou os ombros ao suspirar, cansado. Era uma ironia ter fracassado no objetivo em torno do qual construíra sua vida. Todas as decisões que havia tomado, tudo que havia feito – tudo tinha sido pela família, e agora parecia que eles nem reconheciam isso. Seu amor por eles fora visto como um fardo.

– Você realmente a ama? – perguntou Clive calmamente.

David fez que sim. Não sabia ao certo como tinha acontecido ou mesmo exatamente quando, durante o breve período em que haviam convivido, mas ele a amava. Amava Susannah Ballister e, de algum modo, a visita de Clive havia lançado luz sobre seus sentimentos.

– Eu não, você sabe – acrescentou Clive.

– Você não o quê? – perguntou David, a voz deixando transparecer sua impaciência.

– Não a amo.

David soltou uma gargalhada estridente.

– Deus, espero que não.

– Não zombe de mim – advertiu Clive. – Só estou lhe dizendo isso porque meu comportamento hoje mais cedo pode ter dado a entender que eu... Bem, esqueça. A questão é que eu me importo o suficiente para lhe dizer... bem, você é meu irmão, você sabe.

David sorriu. Não se via capaz de tal expressão naquele momento, mas, de alguma forma, não conseguiu evitar.

– Eu não a amo – repetiu Clive. – Só fui atrás dela hoje porque estava com ciúmes.

– De mim?

– Não sei – admitiu Clive. – Suponho que sim. Nunca imaginei que Susannah o escolheria.

– Ela não me escolheu. Fui atrás dela.

– Bem, não importa. Suponho que a tenha imaginado em casa, sofrendo por minha causa. – Clive retraiu-se. – Isso soa terrível.

– É terrível – concordou David.

– Não foi exatamente o que eu quis dizer – explicou Clive, soltando um suspiro de frustração. – Não queria que ela passasse o resto da vida chorando por minha causa, mas imaginei que sofreria. E, então, quando a vi com *você*...

Ele sentou-se na poltrona que David deixara vaga alguns minutos antes e apoiou a cabeça nas mãos. Depois de alguns minutos de silêncio, levantou o olhar e disse:

– Não a deixe escapar.

– O que foi que você disse?

– Que não pode deixar Susannah escapar.

– Ocorreu-me que esse poderia ser um curso de ação oportuno – respondeu David.

Clive franziu as sobrancelhas diante do sarcasmo do irmão.

– Ela é uma pessoa boa, David. Não é a pessoa certa para mim. E por mais que isso talvez não tivesse me passado pela cabeça se você não tivesse se apaixonado por ela, acredito que possa ser exatamente a pessoa certa para você.

– Que romântico – murmurou David.

– Desculpe-me por não conseguir vê-lo como um herói romântico – disse

Clive, com sarcasmo. – Ainda estou tendo dificuldade de acreditar que você se apaixonou.

– A velha história do coração de pedra e tudo o mais... – proferiu David.

– Não tente se esquivar – replicou Clive. – Isso é sério.

– Ah, sei muito bem disso.

– Hoje, mais cedo – continuou Clive, lentamente –, quando estávamos patinando, Susannah disse coisas...

Ao ouvir essas palavras, David deu um salto.

– Que coisas?

– *Coisas* – repetiu Clive, lançando ao irmão um olhar como se lhe pedisse "pare de me interromper". – Coisas que me levaram a crer que ela talvez não esteja imune a sua corte.

– Fale em um idioma que eu seja capaz de entender, por favor – disparou David.

– Acredito que ela também possa estar apaixonada por você.

David deixou-se sentar sobre a extremidade de uma mesa.

– Tem certeza?

– Claro que não tenho. Disse apenas que *acredito* que ela também possa estar apaixonada por você.

– Que maravilhoso voto de confiança.

– Não acredito que esteja consciente disso – afirmou Clive, ignorando as palavras de David –, mas certamente gosta de você.

– Como assim? – perguntou David, tentando desesperadamente encontrar algo de concreto nas palavras de Clive.

Deus do céu, o irmão podia falar em rodeios por horas sem ir direto ao cerne da questão.

Clive estava perdendo a paciência.

– Tudo que estou dizendo é que acredito que, se você resolver realmente lhe fazer a corte, ela o aceitaria.

– Você *acredita*.

– Eu acredito – repetiu Clive, impaciente. – Por Deus, desde quando virei vidente?

Pensativo, David apertou os lábios.

– O que quis dizer quando afirmou que eu deveria realmente lhe fazer a corte? – perguntou David.

Clive piscou.

– Quis dizer que você deveria realmente lhe fazer a corte.

– Clive! – rosnou David.

– Um gesto grandioso – disse Clive apressadamente. – Algo majestoso, romântico, totalmente inusitado.

– Qualquer tipo de gesto grandioso seria inusitado – resmungou David.

– Exatamente – disse Clive, e, quando David ergueu o olhar, percebeu que o irmão estava sorrindo.

– O que devo fazer? – perguntou David, odiando o fato de ser ele a pedir um conselho, mas desesperado o suficiente para fazê-lo.

Clive pôs-se de pé e limpou a garganta

– Que graça teria eu lhe dizer o que deve fazer?

– Eu acharia bastante graça – disparou David.

– Você vai pensar em alguma coisa – disse Clive, sem ajudar. – Um gesto grandioso. Todo homem é capaz de pelo menos um gesto grandioso na vida.

– Clive – disse David com um resmungo –, você sabe muito bem que gestos grandiosos não são meu estilo.

Clive riu.

– Então imagino que terá que incorporá-los ao seu estilo. Pelo menos por agora. – Franzindo as sobrancelhas, ele começou a soltar um riso ligeiramente controlado. – Pelo menos no Dia de São Valentim – acrescentou ele, sem tentar disfarçar a alegria –, que acredito ser... ah... daqui a apenas onze dias.

David sentiu o estômago se revirar. Teve a sensação de que seu coração estava sendo engolido pelo estômago. Dia de São Valentim, Deus do céu, *Dia de São Valentim*. A ruína de qualquer homem são e sensato. Se em alguma ocasião se esperava um gesto grandioso, tal ocasião era o Dia de São Valentim.

Ele deixou-se cair na poltrona.

– Dia de São Valentim – gemeu ele.

– Não há como evitar – afirmou Clive, animado.

David lançou-lhe um olhar mortífero.

– Vejo que está na minha hora – murmurou Clive.

David sequer se deu ao trabalho de notar a partida do irmão.

Dia de São Valentim. Era para ser o momento perfeito. Perfeito para uma declaração de amor.

Rá. Perfeito para uma pessoa loquaz, romântica e poética, algo que David definitivamente não era.

Dia de São Valentim.

Que diabo poderia fazer?

Na manhã seguinte, Susannah não acordou sentindo-se descansada, feliz, saudável, com apetite e, definitivamente, revigorada.

Não tinha dormido.

Bem, é claro que tinha *dormido*, no sentido exato da palavra. Não ficara acordada *a noite inteira*. Mas viu quando o relógio bateu uma e meia. E tinha nítidas recordações de ouvi-lo bater duas e meia, quatro e meia, cinco e quinze e seis horas. Sem mencionar que tinha ido para cama à meia-noite.

Portanto, se dormiu, foram apenas alguns cochilos.

E sentia-se *péssima*.

A pior parte de tudo... não era o fato de estar cansada. Não era nem o fato de estar de mau humor.

Seu coração doía.

Doía.

Uma dor que jamais sentira antes, quase física. Acontecera algo entre ela e David no dia anterior. Começara antes, talvez no teatro, e vinha crescendo, mas acontecera *de fato* na neve.

Eles tinham gargalhado juntos, e ela o fitara nos olhos. E, pela primeira vez, realmente o enxergara.

E ela o amava.

Era a pior coisa que poderia ter acontecido. Nada a teria preparado com maior eficácia para a desilusão. Pelo menos não tinha amado Clive. Acreditara que sim, mas, na realidade, havia passado mais tempo daquele verão se perguntando *se* o amava do que declarando que sim. E, na verdade, quando ele rompeu com ela, atingiu seu orgulho, não seu coração.

Com David, porém, era diferente.

E ela não sabia o que fazer.

Insone na noite anterior, reconhecera que estava restrita a um entre três possíveis cenários. O primeiro era o ideal: David a amava e tudo que precisava fazer era dizer-lhe que sentia o mesmo por ele, e eles viveriam felizes para sempre.

Ela franziu as sobrancelhas. Talvez devesse esperar que ele se declarasse primeiro. Afinal, se ele *realmente* a amava, ia querer ser romântico e fazer uma declaração formal.

Fechou os olhos, em agonia. A verdade era que não sabia o que ele sentia por ela e, de fato, a realidade poderia estar mais próxima do segundo cenário: ele a cortejava apenas para irritar Clive. Se fosse esse o caso, ela não tinha ideia do que faria. Evitá-lo como a uma praga, supunha, e rezar para que seu coração partido se curasse logo.

O terceiro cenário era, em sua opinião, o mais provável: David gostava dela, sim, mas não a amava, e só a convidara para a festa de patinação como passatempo. Parecia uma suposição lógica, pois os homens da alta sociedade comportavam-se assim o tempo todo.

Com um suspiro de frustração, deixou-se cair na cama novamente. Na verdade, não importava qual cenário se concretizaria – não havia uma solução clara para nenhum dos três.

– Susannah?

Susannah ergueu o olhar e viu a irmã espiando pelo vão da porta.

– A porta estava aberta – disse Letitia.

– Não, não estava.

– Muito bem, não estava – confessou Letitia, entrando. – Mas ouvi uns barulhos estranhos e vim ver se estava tudo bem.

– Não – disse Susannah, voltando a olhar para o teto –, você me ouviu fazendo uns barulhos estranhos e quis saber o que estava acontecendo.

– Bem, pode ser também – admitiu Letitia. E, quando Susannah não respondeu, acrescentou: – O que está acontecendo?

Susannah ficou rindo para o teto.

– Eu estava fazendo barulhos estranhos.

– Susannah!

– Muito bem – disse Susannah, pois era quase impossível esconder um segredo de Letitia. – Estou cuidando do meu coração partido e, se você contar a alguém, vou...

– Cortar meu cabelo?

– Cortar as suas *pernas!*

Letitia sorriu, fechando a porta.

– Minha boca é um túmulo – garantiu-lhe, cruzando o quarto até a cama e sentando-se ao seu lado. – É o conde?

Susannah assentiu.

– Ah, que bom.

O comentário despertou a curiosidade de Susannah, que se sentou.

– Que bom por quê?

– Porque gosto do conde.

– Você nem conhece o conde!

Letitia deu de ombros.

– É fácil discernir seu caráter.

Susannah refletiu sobre aquilo. Não estava tão certa de que a irmã tinha razão. Afinal, passara a maior parte do ano pensando em David como um homem arrogante, frio, insensível. Obviamente, sua opinião em grande parte baseara-se no que Clive lhe dissera sobre o irmão.

Não, talvez Letitia tivesse razão. Porque quando passou algum tempo ao lado de David, sem Clive... bem, não demorou muito para se apaixonar por ele.

– O que devo fazer? – sussurrou Susannah.

Letitia foi inteiramente inútil.

– Não sei.

Susannah balançou a cabeça.

– Nem eu.

– Ele sabe dos seus sentimentos?

– Não. Pelo menos acredito que não saiba.

– E você, sabe sobre os sentimentos *dele*?

– Não.

Letitia emitiu um som de impaciência.

– Acredita que ele *possa* gostar de você?

Os lábios de Susannah esboçaram um meio sorriso.

– Acredito que sim.

– Então deve lhe falar sobre seus sentimentos.

– Letitia, eu poderia fazer papel de boba.

– Ou poderia acabar feliz para sempre.

– Ou fazer papel de boba – lembrou-lhe Susannah.

Letitia inclinou-se.

– O que vou dizer vai parecer muito duro, mas seria assim tão terrível se você fizesse papel de boba? Afinal, que humilhação poderia ser maior do que a do verão passado?

– Isso seria pior – sussurrou Susannah.

– Mas ninguém saberia.

– David saberia.

– Seria a única pessoa, Susannah.

– Ele é a única pessoa que importa.

– Ah! – exclamou Letitia, soando um pouco surpresa e extremamente animada. – Se é isso o que sente, ele *precisa* saber.

Ao ver que Susannah nada fez além de soltar um gemido, acrescentou:

– Qual a pior coisa que poderia acontecer?

Susannah lançou-lhe um olhar sério.

– Não gosto nem de pensar.

– Você *precisa* se declarar a ele.

– Para quê? Para que você testemunhe minha nova humilhação?

— Ou sua felicidade – replicou Letitia, indo direto ao ponto. – Ele também se apaixonará por você, tenho certeza. Provavelmente já está apaixonado.

— Letitia, você não dispõe de nenhum fato que sustente sua suposição.

Mas Letitia não estava prestando atenção.

— Precisa ir hoje à noite – disse ela, repentinamente.

— Hoje – repetiu Susannah. – Aonde? Acho que não temos nenhum convite para hoje. Mamãe planejou que ficássemos em casa.

— Exatamente. Esta é a única noite da semana em que poderá ir sorrateiramente até a casa dele.

— Ir à casa dele? – repetiu Susannah, quase gritando.

— O que você precisa revelar deve ser dito em particular. E nunca terá um momento de privacidade durante um baile londrino.

— Não posso ir até a casa dele – protestou Susannah. – Minha reputação estará arruinada.

Letitia deu de ombros.

— Não se ninguém descobrir.

Susannah ficou pensativa. David jamais revelaria sua visita a alguém, disso tinha certeza. Mesmo se a rejeitasse, não faria nada que pusesse sua reputação em risco. Simplesmente a agasalharia bem, encontraria uma carruagem que não o identificasse e a enviaria de volta a sua casa com discrição.

De certo modo, não tinha nada a perder além do orgulho.

E, é claro, de seu coração.

— Susannah? – sussurrou Letitia. – Você vai fazer isso?

Susannah ergueu o queixo, fitou a irmã bem nos olhos e assentiu.

Afinal de contas, seu coração já estava perdido.

CAPÍTULO 7

E, em meio a todo esse frio, neve, gelo e vento gélido e... bem, em meio a esse tempo abominável, sejamos honestos, querida leitora, o Dia de São Valentim se aproxima.

É tempo de ir à papelaria comprar cartões românticos e, além disso, talvez à confeitaria e à floricultura.

Cavalheiros da alta sociedade, é chegada a hora de expiar todos os pecados e transgressões. Ou ao menos tentar.

CRÔNICAS DA SOCIEDADE DE LADY WHISTLEDOWN,
04 de fevereiro de 1814

O escritório de David era normalmente organizado, com cada livro em seu devido lugar nas prateleiras e os documentos devidamente organizados em pilhas, ou, ainda melhor, guardados em arquivos e gavetas. E nada, absolutamente nada, no chão, exceto o tapete e os móveis.

Naquela noite, entretanto, havia papéis por toda parte. Papéis amassados. Cartões românticos amassados, mais precisamente.

David não era dado a romances, ou pelo menos não se considerava romântico, mas mesmo assim sabia que tinha que comprar um cartão para o Dia de São Valentim na H. Dobbs & Co. E, portanto, naquela manhã, foi a New Bridge Street, do outro lado da cidade, perto da Catedral de St. Paul, e comprou uma caixa dos melhores cartões para a ocasião.

No entanto, todas as suas tentativas de escrever frases floreadas e poesia romântica foram desastrosas, e, ao meio-dia, viu-se mais uma vez no confinamento silencioso da H. Dobbs & Co adquirindo outra caixa de cartões, dessa vez uma embalagem de doze, em vez da meia dúzia que havia comprado anteriormente naquele mesmo dia.

A situação toda era constrangedora, mas não tanto quanto voltar à loja à noite, exatamente cinco minutos antes de a papelaria fechar, após ter corrido pela cidade em alta velocidade, o que teria sido considerado descuidado (embora *estúpido* e *insano* também viessem à mente). O proprietário foi profissional o tempo todo, pois não esboçou sequer um sorriso quando lhe entregou sua maior caixa de cartões de Dia de São Valentim (dezoito unidades) e sugeriu que ele levasse também um livrinho intitulado *Como escrever cartões para o Dia de São Valentim*, que supostamente oferecia instruções para qualquer tipo de destinatário.

David ficou horrorizado com o fato de, logo ele, formado em literatura por Oxford, ser forçado a usar um guia para escrever um maldito cartão, mas aceitou sem uma palavra e, na verdade, sem reação, exceto pelo leve rubor no rosto.

Meu Deus, que constrangimento. Quando fora a última vez que enrubescera? O dia certamente não poderia ir mais ladeira abaixo na direção do inferno.

Sendo assim, às dez da noite, lá estava ele, sentado em seu escritório com um único cartão de Dia de São Valentim sobre a mesa e outros 35 espalhados pelo cômodo, todos amassados.

Um cartão de Dia de São Valentim. Uma última chance de conseguir realizar o objetivo. Suspeitava que a H. Dobbs não estaria aberta aos sábados, e sabia que não estaria aberta no domingo, então, se não fizesse um bom trabalho com este, a terrível tarefa provavelmente o atormentaria até a segunda-feira seguinte.

Deixou a cabeça cair para trás e gemeu. Era apenas um cartão. Um cartão de Dia de São Valentim. Não deveria ser tão difícil. Não podia nem mesmo ser considerado um gesto grandioso.

Mas o que dizer a uma mulher que se pretende amar pelo resto da vida? O tal livrinho *Como escrever cartões para o Dia de São Valentim* não oferecia nenhum conselho a esse respeito, pelo menos nenhum que se aplicasse a uma situação em que temia ter irritado a dama em questão no dia anterior com um comportamento idiota, brigando com o irmão.

Ele encarou o cartão em branco. E encarou. E encarou.

Seus olhos começaram a lacrimejar. Forçou-se a piscar.

– Milorde?

David ergueu o olhar. Nunca antes uma interrupção de seu mordomo fora tão bem-vinda.

– Milorde, está aqui uma dama que deseja vê-lo.

David soltou um suspiro cansado. Não conseguia imaginar quem poderia ser. Talvez Anne Miniver, que provavelmente achava que ainda era sua amante, já que ele não havia aparecido para dizer que não queria mais ter uma amante.

– Faça-a entrar – disse ele ao mordomo.

Supôs que deveria sentir-se grato por Anne tê-lo poupado do trabalho de ir até Holborn.

Soltou um ruído de irritação. Poderia facilmente ter passado na casa dela em Holborn em uma das seis vezes que havia passado por lá hoje, nas suas idas e vindas à papelaria.

A vida era repleta de deliciosas pequenas ironias, não é mesmo?

David pôs-se de pé, pois não seria educado de sua parte estar sentado quando Anne entrasse. Ela podia não viver de acordo com as regras sociais e as boas maneiras, mas, ainda assim, era, a seu próprio modo, uma dama, e merecia, no mínimo, o melhor comportamento de sua parte nas atuais circunstâncias. Ele caminhou até a janela enquanto aguardava sua chegada, abrindo as pesadas cortinas para olhar a noite escura.

– Milorde.

Era a voz de seu mordomo, seguida de outra, feminina.

– David?

Virou-se. Não era a voz de Anne.

– Susannah! – exclamou, incrédulo, dispensando o mordomo com um aceno da cabeça. – O que faz aqui?

Ela respondeu com um sorriso nervoso, observando seu escritório.

David gemeu por dentro. Havia cartões amassados por toda parte. Rezou para que ela fosse educada demais para mencioná-los.

– Susannah? – perguntou de novo, preocupado.

Não conseguia imaginar uma circunstância que a levasse até a casa de um cavalheiro solteiro. Muito menos tarde da noite.

– Eu... Sinto muito por incomodá-lo – disse ela, olhando para trás, mesmo que o mordomo tivesse fechado a porta ao sair.

– Não me incomoda, de modo algum – respondeu ele, contendo o ímpeto de correr até ela.

Devia ter acontecido alguma coisa, pois não haveria outro motivo para sua presença ali. E, no entanto, não confiava em si mesmo ao lado dela, não sabia o que fazer para não tomá-la em seus braços.

– Ninguém me viu – garantiu-lhe ela, mordendo o lábio inferior. – Eu fiz questão de...

– Susannah, o que houve? – perguntou ele, indo direto ao ponto e desistindo da promessa de permanecer pelo menos três passos longe dela.

Aproximou-se rapidamente e, quando ela não reagiu, tomou sua mão.

– O que houve? Por que está aqui?

Mas era como se ela não o ouvisse. Ela olhou por sobre os ombros dele, apertando e afrouxando o maxilar antes de finalmente dizer:

– Você não será obrigado a se casar comigo, se essa for sua preocupação.

Seu aperto na mão dela afrouxou-se. Não era a preocupação dele. Era seu maior desejo.

– Eu apenas...

Ela engoliu em seco, nervosa, e finalmente o fitou nos olhos. A força desse olhar quase fez os joelhos dele bambearem. Os olhos dela, tão escuros e luminosos, eram reluzentes, não por lágrimas contidas, mas com algo diferente. Emoção, talvez. E seus lábios – meu Deus, ela precisava *lambê-los*? Ele seria beatificado por conseguir não a beijar naquele exato minuto.

– Eu precisava lhe dizer algo – disse ela, sua voz transformando-se praticamente em um sussurro.

– Hoje?

Ela assentiu.

– Hoje.

Ele esperou, mas ela não disse nada, apenas desviou o olhar e engoliu em seco novamente, como se tentasse se acalmar.

– Susannah – sussurrou ele, tocando seu rosto –, pode me dizer o que quiser.

Sem olhar para ele, ela disse:

– Tenho pensado muito no senhor e eu... eu... – Ela olhou para cima. – Isso é muito difícil.

Ele sorriu com suavidade.

– Eu juro... O que quer que a senhorita diga, permanecerá entre nós dois.

Ela soltou uma pequena risada, mas era uma risada desesperada.

– Ah, David – disse ela –, não é esse tipo de segredo. É só... – Ela fechou os olhos, balançando lentamente a cabeça. – Não é o fato de que tenho pensado no senhor – disse ela, abrindo os olhos novamente, mas olhando para o lado para evitar fitá-lo diretamente. – É mais o fato de não conseguir *parar* de pensar no senhor e eu... eu...

O coração dele deu um salto. O que ela estava tentando dizer?

– Comecei a me perguntar – continuou ela, as palavras tropeçando na respiração e na fala apressada. – Eu preciso saber... – disse ela, engolindo em seco. Seus olhos se fecharam de novo, mas dessa vez ela pareceu estar quase sentindo dor. – O senhor acredita que possa gostar de mim? Mesmo que só um pouco?

Por um momento, ele não soube o que responder. Em seguida, sem dizer nada, sem nem mesmo pensar, segurou o rosto dela em suas mãos e a beijou.

Beijou-a com cada emoção que havia atordoado seu corpo nos últimos dias. Beijou-a até que não tivesse mais escolha a não ser soltá-la, mesmo que só para respirar.

– Gosto – disse ele, e a beijou novamente.

Vencida pela intensidade de sua paixão, Susannah derreteu-se em seus braços. Os lábios dele foram de sua boca para sua orelha, traçando um caminho quente sobre a pele dela.

– Gosto – sussurrou ele, antes de desabotoar o casaco dela e deixá-lo cair no chão. – Gosto.

As mãos dele desceram pelas costas dela até segurarem seu traseiro. Susannah ficou ofegante com a intimidade daquele toque. Sentiu o membro dele rígido e quente sob as roupas, sentiu sua paixão em cada batida do coração, em cada respiração entrecortada.

E ele pronunciou as palavras com as quais ela sonhava. Afastou-se apenas o suficiente para que ela o olhasse bem nos olhos e declarou:

– Eu amo você, Susannah. Amo a sua força, amo a sua beleza. Amo o seu coração bondoso, amo a sua sabedoria. Amo a sua coragem e...

Susannah percebeu que a voz dele ficara embargada e engasgou ao notar que havia lágrimas nos olhos dele.

– Eu amo você – sussurrou ele. – Isso é tudo o que há para ser dito.

– Ah, David – disse ela, engolindo a própria emoção. – Eu também amo você. Acho que nunca soube o que era amar antes de conhecê-lo.

Ele tocou o rosto dela de forma terna, respeitosa, e ela pensou que poderia continuar declarando seu amor, mas acabou fazendo uma pergunta estranha...

– David – perguntou ela –, o que são esses papéis amassados pelo chão?

Ele se afastou dela e, em seguida, tentou catar todos os papéis caídos no chão.

– Não é nada – murmurou ele, pegando a lixeira e jogando-os dentro dela.

– Como assim não é nada? – perguntou ela, sorrindo ao vê-lo.

Nunca imaginou que um homem de seu tamanho e porte pudesse sair por aí catando papéis do chão.

– Eu estava só... Eu estava... Ah... – balbuciou, inclinando-se para apanhar outro papel amassado. – Não é nada.

Susannah notou que ele esquecera um dos papéis na mesa, inclinou-se e pegou-o.

– Já vou pegar esse – apressou-se David, correndo para tirá-lo das mãos dela.

– Não – disse ela, sorrindo enquanto se virava para que ele não pudesse alcançá-lo. – Estou curiosa.

– Não é nada interessante – balbuciou ele, tentando pela última vez recuperá-lo.

Mas Susannah já havia desamassado o papel. *Há tantas coisas que eu gostaria de dizer*, dizia o papel. *Por exemplo, como os seus olhos...*

E pronto.

– O que é isso? – perguntou ela.

– Um cartão do Dia de São Valentim – murmurou ele.

– Para mim? – perguntou ela, tentando afastar o tom de confiança da voz.

Ele fez que sim.

– Por que não o terminou?

– Por que não terminei nenhum deles? – respondeu ele, apontando com o braço para o chão, onde jaziam dezenas de outros cartões inacabados. – Porque não sabia o que dizer. Ou talvez eu soubesse, só não soubesse como queria dizê-lo.

– O que gostaria de dizer? – sussurrou ela.

Ele deu um passo à frente e pegou as mãos dela.

– Quer se casar comigo?

Por um momento, ela ficou muda. A emoção nos olhos dele a hipnotizou e encheu seus olhos de lágrimas. E, finalmente, engasgando com as palavras, respondeu:

– Sim. Ah, David, sim.

Ele levou as mãos dela aos lábios.

– Vou levá-la para casa – murmurou ele, mas não parecia ter realmente essa intenção.

Ela não disse nada porque não queria ir. Pelo menos por enquanto. Aquele era um momento a ser saboreado.

– Seria a coisa certa a ser feita – disse ele, enquanto, com a outra mão, puxava-a para mais perto de si.

– Não quero ir – sussurrou ela.

Seus olhos queimavam.

– Se ficar – disse ele, em voz baixa –, você não sairá daqui inocente. Eu não conseguirei... – Ele interrompeu-se e engoliu em seco, como se tentasse se manter sob controle. – Não sou forte o suficiente, Susannah. Sou apenas um homem.

Ela pegou a mão dele e a colocou sobre o seu coração.

– Não posso ir embora – disse ela. – Agora que estou aqui, agora que finalmente estou com você, não posso ir embora. Ainda não.

Em silêncio, suas mãos encontraram os botões das costas do vestido dela, e ele abriu-os com agilidade, um a um. Susannah arfou ao sentir o ar frio atingir sua pele, seguido pelo calor impressionante das mãos de David. Seus dedos deslizavam para cima e para baixo, acariciando suas costas como plumas.

– Tem certeza? – sussurrou ele, a voz rouca em seu ouvido.

Susannah fechou os olhos, emocionada com a última demonstração de preocupação. Ela assentiu e forçou-se a dizer:

– Quero estar com você – sussurrou ela.

Precisava ser dito. Por ele e por ela.

Por eles.

Ele soltou um gemido, pegou-a no colo e a carregou para o outro lado do cômodo, chutando uma porta que dava para o...

Susannah olhou ao redor. Era o quarto dele. É claro que era. Suntuoso e escuro e intensamente masculino, com belas cortinas e colchas cor de vinho. Quando ele a deitou na enorme cama, ela se sentiu feminina e deliciosamente pecaminosa, mesmo que o vestido ainda estivesse frouxo sobre seus ombros. Ele pareceu compreender os medos dela e tomou a iniciativa de tirar a própria roupa antes de despi-la. Sem tirar os olhos dela, deu um passo para trás enquanto abria os botões dos punhos da camisa.

– Nunca vi nada tão belo – sussurrou ele.

Nem ela. Ao vê-lo despir-se sob a luz de velas, ficou impressionada com sua beleza viril. Nunca havia visto um peito masculino nu antes, mas não conseguia imaginar que houvesse outro que se comparasse ao de David quando ele deixou a camisa cair no chão.

Ele deitou na cama ao lado dela, os corpos bem próximos, os lábios se encontrando em um beijo faminto. David a tocou de forma respeitosa, despindo-a delicadamente até que seu vestido não passasse de uma lembrança. Susannah recuperou o fôlego diante da sensação da pele dele contra seus seios, mas não havia tempo nem espaço para se sentir constrangida enquanto ele se virava e pressionava o corpo contra o dela, gemendo roucamente ao ajustar seus quadris entre as pernas dela.

– Tenho sonhado tanto com isso – sussurrou ele, levantando-se apenas o suficiente para olhar seu rosto.

Seus olhos eram calorosos e, mesmo que as poucas luzes a impedissem de ver sua cor, de alguma maneira ela os sentia, reluzindo um verde forte e feroz enquanto a dominavam.

– Tenho sonhado tanto com você – disse ela, tímida.

Os lábios dele curvaram-se em um sedutor sorriso masculino.

– Conte-me – ordenou ele, gentilmente.

Ela enrubesceu, sentindo o calor tomar conta de todo o seu corpo, mas conseguiu sussurrar:

– Sonhei que você me beijava.

– Assim? – murmurou ele, beijando-a no nariz.

Sorrindo, ela fez que não com a cabeça.

– Assim? – perguntou ele, esfregando os lábios nos dela.

– Mais ou menos assim – admitiu ela.

– Ou talvez – sugeriu ele, os olhos adquirindo um brilho malicioso –, assim.

Seus lábios percorreram seu pescoço, encontrando a saliência dos seios dela até se fecharem sobre o mamilo.

Susannah soltou um gritinho de surpresa... que se transformou em um gemido de prazer. Nunca havia sonhado que aquilo fosse possível, ou que essas sensações existissem. Ele tinha uma boca perversa e uma língua pecaminosa que a faziam sentir-se depravada.

E ela amava cada momento.

– Foi assim? – perguntou ele, torturando-a incessantemente enquanto murmurava as palavras.

– Não – disse ela, a voz trêmula. – Eu nunca teria conseguido sonhar com isso.

Ele levantou a cabeça para olhá-la, faminto.

– Há muito mais, meu amor.

David se afastou dela e rapidamente tirou o calção, ficando totalmente nu. Susannah engasgou ao vê-lo, o que o fez rir.

– Não é o que esperava? – perguntou, tomando de volta seu lugar ao lado dela.

– Não sei o que eu esperava – admitiu ela.

O olhar dele ficou sério enquanto acariciava os cabelos dela.

– Não há o que temer, eu prometo.

Ela o olhava fixamente, mal conseguindo conter o amor que sentia por aquele homem. Ele era tão bom, tão honesto, tão verdadeiro. E gostava dela – não como uma posse ou conveniência, mas por *ela*, por quem ela era por dentro. Ela frequentara a sociedade por tempo suficiente para ouvir falar sobre o que acontecia em noites de núpcias, e sabia que nem todos os homens se comportavam com tamanha consideração.

– Eu amo você – sussurrou ele. – Não se esqueça disso.

– Não me esquecerei – prometeu ela.

E as palavras cessaram. As mãos e os lábios dele a levaram a uma excitação febril, ao ápice de algo ousado e desconhecido. Ele a beijou, acariciou e amou até que ela tremesse de desejo. Em seguida, quando tinha certeza de que não conseguiria se segurar por mais nem um minuto, colocou seu rosto contra o dela novamente, seu membro pressionando-a, fazendo com que suas pernas se abrissem ainda mais.

– Você está pronta para mim – disse ele, os músculos do rosto tensos pelo desejo contido.

Ela concordou. Não sabia mais o que fazer. Não fazia ideia se estava ou não pronta para ele, nem sabia ao certo para o que deveria estar pronta. Mas queria mais alguma coisa, disso ela tinha certeza.

Ele se movimentou para a frente, apenas um pouco, o suficiente para que ela arfasse pela surpresa da penetração.

– David! – exclamou ela, segurando-se aos ombros dele.

Com os dentes cerrados, David parecia estar sentindo dor.

– David?

Ele fez mais uma investida, devagar, dando tempo para que ela o acomodasse.

A respiração dela ficou mais uma vez entrecortada, mas ela teve que perguntar:

– Você está bem?

Ele soltou um riso rouco.

– Estou ótimo – respondeu, tocando-a no rosto. – Apenas um pouco... Eu amo tanto você, é difícil segurar.

– Não segure – disse ela suavemente.

Ele fechou os olhos por um instante, e, em seguida, beijou delicadamente seus lábios.

– Você não entende – sussurrou ele.

– Faça-me entender.

Ele fez mais uma investida.

Susannah soltou um pequeno "ah" de surpresa.

– Se eu for muito rápido, vou machucá-la – explicou ele –, e eu não poderia suportar isso.

Ele movimentou-se lentamente para a frente, gemendo ao fazê-lo.

– Mas se eu for devagar...

Susannah não achou que ele estivesse particularmente satisfeito em movimentar-se devagar e, verdade seja dita, ela também não. Não havia nada de *errado* com isso, e a intensidade da sensação era intrigante, mas ela havia perdido a sensação de urgência que sentira momentos antes.

– Pode machucar – disse ele, antes de penetrar ainda mais nela –, mas só um pouco, prometo.

Ela o encarou, segurando o rosto dele em suas mãos.

– Não estou preocupada – disse em voz baixa.

E não estava. O que era o mais maravilhoso de tudo. Confiava inteiramente nele. Com corpo, coração e mente. Estava pronta para se juntar a ele, conectar sua vida à dele para toda a eternidade.

Pensar nisso a fez tão feliz que ela temeu explodir de felicidade.

E, de repente, ele estava por completo dentro dela e não havia dor alguma, apenas um leve desconforto. Ele ficou imóvel por um momento, a respiração indo e vindo em fluxos curtos, secos. Em seguida, após sussurrar o nome dela, ele começou a se mexer.

Primeiro Susannah não percebeu o que estava acontecendo. Ele se mexia devagar, em um ritmo constante que a deixou maravilhada. E aquela excitação que ela estava sentindo, aquela necessidade desesperada de preenchimento, começou a crescer novamente. Começou aos poucos, como uma semente de desejo, mas cresceu a ponto de envolver cada centímetro de seu corpo.

Então ele perdeu o ritmo e seus movimentos tornaram-se frenéticos. Ela correspondia a cada movimento dele, incapaz de conter a necessidade de mexer seu corpo, contorcer-se sob ele, tocá-lo onde quer que suas mãos alcançassem. E quando achou que não conseguiria aguentar mais, que certamente morreria se continuasse nesse ritmo, seu mundo explodiu.

O corpo inteiro de David mudou naquele momento, como se ele de repente tivesse soltado a última ponta de controle, e ele deu um grito triunfante antes de quase desmaiar, incapaz de fazer qualquer coisa além de respirar.

O peso dele era impressionante, mas havia algo tão... reconfortante em tê-lo ali, sobre ela. Susannah queria que ele ficasse ali para sempre.

– Eu amo você – declarou ele, assim que conseguiu falar. – Eu amo tanto você!

Ela o beijou.

– Eu também amo você.

– Quer se casar comigo?

– Já aceitei seu pedido de casamento.

Ele sorriu, com malícia.

– Eu sei, mas quer se casar comigo amanhã?

– Amanhã? – perguntou ela, ofegante, contorcendo-se para sair debaixo dele.

– Muito bem – resmungou ele. – Semana que vem. Provavelmente vou precisar de alguns dias para uma licença especial.

– Tem certeza? – perguntou ela.

Apesar do desejo de gritar de alegria diante da pressa dele em torná-la sua, ela sabia que a posição dele na sociedade era importante. Os Mann-Formsbies não se casavam em cerimônias organizadas às pressas.

– As pessoas vão comentar – disse ela.

Ele deu de ombros, de maneira infantil.

– Não me importo. Você se importa?

Ela balançou a cabeça, o sorriso iluminando o rosto.

– Que bom – replicou ele, puxando-a de volta para seus braços. – Mas talvez precisemos fechar o acordo com mais firmeza.

– Mais firmeza? – perguntou ela.

Ele já parecia estar segurando-a com bastante firmeza.

– Ah, sim – murmurou ele, pegando o lóbulo da orelha dela entre seus dentes e mordiscando-o até que ela se arrepiasse de desejo. – Caso você não tenha se convencido de que me pertence.

– Ah – respondeu ela, ofegante, quando a mão dele se fechou sobre seu seio –, disso eu estou bastante convencida. Garanto.

Ele sorriu maliciosamente.

– Preciso de mais garantias.

– Mais?

– Mais – respondeu ele, com firmeza. – Muito mais.

Muito, *muito* mais...

EPÍLOGO

Feliz Dia de São Valentim, queridas leitoras. Já souberam da novidade? O conde de Renminster casou-se com a Srta. Susannah Ballister!

Aquelas que estiverem reclamando por não terem sido convidadas podem se consolar com o fato de que ninguém foi convidado, exceto, talvez, a família dela e a dele, incluindo o Sr. e a Sra. Snowe-Mann-Formsby.

(Ah, como esta autora adora escrever esse nome. É impossível reprimir um sorriso, não?)

Pelo que dizem, o casal está felicíssimo, e lady Shelbourne comunicou encantada, a quem quisesse ouvir, que os dois aceitaram o convite para o baile que ela oferecerá esta noite.

CRÔNICAS DA SOCIEDADE DE LADY WHISTLEDOWN,
14 de fevereiro de 1814

— Chegamos — murmurou o conde de Renminster à esposa.

Susannah apenas suspirou.

— Temos mesmo que entrar?

Ele levantou as sobrancelhas.

— Pensei que *você* quisesse vir.

— E eu pensei que *você* quisesse vir.

— Eu? Eu preferia mil vezes ficar em casa, despindo-a.

Susannah corou.

— Rá! Vejo que concorda comigo.

— Nossa presença é *esperada* — disse ela, sem muita convicção.

Ele deu de ombros.

— Não me importo. Você se importa?

— Não se você não se importar.

Ele a beijou suavemente, mordiscando seus lábios.

— Posso iniciar o processo de despi-la agora?

Ela se inclinou para trás.

— Claro que não!

Diante do olhar desanimado do marido, acrescentou:

— Estamos em uma carruagem!

O comentário não desfez a expressão taciturna dele.

– Além disso, está frio.

Ele soltou uma gargalhada e, em seguida, instruiu o condutor da carruagem a dar meia-volta.

– Ah – disse ele –, antes que eu me esqueça. Tenho um presente para você.

– É mesmo? – disse ela, com um sorriso de prazer. – Pensei que tivesse desistido de me dar presentes no Dia de São Valentim.

– Bem, na verdade, desisti. E é ótimo que você seja minha esposa de verdade, pelo resto da eternidade, pois, no futuro, não espere palavras floreadas e presentes sofisticados. A atual tentativa quase acabou comigo.

Curiosa, ela tomou o papel das mãos dele. Estava dobrado em três e fechado com um festivo selo de cera vermelho. Susannah sabia que ele normalmente selava sua correspondência com um selo azul-escuro, sóbrio, e ficou emocionada ao constatar seu esforço em usar o vermelho.

Com cuidado, abriu a missiva e alisou o papel sobre o colo.

Havia apenas três palavras.

– Era tudo que eu queria lhe dizer – declarou ele.

– Ah, David – sussurrou ela, os olhos cheios de lágrimas. – Eu também amo você.

CONHEÇA OS LIVROS DE JULIA QUINN

OS BRIDGERTONS
O duque e eu
O visconde que me amava
Um perfeito cavalheiro
Os segredos de Colin Bridgerton
Para Sir Phillip, com amor
O conde enfeitiçado
Um beijo inesquecível
A caminho do altar
E viveram felizes para sempre

QUARTETO SMYTHE-SMITH
Simplesmente o paraíso
Uma noite como esta
A soma de todos os beijos
Os mistérios de sir Richard

AGENTES DA COROA
Como agarrar uma herdeira
Como se casar com um marquês

IRMÃS LYNDON
Mais lindo que a lua
Mais forte que o sol

OS ROKESBYS
Uma dama fora dos padrões
Um marido de faz de conta
Um cavalheiro a bordo
Uma noiva rebelde

TRILOGIA BEVELSTOKE
História de um grande amor
O que acontece em Londres
Dez coisas que eu amo em você

editoraarqueiro.com.br